Cuando nadie nos ve

Crimen y Misterio

Sergio Sarria
Cuando nadie nos ve

ESPASA

PEFC Certificado

Este libro procede de
bosques gestionados
de forma sostenible

PEFC

PEFC/14-38-00305   www.pefc.es

© Sergio Sarria, 2019
© Editorial Planeta, S. A., 2019
  Espasa, un sello editorial de Editorial Planeta, S. A.
  Avda. Diagonal, 662-664, 08034 Barcelona (España)
  www.espasa.com
  www.planetadelibros.com

Adaptación de la cubierta: Booket / Área Editorial Grupo Planeta
Primera edición en Colección Booket: marzo de 2025

Depósito legal: B. 3.662-2025
ISBN: 978-84-670-7636-3
Impresión y encuadernación: CPI Black Print
Printed in Spain - Impreso en España

Biografía

Sergio Sarria (Málaga, 1979) es guionista y novelista. Su primera novela, *El hombre que odiaba a Paulo Coelho* (La Esfera de los Libros) dio lugar a *Nasdrovia*, la serie de Globomedia para Movistar+ de la que también fue cocreador, productor ejecutivo y guionista, y con la que ganó un premio MiM a mejor serie de comedia y el premio a la excelencia del Festival de Televisión de Luchon (Francia). En 2019 publicó con la editorial Espasa su segunda novela, *Cuando nadie nos ve*, un *thriller* que transcurre en la base militar de Morón de la Frontera ambientado en Semana Santa y cuya adaptación audiovisual se estrena en 2025 en Max. Además, es cocreador y guionista de la serie *Dos años y un día* (AtresPlayerPremium), así como tutor en el Máster de Guion de The Mediapro Studio y la Universidad Complutense de Madrid. También ha sido guionista de las series *Malaka* (TVE), *Capítulo 0* (Movistar) y coordinador de guion de *El Intermedio* (La Sexta), programa con el que obtuvo múltiples premios como un Ondas al mejor programa de entretenimiento y tres premios Iris a Mejor Guion.

A Elena, por despertarme una madrugada
con su camiseta de los Rugrats.

«La luz vence tinieblas
por campiñas lejanas.
El aire huele a pan nuevo.
El pueblo se despereza,
ha llegado la mañana».
Juan Manuel Flores Talavera (Lole y Manuel), *Nuevo Día*

«¿Qué máscara nos ponemos o qué máscara nos queda
cuando estamos en soledad, cuando creemos que nadie,
nadie nos observa, nos controla, nos escucha,
nos exige, nos suplica, nos intima, nos ataca?».
Ernesto Sabato, *Sobre héroes y tumbas*

«Parece una idiotez decirlo, pero ¿sabe?,
era un hombre profundamente amable.
No cambia en nada lo que ha hecho
—lo hace todavía más terrible—,
pero era amable».
Emmanuel Carrère, *El adversario*

VÍSPERAS

Viernes de Dolores

«Y si tu ojo es ocasión de pecado, sácatelo.
Es mejor para ti entrar con un solo ojo
en el reino de Dios que ser arrojado con los dos ojos a la gehena».
San Marcos, 9: 46

Centro de Morón de la Frontera

Una jeringuilla rodó por la encimera hasta caer al suelo cuando *Today Your Love, Tomorrow The World* empezó a sonar por el altavoz del iMac. La voz de Joey Ramone entonando el *«One, two, three, four»* parecía fatigada, como si después de los veintinueve trepidantes minutos que duraba el disco debut de los Ramones se estuviera despidiendo, jadeante, de su público. A decir verdad, la banda transmitía casi el mismo agotamiento que Antonio Jiménez, quien, lejos de entretenerse con aquella melodía machacona, estaba más preocupado en buscar un martillo en su caja de herramientas. Con alguna que otra dificultad, como si estuviera ido o débil, logró localizarlo. El sonido de la batería se desaceleró en el mismo instante en que el joven elevó el martillo y se golpeó el dedo índice con fuerza.

A pesar de que el impacto le levantó la uña y le originó un aparatoso hematoma a la altura de la cutícula, no le resultó excesivamente doloroso. Su rostro reflejaba una calma que no se correspondía con lo que acababa de ocurrir. Inmerso en una especie de trance, volvió a aporrearse el dedo, pero esta vez con mayor violencia. Como consecuencia de la tremenda sacudida, la uña de Antonio Jiménez terminó por saltar por los aires. Contrariamente a lo aparatoso de la acción, apenas se mordió el labio. Casi se podría decir que reaccionó con indiferencia. Definitivamente, se comportaba como un autómata más que como un ser humano.

El disco de los Ramones dejó de sonar. En silencio, Antonio limpió la sangre de la mesa, tiró la jeringuilla y la uña al cubo de la basura y devolvió el martillo a la caja de herramientas, y esta a su balda en el trastero. Una vez que juzgó que todo estaba en orden, cogió un ostentoso cuchillo de la cocina y salió al patio.

Los tambores de las procesiones de Vísperas se colaron con fuerza en su jardín mientras él se arrodillaba en el suelo y respiraba profundamente. Con la mano izquierda se exploró el abdomen buscando algo. Durante un par de minutos, sus dedos palparon todo el contorno de la panza de manera minuciosa, como si se tratara de un gastroenterólogo en busca de un tumor o una hernia. Al cabo, dio con el punto exacto que estaba persiguiendo, lo que le provocó un inesperado ataque de nervios y, más tarde, temblores.

Mientras las cornetas marcaban el paso a los costaleros, el sudor le resbalaba por la frente y la taquicardia conquistaba los latidos de su corazón. Buscando serenarse, recitó para sí unas palabras que había escrito horas antes en el murete del patio. Era una especie de mantra o verso que, a fuerza de repetirlo, consiguió el efecto deseado. Más tranquilo, pudo escuchar cómo, fuera del recinto, el capataz del paso de palio golpeaba el llamador. Lo hizo una vez. Lo hizo dos veces. Y antes de oír el tercer y último golpe de martillo, Antonio Jiménez se clavó con decisión el cuchillo en el punto exacto del vientre que había marcado con su mano izquierda y, posteriormente, se rasgó el estómago.

Sin un solo grito o lamento, se desplomó sobre el parterre. Cercado por la sangre y las vísceras, pareció expirar en el momento exacto en que el capataz exclamó: «Al cielo con él», sin quedar claro si se refería a la Virgen o al alma de Antonio Jiménez.

* * *

Ajena a lo que acababa de ocurrir en aquel patio, en la zona este del pueblo, la procesión de la Vera Cruz siguió su curso por el entramado de callejuelas del barrio de Santa María.

—¡A esta es! —indicó el capataz después de golpear el llamador de plata por segunda vez.

Inmediatamente, los treinta costaleros que estaban debajo del paso de misterio supieron que había llegado el momento de meter riñones y prepararse para recibir el peso de aquella mole barroca sobre sus cogotes. Entre sudores de sufrimiento, el grupo de hombres esperó impaciente el tercer y definitivo toque de martillo; el que los haría despegar los pies del suelo y elevar al cielo la imagen de Jesús cargando con una pesada cruz a cuestas. Todos estaban en tensión, concentrados en absoluto silencio y atentos al momento cumbre de la *levantá*. Todos menos Salvador López, al que un intenso picor en la cabeza lo tenía distraído. Tal era el escozor que se vio en la necesidad de quitarse el costal con el que se protegía la zona cervical y palparse el cuero cabelludo.

—¿Qué cojones haces? Ponte en posición de una puta vez —le pidió uno de sus compañeros al ver que estaba rascándose la cabeza fuera de las trabajaderas.

Sin prestarle atención, Salvador continuó inspeccionándose el cráneo de manera apurada hasta que halló una garrapata incrustada en la piel. No sin esfuerzo, logró despegarla y la arrojó al suelo, angustiado. Tan pronto como se desprendió de ella, un nuevo cosquilleo llamó su atención. En esta ocasión, la quemazón provenía de su oreja izquierda. Con prudencia, acercó la mano hasta el lóbulo y se topó con una araña que empezaba a descender por el cartílago. Asqueado, la apartó de un manotazo sin entender qué estaba pasando.

—¿Tú eres subnormal o qué te pasa? O te pones el costal ya o te vas a tomar por culo —lo volvieron a increpar, sin que esta vez pudiera ver de quién se trababa.

Confuso, Salvador se colocó el saco de arpillera sobre la cabeza intentando convencerse de que todo aquello era fruto de una casualidad.

—¡Vamos, valientes, *tos* por igual! —gritó el capataz tras golpear el llamador por tercera vez, y la cuadrilla de hombres saltó arrebatada al unísono.

Cristo se bamboleaba todavía en las alturas cuando Salvador López sintió que se le inflamaba la garganta. Por momentos no podía respirar. Parecía que algo le oprimía la laringe y el aire no circulaba con normalidad. Prácticamente asfixiado, carraspeó para desbloquear la tráquea. Sin embargo, lo único que consiguió fue desplazar el misterioso tapón a la altura de la epiglotis. La sensación, además de incómoda, era profundamente desagradable, por lo que a los pocos segundos tosió de manera descontrolada. Para su sorpresa, con cada nuevo espasmo, un extraño cuerpo emergía de su boca. Agobiado, abrió lentamente los labios y pronto descubrió que estaba expulsando un saltamontes de tamaño más que considerable. A punto estuvo de vomitar. Si no lo hizo, fue porque de sus orificios nasales irrumpieron al mismo tiempo dos cucarachas que inspeccionaron con deseo sus mejillas.

Salvador empezó a temblar. Su cuerpo se había convertido inesperadamente en un nido de insectos. Por desgracia, tenía sobre el cuello un paso de Semana Santa y no podía hacer nada para deshacerse de ellos. Incapaz de mantener por más tiempo la calma, Salvador sufrió un colapso.

—¡Ayudadme! ¡Los tengo por todo el cuerpo! ¡Ayudadme! —chilló el joven, desesperado.

Lejos de recibir auxilio, se ganó una nueva amonestación.

—¡Cállate ya, gilipollas! —escuchó que le decía alguien mientras las cucarachas seguían circulando descontroladas por su rostro.

Tan disgustado como asustado, el muchacho no entendía que nadie lo socorriera. Harto de la situación, se arrojó al suelo para escapar de allí, ante la atónita mirada de sus compañeros. Culebreando, logró huir por debajo del faldón del paso de la Vera Cruz.

Sin embargo, las cosas no mejoraron fuera de la plataforma barroca. En cuanto se levantó del suelo, unas delgadas
antenas de lo que se intuía era una langosta de tierra, asomaron a través de su córnea izquierda. El invertebrado trepaba
resueltamente por el interior de su cuenca ocular y pronto
pudo sacar la cabeza. Sus voluminosos ojos hemisféricos contemplaron la situación hasta decidir que no había peligro alguno. De esa manera, también sus dos patas delanteras bro-
taron de la nada.

El joven costalero gritó histérico.

—¡Ayudadme, me va a dejar ciego! ¡Ayudadme!

Como si el insecto fuera capaz de percibir aquella incomodidad, prefirió no salir del todo, y se quedó con medio cuerpo dentro de la córnea y el otro medio fuera.

—¿Por qué nadie me ayuda? ¡Hay bichos por *tos laos!*
—insistió, temblando.

A decir verdad, ninguno de los presentes sabía cómo reaccionar ante sus súplicas. Habían ido hasta allí para ver una
procesión, y en lugar de eso, se encontraban con un perturbado quejándose de una plaga de insectos que solo él veía. Así
que, ante la duda, la muchedumbre hizo lo único que podía
hacer: abuchearlo para que dejara de hacer el ridículo ante la
imagen de Cristo.

Aturdido por la falta de solidaridad de sus vecinos, Salvador perdió la paciencia. El animal se movía nervioso en su
interior y la sensación era tan repugnante como dolorosa.
Necesitaba expulsar a la langosta inmediatamente, aunque
pusiera en riesgo su integridad física. Sin que nadie tuviera el
cuajo suficiente para impedirlo, el chico se acercó hasta un
nazareno próximo a él y, después de forcejear, le arrebató
bruscamente el cirio. Cuando el penitente se quiso dar cuenta, Salvador se había aproximado la llama de la vela al ojo
con el propósito de espantar al insecto. Lamentablemente, lo
único que consiguió fue que se replegara dentro de la córnea.

Al contemplar la grotesca escena, tanto los nazarenos más
cercanos como algunos parroquianos trataron de evitar una
tragedia. Pero su respuesta fue tardía. Decidido a acabar con

aquello de una vez por todas, el costalero aproximó todo lo que pudo la lumbre. Y, como era de esperar, tan solo logró derretirse la córnea. Antes de que pudiera ver si había conseguido expulsar a la langosta, cayó fulminado de puro dolor sobre los adoquines del barrio de Santa María.

Las cornetas y tambores enmudecieron. Los murmullos de los vecinos cesaron. El paso de la Vera Cruz se detuvo. Donde se debería haber escuchado una saeta, se oyó la inquietante alarma de una ambulancia, después de que uno de los presentes alertara al servicio de emergencias. En cuanto el vehículo pudo hacerse un hueco para socorrerlo, el capataz del paso de misterio se acercó hasta el hermano mayor de la cofradía y le susurró algo al oído:

—Ha vuelto a suceder... —dijo, señalando el cuerpo abatido del chico, con el mismo pudor como si el que estuviera desfallecido en el suelo fuera él mismo.

Y así era. Había vuelto a ocurrir.

Tan solo tres horas antes, en el barrio del Pantano, otro joven costalero, Francisco, había sufrido un colapso. En su caso, un terrible golpe de calor provocó que escapara de un paso de palio para desnudarse. Posteriormente, perdió el conocimiento y se abrió la cabeza contra el suelo ante el estupor de los vecinos.

Eran dos embarazosos sucesos de los que nadie se atrevía a hablar en la Sierra Sur de Sevilla. Había tanto miedo a que algo parecido volviera a suceder como a que por aquella circunstancia se cancelaran las procesiones de Semana Santa, cuando apenas se había dado el pistoletazo de salida.

CAPÍTULO 1

SÁBADO DE PASIÓN

«¿Por qué dormís? Levantaos y orad para que
no entréis en la tentación».

SAN LUCAS, 22: 46

La mañana del sábado no prometía ser mejor. Al menos eso
pensó Lucía Gutiérrez cuando la lluvia le encrespó el pelo
hasta darle un aspecto ridículo.

Para colmo, no había pegado ojo en toda la noche, tenía
dolor de cabeza y acababa de discutir con su hija. Del uno al
diez, el sábado se agitaba emocionalmente en su cerebro con
una energía de 9,5 grados en la escala de Richter. Se podría decir que aquella mañana, antes de que el viento le rompiera un
par de varillas del paraguas y la lluvia hiciera diabluras con
su cabellera, ya había salido de casa con un humor de perros.

Pero, para ser honestos, eso era algo bastante habitual en
ella, lloviera o hiciera sol. Después de pisar una baldosa hue-
ca que la salpicó de barro hasta la rodilla, Lucía se dio cuenta
de que necesitaba volver a la cama, cubrirse con el edredón
hasta la cabeza y odiar desde la trinchera de su colchón al
resto de la humanidad. O tal vez su cuerpo le pedía un cóctel
a base de paracetamol e ibuprofeno. O simplemente un abrazo. Lo que tenía claro que no necesitaba era echar horas extras en pleno fin de semana.

—Antes de que digas nada, ya sé que tengo el pelo como
si lo hubiera metido en una centrifugadora. Odio la lluvia.
Me mudé al sur para huir de esta puta humedad —dijo Lucía, malhumorada, sacudiendo el paraguas quebrado al entrar en la sala de reuniones.

La habitación presentaba un aspecto añejo y descuidado,
como si la hubieran decorado con mobiliario cedido por un

centro de drogodependientes. Tanto las sillas como la mesa principal eran anticuadas y tenían ostensibles desperfectos. El desfase de la estancia estaba coronado por un retrato anacrónico del rey Juan Carlos I con apenas cuarenta años y abundante pelo. Cada vez que Lucía traspasaba aquella puerta, tenía la sensación de viajar atrás en el tiempo.

—Es llegar Semana Santa y abrirse el cielo, mi sargento. Desde anoche no para de llover... Todos los años por estas fechas ocurre lo mismo —señaló Víctor Martín, distraído e hipnotizado por las gotas de lluvia que chocaban frenéticamente contra la ventana.

Aunque hablara del tiempo con la misma pasión que un agricultor, en realidad Víctor era cabo primero de la Guardia Civil y mano derecha de Lucía en aquel puesto de mando.

—Bueno... Mientras llueva, no tendremos que ocuparnos de las procesiones y de cortar el tráfico... —dijo la sargento después de colgar la gabardina en el perchero.

—Que la alcaldesa no la escuche alegrarse de eso. Ya tiene usted bastantes enemigos en el pueblo —respondió Víctor mientras continuaba con la vista fija en la ventana, atesorando en su retina aquella imagen tan inusual de un lluvioso día en Morón.

Aprovechando que él seguía ensimismado con la borrasca, Lucía se hizo una coleta y domó su rebelde melena. Cuando concluyó, se sentó en la mesa y tomó una carpeta azul.

—¿Es el informe toxicológico?

—Sí, mi sargento. Los dos jóvenes costaleros habían consumido drogas antes de perder la cabeza —se reincorporó finalmente el cabo, dejando visible que le faltaba parte del dedo anular de la mano derecha, una leve tara física que no le había impedido superar las pruebas de acceso a la Guardia Civil—. En el caso de Francisco Otero, éxtasis. El abuso de MDMA acompañado del sobreesfuerzo físico derivado de cargar con un paso le provocaron el tremendo golpe de calor y el desmayo, que a su vez le originó una fuerte contusión en el sincipucio... Ya sabe, algo más arriba de la frente —le aclaró

Víctor a la suboficial, al verla algo descolocada con el tecnicismo.

—Gracias por la explicación, cabo. No hay que dejar pasar ni una sola oportunidad de ser paternalista con una mujer, ¿verdad? —soltó Lucía con ironía al tiempo que buscaba un Gelocatil en su bolso.

—Lo siento, mi sargento, me pareció que...

—¿Tienes algo para la cabeza? —preguntó después de no encontrar nada que la ayudara a mitigar la migraña.

—No, no me gusta tomar medicamentos. Siempre he pensado que si abuso ahora de ellos, cuando los necesite de verdad con setenta años no me van a hacer efecto. Me apaño con baños de vapor, ejercicio, meditación y cosas así...

—Machista y homeópata, doy gracias a la vida por haberte puesto en mi camino —vapuleó de nuevo Lucía al cabo. Al darse cuenta de que se estaba extralimitando, optó por pisar el freno—. Perdona... Me está matando el dolor de cabeza y lo estoy pagando contigo. Me cuesta un poco leer —se justificó, dejando sobre la mesa el informe—. ¿Qué le ocurrió al otro costalero?

—Salvador López —respondió Víctor mientras intentaba recomponerse de las continuas burlas de la sargento—. Según he podido ver, se excedió con el consumo de ketamina, que en dosis altas, como parece que fue su caso, puede ocasionar delirios y alucinaciones, así como la pérdida de la consciencia. Es difícil saber qué pasaba por la mente del chico cuando decidió derretirse la córnea con la llama de un cirio, pero seguro que, tras perder la visión del ojo izquierdo, la próxima vez que quiera consumir ketamina se lo pensará dos veces.

—¿Y para esto me hacen madrugar un sábado? ¡Si no es más que una gamberrada! Una mera coincidencia de decisiones desafortunadas. Chavales de pueblo aburridos que en algún momento del fin de semana confundieron la Pasión con la *rave* de Cristo.

—No es lo que piensan la alcaldesa y el presidente de la Asociación de Cofradías, mi sargento. ¿Los hago pasar ya?

—¡Espera! Déjame antes ir al baño a echarme agua fría en la cara. Necesito despejarme.

* * *

El ensordecedor ruido del motor del F-18 obligó al capitán Douglas J. Hoopen a apartar el paraguas un instante y mirar al cielo. De un simple vistazo, reconoció que el avión pertenecía al escuadrón 496 ABS del Ejército del Aire de los Estados Unidos.

El cazabombardero estaba a punto de aterrizar en la base de Morón de la Frontera después de efectuar un ejercicio práctico de rutina. El tránsito de este tipo de cazas era habitual en el municipio desde que el ejército americano se estableciera allí en 1963.

Aunque en apariencia fuera un pueblo típicamente andaluz de casas encaladas, olivos y ritmo pausado, Morón contaba con una de las bases aéreas más grandes de Europa.

La pista de despegue soportaba alrededor de seis mil vuelos militares al año, y su uso había sido clave durante la invasión de Irak de 2003. Tanto que hasta siete mil militares pasaron por esta pista en aquel entonces. En cualquier otra ocasión, Hoopen se hubiera quedado allí contemplando la belleza del F-18 aterrizando y rompiendo con su vientre de ballena la cortina de lluvia. Sin embargo, aquella mañana tenía un asunto importante que resolver, por lo que tuvo que renunciar a uno de sus mayores placeres.

Antes de que el avión tomara tierra, el oficial americano ya había cerrado el paraguas y llegado a su destino, el pabellón Eisenhower.

—No me pases llamadas en toda la mañana —le dijo en inglés, más serio de lo habitual, a su secretaria.

Y, sin darle la oportunidad de réplica, traspasó el umbral de su despacho.

Con cara de preocupación, dejó caer en el suelo su maletín de trabajo y abrió las persianas. La luz mostró una estancia plagada de diplomas y maquetas de aviones del ejército americano; bombarderos B-52, drones y réplicas de cazas de la Segunda Guerra Mundial. Podría haberse tratado de la habitación de un quinceañero empollón con acné, pero en realidad pertenecía al capitán de la base, el hombre con más poder de aquella descomunal instalación militar.

Con cuidado, colgó la chaqueta azul en el perchero y se dejó caer en un sillón de cuero rojo. Acto seguido, tomó el teléfono y marcó un número de memoria.

—Montes, quiero cerrar mi cuenta inmediatamente y que me devuelva el dinero en un maletín —advirtió rotundo el oficial americano en cuanto escuchó que descolgaban al otro lado del aparato.

—¡Buenos días, capitán! Me temo que hasta el lunes no podrá ser —contestó Silvano Montes mientras hacía gestos de silencio a sus dos hijos, que en ese mismo momento discutían con la madre para bajar a la playa pese a estar lloviendo.

—Y yo me temo que, si no lo hace ahora, tal vez no sea el único militar de la base que cierre su cuenta en Unicaja.

—Capitán, le pido un poco de comprensión. Estoy con mi familia en la playa. Hemos venido a pasar el fin de semana al apartamento que tenemos en Matalascañas. Además, de sobra sabe cuál es el horario de oficina en España. Los bancos cierran los sábados y domingos —se defendió el empleado de banca, escabulléndose hasta el rincón más íntimo del apartamento, donde no lo escucharan ni los niños ni su mujer.

—Montes, no suelo pedir las cosas dos veces. Ya ha oído lo que quiero. Me trae sin cuidado lo que esté haciendo. Si sabe lo que le conviene, atenderá mi petición.

—Perdone, ¿puedo preguntarle a qué se debe tanta prisa? ¿Por qué no puede esperar al lunes?

—No recuerdo que me hiciera tantas preguntas cuando decidí domiciliar mi nómina en su banco. Tiene hasta las doce de la noche. Superado ese plazo, aténgase a las consecuencias.

—Pero... no puedo hacer esa operación desde la playa. ¡Tendría que volver a Morón!

—Pues entonces ya sabe lo que tiene que hacer. A medianoche recibirá una llamada mía para concretar lugar y hora donde recoger el maletín. Que tenga un buen día —dijo Hoopen, y colgó el teléfono.

Algo más relajado que cuando había entrado en el despacho, el capitán se levantó del sillón y se acercó hasta la ventana. Desde allí pudo contemplar cómo despegaba un gigantesco C-5 Galaxy con destino a la base alemana de Ramstein.

El morro plateado atravesaba el fuerte chaparrón como un cuchillo caliente la mantequilla. La maniobra era de una estética soberbia, tanto que el oficial no pudo contenerse. «*Nice, really nice*», dijo entusiasmado cuando el avión terminó de elevarse, como si la incómoda conversación con Montes jamás hubiera tenido lugar.

* * *

Lucía entró en el baño y abrió el grifo del lavabo. Al igual que la sala de reuniones, el aseo era bastante sobrio, dejando a las claras que en aquel edificio primaba la funcionalidad sobre el diseño. Antes de extender las manos para recoger el agua, se miró en el espejo. Su rostro reflejaba a una mujer de mediana edad cansada, sin tiempo para comprarse cremas antiedad, untarse mascarillas hidratantes por la cara, apuntarse al gimnasio o teñirse las canas.

La rutina del día a día lo engullía todo y no le dejaba tiempo ni para comprarse yogures con bífidus, té verde o cualquiera de aquellos inventos antioxidantes con los que los demás intentaban engañar a la muerte o detener el tiempo.

Cuarenta y dos años apuntaba su DNI; al menos cinco más insinuaban las bolsas que se desparramaban con pesadez sobre el contorno de sus ojos.

No era una mujer fea. De hecho, se intuía que tiempo atrás poseyó bastante atractivo y que todavía hoy lo mantenía de alguna manera. No obstante, el inevitable paso de los años le había generado algunos complejos e inseguridades. Su cara ya no era su cara. O sí lo era, pero menos. Tal vez se trataba

de un problema de reconocimiento. La persona que se reflejaba en el espejo se parecía a ella, pero no del todo. Algo así
como cuando organizaba en el cuartel una rueda de reconocimiento con sospechosos. Todos guardaban algún parentesco
con el retrato robot que había facilitado la víctima, pero ninguno terminaba de encajar. Se podía decir que, desde que
abandonó la treintena, su silueta reflejada en el cristal con
cuarenta, cuarenta y uno y cuarenta y dos años era como esas
ruedas de reconocimiento: le recordaban a ella, pero ninguna
encajaba en la imagen mental que tenía de sí misma.

Había una versión de ella con el gesto fatigado, otra con la
piel flácida a la altura de los pómulos y otra con bolsas en los
ojos. A veces se manifestaban de manera aislada y otras,
como aquella mañana, todas a la vez. Dependía del espejo,
de la luz y, sobre todo, de su humor. Sin embargo, aunque
ella no fuera de la misma opinión, nada de eso le restaba *sex
appeal*. Ni siquiera el uniforme, el pelo recogido con una ti-
rante coleta o su mirada severa y desafiante.

Podría decirse que sus ojos no observaban, sino que es-
crutaban. Todo en ella apuntaba a una parentela más próxima
a la de un ave rapaz que a la de un ser humano con ascenden-
cia mediterránea. Como el halcón al que acaban de despren-
der de su capucha en unas jornadas de cetrería, Lucía inspeccionó irritada su rostro, una forma de mirar que había
adquirido a lo largo de los últimos años al frente del puesto
de mando de Morón y de treinta hombres deseosos de desautorizarla en cualquier circunstancia por el mero hecho de ser
mujer.

Harta de ver su rostro más ajado de lo que le gustaría,
acercó finalmente las manos hasta el grifo y se frotó la cara
con agua fría, una y otra vez.

Puede que en un principio solo deseara despejarse y aliviar la migraña, pero, tras cinco minutos frente al espejo,
quería otra cosa: volver a parecer joven y saludable, y que el
desagüe se llevara consigo todos aquellos complejos.

Al cabo de unos segundos de masajes, consideró inútil hacerse un *lifting* facial con el agua de los aseos del cuartel de la

Guardia Civil. Aquello no iba a mejorar ni aunque la cañería estuviera conectada con el santuario de la Virgen de Lourdes. Desencantada, cerró el grifo, se secó las manos y la cara, y volvió a la sala de reuniones.

En cuanto abrió la puerta, observó a la alcaldesa y al presidente de la Agrupación de Cofradías, sentados en torno a la mesa. Víctor Martín seguía hablando con entusiasmo de la lluvia. Al contemplar la estampa, sonrió. Por mucho que cambiaran los tiempos, en pleno siglo XXI, el poder político, el religioso y las fuerzas del orden permanecían unidos en alegre francachela.

—¿Y bien? —La regidora interrumpió la perorata del cabo sobre climatología en cuanto vio a Lucía entrar en la sala.

—No le daría importancia a lo ocurrido, señora Torres. Como ya les habrá adelantado el cabo Martín, solo se trata de dos chicos que no calcularon bien las consecuencias del consumo de drogas —respondió Lucía, procurando tranquilizar los ánimos de los asistentes.

—¿Y eso no le parece grave? —replicó la alcaldesa de Morón.

—El cabo nos ha contado que los chicos sufrieron una sobredosis de ketamina y MDMA —añadió Hipólito Núñez, el presidente de la Agrupación de Cofradías—. Hasta esta mañana no sabía ni lo que era eso. Puede que en Madrid sea normal, pero, en Morón, lo más peligroso que le he visto hacer a un costalero es mezclar anís con el agua del botijo.

—Sinceramente, dudo de que algo así vuelva a ocurrir en una procesión. Considerémoslo un accidente —insistió Lucía, defendiendo su postura—. Si alguien en el pueblo tenía pensado hacer lo mismo estos días, habrá tomado nota de lo ocurrido.

—¿Puede asegurarnos al cien por cien que no volverá a ocurrir? —preguntó de nuevo, molesta, Ana Torres.

—Al cien por cien no podría asegurarle ni que mañana salga el sol.

—Eso pensaba... ¿Sabe? Resulta increíble que todavía no sepa lo importante que es la Semana Santa para nuestro municipio y todo el dinero que se genera en torno a ella. Hemos tenido la suerte de que lo ocurrido no haya llegado a oídos de la prensa, pero no nos podemos exponer a que vuelva a suceder algo así. Le pido en nombre de todos los moronenses que se tome en serio su trabajo. No me interesan sus opiniones personales. Quiero un informe como Dios manda sobre la mesa, y entre rejas a quien esté vendiendo esa mierda a los costaleros. ¿Me he explicado con suficiente claridad, o necesita que vuelva a hablar con la Comandancia de Sevilla para quejarme de su falta de rigor profesional?

—No será necesario. Lo he entendido perfectamente.

—Me alegro. No hace falta que le recuerde el escaso afecto que le tienen los habitantes de este pueblo y lo poco que me costaría que la relevaran de su puesto.

—Por otro lado —intervino más calmado Hipólito Muñoz—, yo no descartaría que alguien esté tratando de que cunda el pánico en Semana Santa, como ya ocurrió en Sevilla en el año 2000. No sé si lo recuerda...

—En aquel entonces la sargento aún estaba destinada en Madrid —comentó Víctor Martín, intentando echarle un capote a su jefa, que estaba mordiéndose la lengua por encima de sus posibilidades—. El señor Núñez se refiere a lo que se denominó «la *madrugá* del pánico». Durante las procesiones de la madrugada del Jueves Santo, un grupo de personas echó a correr desesperado, sin rumbo fijo y sin ningún tipo de explicación. La estampida provocó el caos en seis puntos distintos del centro de la ciudad. La noche acabó con cincuenta y tres heridos, los enseres de las cofradías de la Esperanza de Triana, la Macarena o el Gran Poder, arrumbados en la calle, y la sensación de que la tragedia podría haber sido mayor. Aún se desconoce lo que ocurrió realmente, pero se sospecha que detrás de todo aquello pudo haber un grupo de jóvenes organizados que querían reventar una tradición popular con la que se sentían incómodos.

—Gracias de nuevo por su condescendencia, cabo. Es bueno saber que siempre hay un hombre al rescate —sentenció Lucía, pagando de nuevo su descontento con Víctor.

—La cuestión es que tanto en los hechos de 2000 como en los actuales parece existir un denominador común: chicos de menos de treinta años que han decidido dar una vuelta de tuerca a nuestras costumbres —argumentó el presidente de la Agrupación de Cofradías.

—Como bien ha dicho la alcaldesa, no es momento de dejarnos llevar por valoraciones personales —dijo Lucía, recogiendo las palabras de Ana Torres sin que nadie tuviera claro si le estaba dando la razón o simplemente lanzándole una puya—. Mientras el cabo se ocupa de realizar un informe sobre los hechos ocurridos el pasado viernes, el resto del equipo se encargará de reforzar desde mañana mismo la seguridad de todas y cada una de las procesiones. Prometo encargarme personalmente de averiguar si realmente hay o no algún tipo de fundamento en la hipótesis del señor Núñez.

—¿Puedo saber qué es lo que piensa hacer exactamente? —preguntó la jefa del Consistorio.

—No. El reglamento solo me permite revelar el contenido de las operaciones de la Guardia Civil al poder judicial —aclaró Lucía, desafiando a su interlocutora.

—Entiendo... —respondió la alcaldesa después de levantarse para abandonar la estancia. Antes de cruzar la puerta, se dirigió amenazante una última vez a Lucía—: Tenga cuidado, no le voy a pasar ni una más. ¿Me acompaña, señor Núñez?

Tras la fría salida de las que podrían calificarse como máximas autoridades de Morón de la Frontera, el cabo Víctor Martín se quedó un instante pensativo hasta que reunió el valor suficiente para encararse con su superiora.

—¿De verdad me va a poner a hacer un informe, mi sargento?

—Tienes razón. Es poca cosa para un hombre de tu valía. ¿Qué te parece si además te acercas a la farmacia y me traes dos toneladas de paracetamol antes de que me estalle la cabeza? ¿Te sigue pareciendo poco o te busco más tareas?

—A sus órdenes, mi sargento —replicó Víctor, cabizbajo, al tiempo que abandonaba la sala de reuniones.

Contrariada e incómoda por la migraña, Lucía entró de nuevo en el baño, esta vez con la intención de humedecer una toalla con agua fría. Cuando consideró que estaba lo suficientemente empapada, regresó a su despacho para colocársela en la cabeza y evadirse del mundo, al menos durante media hora.

Desgraciadamente, la paciencia no era una de sus mejores virtudes, y en apenas cinco minutos arrojó la toalla al suelo. Levemente mareada, se dirigió al vestíbulo del cuartel en busca de un agente al que usar de *punching ball*. Después de cruzar un área diáfana tan solo decorada con carteles informativos sobre la violencia de género pegados en la pared, encontró a su víctima propiciatoria. Apoyada en el mostrador de madera de recepción, una agente de unos veinte años atendía una llamada.

—María, deja lo que sea que estés haciendo y busca en internet todo lo que haya sobre «la *madrugá* del pánico».

—En seguida me pongo a ello, mi sargento. En cuanto termine de hablar por teléfono —respondió la joven.

—Ahora —sentenció Lucía, mientras le colgaba ella misma el teléfono.

* * *

Los niños acababan de meter en sus mochilas el cubo y las palas para jugar en la playa cuando Silvano Montes tuvo que darles la mala noticia.

—Tenemos que volver a Morón...

—No seas *apretao*, Silvano, ¡mira el sol que hace ahora! Aún podemos aprovechar la playa esta tarde y mañana —protestó Noelia, su mujer, sin hacerle mucho caso, mientras empezaba a colocarse una gorra y a restregarse la protección solar por la cara.

Silvano se acercó a la ventana y miró al cielo. Efectivamente, la lluvia había parado y el sol buscaba su hueco en las alturas. Unos primeros buenos síntomas, más que suficientes para que los turistas se olvidaran del paraguas y se lanzaran a la playa. Definitivamente, la mañana había mejorado y eso le ponía las cosas más difíciles a Silvano.

—Lo siento, ha surgido un problema de trabajo y tengo que ir a la oficina cuanto antes.

—¿Desde cuándo trabajas los sábados? —preguntó su mujer, extrañada.

—Es algo excepcional. Os prometo que volveremos para el puente de Semana Santa.

—Pero yo quiero ir ahora a la playa —contestó llorando Francisco, el más pequeño de sus hijos.

—Lo sé, campeón, pero papá tiene cosas que hacer. Si no lloras más, os dejo jugar a la Nintendo Switch esta tarde, ¿qué me dices?

—¿Al Mario Kart?

—A lo que queráis.

—Vale —dijo el pequeño, secándose las lágrimas y dejando caer la mochila con los juguetes de la playa.

El camino de regreso en el coche fue más tenso de lo esperado. Su mujer seguía sin comprender a qué venían tantas prisas y, después de varias discusiones, Silvano prefirió quedarse en silencio escuchando la radio antes que continuar elevando la voz y que sus hijos terminaran llorando.

Con el ambiente aún enrarecido, llegaron a Morón y, después de despedirse fríamente de Noelia y dejar el coche en el garaje, Silvano se dirigió a la oficina de Unicaja donde trabajaba. No tardó más de media hora en cerrar la cuenta bancaria de Douglas J. Hoopen y colocar todo el dinero, unos ciento ochenta mil euros, en un maletín negro. De hecho, casi le llevó más tiempo apagar las luces y cerrar las puertas de la sucursal que completar aquella simple tarea administrativa.

Una vez fuera, se vio sorprendido por un fuerte chaparrón. Aquel tiempo inestable era propio de primavera; no obstante, entre que ya había anochecido y que los ciudadanos de Morón no eran muy amigos de la lluvia, las calles del pueblo estaban desiertas.

«Lo que me faltaba», se dijo Silvano cuando a los pocos segundos el agua le había calado la ropa. Con inocencia, se colocó el maletín encima de la cabeza para protegerse de la lluvia, y comenzó a andar algo más rápido de vuelta a casa. Si se daba prisa, los niños todavía estarían despiertos y podría jugar con ellos a la consola, pensó.

No había avanzado más que un par de pasos cuando algo llamó su atención. Los primeros acordes de *Paint it Black* de los Rolling Stones tronaban en los alrededores de la calle Cánovas del Castillo tan sombríamente como el lamento de una serpiente que se arrastra por el suelo malherida.

Aquella canción le resultaba familiar, pero no lograba recordar el título. Cuando se volvió para comprobar de dónde procedía la melodía, tan solo pudo ver un coche estacionado con los faros encendidos y el limpiaparabrisas funcionando a toda velocidad. A decir verdad, la imagen era siniestra. Había aparecido de la nada con el mismo sigilo que un fantasma. La lluvia arreciaba con tanta fuerza que no consiguió distinguir quién estaba al volante, lo que le otorgaba a toda la escena un aire sobrenatural. Inquieto, quiso acercarse para ponerle rostro a su espectro, pero, en ese mismo momento, la música dejó de sonar. Sin las guitarras y la batería de los Stones bramando en la oscuridad, la tensión disminuyó, así que, restándole importancia a lo sucedido, siguió su camino cubriéndose del aguacero con el maletín. A los pocos minutos, los mismos acordes ruidosos volvieron a retumbar detrás de él. La voz de Mick Jagger lo acosaba a poca distancia, en lo que definitivamente se entendía como una suerte de persecución. Como ya hiciera la primera vez, se dio la vuelta intranquilo para ver de qué se trataba. A su espalda se encontraba el mismo coche de aspecto fantasmagórico.

Estaba estacionado junto a él con las luces encendidas y los limpias moviéndose de derecha a izquierda, sin permitirle distinguir a su ocupante. La inquietud de Silvano Montes se tornó en una especie de ataque de pánico.

Incapaz de verle el rostro, el empleado de banca aligeró el paso y agarró con fuerza el maletín, que dejó de utilizar como parapeto de la lluvia. Aunque no era dado a dramatizar, aquello no le daba buena espina. Los baldosines mojados le hacían resbalar constantemente, pero no aminoró la marcha hasta que dejó de escuchar los acordes de *Paint it Black*.

Paradójicamente, el silencio de la noche era lo único que le procuraba tranquilidad. Cuanta más calma hubiera en la calle, más lejos estaría aquel misterioso coche de él. Confuso, echó una mirada atrás y respiró tranquilo. Parecía que la tierra se hubiera tragado al vehículo y a los Stones.

Pensando que se había dejado llevar por la paranoia, Silvano Montes se relajó y aflojó el ritmo de sus pasos. Desafortunadamente, antes de que llegara a la esquina de la calle Osuna, la inquietante melodía restalló por sorpresa a su espalda. Como un cuervo, el extraño vehículo esperaba pacientemente su turno en la oscuridad. Harto de la situación, el empleado de banca se acercó hasta el lúgubre automóvil y golpeó la ventanilla.

—¿Quién coño es usted? ¿Qué cojones está haciendo? —preguntó, armándose de valor.

Pero nadie contestó. En lugar de eso, la puerta del piloto se abrió violentamente, llevándose por delante a Silvano, que perdió el equilibrio y cayó al suelo. Del vehículo salió un hombre alto y atlético, pero antes de que pudiera verle el rostro o averiguar qué estaba pasando, recibió una fuerte patada en la cabeza.

—¡En este pueblo de mierda, me puedes considerar Dios! Si no quieres despertar mi ira, será mejor que no grites —le advirtió el desconocido.

Pero Silvano ya no pudo escucharlo; el golpe lo había dejado inconsciente.

Desvanecido, fue incapaz de darse cuenta de que aquel desconocido abría el maletero y lo introducía en el estrecho cubículo.

—Dulces sueños —dijo el extraño en inglés, después de cerrar el portón.

CAPÍTULO 2

Domingo de Ramos

«Así lo dicen las Escrituras: mataré al pastor
y las ovejas se dispersarán».
Mateo, 26: 31

Aquel Domingo de Ramos la lluvia dio una tregua a los habitantes de Morón.

Tras un comienzo de mañana preocupante en el que las nubes y unas cuantas gotas hicieron temer lo peor, el viento acabó por desplazar la borrasca hacia el interior de la provincia.

En cuanto el último nubarrón desapareció, el hermano mayor hizo vibrar su campana y todos en la hermandad supieron que había llegado el momento.

—*Tooooooos* por igual, valientes, vamos a llevarlo al cielo —gritó el capataz con sobreexcitación y una voz un tanto áspera, como si sus cuerdas vocales hubieran sido forjadas a fuego lento durante años con el alquitrán del tabaco negro.

Con aquella modesta indicación, el gentío que se había reunido en los alrededores de la iglesia de San Benito respiró definitivamente aliviado. Atrás quedaron los rezos y los llantos; el sol lucía radiante sobre un cielo azul superlativo. La cofradía de la Burrita estaba preparada al fin para realizar su desfile procesional por las calles de Morón de la Frontera.

No obstante, la tensión acumulada había sido tal que el sudor y las lágrimas del capataz abrían surcos en su pedestre cara de campesino.

De los 365 días que tenía el año, 364 los dedicaba a remover cincuenta hectáreas de tierra, a sufrir con los partidos del Betis y a beber con avidez todas las cañas de Cruzcampo que encontraba en el camino que lo separaba de la finca a su casa.

El Domingo de Ramos, sin embargo, dejaba atrás la placidez de la vida mundana y se transformaba en un trasunto de Santa Teresa de Jesús, capaz de entrar en éxtasis cada cinco minutos. Hay quien necesita de la oración para alcanzar el paroxismo religioso; a él le bastaba con echarse el pelo hacia atrás y fijarlo con gomina. Un sencillo gesto que lo ayudaba a mutar su cuerpo un día al año en una bomba atómica de fervor popular que no dudaba en inmolarse con cada indicación a su cuadrilla de veintinueve costaleros.

Con dos golpes secos y medidos de martillo, acompañados de un asertivo «vamos a meter riñones», el capataz consiguió que sus hombres se pusieran en posición y el pueblo entero enmudeciera.

En kilómetros solo se escuchó su voz de tinieblas.

—Señor, Tú que tienes la paz entre las manos, derrámala entre mis hermanos. ¡Al cielo con Él!

Ni las golondrinas, que observaban la escena desde los tejados, se atrevieron a gorjear y romper el respetuoso silencio.

Tras una breve pausa, dedicada a buscar el aire que le negaban sus maltrechos alveolos pulmonares, un tercer y último golpe de martillo obró el milagro y disparó hacia los aires el paso de Semana Santa.

—¡Cielo! —gritaron al unísono los veintinueve costaleros.

La imagen de Jesús sentado en la borriquita crujió y se tambaleó con la misma fuerza que si aquellos hombres de campo hubieran puesto en órbita un cohete espacial barroco.

Cuando los faroles dejaron de temblar después del microseísmo y Nuestro Padre Jesús de la Misericordia dominaba con sosiego el cielo de Morón, las campanas de la iglesia de San Benito repicaron, uniéndose a los acordes de la banda de cornetas y tambores, que interpretaba al mismo tiempo la Marcha Real.

Un toque de corneta cambió el compás y la procesión se organizó y estiró a lo largo de la calle. A la cabeza, un penitente sostenía ahora una enorme cruz de madera de casi dos metros de altura que abría paso a la hermandad a través del asfalto, para guiarla vadeando el laberinto de casas encaladas y naranjos en flor. Lo seguía un grupo de niños vestidos con túnica blanca y faraona del mismo color.

En sus manos portaban unas pequeñas campanas de plata que agitaban sin cesar, creyendo que formaban parte de un divertido juego de adultos y no de un contundente acto de fe. Inmediatamente después, flanqueando la talla de Jesús de Nazaret, ciento cincuenta nazarenos con túnica blanca, botonadura y cíngulo morado cardenalicio caminaban sosteniendo hojas de palma y ramas de olivo como ya hicieran tanto tiempo atrás los judíos a la entrada del Mesías en Jerusalén.

Sus caras estaban cubiertas por un antifaz blanco que se proyectaba por encima de sus cabezas a través de un capirote de cartón. Caminaban tapados de pies a cabeza, con un pudor antiguo, dejando tan solo visibles sus ojos.

Imponentes, regios y puros, los soldados de Dios desfilaban con sosiego. O, al menos, casi todos. Uno de ellos parecía más nervioso o incómodo que el resto. Le molestaba el capirote, cuyos bordes se le clavaban en la frente. Aunque se lo ajustaba una y otra vez para evitar la fricción, el cartón siempre encontraba el camino para marcar su piel.

Por si fuera poco, el calor empezaba a ser asfixiante y el sudor le irritaba todavía más la herida. El escrupuloso silencio de los demás nazarenos contrastaba con las continuas blasfemias que se deslizaban debajo de su antifaz.

Por mucho que quisiera ir de incógnito y conocer qué demonios estaba ocurriendo con las procesiones de Morón, la personalidad de Lucía Gutiérrez era como un vertido de fuel: lo contaminaba todo.

Aprovechando un impás, la sargento se ajustó por enésima vez el capirote y, después de recogerse la túnica, buscó el móvil en el bolsillo trasero de su pantalón.

Con él en la mano, como si estuviese a punto de cometer un crimen, comprobó a través del antifaz que nadie la estaba observando y escribió a hurtadillas un wasap:

> Lucía: Claudia, levántate
> ya y ponte a estudiar.

Al cabo de un par de segundos, una ligera vibración la avisó de que habían respondido.

> Claudia: Mamá, es domingo y
> estoy de vacaciones.
> ¿Puedes dejarme vivir?

Lucía balbuceó malhumorada y escribió ya sin disimulos, a pesar de que los vecinos más próximos a ella reprobaban su actitud entre murmullos. Las normas del acto de penitencia eran claras y conocidas por todos: los hermanos estaban obligados a mantener recogimiento y absoluto silencio desde que salían de sus casas hasta que finalizaba el recorrido, por lo que mantener una conversación, aunque fuera a través de wasap, era entendido como una grave falta de respeto.

No obstante, a Lucía nunca le importó demasiado transgredir las normas, máxime cuando creía tener razón. Y no había nada más razonable para ella en aquel momento que intentar que su hija de trece años volviera a centrarse en los estudios y dejara a un lado a los chicos de diecisiete.

> Lucía: Como vuelva a casa y no
> tengas abierto el libro de Historia,
> la vamos a tener.

Sin tiempo para enviar el mensaje, el diputado de tramo se acercó a ella y, con discreción, procuró corregir su actitud.

—Guarda de una vez el teléfono. Te está mirando todo el pueblo.

—Lo siento, era un asunto urgente.

—Si te veo una vez más con el móvil, te saco a patadas de la procesión, ¿entendido? —sentenció el responsable de vigilar el exacto cumplimiento del reglamento entre los hermanos.

Incómoda por recibir órdenes de otra persona, Lucía se recompuso y se obligó a mantener la sobriedad que exigían las circunstancias, por el bien del operativo que ella misma había diseñado.

La cofradía reemprendió su camino y dejó definitivamente atrás la iglesia. A pesar de ello, desde uno de los balcones de la plaza intentaron retener unos minutos más en el barrio el paso de Nuestro Padre Jesús de la Misericordia, arrojándole desde un tercer piso pétalos de rosa. Como gotas de lluvia perfumadas, se precipitaron sobre la talla de madera policromada y, más tarde, la fuerza de la gravedad los obligó a posarse definitivamente sobre la base del trono o canasto. Inertes y a la vez llenos de vida, parecían pájaros disecados que se habían parado a descansar. El aroma de las rosas se mezcló en el aire con el incienso que escupían los incensarios delante del paso de misterio, creando una atmósfera pesada que anestesió y paralizó a todos los asistentes, que deseaban que aquel segundo durase toda la vida y algo más.

Del mismo balcón del que partieron las flores apareció una figura sobrenatural, o al menos el reflejo del sol en la mantilla le otorgaba ese aspecto prodigioso.

Totalmente vestida de negro, como hiciera una plañidera que se anticipa una semana a la muerte de Cristo, se aproximó unos pasos más hasta la barandilla del balconcillo, elevó los brazos a las alturas y emprendió un grandilocuente lamento que pronto se transformó en saeta.

El capataz miró hacia arriba con preocupación. Lejos del sentir de los vecinos, temió estar perdiendo demasiado tiempo y que la Agrupación de Cofradías lo sancionara por incorporarse al recorrido oficial con retraso. Sin embargo, no le quedó más remedio que tocar el martillo y pedir a sus hombres que balancearan nuevamente el paso.

—Duro con ÉL, mi *arma*. Suave. Que parezca que está andando. Poquito a poco, hijo. Eso es. ¡Esta es la cuadrilla con más cojones de toda España! —dijo el capataz, desgañitándose a través de la crestería y alabando el buen hacer de los costaleros, hasta que una tos aguda acabó abruptamente con su arenga repleta de rancia testosterona.

Los músicos, sospechando que estaban ante uno de aquellos momentos irrepetibles que ofrecía la Semana Santa, dejaron de tocar para que la protagonista absoluta de la mañana fuera la voz de la dama de mantilla.

En aquel momento, solo existían ella y la imagen congelada de Jesucristo, y todas las miradas se repartían entre aquellos dos iconos de la Pasión. O, al menos, casi todas. Desde el bolsillo del pantalón de Lucía, un incómodo temblor se expandió por su nalga derecha. Un tsunami muscular que se intensificaba cada segundo que perdía en adivinar de qué se trataba. Palpándose el cuerpo, por fin descubrió que era de nuevo su teléfono móvil. En aquella ocasión, estaba recibiendo una llamada. En principio solo vibraba, pero si tardaba más en cogerlo, todo el mundo podría escuchar su melodía predeterminada.

Lucía miró al suelo, concentrada en el asfalto, invocando a todas las fuerzas de la naturaleza para que, fuera quien fuese quien estaba llamando, colgara de inmediato y no la obligara a quebrantar nuevamente el voto de silencio. Desafortunadamente, sus oraciones no fueron escuchadas y desde su pantalón irrumpieron a todo volumen las primeras notas musicales de *Yo no soy esa*, de Mari Trini, algo así como un mantra para ella, un nirvana murciano con el que se empoderaba a cada tono de llamada.

Al instante, las miradas del pueblo se concentraron en explorar con celo la calle, para localizar al blasfemo responsable.

Lucía permaneció inmóvil, como si la ausencia de movimiento la convirtiera en invisible, mientras se maldecía una y otra vez por haber olvidado poner el teléfono en modo vibración. Afortunadamente, estaba cubierta por un antifaz y nadie podía reconocerla. Solo le quedaba esperar impaciente a que quien estuviese al otro lado de su *smartphone* desistiera, algo que terminó por suceder antes de que ninguno de sus compañeros le pudiera llamar la atención. Pero el alivio no duró mucho. La sintonía de *Yo no soy esa* retornó con fuerza y Lucía tuvo un mal presentimiento: «¿Y si es algo grave? ¿Y si le ha ocurrido algo a Claudia? ¿Y si me necesita? ¿Y si...?».

Una larga cadena de posibles tragedias se instaló en el cerebro de Lucía, y se prometió atender la llamada si se consumaba por tercera vez.

Por fortuna, no necesitó atormentarse por más tiempo. El diputado de tramo la detectó como responsable y se dirigió hasta su posición con la voluntad de echarla definitivamente de la procesión.

Antes de que pudiera sermonearla, el teléfono resonó por tercera vez y sus alarmas neuronales terminaron por explosionar. Ajena a sus vecinos, al diputado y a las normas de la estación de penitencia, Lucía cogió el teléfono, se quitó con ímpetu el antifaz que le estaba destrozando la frente y atendió la llamada.

—¿Claudia? —preguntó sobresaltada.

—¿Qué? No... ¿Cómo que Claudia? ¿No tiene mi nombre registrado en la agenda, mi sargento?

—Créeme, no tengo tiempo para gilipolleces. ¿Quién coño eres?

El diputado de tramo, atónito ante el vocabulario empleado por la agente, se decidió a intervenir.

—Hermana, por favor, modera el lenguaje delante del Señor. Vete a casa y abandona de una vez tu estación de penitencia.

—¿Mi sargento? ¿Mi sargento? ¿Está ahí? Soy Víctor, es urgente...

La cabeza de Lucía Gutiérrez iba a estallar en cualquier momento. Deseaba con todas sus fuerzas arrojar el móvil contra el suelo y desaparecer.

Después de contar mentalmente hasta diez en busca de la paciencia que no tenía, respondió en primer lugar al diputado de tramo:

—No es lo que parece. Soy sargento de la Guardia Civil y esto forma parte de un operativo especial, ¿de acuerdo? —Con aquella lacónica explicación, dio por zanjado el conflicto y volvió a concentrarse en la llamada—. Más te vale que sea urgente de verdad, Víctor. Ahora mismo soy la persona más odiada de este pueblo.

—Acabamos de hallar un cuerpo en avanzado estado de descomposición, mi sargento. Parece un suicidio. Venga lo más rápido que pueda.

El mensaje del cabo Martín la perturbó momentáneamente, como si le hubieran disparado un dardo tranquilizante.

Aquella hipérbole emocional y exuberante que era Lucía Gutiérrez se desinfló en cuanto escuchó la palabra «suicidio». Tras varios intentos de pronunciar una palabra sin éxito, salió del paso como pudo.

—Voy en seguida.

—Espere, espere, que aún no le he dicho dónde está el cadáver. ¿Sargento? ¿Sargento?

Pero Lucía ya había colgado. Indolente, se desprendió del capirote —que abandonó en el suelo tan pronto como pudo— y se encendió un cigarrillo.

De soslayo, miró a un grupo de chiquillos que corría calle abajo con sus camisas nuevas de Domingo de Ramos. Disfrutaban de los primeros helados de la temporada, mientras exasperaban a sus padres al mancharse de chocolate y vainilla la ropa de *cristianá*.

Tras un par de catárticas caladas, la lúdica escena infantil reanimó a la fiera adormecida. Con desdén, Lucía aplastó la colilla, y cayó en la cuenta de que en apenas quince minutos de desfile procesional había conseguido vulnerar todas las normas de la hermandad. Sin duda era la peor penitente de la historia de la Semana Santa de Morón de la Frontera. Más calmada, volvió a coger el teléfono.

—Víctor, dime la dirección. Voy para allá.

* * *

El zumbido de una mosca revoloteando tozudamente detrás de su oreja despertó a Silvano Montes, que en cuanto abrió los ojos supo que estaba metido en un problema muy grave. Para empezar, por alguna extraña razón, no tenía ropa. Ni pantalones ni camisa ni calzoncillos. Nada.

Su cuerpo desnudo estaba tumbado sobre la tierra y un escarabajo trepaba por su pierna con total impunidad. Aunque le hubiera gustado apartarlo de buena gana, se encontraba demasiado aturdido como para preocuparse de aquella nimiedad.

Hasta donde le alcanzaba la vista, solo veía olivos. No tenía ni la más remota idea de dónde se encontraba ni de cómo había llegado hasta allí. De hecho, para ser honestos, tampoco recordaba ni quién era ni cómo se llamaba.

Cuando el escarabajo pellizcó su rodilla, supo que había llegado el momento de levantarse. Torpe y desconcertado, se alzó sobre aquella tierra cobriza y echó un vistazo más detallado al bancal que lo rodeaba. No tardó mucho en descubrir que cerca de donde había estado tumbado reposaban un maletín negro y un teléfono móvil cubierto de polvo. Lleno de curiosidad, se acercó hasta ellos y los examinó más de cerca. El móvil todavía tenía algo de batería; sin embargo, era incapaz de acertar con el código de desbloqueo. Tuvo más suerte con el maletín, pues lo abrió sin ningún tipo de dificultad. Para mayor desconcierto, allí dentro no había nada.

Después de pensarlo un par de veces, concluyó que lo más adecuado sería abandonarlo y quedarse solo con el móvil.

Desnudo y desorientado, caminó entre los olivos en busca de alguien que lo pudiera auxiliar. Bajo un sol de justicia, deambuló durante más de media hora por los senderos que se abrían entre los árboles, sin una pizca de suerte. En kilómetros no se veía otra cosa que campiña y loma. Ni rastro de ningún ser humano.

En una de las ocasiones en que se fue a secar el sudor de la frente, su mano se topó con una brecha. La herida tenía un tamaño considerable. Un latido de dolor se desprendía de aquella contusión y emitía ondas de malestar por todo su cuerpo. Fue cuestión de tiempo que el dócil empleado de banca cayera al suelo desmayado por segunda vez en las últimas veinticuatro horas.

* * *

—¡Me cago en su puta madre! —gritó Lucía al comprobar que alguien le había pinchado las ruedas.

Por desgracia, no era algo inusual.

La alcaldesa de Morón llevaba razón al advertirle de que más de uno en el pueblo se alegraría de quitársela de encima. Con relativa frecuencia, los vecinos perpetraban aquel tipo de venganzas cada vez que la suboficial pagaba con ellos su descontento habitual. Neumáticos pinchados, cera caliente en la cerradura o rayajos con las llaves en la pintura de su coche patrulla eran la respuesta de todos aquellos que entendían que sus continuos comentarios sarcásticos estaban fuera de lugar o que sus castigos eran desproporcionados. Aunque, en la mayoría de las ocasiones, el razonamiento que seguían no era tan elevado y hacían lo que hacían porque no toleraban su carácter de mierda. Incluso Lucía llegaba a entender que reaccionasen así. De alguna manera, los ciudadanos de Morón y ella habían alcanzado un curioso pacto no escrito de acción-reacción en el que todos parecían sentirse cómodos. La sargento se consolaba diciéndose que aquellas eran las ventajas de la vida sencilla de provincias, donde hasta la antipatía se gestionaba con una naturalidad prodigiosa y hasta cierto punto conmovedora. Allí nada se hacía a cara de perro. El odio era consensuado.

Aunque en aquel momento el cuerpo le pidiera encontrar al culpable del pequeño acto de vandalismo —abriendo una investigación entre todos aquellos con los que se había propasado en las últimas semanas—, en su fuero interno sabía que tenía cosas más importantes de las que ocuparse.

—María, necesito que me recojas en el castillo de Morón en diez minutos —ordenó Lucía después de descolgar el teléfono.

—¡Cuente con ello, mi sargento! —respondió de manera enérgica la joven.

Aproximadamente veinte minutos más tarde —y aún vestida con la túnica de nazareno—, Lucía Gutiérrez seguía esperando sofocada cerca de la torre del homenaje del castillo a que María apareciese para llevarla hasta el lugar de los hechos.

Para evitar que le diera una insolación, compró una botella de agua y se la vació en la nuca. Los turistas que guardaban cola para visitar el castillo la observaban fascinados, y alguno que otro decidió hacerle una foto, pensando que se trataba de una especie de monje templario que formaba parte de la atracción turística.

Para cuando terminó de refrescarse, un coche de la Guardia Civil apareció, por fin, en la explanada.

Considerablemente fatigada, Lucía se acercó hasta el vehículo y dio unos golpecitos en la ventanilla. En cuanto el cristal bajó lo suficiente como para dejar ver el rostro de su ayudante, entró en combustión.

—Diez minutos, María... ¡Te dije diez putos minutos!

—Pensé que las calles principales estarían cortadas por la procesión, mi sargento. He tenido que improvisar el recorrido y ha sido peor el remedio que la enfermedad.

—La próxima vez no pienses, ¡pregunta!

—Lo siento, mi sargento. Lo siento mucho. Ya sabe que odio coger el coche...

Lucía no esperó a que María acabase la frase y se introdujo en el vehículo con cara de velatorio, digiriendo con frialdad una rabia atávica. Cualquiera con más sentido común ya habría adivinado que en aquel preciso momento era capaz de reducirla a cenizas con una simple mirada.

—... Pero, claro, como me insistió en que... —volvió a justificarse la joven, sin darse cuenta de que estaba en el centro de un huracán de fuerza tres.

—Solo te voy a pedir dos cosas: que subas el aire acondicionado y que no me hables en los próximos cinco minutos —la interrumpió su superior con frialdad—. Es la única misión que tendrás hoy, así que intenta no cagarla. Y, ahora, pon rumbo al número 7 de la calle Lobato.

Absolutamente en silencio, el Citröen C4 Picasso de la Guardia Civil se adentró en el pueblo. Sin más ruido que el de los neumáticos deslizándose por el suelo adoquinado, en apenas unos minutos, las agentes llegaron a su destino.

Frente a ellas vieron una casa rústica de color marrón carmelita de dos plantas, con persianas de esparto en las ventanas para impedir que el calor se adentrase en el domicilio. La vivienda se encontraba acordonada y rodeada por una multitud de ancianos curiosos que querían traspasar la cinta de seguridad para saber qué había ocurrido.

Recuperada del sofoco, Lucía salió del coche con energías renovadas, o lo que era lo mismo, con ganas de revancha. Desde hacía algunos años, corregir a los demás era lo único que saciaba su descontento.

—¡Todo el mundo fuera de aquí! ¡No hay nada que ver! ¡Dispérsense! El que quiera espectáculo que se vaya a las procesiones.

Inmediatamente, la pequeña concentración de jubilados abandonó desencantada el lugar, entre quejas y reproches, un éxodo que los llevaría a vagar por el pueblo hasta que abrieran el bar del hogar del pensionista y pudieran jugar allí su partida de dominó. Tal vez por ello, uno de los abuelos no pudo esconder la desilusión y ejerció su derecho a la pataleta, lanzando un escupitajo que cayó a plomo cerca del zapato derecho de Lucía.

—Usted disculpe, son las flemas, que me están matando —declaró el pensionista para justificar su maniobra pendenciera, antes de partir junto al resto de peregrinos de la tercera edad.

El feo gesto le revolvió las tripas a la sargento. Pocas cosas en esta vida le podían dar más asco. Si en lugar de ochenta años hubiese tenido cuarenta, es posible que lo hubiera obligado a limpiarlo de rodillas. Pero, a pesar de ser de lo más imprudente, hasta ella conocía el respeto que se le debía a los ancianos en el sur, por lo que apaciguó sus impulsos homicidas.

A regañadientes, lo dejó marchar en paz, deseando secretamente que tropezase contra un bordillo y se fracturara la cadera en tantos pedazos que fuera imposible de reconstruir.

No obstante, alguien iba a pagar por aquella provocación y su compañera tenía todas las papeletas.

—¡María! —gritó la sargento, tras comprobar que la joven aún permanecía en el interior del vehículo.

Con las ventanillas subidas y las puertas cerradas a cal y canto para disfrutar del aire acondicionado, la agente no escuchó los chillidos de su superior, de manera que esta se vio obligada a retroceder hasta el coche patrulla y golpear la luna con los nudillos para que le prestase atención.

—¿Tienes pensado salir? —preguntó desdeñosamente la suboficial cuando constató que el cristal de la ventanilla había bajado completamente.

—¿Yo? Mi sargento, creía que solo me encargaría del aire acondicionado y de no hablar —respondió María sin ningún atisbo de ironía mientras seguía jugando al Candy Crush con el teléfono móvil.

—Cambio de planes. Olvida todo lo que te he dicho antes. Tienes un nuevo encargo: parecer una agente de la Guardia Civil durante cinco putos minutos. ¿Te ves capaz o tendré que abrirte un expediente para que muevas el culo? —reprendió enérgicamente a su pupila hasta que sintió que había vaciado toda la mala baba acumulada con el gesto del anciano, las ruedas pinchadas y los veinte minutos de espera a pleno sol.

María Sánchez arrojó su *smartphone* con indolencia en el asiento del copiloto y salió del coche manifiestamente indignada. Su apatía no era una novedad. No había un solo minuto de su vida que no lamentase ser guardia civil. Odiaba ir vestida de uniforme. Odiaba conducir el coche patrulla. Odiaba las guardias de madrugada. Odiaba la disciplina... Pero, por encima de todo, odiaba a su familia, responsables últimos de que aquella mañana tuviera que aguantar un nuevo reproche de Lucía.

Su padre, su hermano, su tío y su abuelo también habían pertenecido al cuerpo, y ella apenas tuvo opción de poder elegir. Cuando vives en un pueblo, lo primero que aprendes es que es más fácil decepcionarse uno mismo que pretender decepcionar a tu familia.

Lo cierto es que dilapidaba sus horas con tareas administrativas sin importancia y le horrorizaba salir del puesto de mando para realizar trabajo policial. Para ella, un día perfecto era aquel en el que se le secaban las cuencas oculares delante de la pantalla del ordenador. Hubiera deseado ser *community manager*, *webmaster* o cualquier otra cosa relacionada con las redes sociales, pero se le hizo muy difícil plantarle cara a su árbol genealógico. Aunque resultase contradictorio, la clase obrera defendía con más orgullo su linaje, por modesto que fuera, que la aristocracia. ¿Cómo rebelarse contra cien años de tradición? Y, sobre todo, ¿cómo hacerlo con profesiones que sus padres serían incapaces de pronunciar? Ni siquiera ella era tan insensata. Antes de los dieciocho, pensaba que la vida sería una sucesión de momentos irrepetibles; una cadena de experiencias muy difícil de contener en la memoria. Se veía a sí misma como las ciclópeas tinajas de vino del pueblo, un espacio casi infinito donde albergar viajes, polvos, festivales de música, borracheras y años de universidad.

Tenía tantos sueños, tantas ganas de vivir, que a veces le daba miedo que esa formidable tinaja se llenara y llenara con el paso de los años hasta que el espacio se quedara pequeño y la arcilla reventara. Lo que nunca pudo imaginar fue que sus fantasías explotaran antes que su acné juvenil. Con el resentimiento del que presiente que ha tirado sus anhelos a la basura, con tan solo veinte años, María se levantaba cada día casi por inercia. Los jóvenes del municipio percibían la aceptación de su derrota en su dejadez estética. Al contrario que las otras chicas de su edad —que eran incapaces de salir por las calles del centro de Morón sin pasar tres horas retocándose previamente en el cuarto de baño—, María jamás se maquillaba. No llevaba pendientes y ella misma se cortaba el pelo. Además, vestía con ropa ancha, poco o nada favorecedora.

Ninguno de aquellos chicos conocía su conflicto emocional, pero hacía mucho que la habían catalogado de *outsider* por no parecer una dependienta del Zara, verdadero termómetro de la belleza por aquellos rincones.

Sin mayor voluntad que una marioneta de espectáculo de barrio, la joven se colocó detrás de Lucía y, juntas, entraron en el domicilio. En cuanto atravesaron el umbral, les recibió un fuerte olor a descomposición, una mezcla repugnante de gas metano, sulfuro de hidrógeno y putrescina flotaba en el ambiente, revolviéndole el estómago a todo aquel que tuviera un peso atómico mayor que el de una bacteria.

El calor y el mal olor estrechaban los muros de la casa, creando un ambiente altamente claustrofóbico. Era difícil saber cuántos días llevaba sin entrar aire fresco en la vivienda, pero hasta parte del papel pintado de las paredes parecía querer escapar de la fetidez de la casa, precipitándose hacia el suelo en una huida imposible.

Aunque todavía se encontraban en el vestíbulo, los zumbidos de las moscas al final del pasillo hacían presagiar que lo que se iban a encontrar en aquel terrible horizonte era aún más desagradable. Una cucaracha volaba desorientada por la estancia hasta que terminó posándose en la oreja de María.

Sus espinosas patas tamborileaban sobre la piel de la chica, disfrutando tal vez de algo hasta ahora desconocido para ella: la presión arterial. Como una bailarina de claqué, zapateó y examinó la nueva superficie hasta que la agente la sacudió con asco, de un golpe. Acto seguido, vomitó.

—¡Necesito salir! No puedo aguantar esto, mi sargento —dijo María entre jadeos.

La hiel le colgaba de los labios, mientras permanecía recostada contra la pared desconchada y desnuda de papel. Conmovida por verla tan desamparada, Lucía no se atrevió a llevarle la contraria y dejó que saliera a respirar aire fresco.

En cuestión de segundos, aparecieron más cucarachas en el recibidor. Unas volaban, otras caminaban extraviadas y la mayoría corrían imitando a una manada de búfalos en el Parque Nacional del Serengueti. Antes de que las náuseas se apoderaran de sus entrañas —lo cual parecía bastante probable, dado que lo único solido que había consumido en las últimas horas era una pastilla de Almax Forte—, Lucía avanzó por el pasillo resistiendo los envites de las arcadas.

Con la misma sobriedad que el vestíbulo, el resto de la vivienda apenas estaba decorado. No había cuadros ni muebles, pero a cada paso que daba, descubría una nueva variedad de insecto: moscas, hormigas, avispas y larvas guardaban con celo la cámara funeraria de la víctima.

Detrás de ellos, al fin apareció alguien vertebrado y erguido sobre sus patas, Víctor Martín, que llevaba puesta una máscara sanitaria para protegerse del fuerte olor y portaba otra precintada en la mano derecha.

—¿Viene con la túnica de la cofradía, mi sargento? ¿No sabe que quien no estrena ropa en Domingo de Ramos «no tiene ni pies ni manos»? Tome, una mascarilla nueva, para que respete las tradiciones.

Lucía la cogió al vuelo, se la puso sobre la cara como el que se coloca una bombona de oxígeno y tomó aire tras una larga inmersión en un océano tóxico.

—¡Joder, gracias! Estaba a punto de echar hasta la primera papilla. ¿Cuántos días lleva muerto para que la casa tenga este olor tan putrefacto?

—No sabría decirle, mi sargento. Diría que dos o tres. Cuatro, como mucho. Necesitaremos la ayuda del forense para ser más precisos.

—¿Ha llegado ya?

—Sí. Está ahora mismo examinando el cuerpo. La acompaño, mi sargento.

Una cucaracha trepó por la pierna derecha de Lucía. Lo hacía siguiendo un camino circular, dibujando vórtices etéreos en su tobillo.

—Víctor, déjame tu pistola un momento.

—¿Perdón? —dijo el cabo, descolocado.

Lucía no esperó ni un segundo más y se la arrebató del cinturón a su compañero, ante la atónita mirada de este. Sin pensarlo, aproximó la culata de la Beretta a la cucaracha y la

46

golpeó con sequedad hasta que se quedó incrustada en la madera del arma. Sin darle mayor importancia, se la devolvió a Víctor mientras el insecto resbalaba —ya cadáver— hasta posarse inerte en el suelo.

—¿Os habéis puesto en contacto con algún familiar?

—No tiene, mi sargento —dijo el cabo todavía alucinado con lo que acababa de presenciar, inspeccionando los restos de sangre blanca que había dejado el insecto en su arma.

—¿Cómo que no tiene? ¡Estamos en Morón! Aquí la gente solo sabe hacer aceite de oliva e hijos.

—Pues, al parecer, este no sabía hacer ninguna de las dos cosas. Se trata de Antonio Jiménez, treinta y cinco años, huérfano de padre y madre desde los quince. No tiene pareja ni amigos conocidos, de ahí que nadie lo haya echado en falta. Trabajaba de conductor en la ruta escolar que lleva a los niños de las pedanías al colegio de la Asunción, pero como estamos de vacaciones, tampoco han podido notar su ausencia.

—Pobre desgraciado... ¿Dónde está?

—En el patio, pero, mi sargento...

—¿Sí?

—Nada... Mejor que lo vea usted misma.

El pasillo terminaba en un amplio salón donde solo se distinguía un sofá y una mesa de despacho con un ordenador iMac de veintisiete pulgadas, que brillaba y refulgía como un candelabro plateado en aquel austero y anodino erial.

Encima del escritorio había una montaña de cómics mangas y varias tazas de café acumuladas, sobre las que planeaban moscas de todos los tamaños y colores, ajenas al tránsito de agentes, dando a entender que los intrusos eran los seres humanos y no ellas.

Lucía llegó hasta la puerta de la terraza y, tras unos segundos de duda, decidió traspasarla.

Encajado entre kilos de basura había un cadáver en avanzado estado de putrefacción. Del vientre abierto le colgaban las tripas, aún devoradas por un ejército de larvas de mosca, que se movía con deleite por los escasos tejidos de materia viva.

En torno a las vísceras se almacenaban distintos fluidos, surgidos de la destrucción celular y de los vasos sanguíneos, que se esparcían por el suelo y lo inundaban todo de un fuerte olor a ponzoña, y que a su vez atraía a otros insectos, como ácaros, escarabajos o avispas parasitoides.

Antonio Jiménez, hasta pocos días antes un solitario conductor de autobús, lucía ahora como el mayor restaurante *fast food* de invertebrados de Morón.

El paraíso puede ser una invención para ingenuos, pero, sin duda, aquella mañana quedó acreditada la existencia del infierno, pudiéndose incluso dar referencia postal del mismo: calle Lobato, número 7. Código postal 41530, Morón de la Frontera, Sevilla. España.

* * *

—¿Se encuentra usted bien? —preguntó boquiabierto un pastor al descubrir a Silvano Montes en mitad de un huerto de olivos.

Un rebaño de ovejas guiadas por una perra inquieta rodeaba el cuerpo desnudo del empleado de banca. Desde hacía algunos años, la gestión del olivar se había diversificado en Andalucía y, además del aprovechamiento agrícola, se empezaba a apostar por la alternativa ganadera. De ahí que fuera cada vez más normal encontrar ovejas donde antes solo había olivos y vareadores.

Preocupado por no obtener respuesta, el corpulento mayoral se acercó hasta él para comprobar su estado.

—¡Oiga!, ¿qué le pasa? —lo interpeló el pastor al tiempo que le abofeteaba la cara—. ¿Puede verme?

Con un esfuerzo sobrehumano, Silvano abrió los párpados y se topó con los ojos castos de aquel hombre, que, quitando a su hijo, nunca había visto a otro hombre desnudo en su vida.

—¿Quién es usted? ¿Qué hace aquí en paños menores? —preguntó, concentrándose en no apartar ni un milímetro la mirada de sus ojos para no toparse con el miembro flácido del extraño desconocido.

Antes de que Montes pudiera contestar o recordar algo de lo que le había ocurrido, su conciencia se desvaneció por tercera vez.

—¡Oiga! ¡Oiga! —insistió el pastor, mientras intentaba reanimarlo sin éxito.

Más disgustado que inquieto, el hombre comprendió que no le quedaba otra opción que auxiliarlo. Contrariado, reagrupó a las ovejas y las devolvió al establo, que apenas distaba seiscientos metros de donde había encontrado a Silvano.

Alterados, los animales observaron desde el corral cómo su dueño se subía a la ranchera y enfilaba el camino de salida. Ya de vuelta, tomó por los hombros al extraño para arrastrarlo hasta el vehículo. Mientras lo remolcaba, se dio cuenta de que le era imposible mirar a otro lado que no fueran los genitales de Silvano Montes, los cuales quedaban justo en el centro de su campo de su visión y se bamboleaban alegremente con el traqueteo.

Quejándose amargamente de su mala suerte, el sonido de un teléfono llamó su atención.

Extrañado, soltó momentáneamente el cuerpo de Silvano y caminó en dirección a aquel ruido. A los pocos metros descubrió un móvil en el suelo que parecía pertenecer al desconocido. Con algún que otro problema, el pastor logró deslizar el dedo por la pantalla.

—¿Sí? —preguntó, esperanzado ante la idea de que alguien pudiera hacerse cargo de aquel hombre.

—¡¿Dónde estás, hijo de puta?! ¡Te he llamado más de cincuenta veces! —gritó fuera de sí Hoopen.

* * *

—Resulta evidente que sufría de algún tipo de síndrome de Diógenes —concluyó Lucía, fingiendo desafecto, mientras subía a una maleta destartalada para poder avanzar hasta el cadáver.

—Eso parece. Hay mucha basura acumulada en el patio. Bicicletas, relojes, vallas... Es probable que, de no haber muerto, en un par de años hubiese terminado convirtiendo toda la casa en un mercadillo.

—Buenos días, Lucía. ¡Vaya inicio de Semana Santa! —dijo Gonzalo Uriarte, el médico forense, asomándose desde el suelo, con la ropa protectora teñida de rojo.

—Buenos días, por decir algo, doctor. ¿Qué ha pasado aquí?

—¿No es obvio? —contestó, apartando de su cara algunas moscas y avispas que revoloteaban alrededor del cuerpo—. Este hombre se ha desgarrado el vientre con un cuchillo y se ha vaciado las entrañas.

—Puede que me arrepienta de lo que voy a decir, pero ¿eso es todo? ¿No puede darme más detalles?

—¿Está familiarizada con el término japonés *seppuku*?

—Sabe de sobra que lo más japonés que hemos visto por aquí son los globos de Pikachu en la feria de septiembre. Le rogaría que rebajara el tono de condescendencia y fuera al grano —sentenció Lucía, más acostumbrada a lidiar con borrachos que excedían los límites de velocidad que con aquel tipo de sucesos.

—Se trata de una forma de suicidio que se resume en lo que está viendo. —Uriarte señaló las vísceras de Antonio Jiménez—. En vaciarse las entrañas. Solo que no se hace de cualquier manera, sino siguiendo una especie de protocolo. En primer lugar, hay que clavarse un arma blanca en el abdomen y, después, ejecutar un corte, siempre de izquierda a derecha. Formaba parte del código moral de los samuráis, aunque no se hizo realmente conocido hasta que, en la Segunda Guerra Mundial, muchos soldados japoneses optaron por suicidarse de esta manera en lugar de caer en manos de los americanos. Por así decirlo, se lleva a cabo cuando alguien considera que vale más una muerte honorable que una vida deshonrada.

A Lucía Gutiérrez aquella perorata la estaba dejando exhausta, pero se obligó a permanecer atenta.

—Siga, por favor.

—Como se puede imaginar, es una práctica terriblemente dolorosa, pero, según he observado en las membranas de separación de los dedos del pie, la víctima era adicta a la morfina o a alguna sustancia similar. Es lo que deduzco de la gran cantidad de marcas de pinchazos que tiene en la zona. Intuyo que, antes de coger el cuchillo, debió de inyectarse una buena dosis. De otra manera, los gritos se habrían oído hasta en Sevilla.

—¿Morfina en Morón? No creo que los camellos de este pueblo sean tan sofisticados.

—Desde luego, no es un narcótico fácil de conseguir. Al menos no en la Sierra. Pero nunca hay que subestimar las ganas de la gente por evadirse...

—Mi sargento, ¿cree que puede estar relacionado con lo que les ocurrió a los costaleros? Al fin y al cabo, también había drogas de por medio —preguntó Víctor, señalando el cadáver.

—Ni siquiera tenemos evidencia de que lo sucedido en las dos procesiones esté relacionado entre sí. De hecho, todavía no hay un informe toxicológico que confirme que Antonio Jiménez consumía morfina. Por no hablar de que la víctima tiene más de treinta años y no parece que esté cargando con el cuello un paso de Semana Santa, como ocurrió en los otros dos casos. Sé que se te pone dura pensando que en lugar de en un pueblo de Andalucía vivimos en Twin Peaks, pero te pediría que te limitaras a analizar los hechos antes de lanzarte a hacer conjeturas.

—¿Se puede saber por qué está tan irritada, sargento? —preguntó Uriarte, incómodo.

—No se preocupe, «irritada» es el estado natural de la sargento —apuntilló Víctor.

—Si le digo la verdad, hay que estar muy desesperado para hacer algo... tan espeluznante —dijo el forense con la intención de retomar la conversación y neutralizar la tirantez entre los agentes—. Ni siquiera en Japón se suicida ya nadie así. Es una salvajada propia de otra época, de otra mentalidad... ¿De qué podría estar tan avergonzado para hacerse esto?

Desde el patio se escuchaban a lo lejos los acordes de las cornetas y los tambores. Jesús seguía recorriendo con parsimonia las calles del pueblo, indiferente a lo ocurrido en aquel pequeño jardín de flores descompuestas.

Lucía, por su parte, luchaba por disimular el terror que le provocaba la reflexión del forense, como si fuera su aparato digestivo el que abonara la tierra del parterre. Pero cuanto más trataba de ocultar su miedo, más se diluía rememorando el pasado. Cada una de las palabras del doctor caían en la inconsciencia antes de que llegaran al oído de la suboficial, con la misma contundencia que caían los insectos alrededor del cadáver. Ausente, observó un lugar infinito que nadie más podía ver. En él se proyectaba el primer día que conoció a Luis.

* * *

Toledo, año 2000

Fue en Toledo, en una de esas iglesias con nombre de santo local que ahora era incapaz de recordar. «¿San Román? ¿O era la de Santiago? ¿Tal vez San Ignacio?», se esforzó un instante sin mucho éxito. Aunque estaba bautizada y había hecho la comunión, su mente funcionaba mejor con lo profano que con lo sagrado. El caso es que venía recomendada en la guía de la ciudad y ella tenía que hacer tiempo hasta las doce del mediodía, la hora socialmente aceptada para tomar la primera cerveza de la mañana. De lo que sí se acordaba era de cómo aquel edificio pasó inmediatamente a un segundo lugar en cuanto vio allí a Luis.

Podría haberle llamado la atención su rotunda espalda o sus ojos deslumbrantemente verdes, o cualquiera de esas estupideces ridículas y cursis en las que la gente se detiene al rememorar una historia de amor.

Pero lo que realmente la había hechizado había sido su curiosidad, la atención que dedicaba a un montón de piedras cuando el resto se limitaba a hacerle una simple fotografía al edificio. Parecía que tuviera una capacidad especial para encontrar belleza donde los demás solo veían algo ente-

52

ramente cotidiano. Lucía lo observaba en la distancia con la misma fascinación que alguien de interior contempla por primera vez el mar. Acostumbrada a liarse con compañeros de la Academia de Guardias y Suboficiales para los que el sumun de la delicadeza era avisarla de cuándo se iban a correr cinco segundos antes, Luis suponía algo exótico, un raro unicornio corriendo a cámara lenta en una verde pradera; un varón hetero capaz de tener riego sanguíneo en el cerebro y no solo en los genitales.

Durante más de media hora, aquel misterioso chico permaneció con la mirada fija en el frontispicio mudéjar, mientras ella no podía dejar de pensar en cómo sería que aquellos ojos la miraran solo a ella y la hicieran sentir tan única como aquel conjunto de piedras aburridas.

Definitivamente, estaba experimentando una revelación; una modesta epifanía, equiparable a la de aquellos santos de los que no podía recordar el nombre. Estaba harta de empotradores, crápulas y hombres testosterónicos abonados a la infidelidad y con tendencia a observarla como un mero trofeo de caza. Quería experimentar qué se sentía estando con alguien así: complejo, profundo, misterioso... Quería idealizar a un hombre por primera vez. Y quería hacerlo en ese mismo momento.

—¿Eres arquitecto? —acabó preguntándole Lucía con descaro, el pasaporte con el que se mueven por el mundo aquellos que se saben guapos.

—No, no. Nada que ver —respondió él, extrañado por la pregunta.

—Entonces, ¿por qué llevas media hora mirando el techo de la iglesia? ¿No serás cura?

—¿Prometes no reírte?

—Llevas media hora mirando una iglesia; ya me he reído de ti.

—Necesito encontrar pares en las esquinas.

—¿Cómo?

—Verás, cuando estoy nervioso, lo único que me relaja es buscar aristas en los edificios hasta que sumen un número

53

par. Si no, las tengo que subdividir en más ángulos hasta que salga un número par. Llevo siete, así que necesito una más para marcharme tranquilo.

En aquel entonces, Lucía no sabía lo que era un TOC, pero escucharlo hablar de aristas y ángulos le pareció de lo más sofisticado. Habituada a la vida cuartelaria y a compañeros con gustos menos elevados, aquella deliciosa extravagancia fue la señal que esperaba para terminar de idealizarlo.

—Casi hubiera preferido que fueras cura. ¿Sabes que estás loco, verdad?

—Lo sé... —susurró Luis mientras la miraba con la misma atención con que observaba aquellos bloques de piedra—. ¿Quieres tomar una caña y te lo explico mejor?

Dicen que las pequeñas rarezas que nos atraen inicialmente de una persona son las primeras que terminamos odiando. Y así fue también en el caso de Lucía, pero ¿quién puede pensar en el futuro cuando se siente interesante por primera vez? ¿Quién puede discernir que detrás de una pequeña excentricidad se esconden los síntomas de una persona depresiva? Desde luego, ella no. Al menos, no en aquel momento, en el que solo podía pensar que estaba abandonando su anodina vida como agente de la Guardia Civil para trascender a conjunto arquitectónico monumental con una simple mirada.

* * *

Morón de la Frontera, marzo de 2016

—Por otro lado, hay algo que me ha llamado la atención. Antes de hacerse el harakiri, por algún motivo que desconozco, se sacó la uña del dedo índice a martillazos.

—¡Joder! ¿Por qué haría eso? —se le escapó a Víctor.

—Es difícil saberlo. Tal vez antes de clavarse el cuchillo quería probar su resistencia al dolor, no sé...

El lejano repiqueteo de las baquetas en el tambor de caja arrastró definitivamente a Lucía Gutiérrez, de nuevo, al presente. La suboficial llevaba tiempo desconectada de la conversación con el doctor e intentó reengancharse sin que nadie lo notase.

—¿Algo más que tenga que saber?

—No he encontrado ninguna nota de suicidio, pero sí esto —dijo el forense, señalando un texto escrito sobre el murete del patio—. Es una especie de poema de despedida; forma también parte del protocolo del *seppuku*. Se escribe antes de quitarse la vida.

«Como un árbol fosilizado del que no se esperan flores, triste ha sido mi vida, destinada a no producir ningún fruto», leyó la sargento en la distancia, algo emocionada, sin entender qué podría haber llevado a alguien tan aparentemente sensible como Antonio Jiménez a perpetrar aquella barbaridad.

—He buscado la cita y pertenece a un samurái del clan de los Minamoto, al que se considera el primero en realizar este tipo de suicidio —indicó Uriarte—. ¿Sabe? Hace veinte o treinta años, este pobre infeliz a lo más que hubiera llegado es a colgarse con una soga desde el tejadillo. Pero ahora, mire, cualquiera puede consultar en Google cómo cometer una atrocidad como esta...

—¿Cuántos días hace que falleció? —La sargento cambió el rumbo de la conversación.

—Habrá que esperar a la autopsia para ser más preciso, pero presenta una descomposición muy primaria. Las larvas todavía no han puesto huevos, por lo que debió de fallecer hará dos o tres días. De llevar más tiempo, el cuerpo estaría desinflado y la carne tendría una consistencia cremosa y de color oscuro. Sin ningún familiar que haya alertado de su desaparición, no puedo ser mucho más específico.

Mientras el médico forense finalizaba su disertación, Lucía echó un nuevo vistazo a los restos mortales de Antonio Jiménez y la invadió la tristeza.

Rodeada de restos de carne humana corrompida, el mundo parecía sombrío hasta en el sur de España. Para evitar que la congoja fuese a más —y que alguno de sus hombres lo interpretara como un síntoma de debilidad—, optó por huir del lugar de los hechos con la primera excusa que le vino a la cabeza.

—Tengo que hacer una llamada urgente. En seguida vuelvo.

Conteniendo las lágrimas, en apenas unos segundos un tornado exangüe reconvertido en sargento de la Guardia Civil cruzó la vivienda en dirección a la puerta de entrada. Fuera se encontraba María, apoyada en el coche patrulla, mientras le daba una calada a un cigarro. Al ver el rostro desencajado de Lucía, la agente se asustó hasta el punto de arrojar la colilla y cuadrarse, por temor a una nueva reprimenda.

—¡Sin novedad, mi sargento!

—Tranquila, tranquila, vengo a lo mismo que tú —aseguró mientras le ofrecía una cajetilla de tabaco.

—¿Se encuentra bien, mi sargento? —preguntó María, nerviosa, aceptando el cigarrillo que le ofrecía Lucía.

—Todo lo bien que se puede estar después de verle las tripas a un chico de treinta y cinco años —aclaró la suboficial, que intentaba tranquilizarse acariciando el lomo del pitillo.

—¿Tenía las tripas por el suelo, mi sargento? No me extraña que haya salido así de descompuesta. ¿Quiere que le traiga un botellín de agua?

—¿De qué cojones me estás hablando, María? —contestó Lucía, enfadada a partes iguales con su ayudante y con la vida—. ¿Me preguntarías eso si fuera un tío? ¿Por qué has decidido con tan solo veinte años que ser mujer equivale a ser frágil? No estoy descompuesta, solo algo impresionada. El homicidio más violento que ha ocurrido por aquí es el de Cristo crucificado el Jueves Santo —resolvió con una ironía lo que había considerado una invasión de su espacio personal.

María no se atrevió a replicar y se limitó a prender los dos cigarros, el suyo y el de Lucía.

En silencio, ambas dieron una larga calada y se olvidaron por un momento la una de la otra. Su nube de humo y nicotina competía en la distancia con la espiral de incienso de la procesión. Con una se intentaban expiar los pecados; con la otra, desintegrar la casa que tenían delante y todos los horrores que contenía.

—Sé que odias estar aquí, pero tal vez puedas ayudarme con una cosa —suavizó el tono Lucía transcurridos unos minutos—. En el salón hay uno de esos ordenadores Apple que tanto te gustan.

—¿Un iMac, un MacBook Air, un MacMini, un MacBook Pro? —preguntó María, excitada, arrojando de nuevo la colilla al suelo.

—Diría que un iMac. Quiero saber quién era Antonio Jiménez, más allá de que condujera un autobús. Tal vez en ese ordenador encuentres algo que pueda orientarnos. ¿Crees que podrás hacerlo?

—¡Creo que sí! —aseguró la joven, entusiasmada.

La agente celebró aquel mínimo gesto de su superior con la misma entrega que lo haría un perro maltratado por su amo. De tener rabo, lo hubiera agitado de izquierda a derecha para mostrarle su agradecimiento.

Decidida a demostrar su valía, la agente dio un paso al frente, aunque antes de que pudiera cruzar la puerta, la sargento la frenó en seco.

—¡Espera! ¡Toma esto! —Le ofreció Lucía su mascarilla—. No quiero que te pongas a vomitar de nuevo.

—Gracias.

—Por cierto, vuelvo a la procesión. Dile a Víctor que mañana leeré el informe completo y que se encargue él de esperar al juez de guardia para el levantamiento del cadáver.

—¡A la orden, mi sargento! —respondió María al tiempo que se colocaba la mascarilla y se evaporaba en la fetidez de aquella casa.

* * *

Una ligera brisa acabó por despertar a Silvano Montes, que, todavía aturdido, no acertaba a descubrir dónde se encontraba.

Al cabo de pocos segundos, observó que el viento que lo había avivado procedía de una ventana abierta. La corriente agitaba un fino visillo y dejaba entrar la luz, que, a modo de linterna, alumbraba a ráfagas la estancia.

Se trataba de un dormitorio humilde, con apenas una aparatosa cama de metal y una mesita de noche de caoba, bastante anticuada. Sobre ella, un niño Jesús de porcelana que reposaba con las rodillas cruzadas sobre un lecho de algodón.

Tal vez en algún momento aquella habitación había pertenecido a un niño, si es que era posible ser niño en aquel búnker de domingo de posguerra.

Algo más lúcido, el banquero se incorporó de la cama.

Para su sorpresa, advirtió que ya no estaba desnudo. Un enorme pantalón de pijama de cuadros verdes y negros tapaba sus vergüenzas, mientras que el torso lo tenía cubierto por una vieja camiseta termoelástica que desprendía cierto olor a añejo.

—Veo que se encuentra mejor —dijo el pastor al entrar en la habitación y ver como Silvano se acercaba a la ventana.

Tan asustado como desconcertado, al empleado de banca se le acumulaban las preguntas.

—Lleva mi ropa puesta, si es lo que quiere saber —le echó un capote el hombre al verlo palidecer.

—¿Dón... dónde estoy? ¿Cómo he llegado aquí?

—Si le digo la verdad, sé tan poco como usted. Lo encontré hará cosa de una hora mientras sacaba a las ovejas. Estaba desnudo y sin conocimiento. Ahora está en mi casa, a la espera de que vengan a recogerlo.

—¿Recogerme? ¿Quién?

—Alguien que parece conocerlo. Tome —dijo el pastor, acercándole un teléfono móvil—. Esto es suyo. La persona que viene en su busca lo ha estado intentando localizar. Justo llamó cuando lo encontré. Al principio parecía enfadado con usted, pero luego me explicó que lo que estaba era nervioso porque llevaba toda la noche buscándolo. Él y su familia. Estaba muy preocupado. Se había puesto en lo peor, ¿sabe usted?

—¿No podría darme algún detalle más? —insistió Silvano, esforzándose en recordar algo—. ¿Se trata de un familiar? ¿Un amigo?

—Lo único que sé es que parecía americano. No sabría decirle nada más.

En ese instante, Silvano Montes lo recordó todo. Su nombre, su vida y, sobre todo, lo que había ocurrido en las últimas horas con aquel americano.

Con ansiedad, se precipitó hasta el teléfono que le había entregado el pastor y lo desbloqueó.

En un santiamén, la pantalla de su *smartphone* se aclaró ante él, y todos sus miedos quedaron certificados al comprobar que tenía más de cincuenta llamadas perdidas de Hoopen.

—¿Puedo ir un momento al baño? —preguntó nervioso.

—Sí, claro. Saliendo, la segunda puerta a la izquierda.

El dobladillo del pijama le llegaba hasta los dedos de los pies, con lo que sus movimientos eran torpes y desmañados.

Bastaba un simple vistazo para comprobar que el que iba hasta el baño no era ya un sencillo banquero, sino un preso caminando por el corredor de la muerte.

Después de cerrar la puerta del aseo, Silvano buscó en la agenda el teléfono de su mujer y la llamó.

—¡Tienes veinte segundos para darme una explicación razonable de por qué coño llevas un día desaparecido y sin cogerme el teléfono! —fue lo primero que dijo Noelia al advertir la llamada de su marido.

—¡Escúchame, mi amor, necesito que vengas a buscarme! ¡Es urgente!

—Eso no me suena a explicación, y solo te quedan diez segundos antes de que te cuelgue...

—Noelia, por favor. No tengo tiempo para eso. Te lo explico en cuanto vengas a buscarme. Es... es cuestión de... —Meditó Silvano unos segundos lo que iba a decir, para no sonar ridículo—. De vida o muerte —concluyó, afrontándolo de la manera más digna que pudo.

—¡Joder, Silvano! ¿De vida o muerte? ¿En serio? ¿No vas a tener cojones de decirme que te estás follando a otra?

—¡Te prometo que no tiene nada que ver con eso!

Sin tiempo de dar más explicaciones, el timbre de la entrada vibró por toda la casa. A Silvano se le secó la garganta.

—Hola, buenas tardes. Soy... Vengo a buscar a... —masculló Hoopen torpemente en cuanto el pastor abrió la puerta.

—Pase, pase, lo estaba esperando —dijo el mayoral, poniéndole las cosas fáciles al oficial americano—. Su amigo está en el baño. Ahora sale.

—Gracias. Es usted muy amable.

En cuanto escuchó la puerta cerrarse, Silvano empezó a temblar. Estaba perdido. No sabía exactamente en qué estaba metido, pero intuía que hablar de lo ocurrido con Hoopen no iba a mejorar las cosas.

Tenía que escapar cuanto antes de aquella finca.

—Te... te... te tengo que dejar —acertó a decirle a su mujer.

—Si cuelgas ahora, no te atrevas a volver a esta casa nunca más, ¿me oyes? —gritó Noelia, fuera de sí.

—Puede que tengas razón y tal vez no vuelva nunca —sentenció Montes, de manera enigmática, antes de colgar.

—¿Silvano? ¿Silvano?

* * *

Tan pronto como desapareció la agente, Lucía rompió a llorar sin consuelo. Ante el temor de que la pudiera ver algún vecino, se metió en el coche patrulla y abandonó la calle Lobato a toda velocidad. En el interior del Citröen C4 Picasso se sumaron a las lágrimas dos nuevos invitados: los sollozos y los abruptos jadeos, dejando claro que ni mucho menos conducía agobiada para reincorporarse a la procesión, sino para escapar de una crisis de ansiedad.

Solo deseaba aumentar la velocidad, mucho más, y que la sangre, las vísceras y los ojos desorbitados de Antonio Jiménez desaparecieran en la aguja del cuentakilómetros, pero las estrechas y serpenteadas calles del pueblo la obligaban a reducir constantemente las marchas. A pesar de ello, no claudicó y consiguió meter cuarta en las escasas rectas con las que se iba encontrando.

Al final de una de ellas, un semáforo amenazó con ponerse en rojo antes de que pudiera cruzarlo. Decidida a que nada la detuviera, activó la sirena de emergencia y aceleró.

Cuando estaba a punto de girar a la derecha, una señora de unos setenta y cinco años, vestida con una bata de verano del revés, descalza e indiscutiblemente aturdida, se lanzó al asfalto, incapaz de darse cuenta de que iba a ser atropellada. Sin apenas tiempo para reaccionar, Lucía pisó el freno hasta el fondo y consiguió parar el coche a apenas un par de centímetros de la anciana, que miró el vehículo aterrada y sin entender absolutamente nada.

—Carmen, ¿estás bien? —le preguntó Lucía, secándose las lágrimas mientras abría la puerta del coche.

—¿Quién eres? —respondió la mujer, desconcertada.

—Soy yo, Lucía. Ven aquí —dijo la sargento intentando calmarla cariñosamente.

—¿Quién eres? —insistió la anciana, cada vez más asustada.

—Soy Lucía, tu nuera. Tranquila, no pasa nada. Vamos, entra en el coche, que te llevo a casa.

—¿Dónde está el niño?

—¿Qué niño?

—Luis...

—Carmen... Luis murió hace diez años.

—¡Pero si era muy pequeño!

—Bueno..., no tan pequeño. Tenía cuarenta años. Venga, no te preocupes. Sube al coche, que vamos a ir a ver a otra niña, Claudia.

—¿Claudia? ¿Es tan buena como Luis?

—¡Claro! Os lleváis muy bien. Cógeme del brazo, que nos vamos.

No sin dificultad, dado que Carmen tenía serios problemas para mover las extremidades, Lucía consiguió introducirla en el vehículo y ponerle el cinturón de seguridad. Después de un largo suspiro nasal con el que deseó abortar cualquier amago de llanto en su presencia, entró en el coche y volvió a arrancarlo.

—¿Quién eres? —volvió a preguntar la mujer, como si la conversación anterior jamás se hubiera producido.

—Lucía...

—¿Y Luis? ¿Dónde está Luis?

* * *

Cerca del cementerio, en las afueras de Morón, se hallaba la casa cuartel de la Guardia Civil. Al igual que en el resto de localidades, era un edificio modesto y homogéneo de ladrillo visto, típicamente desarrollista, dividido en dos áreas: el puesto de mando, desde donde se comandaban las operaciones policiales de la Guardia Civil, y la zona de viviendas, donde residían los agentes del pueblo de manera gratuita para compensar el hecho de pertenecer al cuerpo policial peor pagado del Estado.

Después de que la sargento estacionara el vehículo y ayudara a su suegra a salir, las dos mujeres dejaron a su izquierda el puesto de mando y se dirigieron al pabellón de las viviendas, donde residían de manera humilde desde hacía una década.

Frente a una robusta puerta de madera y un pequeño relieve con la cara de la Divina Pastora, Lucía llamó de manera insistente al timbre. Al otro lado solo se escuchaban los ladridos de Lola, un pointer que la sargento había adoptado hacía unos años para que hiciera compañía a su hija durante sus largas ausencias.

—¡Ya va! ¡Ya va! —contestó Claudia desde el otro lado.

Al poco, abrió.

—¿Dónde está Valentina? —preguntó un tanto agresiva la sargento.

—Buscando a la abuela.

—¿Y tú? ¿Por qué no estás con ella buscándola?

—Porque me has dejado muy claro que me pusiera a estudiar...

—¿No te parece que has elegido un mal momento para empezar a hacerme caso?

—¡Contigo es imposible acertar! ¡Todo lo que hago te parece mal!

—¡No me gusta nada ese tono! En esta casa, la única que puede ir de víctima es tu abuela. ¡No le ha pasado nada de milagro!

La perra daba vueltas sobre sí misma, enloquecida.

Cada vez que Lola sentía a Lucía llegar a casa, la emoción la embargaba y no dejaba de saltar y agitar el rabo. La sargento tenía claro que no había nadie en esta vida que se alegrara tanto de verla como aquella perra cada vez que abría la puerta. Tras una breve caricia, que el animal agradeció con un lametón en la mano, Lucía y Carmen entraron finalmente en la vivienda.

A pesar de estar ubicada en una zona rural, la decoración era más bien cosmopolita y urbana, no en vano, a pocos kilómetros de Morón se encontraba el Ikea de Castilleja de la Cuesta, lo que explicaba que desde su inauguración, hacía ya unos años, sus habitantes hubieran ido cambiando las tradicionales ollas de cobre y la cerámica de La Cartuja por librerías Billy o sofás Vallentuna. De la colonización sueca, el suelo de barro cocido era el único superviviente rústico en la vivienda. Los escandinavos podían dominar el mercado de la decoración y vender perritos calientes a un euro, pero eran incapaces de crear una solería que mantuviera fresca una vivienda en la provincia de Sevilla en los meses de verano.

—Abuela, ¿quieres un vaso de agua fría? —le preguntó Claudia, dándole un cálido beso en la mejilla.

—Esta señora es muy gorda y muy fea —fue la inesperada respuesta de Carmen a su nieta—. Ten cuidado con ella...

Después de una sonrisa fugaz, la joven abandonó el salón y se dirigió a la cocina a por el vaso de agua.

Aunque ya no estaba presente en la sala, su madre le siguió gritando desde la distancia, mientras la perra miraba en una y otra dirección como si tuviera la capacidad de seguir la discusión.

—¿Cómo es posible que esta semana se le haya escapado tres veces tu abuela a Valentina?

—Lleva todo el año así, mamá. Sabes que es muy difícil controlarla las veinticuatro horas del día —chilló también Claudia para dar su réplica.

—¡Joder! ¡Es lo único que tiene que hacer!

—No seas injusta. También tiene que darle de comer, ducharla, darle las pastillas... y ninguna de esas cosas son fáciles con la abuela.

Claudia reapareció en el salón y ayudó a Carmen a beber agua.

—De unos meses para acá ha pegado un bajón. Ya no puede ni sostener una cuchara.

—La familia de Elena ha metido a su abuelo en una residencia de las afueras de Osuna. Bellavista, creo que se llama...

A Lucía le resultaba curioso que un lugar tan lúgubre y deprimente tuviera un nombre así de evocador: Bellavista. De hecho, en aquel momento cayó en la cuenta de que casi todas las residencias de ancianos tenían nombres similares: Sol de Otoño, Valle Sol, Vista Hermosa... Sin duda, se trataba de una trampa semántica. Detrás de aquella sugestiva nomenclatura, normalmente no se escondían los parajes sobrecogedores que anticipaban, sino lugares semiabandonados, grises, de olores rancios y profundos, y con sillas de plástico roído en el patio. Parecía como si existiera una necesidad de mentir, de ocultar la realidad, de poder nombrar aquellos sumideros en los que retirabas de la vida a tus seres queridos sin que te murieras de vergüenza por ello.

«Desesperanza, Amargo Retiro o Tristeza Infinita. Esos sí son nombres que encajan con esos lugares», pensó la sargento.

—Nosotras nunca le haremos eso a Carmen, ¿me entiendes?

—¿Y te parece más humano que un día la atropellen?

—No pienso discutir sobre este asunto contigo.

—Pues debe de ser de lo único que no quieres discutir conmigo.

—Claudia, no he tenido un buen día. Te agradecería que volvieras a tu habitación a estudiar y lo dejemos aquí antes de que te diga algo de lo que me arrepienta.

—¿Huele mal, no?

—Soy yo, tranquila, vengo de...

—No, no eres tú, es la abuela. Creo que se lo ha vuelto a hacer encima...

Lola acercó el hocico a Carmen, olfateándola de arriba abajo, intrigada. Su olfato prodigioso era también una tortura, y no había olor, por ligero que fuera, que aquella perra no tuviera que investigar. Aunque la escena era divertida vista desde cierta distancia, Lucía no tenía el cuerpo para tonterías.

—¡Quita, Lola! ¡Vete a tu colchón! —le ordenó la sargento, mientras la apartaba.

Por enésima vez en el día, Lucía Gutiérrez se vio obligada a suspirar para no quebrarse y trató de reconducir toda la furia contenida.

—Ya me encargo yo, cariño. Tú vete a estudiar.

—Como quieras. Si necesitas ayuda, ya sabes dónde estoy.

—De acuerdo. Por cierto, ¿puedes avisar a Valentina para decirle que tenemos a la abuela en casa? No quiero que se preocupe.

—Voy... —dijo Claudia, mientras desaparecía definitivamente del salón y dejaba a solas a su madre con un problema de un metro y sesenta y dos centímetros, noventa kilos y setenta y cinco años. Un problema del que no se podía deshacer, porque con Carmen también se iría el recuerdo de Luis.

Lucía tomó con delicadeza a su suegra por el brazo y se la llevó hacia el cuarto de baño.

—¿Vamos a la feria? —preguntó la mujer, desorientada.

—Más o menos...

Una vez allí, Lucía desnudó con paciencia a Carmen, que era incapaz de coordinar los brazos para levantarlos, convirtiendo en una tarea imposible quitarle la bata. Tras cinco minutos de lo que podría definirse como lucha grecorromana, consiguió meterla en la bañera y empezó a lavarla.

El agua asustaba a su suegra. Lo que era algo rutinario hasta para un niño de cinco años, Carmen lo observaba con recelo, sin terminar de entender qué era eso frío que caía del cielo. De manera instintiva, gritó, lloró y pataleó en el plato de ducha mientras Lucía hacía lo que podía para que no se cayera. Temiendo no conseguirlo, dejó a un lado el grifo e intentó calmarla masajeándole el cráneo.

A Luis aquello le encantaba. Cada vez que pensaba en él, se concentraba en su cabeza. En su pelo, que empezaba a ralear y por el que deslizaba sus dedos calientes antes de hacer el amor. Todo empezaba allí, en su enjambre capilar, en la estimulación de su epidermis, y a veces también terminaba allí porque se quedaba dormido de puro placer.

Conocía todos los recovecos de su estructura ósea como un agricultor conoce cada metro de su parcela. No había un día que no lo cultivara. Sabía qué zonas le excitaban y cuáles le hacían cosquillas. Jugaba con él. Lo tocaba siguiendo una partitura especialmente compuesta para provocarle una erección y más tarde una carcajada. Disfrutaba llevando el control de la situación, sometiéndolo al capricho de sus falanges y sacándole a cambio todo tipo de promesas. Una vez que estaba fuera de sí, la tomaba con un vigor que la estremecía desde las uñas de los pies al vientre, y desaparecía del planeta a través del somier. Llegó a convertirse en una topógrafa de la cabeza de su marido. Sin embargo, aunque conocía cada milímetro de la superficie de su cuero cabelludo, ignoraba todo lo que ocurría en el interior, especialmente en los últimos meses. ¿Qué le preocupaba? ¿Por qué todo cambió entre ellos? ¿En qué momento su cabeza voló de entre sus manos?

—Tranquila, Carmen. Tranquila. Es solo agua.

—¿Quién eres?

—Lucía.

—¿Y el niño? ¿Dónde está el niño?

—El niño murió, Carmen. No volverá... —Exasperada ante la idea de dar inicio a otro bucle sin salida, Lucía la abrazó por la espalda y procuró serenarla—. Tranquila, tranquila... —le susurró al oído y decidió refugiarse de nuevo en el recuerdo del cuero cabelludo de Luis—. Tranquila, tranquila...

Cerca del mediodía, Valentina, una colombiana de treinta años y cuerpo rollizo, llegó a casa ceñida en unas mallas imposibles para hacerse cargo de Carmen, que se había quedado dormida en el sofá. A su lado estaba Lucía, con la perra tumbada en el regazo. Habrían compuesto una feliz escena familiar si no fuera porque en realidad no eran felices.

—¡Lo siento, mi amor! ¡Lo siento! Entré un momento a comprar pan y cuando salí ya no estaba.

—No hace falta que te justifiques, Valentina. Demasiado haces ya por esta familia.

—No lo puedo entender. Con lo que le cuesta hacer cualquier cosa y lo rápido que coge la calle para escaparse.

—¿Te puedes quedar con ella? Necesito dormir un poco.

—Sí, descuida, descuida. ¡Yo estoy aquí para eso, mami!

—Gracias. Ha sido un domingo muy largo —dijo, incorporándose y obligando a hacer lo mismo a Lola, que empezó a estirar las patas aún somnolienta.

El dormitorio de Lucía era un canto a la impersonalidad. Un soberbio esfuerzo por que nada de lo que había allí contara algo de ella. Un espacio insípido de apenas veinte metros cuadrados que se podía contemplar de un rápido vistazo: una cama sin cabecero, una cómoda y una mesita de noche con una lámpara de acero y una novela de Antonio Gala, *Más allá del jardín*, con el marcador en la página cincuenta y cuatro desde hacía año y medio. Todos los muebles eran de color negro y lo único que llamaba la atención era un marco apoyado sobre la cómoda, también de color negro, con una foto de Luis paseando por la playa. Más que una habitación, parecía la capilla ardiente de su marido diez años después.

Lucía se quitó la túnica de nazareno, que todavía estaba mojada después de su aventura en la ducha, y no esperó a deshacerse del resto de la ropa para tumbarse sobre la cama. Inmediatamente cerró los ojos, con la esperanza naif de dejar atrás aquel día agotador.

* * *

Silvano Montes no tenía claro si su cuerpo sería capaz de encajar en aquella estrecha ventana del baño. Sin embargo, consideró que quedarse encajonado en el vano de aluminio era mejor opción que dejarse atrapar por Hoopen y tener que darle explicaciones. Tras unos segundos meditando, le echó valor y trepó por el hueco, un esfuerzo que dio sus frutos hasta que la cadera se le quedó atascada en el marco de la ventana, sin permitirle avanzar o recular. La cabeza y parte del tronco estaban fuera, suspendidos en el aire, mientras que las piernas culebreaban todavía en el cuarto de baño del pastor.

Con un sobreesfuerzo descomunal, pudo liberar las manos y deslizarse unos milímetros hacia el exterior. Considerando el éxito de la maniobra, repitió el mismo movimiento una y otra vez hasta que logró desatascar la cadera y cayó al vacío. El cuerpo de Silvano impactó contra el cemento y sufrió múltiples magulladuras. En cualquier otro momento de su vida se habría quedado allí, gritando de dolor. Pero sabía que tenía que hacer de tripas corazón y ahogar sus alaridos para no ser descubierto. Ignorando su propio malestar, se incorporó y empezó a correr campo a través. Lamentablemente, el dobladillo del pijama hacía que se trastabillara a cada paso y apenas podía avanzar.

—¿Le importa si voy a buscarlo? —preguntó Hoopen al mayoral—. Tarda mucho y me preocupa que le haya pasado algo. Tal vez se haya vuelto a desmayar, ¿no cree?

El oficial se incorporó y se dirigió al cuarto de baño antes de que al pastor le diera tiempo a abrir la boca. Era un hombre acostumbrado a dar órdenes y no necesitaba el permiso de nadie para hacer lo que considerara oportuno, y mucho menos de un simple pastor de ovejas andaluz; a ojos de Hoopen, no era más que una mosca insignificante.

—¡Montes! ¡¿Sale ya o entro a buscarlo?! —gritó Hoopen mientras aporreaba la puerta—. ¿Montes?

Ante la falta de respuesta, el capitán tomó soliviantado el picaporte y lo desplazó. En pocos segundos descubrió que el pestillo estaba echado y se temió lo peor. Retirándose unos pasos para tomar impulso, cargó con todo su peso sobre la puerta. El estruendo de la madera al crujir puso en alerta al pastor, que se acercó hasta el baño para ver qué sucedía.

—¿Se puede saber qué está haciendo? —preguntó al contemplar la puerta destrozada y a Hoopen mirando por la ventana.

—Pásele los gastos al Ejército de los Estados Unidos —dijo con frialdad el capitán, apartando al insecto de su camino.

—Pero ¡¿quién se ha creído que es usted?! —gritó el pastor, bloqueándole el paso.

—La máxima autoridad de la Fuerza Aérea de los Estados Unidos en este pueblo —respondió el militar, mostrándole su acreditación para que se calmara y así evitar que tuviera la tentación de llamar a la policía—. Ese hombre está en busca y captura por el gobierno de mi país —mintió descaradamente el capitán—. Lamento los desperfectos ocasionados. Solo tiene que ir a la base de Morón y nos haremos cargo de los costes. Si lo desea, incluso puede subir a uno de nuestros cazas —le ofreció Hoopen, sabedor de que era lo que más gustaba a los visitantes durante las jornadas de puertas abiertas—. A cambio solo le pido una cosa: que sea discreto y no hable con nadie sobre lo que acaba de ver. Y ahora, si me disculpa, tengo asuntos de los que ocuparme.

* * *

La luna brillaba con fuerza en la noche de Morón, eclipsando las diminutas luces parpadeantes de los cirios de la cofradía de Nuestro Padre Jesús de la Salud, que se encontraba a mitad de recorrido, en la plaza de los Remedios.

En apenas cuatro horas, Jesús había bajado de la borriquita y había sido apresado por los romanos para que lo juzgase Poncio Pilatos. Cuando la vida del Mesías se recreaba en una procesión, los giros argumentales se aceleraban a tal velocidad que no parecían escritos por los cuatro apóstoles, sino por los guionistas de *Fast and Furious*. Detrás de la imagen de Jesucristo, separada de esta por un mar de conos blancos, se intuía a su madre, María Santísima de la Amargura, que lloraba en previsión de lo que pudiera ocurrir en el futuro. La sombra de su rostro y de sus manos se proyectaba en los edificios y precedía su llegada misteriosa, evocadora, como si fuese obra del expresionismo alemán y no de la imaginería sevillana. Entre el cielo y ella solo había un palio de separación, sujetado por doce barras realizadas en metal repujado y plateado. En cada una de ellas, un rosario prendido se cimbreaba con cada costalada y componía una suerte de melodía sobrecogedora. Al igual que un galeón, el paso de la Virgen navegaba por el asfalto, escoltado por dos arbotantes barrocos que, engarzados en las barras de palio, iluminaban su manto. En la parte frontal, varias líneas de cirios, que formaban lo que se ha venido a llamar «candelaria», se encargaban de realzar los gestos de santidad y caridad de su cara. Ajena a todo aquel fatuo despliegue, Lucía Gutiérrez caminaba tras ella vestida de civil, como si se tratara de una devota más y no de una agente de servicio.

Desde que la cofradía hubiera efectuado su salida procesional horas atrás, la sargento de la Guardia Civil había estado atenta, junto al cabo Martín, al comportamiento de la cuadrilla de costaleros del paso de palio.

Algunos metros más adelante, otros dos agentes se ocupaban de la vigilancia del paso de Cristo. En todo ese tiempo, no se había dado ni un solo incidente que les hubiera llamado mínimamente la atención.

Hasta que algo ocurrió. Tras una prolongada *chicotá*, que había llevado hasta la extenuación a los treinta costaleros que soportaban el peso de la Virgen de la Amargura, se produjo un relevo en la cuadrilla y otra treintena de jóvenes ocuparon el lugar de los que estaban cansados de cargar. Fatigados y con las caras inundadas de sudor, se turnaban para beber agua del botijo. Salvo uno de ellos, un muchacho de unos veinte años, de complexión delgada, algo desgarbado y con el pelo rubio, que, en lugar de descansar con el resto de sus compañeros, parecía buscar a alguien entre la muchedumbre de penitentes. Encontró a ese alguien en poco tiempo: una chica con un par de años menos que él, y que iba tan maquillada que parecía una figura del museo de cera. Al cuello, llevaba un colgante dorado con su nombre —Vanesa—. Como si estuvieran en la parte de atrás de un coche y no en mitad de una estación de penitencia, la pareja se besó de manera lujuriosa, incomodando a todos los vecinos que estaban próximos a ellos. Incapaces de poner freno a su arrebato, con cada beso se volvían más y más fogosos, al punto de que el joven costalero se atrevió a llevar su mano por debajo de la falda blanca y ceñida de Vanesa.

—¡Qué buena estás! —dijo él mientras se dejaba succionar la lengua.

Aquella extraordinaria demostración de afecto fue considerada por los parroquianos poco menos que una provocación, sobre todo tras lo ocurrido con los dos costaleros de las procesiones de Vísperas. Espantados con la idea de que la Semana Santa de Morón se estuviera pervirtiendo y de que las buenas costumbres y la compostura se encontraran en peligro de extinción, algunos de los presentes se envalentonaron con la pareja.

—¡Ya está bien! ¡Un poco de respeto a la madre de Dios! —terció un padre de familia.

Una señora, sentada en una silla portátil de los chinos, tuvo a bien dejar de comer frutos secos durante un segundo para unirse a las críticas y amonestar al chico.

—¡¿No te da vergüenza hacer eso con la ropa de costalero?!

—Señora, ¿le parece poco respeto meterse ahí debajo durante ocho horas? —respondió el joven, molesto, señalando el faldón del paso de palio y despegándose así un instante de su amada.

—¡Lo dices como si fuera un castigo y no un privilegio! —replicó la mujer.

—¿Qué sabrá usted de mi vida? Si quiere respeto, deje de comer pipas, que se le va a poner la boca como un bebedero de patos.

—¡No te vendría mal un poquito de humildad y de escuchar a los mayores! —dijo el padre de familia para echarle una mano a aquella mujer.

—¡Y a usted le vendría bien callarse la boca si no quiere llevarse un par de hostias!

—¿Me estás amenazando, niñato?

—¿Qué me ha llamado?

—Tranquilo, Rober, tranquilo, ya tienes bastantes problemas como para meterte en otro —intervino Vanesa para calmarlo, agarrándolo por la cintura.

—¡Niñato será tu puta madre! —gritó el costalero, y se zafó de los brazos de la chica.

Ignorando las recomendaciones de su novia, el costalero se dirigió con el puño cerrado hasta el otro lado de la acera, y, antes de que pudiera llegar a golpear a su contendiente, Lucía y Víctor lo inmovilizaron.

—Deberías haberle hecho caso a tu novia —le susurró la agente mientras lo sujetaba y esposaba.

—¿Quién coño es usted?

—La que hará que se te pase el calentón. Lucía Gutiérrez, sargento de la Guardia Civil.

Por entonces, el revuelo en la calle era ya de tal magnitud que el capataz del paso de la Virgen de la Amargura dio descanso a su cuadrilla para interesarse por lo ocurrido. En cuanto dio el último golpe de martillo, cruzó la calle en dirección al barullo.

—¿Qué está pasando aquí, Rober? —le preguntó, incrédulo, al verlo maniatado—. ¿Tú... tú también... te ibas a desnudar? —titubeó el hombre, pensando que los sucesos del viernes estaban repitiéndose.

—No se preocupe, este solo se iba a pegar —respondió por él Lucía.

—¡Él no quería hacer nada! ¡Ya ha visto cómo lo han provocado! —Vanesa apareció en escena.

—¡Os estáis cargando la Semana Santa! —profirió a gritos la señora de la silla portátil, a la que ni siquiera la proximidad del peligro hizo que dejara de comer pipas.

—No te preocupes, que no le va a pasar nada —le dijo Lucía a la joven, soltando al muchacho y dejando que fuera Víctor quien se ocupara de él.

En cuanto se desprendió de los brazos de Rober, una llamada de teléfono la sobresaltó. Indiferente, comprobó que era María y decidió que no era buen momento para hablar con ella.

—¿Qué hacemos con él, mi sargento? —preguntó Víctor, a la espera de órdenes.

—Hazle un test de drogas y déjalo en libertad.

—¿Drogas? —repitió alterado el capataz—. ¿En la estación de penitencia? ¡Ni se te ocurra volver a la hermandad! Se te debería caer la cara de vergüenza...

Menospreciando el sermón del ferviente cofrade, Lucía volvió a coger el teléfono y se dio cuenta de que tenía un wasap sin leer.

María: Mi sargento, tengo novedades sobre la víctima.

Vaciló un instante y, con parsimonia, se encendió un cigarrillo. Después de que la primera descarga de nicotina la hubiera despejado, buscó la última llamada perdida y presionó el botón de llamar.

—¿De qué se trata? —preguntó directamente, saltándose cualquier protocolo de buena educación.

—Del tío de esta mañana, mi sargento. Es famoso.

—¿Famoso? ¿Qué quieres decir? ¿La prensa ya ha publicado algo sobre el suceso?

—No, no, es todavía más desconcertante. No se lo va a creer, mi sargento...

—María, ¿me vas a decir de qué se trata de una puta vez?

—Perdone, mi sargento, es que el corazón me va a mil. Es cierto que la víctima no tenía ni familia ni hijos, pero acabo de descubrir que tenía más de un millón de *followers* en Twitter. La misma persona que ha encontrado encajada en la basura esta mañana es uno de los *tuitstars* más famosos de este país. Hasta yo lo seguía.

—¿*Tuitstar*? —preguntó la sargento, expulsando el humo con cierta apatía, probablemente por la tremenda pereza que le daban las redes sociales y todos aquellos que se dedicaban a exponer su vida en ellas.

—Otaku, que así es como se hacía llamar Antonio en Twitter, movilizaba diariamente a miles de fieles desde el más absoluto anonimato. Nadie sabía quién se escondía tras su *nick*, pero la gente retuiteaba sin parar sus denuncias contra el Gobierno, los desahucios y la corrupción. Nunca publicaba fotos suyas, ni siquiera cuando lo entrevistaban. Y resulta que vive aquí. Bueno, vivía...

—¿Sabes qué, María?, creo que necesito una copa. Quedamos en La Molienda en diez minutos y me lo cuentas con más detalle.

—Perfecto, mi sargento.

—Por cierto, buen trabajo. —Lucía volvió a darle una galleta a su perrito faldero.

Con un rápido movimiento, arrojó el cigarrillo al suelo.

—Víctor, te quedas al mando. Mañana quiero el resultado del test sobre mi mesa.

* * *

La décima vez que Silvano tropezó por culpa del largo del pijama, cayó en la cuenta de que solo tenía una opción para salir airoso: quitarse los pantalones. Por lo que, apoyado en un olivo, se desprendió de ellos con desdén.

En cuanto se liberó de sus cadenas de franela, Silvano Montes reemprendió la huida. Al ir descalzo, las piedras se le clavaban en las plantas de los pies, pero prefirió lidiar con el dolor que parar de correr.

Si bien estaba llevando su cuerpo al límite, no podía competir con Hoopen, que circulaba a toda velocidad a través de la finca en su cuatro por cuatro, para reducir la ventaja que había tomado Montes fugándose por la ventana del baño.

En un par de minutos, la distancia entre ambos se redujo a apenas veinte metros. Consciente de ello, Silvano optó por rendirse y salió a su encuentro con los brazos en alto.

Al verlo desistir de su huida, el oficial americano redujo la velocidad y detuvo el vehículo junto a su presa.

—¿Por qué huyes de mí? —le preguntó Hoopen una vez que bajó del todoterreno—. ¿Se puede saber dónde está mi dinero?

—Su dinero ha... El maletín... —balbuceó Montes, intentando encontrar la mejor forma de resumir lo ocurrido—. No lo tengo... Alguien me lo quitó por la fuerza... —dijo, señalándose la brecha de la cabeza—... y luego me abandonó en un bancal.

—¿Alguien? ¿No puedes ser más preciso?

—Diría que era un soldado de la base. Me dijo que usted sabría de quién se trataba. Es todo lo que recuerdo, se lo juro.

Efectivamente, no era necesario decir nada más. Solo una persona en todo Morón podía estar detrás de aquello: el teniente Andrew Taylor. Aquel nuevo escenario no le hacía ni pizca de gracia.

Hoopen sabía que estaba en manos de aquel hijo de puta y que no podía hacer nada para cambiar la situación y recuperar su dinero. Fuera de sí, la emprendió a patadas contra la rueda del coche.

—*Son of a bitch!*

* * *

Sobre una pared alicatada con azulejos amarillos y azules, colgaba una hilera infinita de retratos de cristos y vírgenes. Correspondían a todas las imágenes de la Semana Santa de Morón, aunque, para el ojo inexperto, bien podría parecer la lista de los más buscados del país. Entre las instantáneas religiosas, se había colado una fotografía del dueño de La Molienda, Ramón Campos, paseando a caballo. En su megalómano delirio, había llegado a creer que su cara solo podía compartir espacio con la madre y el hijo de Dios. Poseía unas formidables patillas en forma de hacha que le conferían un aspecto de bandolero trasnochado. Se podría decir que tenía un rostro atractivo, aunque no tanto como para ser ascendido a aquel improvisado altar.

El resto del bar no era muy diferente de los que había en el pueblo. Una vitrina de cristal exhibía una ración de ensaladilla rusa y unos boquerones que sobrevivían a duras penas, ahogados en un mar de aceite y vinagre. Sobre la vitrina, una pizarra indicaba que faltaban tan solo cincuenta y cuatro días para celebrar la romería del Rocío, estableciendo así una estricta taxonomía de la vida del municipio, que, lejos de regirse por las cuatro estaciones, se administraba en función de los tres grandes eventos del año: Feria, Semana Santa y Rocío.

En un viejo televisor Thomson de 28 pulgadas, estaban emitiendo un resumen de las procesiones del Domingo de Ramos a través de la cadena local de Morón. Los comentaristas de la jornada pugnaban entre ellos por hacer la observación más relamida y presuntuosa. Justo debajo, en una mesa con algunos vasos de tubo acumulados, Lucía y María conversaban, ajenas a los comentarios de los locutores y al grupo de soldados americanos que, acodados en la barra, hablaban a gritos entre ellos.

—¿Qué clase de persona puede tener dos vidas tan diferentes? —preguntó Lucía con la lengua torpe, apurando su tercer *gin-tonic* de la noche.

—No lo sé, mi sargento. Le juro que es un referente para mucha gente. Era, joder —rectificó María, poco acostumbrada aún a la muerte y sus consecuencias—. No sé cómo encajar que, en realidad, fuera un Diógenes sin amigos... No llego a entender por qué alguien así termina sacándose las tripas. No me encaja.

—No te voy a engañar: no tengo ni idea de quién era.

—Seguro que lo conoce, mi sargento. Mire, este tuit fue uno de los que más retuitearon sus seguidores. Lo escribió después de las elecciones generales: «El PP se ha quedado a cinco casos de corrupción de sacar la mayoría absoluta» —leyó María en voz alta en la pantalla de su teléfono—. Al contrario que otros *influencers* de Twitter, se negó a publicar un libro, y lo hizo por principios, para no venderse al sistema. Siempre estaba dando la «chapa» con que quería estar cerca de la gente y no de las grandes empresas.

—Y ¿qué hay sobre sus últimos tuits? Del poema que dejó escrito en el muro del jardín no se pueden sacar muchas conclusiones. ¿Sabes si se despidió al menos de sus seguidores? ¿Insinuó que estaba triste? ¿Algo que hiciera sospechar que estaba pensando en matarse?

María accedió al *timeline* de Antonio desde su móvil y leyó literalmente los tres últimos tuits que había escrito.

—Juzgue usted misma. Corresponden al pasado miércoles a las seis de la tarde: «Ayer tuve tiempo finalmente para ver *La La Land* y ya puedo decir que es una de las películas más sobrevaloradas de la historia del cine». «Es un bodrio prefabricado que le da al público lo que quiere, un mundo ñoño de colorines y sin ningún tipo de verdad». «Está hecha para gustar, y eso me toca los cojones».

—Si tengo que ser sincera, a mí también me pareció un bodrio, pero no creo que sea motivo suficiente para quitarte la vida. ¿Estás segura de que es lo último que escribió?

—Segurísima. Compruébelo si quiere —dijo María, ofreciéndole su teléfono.

Lucía echó un vistazo a la pantalla y verificó que, efectivamente, aquella crítica a *La La Land* había sido su despedida del mundo. Casi por inercia leyó algunos tuits anteriores, y todos hacían referencia a cuestiones de actualidad, cine o series de televisión. Nada que hiciera entrever que Antonio estaba cansado de vivir o hubiera algo que lo atormentara. De alguna manera, su Twitter se parecía a aquel musical que tanto despreciaba: un mundo de colorines sin ningún tipo de verdad. Con la ayuda del pulgar, Lucía volvió al punto de inicio del *timeline* de Antonio y se quedó un instante contemplando la gran cantidad de seguidores que tenía.

—¿Cómo puede ser que ninguno de este millón de seguidores lo echara de menos durante dos días? ¿Cómo se explica que no fuera amigo de ninguno de ellos? Sé poco de redes sociales, pero hasta mi hija es capaz de chatear con gente que conoce a través de Twitter.

—La verdad es que... no sé si me he extralimitado, pero he estado leyendo sus correos electrónicos. Tenía una amiga, digamos, especial... Una novia virtual, por así decirlo. Una tal Sara, de Formentera, con la que, según parece, tenía pensado irse a vivir a la isla en un par de meses y empezar una nueva vida.

—¿Te has puesto en contacto con ella?

—No, mi sargento. Esperaba antes su autorización.

—Hazlo. Puede que nos ayude a entender por qué alguien que está dispuesto a empezar de cero se acaba vaciando las entrañas en el jardín.

—Salgo a fumar un momento. Vuelvo en seguida.

—¿Salir? ¿Por qué crees que hemos venido a este bar? Te aseguro que no ha sido por los boquerones en vinagre. Es el único sitio del pueblo en el que todavía te dejan fumar.

—En ese caso, recuérdeme que le ponga cinco estrellas en TripAdvisor... —respondió burlona María mientras se encendía un cigarrillo y expulsaba el aire por la nariz.

—¿Quieres otro *gin-tonic*?

—No, dos es mi límite antes de perder la cabeza y acabar llamando a mi ex.

—¿Vas a dejar que beba sola? Podría degradarte por ello.

—Está bien. Uno más y me voy a casa.

Antes de que María tuviera tiempo de arrepentirse, el dueño, luciendo un polo de Spagnolo con los colores de la bandera nacional rodeando su musculado cuello, les acercó hasta la mesa dos vasos de tubo para prepararles in situ los *gin-tonics*. Sin el ceremonial de las grandes ciudades, se limitó a verter ginebra y tónica a partes iguales. Sin limón, sin pepino, sin cardamomo, copados hasta el borde de indolencia. Dos hielos eran toda la fiesta que adornaba los tristes combinados.

—¿Puedo saber qué se celebra? —preguntó Ramón con curiosidad al comprobar que los vasos de *gin-tonic* se iban acumulando en la mesa.

—Estamos festejando tener alcohol en lugar de cuenta de Twitter. Por lo visto, a la larga es más sano.

—No te entiendo, pero todo lo que sea consumir y gastaros el dinero en mi bar, me parece bien —declaró el dueño de La Molienda antes de volver a sus dominios en la barra.

Era un hombre tan imponente como sencillo. Discreto, sin ganas de complicarse la vida lo más mínimo y con un físico más que llamativo, justo el perfil por el que la sargento sentía atracción antes de conocer a Luis.

La llama azul del mechero de Lucía prendió otro cigarrillo cuando María hizo una nueva revelación.

—No he leído lo suficiente como para juzgarlo, pero creo que también tenía problemas laborales.

—¿De qué tipo?

—Del tipo que puedo entender: no le gustaba lo que hacía. Usted lleva el tiempo suficiente en Morón como para saber que este pueblo no es para gente joven. Aquí solo tienes dos salidas: o trabajar en el campo vareando aceitunas o trabajar en la base americana como administrativo.

—¿De eso habla en sus correos? —preguntó, interesada, Lucía.

—Solo en los que le escribía a Sara. No lo he comprobado, pero, según se desprende de sus emails, estudió Historia y acabó de conductor de autobús con un contrato de mierda. Imagino que, en parte, por eso quería marcharse de aquí... —Hizo una breve pausa—. ¿Alguna vez ha pensado en suicidarse, mi sargento?

—No voy a hablar de eso contigo, María —soltó Lucía abruptamente, al tiempo que cambiaba el gesto.

—A mí me ha rondado la cabeza un par de veces. No sé, imagino que todo el mundo se lo plantea cuando no le salen bien las cosas. Creo que si la muerte fuera algo temporal, cosa de uno o dos meses, podría llegar a suicidarme. Aparcar tu vida y tus problemas durante un tiempo y volver a ellos cuando todo se hubiera calmado. No sé si me explico...

—Creo que has bebido demasiado —contestó la suboficial con el ceño fruncido—. Será mejor que vuelvas a casa.

—Pero si ha sido usted quien ha insistido en que me tomara una copa más...

—Pues he cambiado de opinión. Mañana tenemos que trabajar y, créeme, necesitas estar más concentrada que el resto de tus compañeros.

La reciente conexión entre ambas se desvaneció en el acto. Decepcionada, María apagó su cigarrillo en el vaso de tubo y se levantó de la silla, dejando que la colilla naufragara en un mar de ginebra. Después de pensarlo un par de veces, encontró las palabras precisas para despedirse.

—Me habían avisado, mi sargento, aunque siempre creí que la gente exageraba. Pero no, no se equivocaban, es usted una amargada. Buenas noches.

Y, sin más, María desapareció de La Molienda, ignorando que, por mucho que le irritara el carácter amargo de la sargento, jamás podría odiarla tanto como Lucía se odiaba a sí misma.

En cuanto los soldados americanos se marcharon, borrachos y a cuatro patas, la noche de Lucía acabó como siempre que visitaba aquel bar: con su cuerpo desnudo apoyado contra la barra mientras Ramón Campos la tomaba con fuerza por la espalda. Era un tipo de sexo fugaz al que se había entregado en los últimos años, tan frío e insípido como La Molienda; tan diferente y opuesto al que había vivido con Luis.

—Me voy a correr, me voy a correr —le susurró al oído cinco segundos antes de eyacular, como hicieron antes de Luis muchos otros.

Puede que aquel hombre rudimentario y folclórico estuviera muy lejos de ser considerado una pareja; puede que, más allá de lo sexual, no tuviera nada en común con él; puede que, después de lo que ocurrió hace diez años, hubiera llegado a la conclusión de que no merecía estar con personas más complejas, interesantes o sofisticadas; puede, incluso, que la simplicidad que en otro tiempo llegó a repudiar se hubiera convertido ahora en un refugio al que le gustaba acudir a descansar la cabeza.

Había muchos «puede» y muchas posibles explicaciones, pero lo único cierto es que con cada nueva embestida del apuesto caballista, Lucía se sentía atractiva y poderosa como cuando era joven. El paso de los años y la dejadez habían provocado que su cuerpo mutara en algo que ella no reconocía, en algo que detestaba. Ya no le valían las caricias, ni las palabras bonitas ni los susurros delicados para considerarse sexy. Había rociado con queroseno todos los «amor mío», «cielo» o «cariño».

Para su sorpresa, con cuarenta y dos años las sutilezas le parecían una limosna, una forma de condescendencia deplorable. Y no estaba dispuesta a esa humillación. Conocía su realidad, no miraba para otro lado y solo le excitaba aquello que consideraba genuino y auténtico; y las vibrantes y directas arremetidas de Ramón Campos se aproximaban a ese ideal. No había fuegos artificiales, solo un deseo primitivo y antiguo, una lujuria clandestina que la hacía creerse de veras ambicionada. Las arremetidas del jinete tapaban por un segundo toda la angustia y la ansiedad que la acorralaban en aquellos días. Intentar perdonarse se había convertido en su meta, y los orgasmos furtivos, en el único medio para conseguirlo.

* * *

En torno a la medianoche, Silvano Montes llegó al fin a las inmediaciones de su casa. Vagabundeaba por la calle, magullado y con un chándal del ejército americano que le había prestado Hoopen. En su cabeza solo había lugar ya para una idea: tumbarse en la cama lo que restara de noche. Pero la mala fortuna estaba cosida a su sombra y en cuanto metió las llaves en la cerradura se percató de que algo no iba bien.

—Ni te molestes en intentarlo, he cambiado la cerradura —dijo Noelia desde el balcón del dormitorio.

—Puedo explicarlo —farfulló el banquero, casi sin fuerzas.

—Créeme, ni yo ni los niños queremos saber cómo has terminado a las tantas de la noche con ese chándal que no he visto en mi vida.

Aquellas fueron las últimas palabras de Noelia antes de que arrojara toda la ropa de su marido por el balcón. Al igual que una lluvia de meteoritos, camisas, trajes y ropa de andar por casa fueron cayendo sobre la cabeza de Silvano Montes, que, vencido por las circunstancias, rechazó hacer uso de su derecho de réplica. Estaba tan terriblemente cansado que se limitó a recoger todo aquel desastre que había aterrizado sobre el asfalto. Cargando con sus pertenencias, puso rumbo al único sitio en el que pensó que podría dormir sin tener que dar explicaciones; la sucursal de Unicaja en la que trabajaba.

Mientras caminaba, intentó comprender cómo había llegado a aquella situación, sin conseguir explicárselo. No había forma de entenderlo. Azar. Capricho del destino. Serendipia. Mal fario. Estar en el lugar equivocado en el momento equivocado. ¿Qué sabía él? Lo único cierto era que se había pasado el día desnudo, inconsciente y con una brecha en la cabeza. Mañana sería otro día, concluyó, y, con un poco de suerte, todo aquello quedaría relegado a una divertida anécdota que contar en la comunión de sus hijos.

No había avanzado ni cincuenta metros y ya había perdido cuatro calzoncillos y dos camisas.

Silvano Montes dejaba, sin quererlo, una estela de ropa y ternura a su paso.

CAPÍTULO 3

LUNES SANTO

«Llegará la hora en que todos los que están
en los sepulcros oirán su voz y saldrán».
SAN JUAN, 5: 28

—¿Empezamos ya o todavía sigue pensando que va a venir alguien? —dijo el sepulturero con frialdad.

A las once y media de la mañana, el cementerio municipal de Morón de la Frontera permanecía tan vacío y silencioso como una hora antes. Una racha de viento agitaba los árboles del camposanto, donde, por algún capricho del destino, había más palmeras que cipreses, insinuando a los habitantes del municipio que estuvieran tranquilos, que la vida eterna no era sino una prolongación de cualquier pueblo de Andalucía. Pero no era la botánica la mayor excentricidad que presentaba el lugar aquella mañana. Había un cadáver, pero no coche fúnebre. Ni coronas de flores. Ni familiares. Ni siquiera amigos vestidos de riguroso luto compartiendo frases hechas con las que hacer más liviano el rotundo peso de la muerte. Por no haber, no había ni un padre ni una madre que arañasen el féretro de su hijo con esa fuerte convicción española de que la rabia y los arrebatos pueden abrir puertas astrales que devuelvan a la vida a sus difuntos. Nada. Nadie. Kilómetros cuadrados de orfandad.

—Adelante —contestó Lucía después de echar un último vistazo y comprobar una vez más que allí solo estaban ella, el sepulturero y un gato negro que se frotaba el lomo contra la esquina de mármol de una de las lápidas.

La esperanza de la sargento de la Guardia Civil de poder hablar con alguien próximo a Antonio Jiménez para entender lo ocurrido fue la primera en quedar enterrada aquella ma-

83

ñana. La vida de aquel personaje indescifrable concluyó con un balance demoledor: un millón de *followers* y nadie que lo echara de menos el día de su entierro.

El ruido de la tierra impactando contra la madera del ataúd fue el único lamento que se pudo oír desde su fosa. No hubo más réquiem o ceremonia que ese terrible murmullo lapidario. Cuando la tumba estuvo completamente cubierta, se dio por terminado el servicio funerario con un discreto obituario recitado por el trabajador municipal.

—Ojalá que esto no me pase a mí cuando me muera —susurró, impresionado.

Pese a escucharlo, Lucía no se atrevió a responder. Enterrado en una fosa de beneficencia, sin nombre y sin cruz, descansaba finalmente Antonio en una tumba de arena marcada con el número 96. Una cifra al azar era toda la huella que había podido dejar en el mundo.

Horas antes, la autopsia había revelado que, cuando lo encontraron, llevaba muerto dos días, era adicto a la morfina y que, como todo parecía apuntar, había fallecido después de utilizar un cuchillo *ginsu* para abrirse el vientre y desmembrarse —en lugar de para cortar caña de lomo, como hacían el resto de sus vecinos—.

Según el informe del forense, la víctima se había incrustado el cuchillo por el lado izquierdo para, posteriormente, cortar hacia la derecha y volver al centro, terminando con un corte vertical casi hasta el esternón. Dos incisiones de quince y veinte centímetros, respectivamente, por donde habían saltado al vacío el estómago, el intestino delgado y el intestino grueso.

Sin embargo, la muerte no fue inmediata. Más bien, todo lo contrario. Fue un proceso agónico que se prolongó durante aproximadamente dos horas y que Antonio Jiménez solo pudo llevar a cabo después de inyectarse veinticinco miligramos de morfina en la cadera.

Aquello poco o nada tenía que ver con el pretendido homenaje a los antiguos samuráis, que rara vez morían por su propia mano. A su lado, solía asistirles un ayudante, general-

84

mente un amigo o familiar, que decapitaba al moribundo precisamente para acortarle el tiempo de sufrimiento.

Lamentablemente, la única compañía de la que había gozado Antonio fue la de las moscas y avispas del jardín, atraídas por el olor de la carne fresca y la sangre caliente. Según el mismo informe, había sido consciente hasta de cómo las larvas empezaban a anidar en su aparato digestivo.

—Si me disculpa, tengo que ponerme a limpiar nichos.

—¿Ya está? ¿Eso es todo? ¿No le va a poner ni un ramo de flores? —preguntó Lucía aún atormentada por el aullido de la tierra impactando en la madera del féretro y camuflando de indignación sus recuerdos de funerales pasados.

—Es lo que se hace con todos los vagabundos.

—No era un vagabundo. Solo un hombre sin suerte —alegó Lucía, que todavía no alcanzaba a comprender cómo el colegio católico en el que trabajaba Antonio no se había hecho cargo de los gastos, por muy contrario a sus creencias que fuera el recurrir al suicidio y no a Dios.

—Y sin dinero... Mire, no es nada personal. Yo solo sigo las instrucciones del Ayuntamiento.

—A veces lo correcto es saltarse las normas.

—Tiene gracia que sea usted quien lo diga. Se lo recordaré la próxima vez que me ponga una multa de tráfico. Que tenga un buen día —se despidió malhumorado el enterrador.

Solo. Sola. Uno, ya sin vida. Otra, ya sin futuro. Frente a frente, Antonio y Lucía compartieron por unos segundos su desierto; extenso, desapacible y profundamente solitario. Antes de que el colapso la atrapara como el día anterior y la asaltaran más recuerdos turbios de Luis, Lucía se desvió unos metros hacia la aristocracia mortuoria, o lo que era lo mismo, las tumbas próximas, prolijas en afecto y adornos.

Apenas quinientos metros separaban el parco reposo de Antonio del suntuoso sepulcro de «Josefa Sánchez 1935-2010, esposa, madre y amiga».

Un ángel esculpido en mármol abrazaba compungido la lápida, que relumbraba en aquella avenida funeraria decorada con espléndidos jarrones de rosas, margaritas y crisantemos.

Ni siquiera suponía una sorpresa para ella que también en el más allá existieran clases sociales y viviendas inasequibles.

Tras cerciorarse de que seguía sin haber nadie en el cementerio, Lucía tomó una rosa del jarrón con el firme propósito de reparar una injusticia. Cuando estaba a punto de volver y depositarla en el sepulcro de Antonio, se dio media vuelta y cogió todo el recipiente. Buscó argumentos en su defensa —después de todo, pensó para sí, Josefa tenía hijos, esposo, lápida y flores, mientras que él solo tenía *favs* en su Twitter— antes de recolocarlas sobre el suelo de la fosa número 96.

A las doce del mediodía, con un receloso sol de primavera alumbrando con fuerza y el cementerio ya completamente desocupado, un ramo de rosas rojas acompañaba a Antonio en su viaje a la eternidad. Un equipaje ligero para la mayoría, un inmenso baúl para él.

* * *

Sobre una modesta mesa de madera de pino gobernada por el desorden, Víctor Martín observaba atento los resultados del test de drogas de Rober.

La palabra «anfetaminas» fue lo primero que le llamó la atención del informe. Su consumo explicaría la predisposición a la violencia del joven veinticuatro horas antes. Se trataba de un poderoso estimulante del sistema nervioso central que aumentaba no solo la atención, sino también la frecuencia del latido cardíaco, y podía activar en exceso a personas ya nerviosas, como se presuponía que le había sucedido al tal Rober.

Repentinamente, algo le vino a la cabeza y, seguro de sí mismo, el cabo se levantó de la silla para dirigirse hasta la pizarra colocada en el frontal de la sala de reuniones. Allí anotó en letras mayúsculas «ROBER» y, debajo, en minúsculas, «anfetaminas». Desoyendo los consejos de Lucía, Víctor desarrolló un diagrama de Venn que reflejaba todos los sucesos ocurridos en Morón en los últimos días.

Además del nombre de «ROBER» aparecían los de «SAL-VA» —ketamina—, «FRANCISCO» —éxtasis— y en el centro «ANTONIO» —morfina—. El cabo jugaba con el indeleble para concentrarse mientras trataba de encontrar algún patrón que lo ayudase a descubrir si solo se trataba de un asunto menor de drogas, tal y como sostenía Lucía, o había algo más, una posibilidad que anhelaba sobre todas las cosas, más incluso que el hecho de que la carne humana llegase a funcionar un día como el rabo de una lagartija, y su dedo anular pudiera brotar de nuevo con tanta facilidad. No solo porque ello supondría que él estaba en lo cierto, sino porque, además, podría significar un más que merecido ascenso. Hacía diez años que Víctor despertaba siendo cabo de la Guardia Civil. En el mismo pueblo. En la misma casa. En el mismo puesto de mando. Más de tres mil días atrapado en una pérfida rutina que solo variaba las noches que visitaba, avergonzado, Los Ángeles de Charlie, un mustio club de carretera de pueblo en el que el ángel más exótico no provenía de una isla del Caribe, sino de Argamasilla de Alba, Ciudad Real.

Nadie podía calificarlo de mal agente; al contrario, era voluntarioso, metódico y leal, pero sobre Víctor Martín se había cernido una incómoda etiqueta: no tenía madera de líder, sino de gregario. Alguien que debía ser dirigido para sacar a relucir su talento. Un prejuicio difícil de vencer en la ciudad; una losa imposible de levantar en un pueblo.

No obstante, el cabo mantenía la firme convicción de que el origen de todos los problemas era su dedo, o más bien la ausencia de él. Desde que perdiera una pequeña parte de la falange digital siendo un crío de ocho años, cuando un petardo le estalló en Nochevieja, había crecido acomplejado, sintiendo que era una especie de espectáculo de feria o circo de barraca. Un fenómeno o *freak* que solo servía para divertir y entretener a sus compañeros del colegio y, más tarde, para convertirse en el blanco de las bromas del instituto.

«Manco», «Medio dedo», «Choca esos cinco» o «Simpson» fueron algunos de los motes recibidos por solo tener cuatro dedos normales y uno medio raro.

Una inseguridad que le fue erosionando paulatinamente la autoestima hasta llegar a convencerse de que no merecía nada de esta vida y que la gente como él debía conformarse con las migajas. Resultaba curioso que fuera parte del dedo anular el que perdiera, porque esa tiranía semántica era la que lo había acompañado durante treinta y ocho años: estaba anulado para tener un ascenso, anulado para tener una relación y anulado para crear una familia. Así que frente a aquella pizarra y aquel pretencioso diagrama de Venn, Víctor no solo procuraba establecer vínculos, sino paliar casi tres décadas de injusticia. Estaba convencido de que había llegado el momento de dejar de boicotearse y acabar con su timorato conformismo. Junto a los nombres y las drogas que consumían, el cabo anotó que tres de los cuatro implicados eran costaleros y menores de treinta años, momento en que el indeleble se le escapó de la mano derecha y cayó al suelo.

—¡Joder! —se lamentó el agente por su torpeza, consciente de que los presuntos vínculos tenían tan mal encaje como el indeleble en sus cuatro dedos y medio.

Víctor Martín indagaba en la pizarra un patrón, una pauta, un esquema que se repitiera, sin que se le escapara que él era en sí mismo un lugar común: la suma de todos los retales de novelas de detectives.

Aunque se anhelara especial, Víctor Martín tenía consciencia de ser un enorme estereotipo.

* * *

Al igual que una adolescente que se salta las clases del instituto, la sargento Gutiérrez transitó errante la vereda de salida. Desorientada y confusa, zigzagueó entre panteones y mausoleos con menos nervio que los que descansaban bajo tierra.

Su rostro mortecino sugería que se encontraba muy afectada por el deslucido entierro al que acababa de asistir. Pero la realidad era bien distinta. Mujer áspera, la pena le duraba lo mismo que la ginebra: apenas un cigarro. De hecho, lo que la tenía realmente sobresaltada era la resaca. Sin apenas haber probado bocado desde hacía días, los lánguidos *gin-tonics* de la noche anterior bullían en su esófago con la misma intensidad que una llamarada de fuego. Una fogata que ascendía y descendía a través de su cuerpo hasta transformarse en un punzante hipo. Sintiéndose ridícula con cada convulsión del diafragma, se apoyó en una tumba para dejar de respirar y tratar de vencer a la más absurda reacción del cuerpo humano.

Pese a sus esfuerzos por aguantar la respiración, el plan no solo no funcionó, sino que terminó por provocarle una feroz arcada. En apenas unos segundos, vomitó y expulsó los restos de ginebra sobre la lápida de un tal Jesús Manuel Domínguez, un adorable anciano miope, según se vislumbraba en la fotografía que decoraba su inscripción. Creyendo haber insultado su memoria o incluso haber despertado una terrible maldición, una vez recuperado el aliento, le susurró una promesa: «Te juro, Jesús Manuel, que no vuelvo a beber».

Avergonzada, Lucía se retiró y se tragó, a la vez, una pastilla de Almax y otra de ibuprofeno, dejando que la farmacología resolviera sus excesos nocturnos.

Abrumada por lo sucedido, deambuló fatigada hasta que un desagradable pitido la devolvió al mundo de los vivos. A pesar de su mueca de fastidio al escucharlo, nunca antes había agradecido tanto un aviso policial desde el circuito de radio de la Guardia Civil:

—A todas las unidades. Una Ford Transit de color blanco con matrícula SE 4327 circula por encima de la velocidad permitida en avenida de la Asunción, probablemente con dirección a la A-361. Se ha saltado un alto de la Policía Local y su conductor podría estar bajo los efectos del alcohol o las drogas —dijo María desde la centralita.

—¡Recibido! ¡Voy tras él! —respondió Lucía.

—¿Él? ¿Cómo sabe que es un varón, mi sargento? Aún no está confirmado el sexo, cambio —contestó la agente, aún enfadada con Lucía.

—Siempre es *él*. ¿A cuántas mujeres has detenido en el último año, María? Cambio y corto.

Del mismo modo que si le hubieran colocado un desfibrilador en el pecho, el aviso restableció el ritmo cardíaco de la sargento, que, tras depositar la radio en el hombro, salió corriendo hacia su coche. Fue tal el ímpetu con el que se desplazó que le resultó imposible apreciar que, a pocos metros, alguien se acercaba hasta el desolado cementerio. Se trataba de un hombre espigado y atlético. Rubio, con un color de ojos claro. Definitivamente, no parecía oriundo del pueblo. Ni tan siquiera parecía andaluz. Podría decirse que era extranjero, tal vez americano, y que mantenía un porte marcial, más propio de los soldados de la base que de cualquiera de los turistas que disfrutaban de la Semana Santa durante aquellos días.

* * *

Habían pasado quince minutos desde que Silvano Montes recibiera un inquietante wasap:

> A las doce en el cementerio. Trae lo que te pedí.

Aunque el número de teléfono desde el que se lo habían enviado le resultaba desconocido, sabía perfectamente de quién se trataba. Más desaliñado de lo que era habitual en él y con una barba de dos días que le sentaba como un tiro, el empleado de banca abandonó la seguridad de su sucursal con una excusa peregrina y se plantó a las doce, como un clavo, en el camposanto. En su mano llevaba un portafolios azul del que sobresalía una gran cantidad de extractos bancarios. Desde donde se encontraba, podía ver el cúmulo de nichos de cemento apilados unos sobre otros. Más que el símbolo del descanso eterno, aquellos huecos de cemento en la pared daban la apariencia de ser un edificio de viviendas de protección oficial. La muerte tenía el mismo aire humilde que el resto del pueblo.

—Para ser andaluz, es bastante puntual —dijo con prepotencia el teniente Andrew Taylor—. ¿Ha traído mis documentos?

—Sí, aquí está todo. ¿Puedo marcharme ya? Tengo que regresar a la oficina —preguntó Montes, atemorizado.

—¿A qué vienen tantas prisas? Ya que estamos aquí, aprovechemos para hacer una visita —dijo Taylor con una leve sonrisa mientras adelantaba el paso.

Resignado, Silvano le ofreció el portafolios y lo siguió a través de aquella cordillera de cemento funerario. Sin alterarse, el oficial americano echó un vistazo a los papeles y volvió a sonreír. De hecho, con cada nuevo extracto que contemplaba, su gesto se hacía más y más radiante.

A pesar de que el lugar no invitaba a ello, el militar americano lucía una expresión de euforia.

Verlo sonreír así entre nichos resultaba inquietante.

—Un trabajo metódico, enhorabuena —concluyó Taylor después de cerrar el portafolios.

—Gracias. Si no le importa, tengo que volver. Los lunes tenemos mucho trabajo... —Montes intentó de nuevo escapar de allí.

—¿Sabe? Siempre que estoy en un cementerio visito la tumba más antigua y la más reciente, ¿le parece macabro? —preguntó jovial, apoyado en un ángel de mármol que tocaba la trompeta.

—No sabría decirle... Sobre gustos no hay nada escrito —contestó con la voz palpitante, e intuyendo que no le iba a ser tan fácil zafarse.

—Eso creo yo... Venga, acompáñeme. No se preocupe por llegar tarde al trabajo. Mire a su alrededor; aquí el tiempo es relativo.

Silvano Montes contempló fugazmente las sepulturas que lo rodeaban y tuvo un mal presentimiento, como si alguno de aquellos nichos estuviera preparado para él.

—Está bien, no creo que pase nada por retrasarme diez minutos —contestó, tras tragar saliva nerviosamente.

—¡Esa es la actitud! Sígame, aquella de allí parece bastante antigua —dijo el americano, entusiasmado, despidiéndose del ángel.

En silencio, los dos hombres se adentraron en la espesura de muertos, mármol y flores marchitas.

* * *

Cuando la sargento Gutiérrez llegó a su coche, descubrió que le habían arrancado el espejo retrovisor izquierdo.

«Ya no saben cómo tocarme los cojones», se lamentó, reconociendo de manera implícita la inabarcable inventiva de sus vecinos para castigar su mal humor.

Tras reajustar los espejos que habían sobrevivido y equilibrar así la visibilidad, activó las luces y la sirena de emergencia, y circuló en dirección a la A-361 esquina con la avenida Asunción, con el claro propósito de bloquearle el paso al vehículo a la fuga.

Desde el cementerio hasta el punto elegido, la distancia aproximada era de un kilómetro y cien metros, lo que en tiempo se traducía a unos tres minutos. Teniendo en cuenta la situación de la Transit, debía reducir la duración a dos minutos y medio para que el encuentro fuera posible.

Y lo consiguió pisando a fondo el acelerador y poniendo en peligro su vida en aquel corto trayecto. Una vez rebasada la rotonda de incorporación de la avenida Asunción, invadió el sentido contrario y, derrapando, bloqueó la salida a la A-361 un par de décimas de segundo antes de que la Transit llegase. Ante el temor de una colisión, el conductor de la furgoneta frenó en última instancia y su ocupante, visiblemente asustado, salió tan pronto como pudo del vehículo y huyó a la carrera. Aunque solo pudo verlo unos segundos, Lucía estaba casi segura de que era un chico de no más de dieciocho años, vestido con la ropa habitual de la gente que trabaja en el campo: pantalón de chándal, camiseta de manga corta con publicidad de un supermercado y botas.

«Siempre es un tío. Siempre», se dijo Lucía, mientras se quitaba el cinturón de seguridad y salía del coche patrulla para perseguir al sospechoso.

Con la inevitable descarga de adrenalina que suponía una persecución, Lucía corrió eufórica como si no tuviera cuarenta y dos años, nicotina en los pulmones y colesterol en la sangre. En aquel momento, era un potro desbocado; habría podido correr detrás de un delincuente o participar en las carreras de Sanlúcar de Barrameda. No obstante, competía con un crío atemorizado y, por más que sintiera que sus piernas tenían la misma fuerza que las patas de un caballo de pura raza, no tardó en darse cuenta de que difícilmente lo podría alcanzar. A cada segundo que pasaba, el chico le sacaba medio metro, y era cuestión de tiempo que se le escapara definitivamente. Ante la amenaza de perder a su presa, reaccionó.

—¡¡Tengo tu coche y los papeles del seguro!! —gritó Lucía—. ¿De verdad quieres arruinarte la vida tan pronto?

El joven dudó un momento antes de mirar atrás. Sabedor de que existía entre ambos la suficiente distancia como para aún poder huir, decidió parar.

—¿Y qué me puede pasar? —preguntó, retando a la sargento.

—Si lo dejas aquí, se quedará en una multa. Si continúas huyendo, las cosas se van a complicar —afirmó Lucía, todavía jadeante.

El chico se puso en cuclillas y colocó sus manos sobre la cabeza, sujetándola, como si estuviera a punto de explotar.

—Tranquilo. Todavía, no has hecho nada grave. Todo irá bien.

—¡Usted no sabe nada!

—Vamos a ver... ¿De qué se trata? ¿Alcohol? ¿Drogas?

—¡Drogas, joder! —se lamentó mientras se incorporaba.

—¿Ves aquel bar de la esquina? —preguntó Lucía, como si no hubiera escuchado la declaración de aquel crío.

—Sí.

—Vamos a hacer una cosa. Nos tomaremos una cerveza y me cuentas qué ha ocurrido. Si me convences de que la cosa es tan grave como crees, seré yo quien te diga que corras.

—No me lo creo...

—Ponme a prueba.

—¡No me fío de usted! Creo que voy a seguir corriendo.

—Si de verdad quisieras huir, ya te habrías largado. Sabes que has cometido un error y te sientes culpable. Deja que te ayude a arreglarlo.

—¡No me está ayudando una mierda! ¡Me está agobiando mucho más! —gritó el chico, volviéndose a poner las manos en la cabeza.

—¿Qué edad tienes? ¿Veinte? ¿Veintiuno?

—Diecinueve...

—¡Diecinueve! ¡Pero si aún eres un niño! Tienes toda la vida por delante, no te la compliques hoy —intentó Lucía convencerlo una vez más, mientras introducía la mano en el bolsillo.

Al verlo, el joven, asustado, reaccionó y comenzó a andar hacia atrás para echar a correr en cualquier momento.

—¡Tranquilo, tranquilo! Solo estaba buscando el tabaco —aclaró la guardia civil, mostrándole al tiempo un paquete de cigarrillos—. ¿Fumas? Quizás te venga bien un pitillo para calmar los ánimos...

Tras vacilar un instante, el chico se acercó y aceptó el tabaco.

—Me gusta beberme una cerveza mientras fumo, ¿te importa acompañarme? —Lucía ya encaminaba sus pasos hacia el bar.

Desconcertado, el muchacho claudicó y la acompañó en silencio, como si fuera un chucho callejero al que una simple caricia hubiera convertido en el animal más fiel y noble sobre la faz de la Tierra.

* * *

—Diría que esta tumba es de hoy mismo, ¿no le parece?

—Sí, no sé, puede ser... —Montes se mostró poco interesado ante la pregunta de Taylor, dando a entender que prefería estar en cualquier otro lugar antes que frente a aquella losa anónima.

—Tengo la sensación de que no está disfrutando de la visita. Apenas se ha interesado por la tumba más antigua y ahora lo noto con la mente en otro sitio.

—La gente de por aquí y los cementerios no nos llevamos muy bien. Cosas de supersticiosos —procuró disimular el banquero, siguiéndole la corriente.

—Si algo no soporto, es la superchería. He sido testigo de demasiadas monstruosidades como para saber que hay que temer más a un hombre que a Dios o a los muertos.

El viento de la primavera mecía suavemente las flores que poco tiempo antes Lucía había colocado en el modesto sepulcro de Antonio Jiménez. Frente al túmulo de arena, los dos hombres guardaban silencio. Taylor estaba disfrutando realmente de aquella lúgubre puesta en escena, mientras que al pobre Montes se le encogía por momentos el corazón.

—¿Sabe por qué estamos aquí, amigo mío? —El teniente americano sonrió repentinamente.

—Supongo que es un sitio discreto.

Al escuchar la respuesta de Montes, Taylor se echó a reír. Aquella ambigua carcajada le generó más inquietud que otra cosa, y la intranquilidad aumentó en el momento en que el militar lo abrazó por el hombro, fingiendo una camaradería obviamente irreal.

—Hemos pasado el suficiente tiempo juntos como para no seguir ocultándonos la verdad, ¿no cree? ¿No tenemos confianza? Le seré honesto. Verá, amigo mío —dijo el americano, apretándolo con fuerza—, está aquí porque está muerto. Su vida tal y como la conocía ha dejado de existir. Su trabajo, su familia y sus escapadas a la playa están tan enterradas como él. —El oficial señaló la tumba de Antonio Jiménez—. Así que, a partir de ahora, solo hará lo que yo le diga que haga. Tal y como hizo él —precisó Taylor, señalando de nuevo la losa de Jiménez.

—¿Qué... qué quiere decir? Ya he hecho todo lo que me ha pedido.

—Amigo mío..., aún no se ha enterado de nada. Esto solo acaba de empezar...

—¿Y si me niego? —preguntó Montes, armándose de valor.

—Usted ya está muerto. —Taylor se echó mano al bolsillo de la chaqueta—. Pero espero que no quiera que ellos también lo estén —dijo, y le mostró una fotografía de su mujer y sus hijos en la playa de Matalascañas.

Silvano Montes parecía no tener muchas opciones.

* * *

Ya fuera en Sebastopol o en Morón de la Frontera, los polígonos industriales tenían siempre el mismo aspecto: una hilera de deprimentes edificios desperdigados en solares mohínos. Aunque su intención no fuera otra que aunar toda la vanguardia técnica del municipio, lo cierto era que bastaba un simple vistazo a aquellas instalaciones para dejar patente que no habían llegado hasta allí como resultado del diseño del Plan General de Ordenación Urbanística, sino víctimas de un huracán o unas inundaciones. El viento, las riadas o alguna otra catástrofe natural parecían haberlos arrastrado hasta las afueras. No eran naves industriales, sino damnificados que habían sobrevivido a una tragedia. En aquella atmósfera hostil se hallaba la terraza de Los Gemelos, un pequeño restaurante de polígono sin más ambición que la de luchar por conseguir tener el menú del día con más cantidad de rebozados de la provincia de Sevilla.

Refugiados del sol bajo el toldo del establecimiento, Lucía dio un sorbo a su caña de Cruzcampo mientras el joven apuraba, sediento, un Nestea.

—¿Cómo te llamas?

—Manuel, pero en el pueblo todos me llaman «Pollito».

—¿Pollito? ¿Puedo ser honesta contigo? Es un apodo de mierda.

—Lo es. Mi padre era Pollito, mi abuelo era Pollito y mi bisabuelo era Pollito. Ese apodo es mi única herencia familiar.

—Ya veo... Y dime, Pollito, ¿por qué corrías?

—¿Puedo pedir antes una caña?

El camarero apenas tardó un minuto en servirle una Cruzcampo a Manuel. El infierno era un lugar terrible, pero al parecer bastante eficiente, pensó la sargento.

Tras darle un largo trago a su cerveza, el joven se puso a hablar.

—Hace unos días... compré cinco gramos de cocaína —confesó Manuel, intentando encontrar las palabras adecuadas.

—¿Puedo saber a quién? —intervino Lucía, valorando la posibilidad de que el vendedor pudiera tener alguna relación con lo acontecido con los costaleros.

—Soy lo bastante idiota como para intentar escapar de la Guardia Civil, pero no soy un chivato.

—Coincido: eres bastante idiota. Crees que necesitas proteger a ese tío y no te das cuenta de que lo que de verdad necesitas es que yo te proteja de gente como él. Ya te habrás enterado de lo que pasó en las procesiones de Vísperas...

—¿Quiere saber lo que ha pasado o no?

—Sí, claro, perdona. Continúa. Luego hablaremos de eso.

—La verdad es que nunca antes había consumido cocaína, porque me daba bastante miedo. Yo solo he probado la marihuana. Y no siempre. Lo hago sobre todo en la recogida de la aceituna. Entre noviembre y enero, necesito relajarme por la noche y olvidarme de que al día siguiente tengo que volver al campo.

—¿No te gusta trabajar en el campo?

—¿Hay alguien en este pueblo a quien le guste? —sonrió Manuel con cinismo—. ¿Qué otra cosa podría hacer?

—Estudiar.

—¿Para qué? Mi hermana ha estudiado Administración y Dirección de Empresas, ¿y sabe dónde está? En el paro, y en invierno haciendo peonadas conmigo y con mi padre. Mi primo estudió FP. Grado superior en Imagen y Sonido, ¿dónde ha acabado? También trabajando en el campo y cobrando el PER en verano. Aquí no hay futuro.

—¿Por eso compraste cocaína?

—Más o menos. Me prometí que este año sería el último. Con lo ahorrado pensaba irme a Málaga, para trabajar de camarero en algún hotel. Algo cerca de la playa y muy lejos de estos putos olivos. Pero... las cosas no están bien en casa de mis padres... Necesitamos dinero y me han pedido que me vaya con ellos esta primavera de temporero a Francia. ¿Sabe? Tengo la sensación de que nunca podré escaparme de aquí.

—Entiendo...

—No, no lo entiende. Antes me dijo que tenía toda la vida por delante, y se equivoca. Lo único que tengo por delante es recoger aceitunas una y otra vez. Por eso compré *farlopa*, para poder sentirme vivo al menos durante cinco minutos.

—¿Y lo has conseguido?

—¿Quiere que le diga la verdad? No he llegado a probarla —confesó Manuel, mostrándole la bolsa con los cinco gramos de cocaína intactos—. Me acojona convertirme en un enganchado de mierda. No he pasado de lo que controlo: la marihuana. Bastantes problemas tienen mis padres como para tener que tirar de un yonqui.

—¿Por eso te diste a la fuga, para no darles un disgusto a tus padres?

—Sí, pero aquí estoy con usted. Ya se lo he dicho: no hay manera de escapar de este pueblo.

Lucía sintió compasión por el Pollito, que no solo había heredado de su familia un apodo feo, sino también una forma de vida asfixiante.

—Escúchame, Manuel. La multa de tráfico por exceso de velocidad no te la voy a poder quitar. La policía tiene registrada tu matrícula y me pedirían explicaciones. Pero voy a hacer la vista gorda con esto —explicó Lucía mientras agarraba la bolsa de cocaína y se la guardaba en el bolsillo—. A cambio, te voy a pedir un favor. Quiero que tengas mi número de teléfono —dijo, entregándole una tarjeta— y te pienses si merece la pena ser leal con la persona que te vendió los cinco gramos. Si está detrás de lo que les pasó a los dos costaleros, yo diría que no tiene los mismos principios que tú. A ti te importa ser honesto; a él, ganar pasta y joderles la vida a los chicos del pueblo. —Aturdido, el Pollito agachó la cabeza para no enfrentarse a la propuesta de la sargento—. Hazme una perdida y te agendo en el móvil, ¿te parece? —Lucía le echó un último cable, dándole a entender que no tenía que darle una respuesta inmediata.

—De acuerdo —certificó Manuel después de haber marcado el teléfono de la sargento.

—Ahora, recoge el coche, vete a casa y sigue ahorrando para irte a Málaga.

—Muchas gracias —respondió Manuel, dudando si abrazar o no a Lucía, aunque esta le ahorró el trance rápidamente.

—No me des las gracias. Mejor dame diez euros. ¿No querrás que encima te invite yo a las cañas?

Después de dejar un billete en la mesa, Manuel, el *Pollito*, corrió calle abajo en dirección a la Ford Transit de su padre. Había pasado media hora entre una carrera y otra, pero el chico que volvía a ponerse al volante ya no era el mismo.

* * *

En la calle de los Arrieros, una pequeña algarada rodeaba el número 73. Con el corazón encogido, una decena de vecinos contemplaba con tristeza cómo los bomberos terminaban de apagar un fuego que había calcinado casi por completo una residencia familiar de dos plantas con terraza y balcones colmados de macetas con geranios. A pesar de que habían evitado que el fuego se propagase a las viviendas contiguas, una inmensa cortina de humo gris escapaba del edificio e invadía los alrededores de algo parecido al desencanto. Se trataba de un barrio de gente sencilla, y todos los que residían allí eran conscientes del esfuerzo que les había supuesto pagar la hipoteca de sus casas para que un accidente así se llevara por delante años de ahorros y privaciones.

—Siento el retraso —se justificó Víctor Martín ante el cabo primero del cuerpo de bomberos de Morón de la Frontera—. Estamos desbordados esta semana.

—No se preocupe, en Semana Santa a todos nos pasa lo mismo.

—Y bien, ¿ya se sabe qué ha provocado el incendio?

—Acompáñeme y se lo explico —dijo el bombero mientras entraba por la puerta de la vivienda, una de las pocas cosas que las llamas no habían consumido.

Atravesando un pasillo lleno de hollín y restos de humo, los dos hombres llegaron a la cocina, que se encontraba teñida por completo de negro.

—El foco primario lo hemos encontrado aquí, junto a la ventana. Si se fija, algo impactó contra el cristal y penetró en la cocina. Ese algo es una botella que contenía aceite de motor y gasolina, y estaba taponada por una mecha ardiendo. Al romperse el recipiente, el contenido se esparció, entró en contacto con la llama y se incendió, generando así una pequeña explosión.

—¿Un cóctel molotov? ¿Quiere decir que fue intencionado? —preguntó, extrañado, el agente de la Guardia Civil.

—El primer foco, sí. El segundo fue a causa de un fallo eléctrico —siguió explicando el bombero, señalando la red eléctrica calcinada que se extendía por toda la casa—. El fuego de la explosión provocó que se calentaran los conductos eléctricos hasta que saltaron chispas... Y el resto se lo puede imaginar.

—¿Algún herido?

—No, afortunadamente, no. La familia se encontraba en el hospital acompañando a su hijo. Es el costalero que perdió el ojo en la procesión del viernes.

—¿Salva?

—El mismo. Sus padres están en el salón, rescatando algunas fotos. Si quiere hablar con ellos, siga por el pasillo. Eso sí, no les haga muchas preguntas. Como se puede imaginar, no están en su mejor momento.

—Descuide —respondió Víctor, algo descolocado con la inesperada aparición del costalero en aquel suceso.

El agente de la Guardia Civil atravesó los carbonizados escombros hasta que encontró en el salón a los padres de Salvador. Como dos almas en pena, rebuscaban entre las cenizas fotografías y recuerdos que acreditasen que existieron, que tenían un pasado, que cincuenta y cinco y cincuenta y ocho años de vida, respectivamente, no se podían evaporar en tan solo diez minutos. Pero el brillo de las lágrimas en sus ojos parecía demostrar más bien todo lo contrario: que en aquella casa había ardido hasta la memoria.

—Siento mucho lo ocurrido —interrumpió Víctor a la pareja, transformados a la fuerza en improvisados chatarreros de su propia vida.

—Se lo agradezco —dijo la madre, más entera que el padre.

—Según me han comunicado los bomberos, el incendio ha sido intencionado. Alguien les arrojó un cóctel molotov a través de la ventana de la cocina. ¿Sospechan de algún vecino? ¿Existe alguna persona con la que hayan discutido recientemente que haya podido hacer algo así?

—Aquí todos nos llevamos bien. Es un barrio tranquilo. Nos ayudamos los unos a los otros siempre que tenemos un problema. No... no sé quién ha podido hacer esto —se lamentó la mujer.

—¡Un hijo de la gran puta! —respondió contundente su marido después de restregarse las lágrimas con rabia.

—¿Y... con su hijo? ¿Alguien tenía problemas con él?

—Mi hijo ya tiene bastante con lo que tiene, ¿no le parece? —respondió molesta la mujer.

—Discúlpeme, sé que no es un buen momento para que les haga estas preguntas, pero entiendan que es mi trabajo. Solo quiero ayudarles a encontrar al responsable de esto y, hasta donde yo sé, quizás Salvador haya enfadado a alguien de la cofradía...

—No que nosotros sepamos. El chico se ha equivocado, él lo sabe, pero no le ha hecho mal a nadie..., salvo a sí mismo. Nos ha prometido que va a cambiar.

—Comprendo.

Víctor se dio cuenta de que no iba a sacar nada en claro de aquella conversación.

—Lo único raro —intervino el padre mientras se sonaba los mocos— es que alguien nos ha puesto en la ventana una ramita de olivo.

—¿Perdón?

—Ya sabe, una ramita de olivo de las que se ponen los Domingos de Ramos para dar buena suerte. Nosotros no la hemos puesto. Y esta mañana cuando nos fuimos tampoco estaba.

101

La cara de Víctor resplandeció al instante. Al fin había dado con una posible pista, con algo que lo podía catapultar hasta el ascenso. Después de todo, era posible que aquella rama de olivo acabase dándole suerte a alguien.

* * *

En torno a la una del mediodía, Lucía Gutiérrez llegó al puesto de mando de la Guardia Civil con el placer secreto de haber podido enderezar a tiempo la vida de alguien que se había dado por vencido demasiado pronto.

Nada más aparecer por la puerta, y ante la sorpresa de todos al verla entrar con una mueca similar a una sonrisa, la avisaron de que alguien quería verla con cierta urgencia.

—Hazlo pasar a mi despacho.

—Ya está en la puerta de su despacho, mi sargento —contestó María—. Y, por cierto, no es un «él», es un «ella». Periodista.

Ni siquiera el sarcasmo de la joven hizo que Lucía perdiera su expresión de presunta felicidad. En cuanto llegó a su despacho, vio que una mujer joven, como casi todos los reporteros que trabajaban en la provincia, la estaba esperando frente a la puerta.

—Pase —dijo escuetamente la sargento, indicándole el camino y abriéndole la puerta—. Vuelvo en seguida. Voy a por un café. ¿Quiere uno?

—No, gracias. Dos antes de las doce es mi tope.

—Como quiera.

Al regresar de la cocina, Lucía entró en el despacho y sorprendió a la visita husmeando en sus papeles.

—No se moleste, los expedientes importantes los guardo bajo llave. ¿Puedo saber cómo se llama? —preguntó, dándole un sorbo a la taza.

—Perdone, no he podido evitarlo. Deformación profesional. Soy Elena Ruiz, periodista del *Diario de Sevilla*.

—Y además de para fisgonear en mi escritorio, ¿para qué ha venido?

—Quiero conocer todos los detalles sobre la muerte de Antonio Jiménez.

—Y yo quiero una talla 36, pero las dos estamos muy lejos de conseguir nuestros objetivos, ¿no le parece?

—No lo sé, puede que yo no tanto.

—No sé si es muy atrevida o solo presuntuosa. Y ninguno de los dos supuestos me gusta. ¿Me puede decir dónde está el interés de este lamentable suceso?

—Está de broma, ¿no? Hablamos de uno de los tuiteros más famosos de este país. Un tipo con más de un millón de seguidores, que se ha suicidado y del que se rumorea que no tenía ni familia ni amigos. Y encima era un Diógenes que almacenaba basura en su jardín. Sargento, le guste o no, esta historia es carne de informativos.

—¿Y usted cómo sabe todo eso?

—Le parecerá un tópico, pero un periodista nunca revela sus fuentes.

—¿Sabe? Venía relativamente contenta y no voy a darle el capricho de verme cabreada. Ese privilegio se lo reservo a mi familia y a mis compañeros y, en particular, al soplón que se ha ido de la lengua con usted.

Según sus sospechas, no era otra que María. Contaba con que su inmadurez la llevaría a cometer alguna estupidez después de lo ocurrido la noche anterior, pero confiaba que su venganza se limitara a bloquearla en Facebook o a pincharle las ruedas, como hacía todo el mundo.

Pero, desde luego, no imaginaba que se atrevería a venderla a la prensa local.

—Le voy a rogar que salga de mi vista, antes de que presencie toda la mala hostia que alberga esta talla 44 —amenazó Lucía a la periodista mientras señalaba la anchura de su cuerpo.

—Me voy, pero deje que antes le haga una oferta: cuénteme la historia solo a mí y yo haré de intermediaria con el resto de los medios. De esa manera, no tendrá que hablar con nadie más. Y, créame, entre hoy y mañana este pueblo va a tener más periodistas que habitantes —advirtió la corresponsal, sin achantarse.

—Perdone, ¿cómo me había dicho que se llamaba?

—Elena Ruiz.

—¡Eso! ¡Pues váyase a la mierda, Elena Ruiz! —soltó Lucía, al tiempo que se levantaba de su silla y obligaba a la periodista a imitarla y abandonar cuanto antes el puesto de mando.

—Como usted quiera, pero luego no diga que no se lo advertí —subrayó la reportera con más suficiencia de la debida. Luego cogió su bolso y enfiló la puerta—. Por cierto, se equivocaba en lo de que no había nada de interés en su escritorio. Según he podido leer en el informe, tenemos a tres costaleros con problemas de drogas. Éxtasis, ketamina y anfetaminas, consumidas durante la estación de penitencia. Mal asunto, ¿no le parece?

Elena Ruiz le guiñó un ojo y salió por la puerta.

Tras comprobar que la periodista había abandonado definitivamente su despacho, Lucía cogió los papeles sueltos que había dejado Víctor sobre su mesa y los arrojó con fuerza contra el suelo.

—¡Hija de puta! —se desahogó la suboficial, consciente de que tendría que llegar a algún tipo de acuerdo con la joven redactora para que no publicase nada sobre el asunto. Tenía demasiado presentes las amenazas de la alcaldesa como para fingir que aquel incidente no le preocupaba.

Con los nervios a flor de piel, abandonó su despacho en busca de la agente Sánchez.

—¡María, en cinco minutos os quiero a todos en la sala de reuniones!

—Mi sargento, hay...

—Al que se retrase un solo segundo lo suspendo de empleo y sueldo. ¿Me has entendido?

—Mi sargento, es que hay... —intentó explicar la joven.

—¡¿Qué, María?! ¡¿QUÉ?! ¡¿Qué cojones hay?! —gritó la suboficial, fuera de sí.

—Es que hay más gente que quiere verla —farfulló acobardada, señalando al frente.

Lucía se volvió y comprobó que en la sala de espera del cuartel había en torno a quince periodistas y diez cámaras de televisión que, en el momento en que constataron que era ella la que estaba al mando, se dirigieron hasta su posición cargados con micrófonos, grabadoras y una ristra infinita de preguntas.

—¿Dejó escrito Antonio Jiménez algún tuit de despedida? —preguntó uno de los reporteros.

—¿Cuánto tiempo llevaba muerto cuando lo encontraron? —la interrogó otro.

—¿Podría darnos datos del suicidio?

—¿Asistió alguien a su entierro?

—¿Cómo ha podido ocurrir?

«¿Cómo ha podido ocurrir?», cuatro palabras catárticas que abrieron un agujero de gusano en la mente de Lucía. Cuatro vocablos que taladraron su memoria como una tuneladora del vórtice espacio-temporal, provocando que el lunes 21 de marzo de 2016 se desmoronase al igual que una voladura de edificio con cargas de nitroglicerina. La pléyade de periodistas, los micrófonos, las cámaras de televisión, el puesto de mando de la Guardia Civil, el Pollito, la fosa número 96, todo, absolutamente todo lo que había ocurrido aquella mañana, se descompuso en mil pedazos y se precipitó por el sumidero de la inexistencia. En su lugar, emergió ante ella algo que no quería recordar: la tarde del miércoles 14 de enero de 2006. Al igual que un cambio de decorado en una obra de teatro, el telón volvió a subir y el escenario se transformó por completo. Donde antes había un cuartel de la Guardia Civil en Morón de la Frontera, apareció un tanatorio en la M-30 de Madrid. Aunque luchaba por frenar aquella avalancha melancólica, las evocaciones del pasado se filtraban contra su voluntad. El sol y el calor de la primavera andaluza se habían transformado en el mustio invierno de la capital de España. El recuerdo de aquel desgraciado día se hizo presente definitivamente.

* * *

La lluvia y el viento golpeaban el exterior de las ventanas mientras un empleado de la funeraria le hacía entrega a Lucía de una urna con las cenizas de Luis. Ella examinaba la vasija minuciosamente, sin terminar de comprender que algo tan pequeño pudiera contener tantas noches de sexo, paseos, besos, discusiones, caricias, de mirar durante horas las esquinas de los edificios, de abrazos, de soñar tantas veces con un viaje estival a Nueva York y conformarse siempre con un apartotel en Punta Umbría. Horas, días, semanas, meses y años de convivencia quemados a ochocientos grados, volatilizados entre llamas en menos de ciento veinte minutos. Lucía escudriñaba una y otra vez el receptáculo y se resistía a pensar que un metro y noventa centímetros de felicidad hubieran quedado reducidos a un kilo y 465 gramos de polvo. Era sencillamente imposible.

—¿Cómo ha podido ocurrir? ¿Cómo dejaste que le pasara esto? —preguntó alterada la madre de Luis, despertando a Lucía de su duermevela.

—¿Crees que tengo yo la culpa? —respondió afónica, después de haberse pasado las últimas horas llorando sin consuelo.

Carmen pensaba que sí. Y no era la única. Más de uno en el tanatorio responsabilizaba a Lucía de lo ocurrido. Sin embargo, su suegra midió las palabras para no echar más leña al fuego.

—Has vivido con él los últimos seis años. No puedo creer que no te dieras cuenta de nada.

—Lo notaba algo más triste. Pero nunca pensé que fuera capaz de algo así. Creí que exageraba.

—¿Exagerar? Lo conocías de sobra. De verdad que no puedo entender que no lo vieras venir, con todo lo que pasó.

Lucía deseó entonces, con la misma intensidad, devolver a la vida a su marido y romperle la cara de un puñetazo a su suegra. De hecho, lo único que le impedía estirar el brazo y alojar sus nudillos en la mandíbula cuadrada de Carmen era que, aunque le costara admitirlo, ella tenía razón. Debería haberlo visto venir. Pero no lo hizo. Estaba ocupada en otras cosas. Durante horas había repasado cientos de veces todo lo ocurrido en los últimos meses hasta lograr construirse un relato que la ayudara a entender cómo Luis había terminado en una urna aquella mañana. Un relato sobre el cual había concluido que la gran culpable fue su ambición; un relato que venía a resumirse en que, después de un año consagrado casi de manera exclusiva a la maternidad, los últimos meses los había dedicado por completo a echar horas extras en busca de una promoción dentro del cuerpo. Sentía la necesidad de volver a demostrarse que valía para algo más que para plegar en tiempo récord un carrito de bebé en las escaleras del metro, recitar de memoria toda la discografía de los Cantajuegos o combinar perfectamente el color de un pelele con los patucos. Habilidades todas ellas prácticas y útiles, pero que, contempladas con perspectiva y, sobre todo, comparadas con las que hacía antes de quedarse embarazada, le resultaban un tanto ridículas. Tenía treinta y dos años, una carrera prometedora y, sobre todo, unas ganas feroces de poder quedar con sus amigos y hablar exclusivamente de ella. Estaba cansada de no tener otro tema de conversación que el de los presuntos prodigios de Claudia. «Ya gatea», «Ya anda», «Ya habla». «Está graciosísima». Un esfuerzo diario descomunal por convertir en extraordinario lo usual, por disfrazar la maternidad del mayor espectáculo de magia que el ser humano podía contemplar.

Con el ánimo decidido a ser honesta consigo misma y tener una historia propia que contar, contrató a una niñera, apartó por un tiempo la maternidad —y, honestamente, también la vida conyugal— y volvió a trabajar. Y mucho. Controles de tráfico de madrugada, redadas en fines de semana, disponibilidad absoluta para la asistencia en accidentes las veinticuatro horas del día. Hasta para participar en el desfile de las Fuerzas Armadas del 12 de octubre se presentó voluntaria. En cinco meses no dijo que no a nada, por dura, aburrida o sacrificada que fuera la tarea. Y, finalmente, lo consiguió: además de madre, también se convirtió en sargento de la Guardia Civil.

Pero sabía que ser mujer y tener éxito era un pecado que tarde o temprano el destino le haría pagar, y de la manera más inesperada. Sí, definitivamente era eso, pensó para sí Lucía. Mientras que su vida profesional se abría camino como un rompehielos, la de Luis comenzaba a estancarse después de trabajar ininterrumpidamente una década en la misma empresa sin percibir ningún tipo de promoción o aumento de sueldo.

«Eso le tuvo que afectar, por supuesto que sí», razonaba Lucía mientras creaba su discurso. La vida le debía a su marido un despacho, o un 4 x 4, o un chalet en las afueras, o un reloj sumergible de acero, o al menos un proyector de cine con Dolby Surround. Y, en lugar de todo eso, le ofrecía una esposa con más éxito que él. No existían aristas suficientes en los edificios para calmar a un varón de cuarenta años que sentía que no le estaban concediendo el estatus que por derecho le pertenecía. Luis, siempre diferente, siempre original, se revolcaba ahora en la crisis más fieramente común: la de la mediana edad. O eso fue lo que pensó Lucía cuando a él le dejaron de excitar sus caricias en el pelo. O cuando, más tarde, solo utilizaban el somier para dormir. O cuando le molestaba la luz y prefería andar por la casa con las cortinas echadas. O cuando le dolía la cabeza. O la espalda. O sentía calambres en las piernas. Un comportamiento más raro de lo habitual, pero por el que no merecía la pena encender las alarmas. Solo necesitaba un pequeño estímulo para volver a ser el de siempre, un gesto minúsculo en su puesto de trabajo que lo ayudara a recobrar la confianza. No había de qué preocuparse. Todo el mundo pasaba por eso al cumplir los cuarenta. Y ella estaba tan cansada... y tan contenta de haber encontrado su sitio en el mundo... y tan frustrada porque su marido no estuviera a la altura de las nuevas circunstancias que decidió seguir adelante con su carrera, esperando a que la propia inercia solucionara las insatisfacciones de Luis. En algún lugar recóndito de su cerebro, sabía lo que estaba ocurriendo realmente, pero pensó que mientras no le pusiera nombre, mientras aplazara la nomenclatura de la enfermedad, nada de aquello existiría realmente.

En Navidades, el ansiado impulso llegó cuando nombraron a su marido coordinador de área. Aunque el efecto que provocó no fue el esperado.

Lucía recordaba cómo el repentino cambio de rol y el tener que asumir nuevas responsabilidades le generó mayor ansiedad. A su reciente comportamiento esquivo, Luis fue sumando nuevos hábitos: disminución marcada del apetito, un creciente sentimiento de inferioridad y mínimas ganas de compartir con nadie ni una sola palabra. Lucía observaba la cabeza de Luis durante los escasos momentos en que este lograba dormir. Esa que tan bien creía conocer. «Quién eres? ¿Qué te está ocurriendo? ¿En qué te has convertido?», se preguntaba mientras lo acariciaba.

Temía tanto aquellas respuestas que nunca se atrevió a expresarlas en voz alta.

Enero y la llegada del año nuevo no mejoraron las cosas. El único propósito que se había marcado Lucía para 2006 fue llegar a su casa lo más tarde posible; evitar por todos los medios tropezarse con ese zombi misántropo en el que se había convertido Luis y confiarlo todo a que el paso del tiempo resolviera la situación, aunque para ello tuviera que ampliar el contrato de horas de la niñera.

La noche del 13 de enero, después de ofrecerse voluntaria a rellenar tres informes, se quedó sin tareas con las que justificar un nuevo retraso y se vio obligada a reunirse con su marido antes de lo previsto. Al abrir la puerta de su piso, le sorprendió escuchar a Claudia llorando en el dormitorio. Por alguna extraña razón, la niñera no estaba. Cuando acudió a calmarla, se encontró con la respuesta que había estado rehuyendo los últimos meses: Luis no quería seguir viviendo. En el mismo somier donde tantas veces la había hecho estremecerse de placer, yacía ahora su marido, inmóvil y con los ojos en blanco después de haberse tragado un bote de pastillas para dormir. Con la misma inocencia que un niño contempla la muerte de una mascota, se acercó hasta su cadáver con la determinación de despertarlo. Tras una hora de intentos frustrados, terminó por aceptar que no estaba soñando, sino que el hombre al que había amado se había suicidado por sobredosis. Ni un despacho, ni un 4x4, ni un chalet en las afueras, ni un reloj de acero, ni siquiera un proyector de cine con Dolby Surround.

Lucía comprendió ante su cuerpo que Luis tan solo quería desaparecer.

—Tienes razón, Carmen. La culpa es mía. No tengo... No tengo derecho a quedarme con esto.

Le entregó a su suegra las cenizas de Luis y se dirigió a la salida del tanatorio.

En aquel momento no fue consciente de ello, pero en aquella urna no solo se quedaban los restos de su marido, sino también su propia autoestima.

* * *

Morón de la Frontera, marzo de 2016

El leve impacto en la frente de una de las cámaras de televisión la devolvió de golpe al año 2016, y la hizo recorrer en un instante miles de kilómetros de culpabilidad. Rodeada por una marabunta de periodistas, Lucía tomó aire y reaccionó.

—No voy a hacer declaraciones.

—¿Puede confirmarnos al menos que Antonio Jiménez era un famoso tuitero?

—¿Es cierto que se suicidó con un cuchillo?

—¿Ha dejado alguna nota de suicidio?

De la misma manera que un martillo pilón perfora el cemento con estruendo, la palabra «suicidio» chirrió en los oídos de Lucía sin permitirle escuchar nada más. Su cerebro era una olla exprés a punto de estallar. Sus constantes vitales se habían convertido en un arma y el plasma sanguíneo, en una bala dispuesta a perforar su piel.

—No voy a hacer declaraciones —repitió una y otra vez, intentando liberarse de la turba de reporteros.

Al darse cuenta de que era una tarea imposible y de que no iba a poder aguantar el llanto por mucho más tiempo, optó por cambiar de planes.

—María, olvida la reunión. Me voy a casa a comer —mintió la sargento, cuya verdadera intención era coger el coche y alejarse lo máximo posible de aquel edificio—. Que nadie hable con la prensa.

Con dificultad, trató de alcanzar la salida, perseguida por los periodistas. Cuando ya estaba a punto de lograrlo, se giró una vez más hacia el tumulto y lanzó una última advertencia:

—¡Nadie!

De camino al coche patrulla, introdujo la mano derecha en el bolsillo para coger las llaves y, en lugar de eso, palpó los cinco gramos de cocaína incautados al Pollito, lo que pareció divertirle por un segundo. Habían sido dos días horribles, llenos de dolor e intensos recuerdos, y tal vez se hubiera ganado el derecho de ser irresponsable y evadirse de este mundo por un rato.

—¿Cuándo harán pública la autopsia de Antonio Jiménez? —escuchó de nuevo Lucía, y comprobó que los periodistas la habían seguido a través del aparcamiento.

Pero ella ya no estaba tan incómoda. Con cada nueva pregunta, apretaba con más fuerza la cocaína, como si fuera una pelota antiestrés y no un estupefaciente. Tras pensarlo un par de veces, sonrió para sí. Había tomado una decisión: poner rumbo hacia un lugar tranquilo y discreto, dispuesta a desconectar de todo y de todos.

—No voy a hacer declaraciones —insistió, ya sin tan siquiera mirar a los reporteros e introduciéndose en el coche patrulla.

Agolpados en torno al vehículo, los periodistas le obstaculizaban la salida. Sin contemplaciones, encendió el motor y dio marcha atrás, embistiendo sin demasiados escrúpulos a todo el que se encontraba a su paso hasta obligar al grupo a disolverse.

—Pero ¡¿qué hace?! ¡¿Está usted loca?! —gritó una de las redactoras.

—¡Pues claro que estoy loca! ¡Pregunte a cualquiera en el pueblo! —vociferó por la ventanilla antes de abandonar la casa cuartel a toda velocidad.

Unos quince minutos más tarde, Lucía estaba sentada junto al Pollito bajo uno de los olivos de la finca en la que trabajaba su padre. La cocaína permanecía en su bolsillo, pero ambos compartían un cigarrillo de marihuana y silencios.

—Ni se te ocurra hablar de esto con nadie —le advirtió Lucía después de exhalar el humo de la hierba y reconstruir mentalmente el muro de hormigón que la protegía de su pasado y de los demás.

Levemente colocada, buscó un apoyo en el tronco retorcido del olivo y se echó a dormir con la esperanza de que al despertar no quedara rastro alguno de periodistas en Morón.

—No se enfade, pero es usted un poco especialita —dijo el Pollito, sorprendido con la repentina visita de Lucía.

Pero ella ya no pudo escucharlo.

* * *

—¿Le sigue pareciendo todo una serie de casualidades, mi sargento? —preguntó Víctor Martín en cuanto vio aparecer a la suboficial en el puesto de mando, afortunadamente ya sin la presencia de la prensa.

—¿A qué te refieres?

—Al incendio provocado en la casa de los padres de Salvador.

—Entra en mi despacho —le ordenó discretamente para que nadie pudiera escucharlos—. No quiero más filtraciones.

Ya dentro, Víctor observó que el suelo estaba enmoquetado de papeles sueltos. En concreto, con los del informe que le había dejado en su escritorio aquella misma mañana. Conociendo el carácter de la sargento, prefirió no hacer ningún comentario y centrarse en lo que le había llevado allí.

—Explícate, te escucho.

—Como le decía, alguien le ha prendido fuego a la casa de los padres de Salvador.

—¿En qué te basas? ¿Te lo han confirmado los bomberos?

—Sí. Según su investigación, el fuego lo originó una bomba casera, un cóctel molotov arrojado a través de la ventana de la cocina.

—¿Y? —preguntó impaciente su superior.

—Pues que parece claro, ¿no? El que lo hizo quería castigar a Salvador. Darle una lección y enseñarle a respetar las tradiciones —aclaró Víctor, convencido de su lógica argumental.

—Eso es una suposición, no un hecho. Admito que es verosímil, pero, pese a ello, no deja de ser una suposición. Habrá que investigar también a los padres. Tal vez eran ellos los que se llevaban mal con algún vecino.

—No lo creo, mi sargento. No son de esa clase de personas. Parece gente humilde, de la que no se mete en líos y se lleva bien con todo el mundo.

—¿Te parece poco lío meterse en una hipoteca? No sería la primera vez que alguien quema su casa para sacarle dinero al seguro.

—Es una opción, pero no me encaja con el perfil de los padres. Verá... —prosiguió Víctor, inseguro—. Me contaron algo que me dio que pensar.

—¿El qué?

—Alguien les colocó una rama de olivo en la ventana.

—No parece tan extraño, siendo Semana Santa... Además, según me has dicho, se llevan bien con todos los vecinos. Pudo hacerlo cualquiera, como un favor o un detalle después de ver cómo lo perdían todo.

—Puede ser..., pero... las ramas de olivo y las hojas de palma bendecidas se colocan en las puertas, ventanas y balcones por un motivo: evitar la entrada del mal en la vivienda. Al menos, eso dice la tradición. Entiendo su prudencia, pero piénselo. Ayer mismo pudimos comprobar que la gente tiene la piel muy fina cuando cree que se está ofendiendo su fe o a su cofradía o la Semana Santa en general. Casi se liaron a tortas porque un chico se estaba besando con su novia... Imagine cómo se tomaría alguien, digamos, más devoto, que un costalero se quede desnudo o se joda un ojo con un cirio en mitad de una procesión por haberse drogado.

—¿Crees que alguien llegaría a quemarle la casa a otra persona solo por algo así?

—Alguien perturbado, sí —afirmó Víctor, esta vez seguro de sí mismo.

El agente no quería ir más allá. Sabía que se estaba adentrando en el pantanoso terreno de la especulación, de donde normalmente no se salía o, si se salía, acababas manchando de barro tu credibilidad. Sin embargo, tampoco deseaba parecer un agente sin iniciativa. Anhelaba hacer saltar por los aires todas las etiquetas, todos los sambenitos, todos los prejuicios que lo habían colocado en el papel de eterno segundón. Así que, asumiendo el riesgo, decidió cruzar el Rubicón y adentrarse en aquel impredecible lodazal.

—Un iluminado —prosiguió el agente— que, después de quemar y *purificar* un lugar de pecado, deja una rama de olivo para que el mal no vuelva a entrar allí. Un exaltado religioso que podría querer castigar a todos los chicos que se han drogado estos días durante la estación de penitencia.

—¿Estás sugiriendo que habrá más incendios? —preguntó Lucía, poco convencida.

—No, estoy sugiriendo que habrá más castigos y que no perdemos nada por tener vigilados a los otros dos costaleros que han dado positivo en el test de drogas.

—No sé, Víctor, me parece que estás sacando las cosas de quicio. Ayer creías que el suicidio de Antonio estaba relacionado con estos sucesos. Hoy, que un fanático religioso los quiere castigar... ¿No te parece que esa especie de conspiración a lo *Código Da Vinci* que te has montado en la cabeza le queda un poco grande a este pueblo? Investiga quién está detrás del incendio y limítate a las evidencias. Deja a Tom Hanks en casa y procura ser solo un guardia civil.

—Pero... —intentó justificarse el cabo, consciente de que empezaba a hundirse en el fango.

—Lo siento, no tengo más tiempo para esto —lo interrumpió Lucía antes de que pudiera continuar—. Tengo que resolver un asunto delicado con una periodista del *Diario de Sevilla* y luego volver a las procesiones. Muchas gracias por su trabajo, cabo.

Jaque mate. La brusca despedida de Lucía acabó de hundir definitivamente en la ciénaga la profesionalidad del agente. Por más que luchaba contra ello, Víctor Martín no podía evitar sentirse sumamente ridículo. O humillado. O doblegado —por entonces no supo definir la magnitud de su conmoción—. Después de levantarse de la silla, reparó en que, como en tantas otras ocasiones en que este sentimiento de inferioridad lo asaltaba, toda la presión arterial se le acumulaba en el muñón del dedo anular, como si su anatomía tratara de sugerirle que nunca le tomarían en serio hasta que no pareciera una persona normal, y no un extravagante tullido. Rumiando su descontento, salió de allí abatido, asumiendo que tal vez los rumores fueran ciertos y solo estuviera hecho para ser un buen vasallo, un simple escudero, un proverbial Sancho Panza.

* * *

A las seis y media de la tarde, las cornetas de la cofradía del Dulce Nombre hacían bailar con sus ardientes sonidos agudos al Santísimo Cristo de la Exaltación en una premonitoria y desconcertante danza funeraria. Tras una compleja salida de la iglesia, en la que, rozando lo antiestético, el paso acelerado de los costaleros agitó en exceso la cruz de madera y los farolillos dorados, el capataz logró modificar el ritmo de sus pies con indicaciones precisas.

—Menos pasitos, mi *arma*. Menos pasitos. Eso es, hijo, eso es, con tranquilidad. ¡Que babee Morón entero con nosotros!

Con la sobriedad del que se siente ya vencido y derrotado, el Santísimo Cristo de la Exaltación enfiló la calle Marchena elegante y majestuoso, mirando al cielo, esquivando con sus ojos la montaña de lirios morados que se encontraba a sus pies

115

y que rezumaban olor a muerte. Como el primero de los católicos, bien sabía Jesús que el color púrpura que adornaba el friso del paso simbolizaba sufrimiento y que ni siquiera Él podía hacer nada para evitarlo. El calvario solo acababa de comenzar. Por delante aún restaban más horas de amargo tormento. Demacrado y agonizante, su semblante espectral en la cruz sembraba las calles de un misterio profundo. No era con el hijo de Dios con el que se identifican todos aquellos creyentes, sino con el perdedor. No lo adoraban por sus milagros, sino por sobrellevar el dolor en silencio. En su espléndida y exuberante derrota no se encontraba solo. Dos metros por delante, el sagrado titular estaba escoltado por dos agentes de la Guardia Civil, Lucía y María, que aquella tarde no necesitaban ir de incógnito para vigilar a las cuadrillas de costaleros, pues tenían la obligación de procesionar a su lado con el uniforme de gala, pistolas Star Mod 1920 enfundadas en el cinturón y una medalla de oro de la hermandad colgada al cuello. La Guardia Civil estaba vinculada a la cofradía del Dulce Nombre como hermano mayor honorario desde 1978. Desde entonces, no habían dejado solo al Mesías en esa extraña alianza entre imágenes de Semana Santa y cuerpos militares que recorría los pueblos de España de norte a sur en los meses de primavera. Detrás de Él, una columna infinita de penitentes anónimos también lo acompañaba en su dolor. Algunos caminaban descalzos, otros con los ojos vendados, y había incluso quien portaba una cruz a hombros. La combinación del uso de armas y aquellos extraordinarios actos de fe conformaba una confusa ofrenda que ponía a Jesús en el aprieto de adivinar si se encontraba en un acto religioso en Andalucía o en una convención de la Asociación Nacional del Rifle en Texas.

Después de que el capataz solicitase una breve parada para cambiar a la cuadrilla de costaleros, Lucía se quitó el tricornio y se refrescó la cabeza. Bastante más aliviada, decidió romper el silencio con su compañera.

—¿Por qué lo has hecho? —preguntó a María.

—¿Por qué he hecho qué, mi sargento?

—¿Por qué has hablado con la prensa? —insistió Lucía, enojada.

—Porque, como bien dijo ayer, soy incompetente en mi trabajo, mi sargento. No sé de qué se sorprende.

—Si estás buscando una suspensión, no la vas a conseguir. Al contrario. Tengo pensado para ti un castigo mayor. Puedes despedirte de la oficina. A partir de ahora vas a patrullar conmigo en la calle. Mañana, noche y fines de semana. Te vas a convertir en una agente de la Guardia Civil lo quieras o no.

Lucía Gutiérrez sintió que su contrincante se tambaleaba en el ring igual que un boxeador que anda grogui antes de besar la lona.

Consciente de ello, decidió asestarle un golpe final.

—Además, se lo he prometido a tu padre.

«¡Te odio! ¡Os odio!», fue la primera idea que le vino a la cabeza a la joven agente. Arrojarle a la cara el tricornio y salir corriendo de allí fue la segunda. Sin embargo, optó por una tercera vía: simular indiferencia y que su jefa no percibiera que la noticia le quemaba las entrañas al igual que si acabara de ingerir una dosis letal de cianuro. Desafortunadamente, la juventud y el rencor maridan mal y consiguió todo lo contrario: parecer una adolescente enrabietada.

Al verla completamente desencajada, Lucía se sintió ganadora del envite y volvió a su posición en el costado izquierdo del paso. El capataz dio un estruendoso golpe de martillo para que el Santísimo Cristo de la Exaltación retomara el sendero del martirio.

—¡Vamos, valientes, *tos* por igual! —animó con la voz rota a sus hombres.

La procesión se reanudó, y el recogimiento de la calle no era más profundo que el que existía entre la sargento y su subordinada. En las siguientes dos horas no se dirigieron la palabra. Ni siquiera se cruzaron una sola mirada. Un muro de recelo las mantenía aisladas.

Cuando estaban a punto de iniciar la carrera oficial, Lucía reparó en que su teléfono móvil vibraba en el bolsillo, como ya le ocurriera el día anterior. Afortunadamente, aquella tarde sí había recordado ponerlo en modo silencio y pudo respirar tranquila, sabiendo que la voz de Mari Trini no iba a aflorar y ponerla en evidencia. A pesar de que no atendió la llamada, el *smartphone* no dejó de temblar. Fuera quien fuese, no renunciaba a poder hablar con ella. Y cuando ya se había acostumbrado a la oscilación de sus abductores como el que se deja llevar por el goce en una sala de masajes, el teléfono dejó de vibrar.

Al cabo de unos segundos, el bolsillo de María empezó a estremecerse de igual forma. La joven agente dudó un instante si descolgarlo o no. Sabía que hacerlo iba contra las reglas de la hermandad, pero no se le escapaba que sería una buena forma de sacar de sus casillas a Lucía. Finalmente se arriesgó, metió la mano en el bolsillo del pantalón y contestó.

—¿Sí? ¿Quién es?

El descaro de la agente incomodó a Lucía, no tanto por no respetar el protocolo, sino porque entendía que estaba desafiando abiertamente su autoridad.

—¡Cuelga inmediatamente! —la exhortó, acercándose hasta su posición.

Pero María no lo hizo y continuó asintiendo a las palabras de su interlocutor ante la presencia de su superior, que asistía incrédula a aquel acto de desobediencia.

—¡Tienes cinco segundos para colgar y guardar el teléfono antes de que te lo reviente contra el suelo!

—Es para usted, mi sargento —reaccionó la joven, acercándole el móvil, para mayor desconcierto de Lucía—. El cabo Martín lleva diez minutos intentando localizarla. Acaban de denunciar la desaparición de un menor, Álex Domínguez, de siete años. Es el hermano de Rober, uno de los costaleros que dio positivo por consumo de drogas.

Sobrecogida, Lucía cogió el teléfono y, blanca como el papel, se apartó de la procesión. Por más que le costara admitirlo, la teoría de Víctor Martín sobre el exaltado religioso y sus castigos ejemplares parecía tomar forma. Ajeno a sus reflexiones, el calvario de Jesús seguía su curso.

* * *

La familia del pequeño Álex Domínguez vivía en una aldea perteneciente a Morón de la Frontera, Las Caleras de la Sierra, que debía su nombre a las famosas canteras de cal de la zona, aunque en la actualidad era algo así como un pueblo fantasma.

El lugar permanecía casi deshabitado y sus calles tenían ese aroma entre decrépito y hermoso propio de los relatos de Dickens. Hubo un tiempo en que aquella modesta pedanía sevillana fue un importante centro aprovisionador de materiales de construcción para la comarca, pero ya nadie se dedicaba a aquel oficio, ya fuera por la poca rentabilidad o por la dureza de las condiciones del trabajo. La mayoría de los hornos habían sido abandonados o readaptados para la cría de ganado. Sin embargo, la villa aún mostraba tímidamente su digno pasado industrial.

Algo más alejada del fantasmagórico núcleo urbano se encontraba la vivienda de los padres de Álex. Aunque a aquellas horas hubiera poca luz, todavía se podía distinguir que se trataba de un bonito cortijo de cal blanca y ventanas enrejadas, situado en mitad de un campo de amapolas. Un lugar ciertamente bucólico.

A eso de las diez de la noche, Lucía y María, ataviadas con el absurdo uniforme de gala de la Guardia Civil, se presentaron en la casa familiar. Todavía estaban estacionando el vehículo cuando los padres del chico desaparecido y su hermano mayor, Rober, salieron a recibirlas al porche, intranquilos. A ellos se les unieron dos pastores alemanes viejos y pasados de peso, que ladraban como si les costara esfuerzo y prácticamente se arrastraban.

—¿Quieren un caldito de puchero para entrar en calor? —preguntó Isabel, la madre de Álex, consciente del relente de la sierra a aquellas horas de la noche.

Isabel era una de esas madres a la vieja usanza. Iba pertrechada contra la humedad con una toquilla sobre los hombros, y anteponía el bienestar de los demás al suyo propio, incluso en un momento tan delicado como la desaparición de su hijo pequeño.

119

—No hace falta, señora, no queremos causarle molestias —dijo Lucía algo seca, siempre incómoda con las muestras de cariño.

—No es ninguna molestia —contestó, y regresó al interior de la casa, ajena a la frialdad de la sargento—. ¡Vuelvo en seguida con dos cuenquitos!

El patriarca de la familia se presentó antes de estrechar con fuerza las manos de Lucía y María.

—Buenas noches, soy Manuel, el padre de Álex. Y este es mi hijo.

—Ya nos conocemos, ¿verdad, Rober? —soltó la suboficial, dándose cuenta de que los padres no sabían nada de la afición de su vástago por las anfetaminas ni del altercado de la noche anterior en la procesión.

La conducta retraída del muchacho fue motivo suficiente para que Lucía comenzara a darle vueltas a la hipótesis del cabo Martín, sobre todo al comprobar que en una de las ventanas que daban al porche había una rama de olivo. No obstante, antes de dejarse llevar por la fantasía, prefirió escuchar de boca de los progenitores qué era lo que había ocurrido exactamente.

—Pasen, pasen, que este relente es muy traicionero.

Siguiendo el consejo de Manuel, las agentes entraron en la vivienda.

Adornada con viejos utensilios de labranza, la casa era una alabanza a la antigua vida de campo, tan solo quebrada por la presencia de una enorme televisión de plasma y las numerosas fotos de Rober y Álex decorando las paredes. Todo ello les ayudó a recordar a las visitantes que estaban en el año 2016 y no en el siglo XIX.

—Siéntense, por favor —indicó el padre, una vez que se hubo acomodado en una modesta silla de esparto junto a la chimenea.

—Papá, yo me voy a mi habitación, que no quiero molestar.

Rober se despidió discretamente de las agentes, en un claro intento de escurrir el bulto antes de que saliera a relucir el espinoso tema del consumo de anfetaminas.

Lucía lo miró fijamente para dejarle claro que estaba en sus manos. A pesar de ello, lo dejó marchar sin mencionar su pequeño secreto. «Tiempo habrá para hablar con él», pensó.

Cuando el joven se retiró, el semblante confiado de Manuel cambió repentinamente.

—Por favor, ayúdenme a encontrarlo. Es muy pequeño y si algo le pasara, yo... yo no sé qué podría pasar.

—Para eso estamos aquí —quiso tranquilizarlo Lucía—. Cuénteme qué ha ocurrido.

—El sábado, después de catequesis, el crío se quedó en Morón jugando al fútbol, como hace todos los sábados. Normalmente lo recojo cerca del polideportivo sobre las siete de la tarde. Pero esta vez se retrasó. Al principio no le di mucha importancia, pensé que se habría entretenido. Ya sabe cómo son los niños.

—¿Y cuándo empezó a sospechar? —preguntó de nuevo Lucía.

—Más tarde, sobre las nueve. Cuando cayó la noche, me empecé a preocupar. Uno escucha tantas cosas... Entré en el polideportivo, pero no estaba allí. Ni él ni ninguno de sus amigos.

—¿No tiene Álex teléfono móvil?

—No. Sé que soy un poco antiguo, pero no me gusta que los niños estén todo el día enganchados a ese cacharro —se justificó Manuel, dejando traslucir un sentimiento de culpabilidad por no haberle comprado uno—. Como no lo encontraba, fui a la iglesia para ver si sabían algo, y nada. Así que regresé a casa por si el crío volvía. Pero no lo hizo.

—¿Y no han sabido nada de él en todo este tiempo?

—Nada. Llevamos dos días sin dormir con el miedo metido en el cuerpo. No me quiero poner en lo peor, pero uno escucha tantas cosas... Y si solo se ha perdido..., ya ha visto lo poco iluminado que está esto... Aquí puede pasar de todo y nadie se entera.

—Dice usted dos días, eso es lo que me extraña. ¿Por qué no denunciaron ayer, cuando todo parecía indicar que Álex había desaparecido? —insistió la sargento, con dudas respecto a la explicación recibida.

—Por no molestar. Hasta donde sé, tienen que pasar veinticuatro horas antes de poner una denuncia. Pero mi señora y yo nos hicimos un lío. No sabíamos si teníamos que empezar a contar desde que el niño había desaparecido o desde el día después.

María escuchaba el relato del padre de Álex y no podía dejar de sentir apego por aquel hombre sencillo, que asumía la burocracia con una obediencia y un respeto propios de otra época.

—¿De dónde se ha sacado eso? —preguntó Lucía, menos empática que su subordinada y preocupada por el hecho de que quizás hubieran dejado transcurrir demasiado tiempo—. No hay que esperar veinticuatro horas para hacer una denuncia. En cuanto se tienen sospechas, hay que dar parte. El tiempo es crucial en estos casos.

—No sé, es lo que sale siempre en las películas —alegó Manuel, desconcertado.

No era la primera vez que ocurría. Con frecuencia, la gente solía pensar que, para que se diera inicio a una búsqueda, debía transcurrir al menos un día desde la desaparición de un ser querido. La literatura, el cine y, más recientemente, las series tenían la culpa de haber dado alas a aquel bulo. La sargento Gutiérrez no podía culpar a Manuel, pero era consciente de que las primeras horas tras una desaparición eran vitales. Primero, porque resultaba más fácil encontrar testigos valiosos para la investigación y, segundo, porque los recuerdos todavía estaban frescos. Cuantas más horas pasaban, más posibilidades había de que se perdieran datos importantes.

—¿Se han puesto en contacto con los amigos de su hijo? —recondujo el interrogatorio Lucía.

—Sí, pero nadie sabe nada. Son niños y están de vacaciones, sabe usted... No prestan atención a nada estos días. La única que parece haber visto algo es Conchi, una vecina que vive a unos ochocientos metros de aquí. Ella dice que creyó ver a Álex el domingo por la mañana en la sierra de Esparteros, cuando fue a buscar espárragos. Lo vio de lejos, en una de las fincas de olivos que hay en la ladera, acompañado de un adulto, que pensó que era yo. Mi mujer y mi hijo nos pasamos todo el día de ayer y el de hoy buscando en los alrededores, y nada. Menos por la noche, que fuimos a rezar, y Rober, a la procesión como penitencia.

—¿Puede facilitarme el teléfono de su vecina?

—Sí, espere, se lo apunto en un papel.

Antes de que terminase de anotarlo, apareció Isabel con dos cuencos humeantes.

—¡Aquí está el caldito! ¡Cuidado, que quema! —dijo la madre de Álex, dejando los tazones sobre la mesa.

—¿Puedo ver la habitación del chico? —preguntó Lucía, levantándose del sofá.

—¿No se va a tomar el puchero? —dijo la mujer, algo molesta.

—No estamos para perder el tiempo, ¿no cree? —contestó la sargento con un exceso de celo, dejando completamente desconcertados a los padres del pequeño, que no sabían cómo encajar su grosera respuesta—. Está en la segunda planta, ¿no? —insistió Lucía sin esperar respuesta y subiendo sola por las escaleras.

—La segunda habitación a la derecha —dijo Manuel, visiblemente incómodo, sintiendo que traicionaban su buena voluntad.

Más disciplinada era su mujer, que no cejaba en el empeño de ser cortés y optó por seguirla a través de la escalera.

El dormitorio de Álex estaba dedicado por completo al Sevilla Fútbol Club. Desde pósteres de la plantilla celebrando el título de campeones de la UEFA a bufandas conmemorativas y fotografías del pequeño posando con sus ídolos: Coke, Kevin Gameiro o Vitolo. Incluso la funda del edredón de la cama tenía un escudo gigante del Sevilla.

—Le encanta el fútbol —le dijo la madre a Lucía después de verla husmear entre las cosas de su hijo.

—Eso parece —respondió ella, aséptica—. ¿Cuántos años tiene?

—Siete. Pero está muy alto para su edad. Parece que tenga ya diez. Eso sí, cuando habla se le nota que todavía es muy chico.

—Y, además del fútbol, ¿qué más le gusta hacer?

—Dibujar.

Isabel se dirigió hasta el escritorio del niño y extrajo del primer cajón una libreta enorme.

Sin saber cómo, de repente a la mujer la invadió una extraña sensación. Todos aquellos objetos, tan llenos de vida cuando su hijo estaba en la habitación, como su libreta o sus balones de fútbol, ahora parecían muertos, o tristes, o sin ningún tipo de sentido. ¿Para qué servía un juguete si un niño no jugaba con él? ¿Qué significaba un lápiz de color si no estaba en la mano de su hijo? ¿Podía existir aquel dormitorio infantil si Álex no estaba en él? Isabel no sabía ni podía calificar lo que estaba percibiendo, pero tenía claro que no quería seguir experimentándolo, de manera que terminó por ofrecerle la libreta a Lucía y regresó al salón con su marido.

—Me va a disculpar, pero me siento rara tocando sus cosas sin que esté él —se excusó la mujer antes de retirarse.

Sin su presencia en la habitación, Lucía se repanchingó en una silla y abrió el cuaderno del pequeño, tratando de buscar alguna respuesta a su desaparición.

Como tantos otros niños, Álex parecía obsesionado con los animales y, sobre todo, con los perros, algo que no le llamaba en exceso la atención a la agente, dado que el chico vivía con dos. Lo único que le sorprendía era que los dibujase más fieros y enérgicos de lo que eran. Bastaba con echarles un ojo a sus hocicos grisáceos y ajados para darse cuenta de que eran ellos los que necesitaban que los protegieran, y no al revés. «Así son los críos —pensó—, ven la realidad de otra manera». Más atractiva, quizás. O simplemente diferente.

Hojeando los dibujos, Lucía rememoró el día que volvió a su colegio de visita después de veinte años, y todo le pareció más pequeño y feo de lo que lo recordaba. Aquel inmenso patio de juego, la pista de baloncesto, el apabullante salón de actos... Todo se reducía ahora a una discreta, humilde e insípida escuela de barrio, sin saber discernir cuál de las dos realidades era la correcta, si la que experimentó siendo una cría o la actual. Probablemente las dos. Las apariencias siempre son incomprensibles, como pudo evidenciar aquel día y, especialmente, en los últimos tiempos, cuando cada vez le costaba más filtrar sus propias percepciones. Por ejemplo, siempre que coincidía con un matrimonio, como el de Manuel e Isabel, ella lo traducía mentalmente como algo que había perdido, como una manera de subrayar la ausencia de Luis, y automáticamente se sentía abatida o en desventaja. No era capaz de ver a Manuel e Isabel, o a cualquier otra pareja, como una realidad independiente a ella, sino como una provocación. De alguna manera, había acabado observando sus propios miedos y deseos reflejados en la vida de los demás, en lugar de ver a la gente tal y como era. Y eso la aterraba. Y mucho.

Después de que un escalofrío le recorriera la espina dorsal, fruto de sus cavilaciones, se dispuso a hacerle fotos a todo lo que veía en la habitación que pudiera resultarle interesante, y aplazó para mejor momento el análisis de su conciencia. Antes de apagar la luz y dejar de nuevo sin vida las posesiones del niño, echó un último vistazo al dormitorio, tratando de entender qué fuerza habría llevado a Álex a querer alejarse de aquel rincón aparentemente seguro y lleno de cariño.

—Muchas gracias por todo —dijo Lucía a los padres del chiquillo, cuando regresó al salón—. Mañana a primera hora comenzaremos el rastreo por los alrededores del polideportivo y la sierra de Espartero. Vamos a hacer todo lo que esté en nuestra mano para que Álex esté pronto de vuelta con ustedes y sus perros.

—¿Perros? Esos animales no son nuestros. Se los estamos cuidando al vecino, que está de vacaciones —intervino Manuel, extrañado con el comentario de la sargento.

Lucía no tuvo tiempo de reaccionar cuando Isabel le acercó una fotografía de su hijo aún con el marco puesto. En aquella imagen se le podía ver sonreír y mostrar sin tapujos la mella de una de sus paletas.

—Tome, así podrán reconocerlo si lo ven.

—Gracias, señora, es justo lo que iba a pedirle. ¿Ha terminado ya, agente? —preguntó sarcásticamente a María, tras ver que su compañera engullía la sopa como si estuviera en el salón de su casa y no en plena investigación.

Al igual que si acabara de escuchar la voz de Belcebú anunciando el día del Juicio Final, la agente se puso en pie de inmediato, no sin antes apurar el último sorbo de caldito de puchero.

—¡Estaba de escándalo, Isabel! Mañana nos vemos. Quédense tranquilos, seguro que lo vamos a encontrar.

María fue menos prudente que la sargento en sus vaticinios y, antes de despedirse, abrazó con ternura a los padres del chico.

—Por cierto, esa... esa ramita de olivo... —Lucía señaló a la ventana y se sintió igual de ridícula que Víctor al sacar el tema—, ¿es suya?

—Sí, nos la regalaron ayer en la puerta de la iglesia cuando fuimos a rezar por Álex —respondió el padre.

—Un hombre muy amable nos dijo que la colgáramos para que nos diera buena suerte.

Muy a su pesar, Víctor Martín ya la había intoxicado y le resultaba imposible descartar del todo que, efectivamente, alguien estuviera castigando a aquellos críos inconscientes. Incluso se le pasó por la cabeza que el desconocido que les había regalado la rama de olivo podría tener algo que ver con la desaparición de Álex. En cualquier caso, era demasiado prematuro compartir aquella información con los padres del chico, de manera que optó por callarse y marcharse de allí antes de meter la pata.

Ya en el coche, Lucía se encendió un cigarrillo y lo apuró lentamente.

—Que sea la última vez que te veo darles tantas esperanzas —señaló con severidad la suboficial mientras expulsaba el humo a través de la ventanilla.

—Solo trataba de ser cariñosa con ellos, mi sargento. Usted ha hecho lo mismo.

—No, yo no he hecho lo mismo. Yo les he prometido trabajo; tú, resultados. Creo que hay una diferencia considerable. Si mañana encontramos a Álex degollado en una cuneta, vas a venir tú a este cortijo con tus putas buenas intenciones a darles la noticia.

Y, sin terciar una palabra más, tiró el cigarrillo y engulló una nueva pastilla de Almax antes de poner el vehículo en marcha.

En apenas unos segundos, desaparecieron en la espesura de la noche.

—Por cierto, cambiando de tema —rompió el silencio Lucía—. Tengo un trabajito para ti. Esta mañana me extrañó que nadie viniera al cementerio a despedirse de Antonio Jiménez. Me niego a pensar que no haya nadie que lo eche de menos. Ni siquiera esa novia que tenía. Quiero que revises el contenido de las cámaras del cementerio de las últimas veinticuatro horas y me digas si alguien ha visitado su tumba. Hay algo en esa historia que no me cuadra...

—A la orden, mi sargento. Mañana me pongo con ello.

—Creo que no me has entendido. Mañana te vienes conmigo fuera de la oficina. Tendrás que hacerlo esta noche —dijo mientras marcaba el número de teléfono de Conchi, la vecina de los padres de Álex.

CAPÍTULO 4

MARTES SANTO

«Hijo, ¿por qué has hecho esto? Mira que tu padre
y yo te buscábamos angustiados».
LUCAS, 2: 48

La cabeza de Víctor Martín estaba incrustada en *El bautismo
de Cristo*, una reproducción de la pintura de Joachim de Patinir que ilustraba el Libro de Jeremías. El cabo se había quedado dormido sobre uno de los célebres peñascos espectrales
del pintor flamenco, un conjunto de rocas siniestras que le
robaban todo el protagonismo a la escena de Cristo y san
Juan Evangelista. La modorra lo había vencido después de
haberse pasado toda la noche en vela leyendo la Biblia, buscando cualquier tipo de referencia a las ramas de olivos que
pudiera darle alguna pista sobre el tipo de persona que podría estar detrás del incendio de la casa de los padres de Salvador.

La desaparición del hermano de Rober daba alas a su hipótesis del exaltado religioso, y quería elaborar un perfil preciso del presunto psicópata lo antes posible.

El olivo era de largo el árbol con mayor número de referencias en las Sagradas Escrituras. En principio representaba
al Espíritu Santo, pero tenía otras muchas acepciones. Desde
el inicio de la creación, en el libro del Génesis, el cabo Martín
pudo comprobar que aquel árbol estaba cargado de simbolismo. De hecho, había sido una rama de olivo lo que la paloma
le había entregado a Noé en el arca para anunciarle el fin del
diluvio, y el primer árbol en brotar después de aquellas llu-
vias torrenciales. Por otro lado, en gran parte del libro del
Éxodo, el aceite de oliva era mencionado como combustible
para las lámparas. En Levíticos se le daba usos medicinales,

así como para la unción en las ceremonias de consagración. Pero, más allá de las referencias del Antiguo Testamento, que no dejaban de ser anecdóticas, al cabo Martín le llamaban la atención las que se incluían en la Pasión de Cristo del Nuevo Testamento. Por ejemplo, Jesús había pasado la mayor parte de su estancia en Jerusalén en el Monte de los Olivos, en la zona oriental de la ciudad, que, como su nombre indica, estaba repleta de este tipo de árboles. Por si fuera poco, su última oración, antes de ser apresado, había sido en el jardín de Getsemaní, que en hebreo venía a significar algo así como «prensa de olivas».

A Víctor Martín no se le escapaba el paralelismo entre aquel antiguo Jerusalén y el actual Morón de la Frontera, donde el cultivo del olivo se daba en grandes cantidades por tratarse de un árbol resistente, capaz de crecer en suelos rocosos o poco fértiles y de resistir el calor del verano con poca agua. Tanto los judíos como los andaluces lo consideraban indestructible, y el propio Jesucristo hablaba de él en estos términos: «Yo soy como el olivo verde en la casa de Dios; en la misericordia de Dios confío eternamente y para siempre» (Salmos 52:8).

Definitivamente, aquella rama de olivo prendida en la ventana no era un gesto casual. Quienquiera que la hubiese puesto allí conocía a la perfección las Escrituras, y quería imponer la rectitud de aquel Jerusalén en este Morón de 2016.

La alarma del teléfono de Víctor lo despertó a las siete de la mañana. La boca le sabía a rayos. El sabor que le había dejado la tinta de la ilustración de Patinir en la lengua después de un par de horas entrelazados le resultaba desagradable, aunque, a decir verdad, no le importaba. Sabía que estaba en el buen camino, y ni siquiera el escepticismo de Lucía iba a desviarlo ni un ápice de su objetivo.

Tras asearse y enfundarse el uniforme, completó su vestimenta con la pistola e hizo un hueco en su bolsillo derecho para guardar la Santa Biblia.

* * *

—«Tenía un millón de seguidores en Twitter y murió completamente solo en Morón de la Frontera».

Claudia leyó en voz alta el titular de portada del *Diario de Sevilla*, que venía acompañado de una fotografía a toda página del parterre ensangrentado de Antonio Jiménez.

Acto seguido, le dio un gran bocado a un trozo de pan con tomate y aceite de oliva, saltando del drama al desayuno con la ligereza propia de los trece años. Lola olisqueaba por encima de la mesa, queriendo atrapar la tostada.

—No seas pesada, Lola, si quieres comer, ahí tienes tu pienso —dijo Claudia, señalándole el comedero.

Obediente, la perra dejó de intentar robar la rebanada de pan y se conformó con las insulsas bolas de buey y arroz que tenía asignadas. La hija de Lucía se sentía excitada ante la idea de que los periódicos hablasen de su pueblo y recitó entusiasmada el cuerpo de la noticia a su abuela Carmen, que la escuchaba como podría escuchar parlotear a una cacatúa: divertida con sus movimientos, pero incapaz de entender nada de lo que quería decir.

—«Inteligente, incisivo y con un amplio sentido de la justicia. Aficionado a la historia y al manga japonés, estaba considerado un líder de opinión. Aunque nadie lo conocía físicamente, movilizaba diariamente a miles de fieles desde el más absoluto anonimato. Retuiteaban sin cesar sus denuncias contra el Gobierno, la corrupción y los desahucios. En Twitter se mostraba como alguien carismático y seguro de sí mismo. Sin embargo, en la vida real, Antonio Jiménez, de treinta y cinco años, era conductor de autobús de una ruta escolar y adicto a la morfina. Vivía solo y rodeado de la basura que cada noche recogía de los contenedores. En su pueblo natal, Morón de la Frontera, sus vecinos solo conocían esta mitad de la historia. Carente de amistades, esquivo y de pocas palabras, Jiménez encontró en las redes sociales el universo que aparentemente ansiaba. Lo que el mundo real le había negado se lo dio el mundo virtual: lo seguían más de un millón de personas. A ninguno llegaría a conocer personalmente. Eran amigos ficticios. Nadie sabía que detrás de su *nick*

131

(Otaku) había un solitario hijo único, huérfano de padre y madre, que soñaba con perderse algún día en la isla de Formentera. Ayer lunes lo enterraron en una fosa de beneficencia. No hay nombre ni cruz en su tumba de arena. Antonio Jiménez ya solo es un número, el 96, del camposanto sevillano de Morón. Lo hallaron muerto en su vivienda, encajado entre kilos de basura y con los intestinos esparcidos en el jardín. Su Twitter enmudeció para siempre el Domingo de Ramos...».

—No se habla mientras se come.

Lucía interrumpió la lectura de su hija cuando entró en la cocina, ya vestida de uniforme y preparada para irse a trabajar. Le arrebató el periódico y lo dejó sobre la encimera con desdén, hastiada tanto de la oportunista Elena Ruiz como de oír hablar de suicidios.

—¿Qué? No me lo puedo creer. Tú y tus normas absurdas. Esto es lo más importante que ha ocurrido en este pueblo desde... desde... ¡Nunca había ocurrido nada en este pueblo!

—¿Puedes entender que no me sienta cómoda oyéndote hablar de suicidios?

—¿Y tú puedes entender que somos una familia y no guardias civiles a los que tienes que adiestrar? Una cosa son las normas y otra esto, joder.

—¡Un taco más y te quedas sin Playstation!

—¿Lo ves? ¿Lo ves? Siempre con amenazas... Que vivamos en una casa cuartel no te da derecho a imponerme un código militar.

—Mientras vivas aquí, tendrás que adaptarte.

—Pues tal vez tenga que dejar de vivir en esta casa —respondió Claudia, titubeando.

La joven se dio cuenta de que tal vez estuviera desafiando en exceso a su madre y que ello podría desencadenar graves consecuencias. En realidad, era consciente de que hasta el simple aleteo de una mariposa al otro lado del mundo podía provocar su mal humor. Con apenas trece años, hacía tiempo que había descubierto que su madre era la viva representación de la teoría del Caos.

—¿Me estás amenazando? Te aviso que no es el mejor momento para chantajes emocionales; te recuerdo que acaba de desaparecer un menor.

—Contigo nunca es un buen momento —concluyó Claudia, secándose las manos del pringue del aceite y saliendo furiosa de la cocina.

La madre de Luis observaba la escena abstraída, atrapada quién sabe en qué dimensión desconocida e incapaz de juzgar la estricta conducta de su nuera. De un tiempo a esta parte, se había convertido en una especie de satélite que, tras un breve período de vida útil, gravitaba a la deriva como basura espacial, sin mantener ya contacto alguno con la Tierra y los seres humanos. Vagando por el espacio, a cientos de miles de kilómetros de su familia, Carmen contemplaba el vacío con los ojos del que solo espera desaparecer.

A Lucía le resultaba especialmente frustrante que su suegra ya no le sirviera ni para desahogarse y que se hubiera convertido en una mera carga. Más de cinco veces al día, no podía evitar mirarla y desearle con todas sus fuerzas una repentina parada cardiorrespiratoria. Un ictus. Un cáncer terminal. Esclerosis múltiple. Hepatitis. Lupus. Viruela. Encefalitis. Tripanosomiasis. No existía enfermedad letal y terriblemente dolorosa con la que no hubiera fantaseado en los últimos tiempos. Sus inclinaciones homicidas eran de tal envergadura que incluso aprovechaba su paso ocasional por las procesiones para reclamarle a Jesús una galopante infección de orina que acabase con ella de manera fulminante. Algo que, de existir el hijo de Dios, le habría resultado desconcertante, acostumbrado como estaba a que solo le pidieran salud. En más de una ocasión, incluso se había llegado a imaginar asfixiando a Carmen con sus propias manos. A veces se sentía mal por tener aquel tipo de instintos asesinos, y otras, sencillamente, advertía que lo que de verdad le perturbaba era que sus deseos de enfermedad y extrema unción no tuvieran ningún tipo de efecto en la salud de su suegra. Tras cotejar su lenta e inexorable decrepitud, había llegado a la conclusión de que era tan éticamente reprobable desearle la muerte como querer mantenerla con vida en aquellas circunstancias. No obstante, y siendo honesta consigo misma, debía admitir que lo que realmente le causaba frustración no era la conversión de Carmen en la ameba más grande del planeta, sino haber defraudado a su familia.

Hacía diez años que había abandonado Madrid para empezar de cero en un pequeño y tranquilo pueblo, en el que dejar atrás el pasado y poder disfrutar más íntimamente de los suyos. Para ser sinceros, no tenía mucha fe en que la relación con su suegra pudiera mejorar. Cuando vivía su marido, en lugar de ejercer de abuela encantadora, prefirió hacerle la vida imposible y no dejar de insinuar ni uno solo día que ella no era lo que deseaba para su hijo. Nunca se llevaron bien. Se toleraban, y solo a ratos. Sin embargo, se sintió en la obligación de cuidar de aquella mujer en el mismo momento en que le diagnosticaron alzhéimer. Podría haberse desentendido y haberla enviado a una residencia, pero se convenció de que ocuparse de ella era el precio que debía pagar por haber cometido aquel error con Luis. No la cuidaba por caridad, sino como parte de una penitencia, un castigo para expiar sus pecados.

En cuanto a Claudia, si bien era escéptica en este sentido, no esperaba que las cosas llegaran tan lejos. Siempre había intentado que la relación que mantenía con su hija fuese diferente de la que ella había tenido durante los últimos meses con su difunto marido. Constantemente se ofrecía para hablar con ella y que le contara todos sus problemas. Aspiraba a que entre ambas no hubiese secretos. Aunque era probable que aquella sobreprotección, unida al reciente festival pirotécnico hormonal de Claudia y la rebeldía propia de la pubertad hubieran creado entre las dos un muro de tensión que a diario se hacía más alto e inexpugnable, y que ya no sabía cómo superar; un frío y tupido telón de acero del que le era imposible discernir qué lado era el bueno.

Mientras divagaba, Lucía vio a su hija salir enfadada de la cocina. Le hubiera gustado olvidarse de lo ocurrido y abrazarla. Pero, en lugar de eso, por motivos que desconocía, los fonemas que estaban en su cerebro se transformaron al llegar a su lengua, y en el último momento expresó todo lo contrario a lo deseado.

—¡Y ponte a estudiar! —gritó mientras Claudia se encerraba en su habitación dando un portazo.

Descorazonada, Lucía se apoyó en la encimera de la cocina y contempló cómo Lola engullía sus bolas de pienso tediosamente, de la misma manera que si estuviera desarrollando una tarea administrativa y no algo que tuviera que ver con el placer. Abstraída en aquella escena, trataba de comprender en qué momento se deformó su carácter hasta convertirla en una persona tan gruñona y permanentemente malhumorada. ¿Cuándo se transformó en una amargada de manual? ¿Por qué todo parecía ofenderla, incluso las cosas más ridículas?

* * *

Afganistán, año 2006

El sol empezó a descender sobre la asediada ciudad de Kandahar cuando Andrew Taylor dio la orden a uno de sus hombres. Sin titubear, el marine se cuadró ante él y, posteriormente, le quitó la llave a la granada que llevaba en la mano. De una manera sutil, la introdujo debajo del turbante negro del *mullah* Abdulhamid. En apenas unos segundos, la cabeza del clérigo afgano y parte de su torso estallaron en mil pedazos, salpicando de vísceras y sangre lo que quedaba en pie del distrito de Zherai.

—Se ha hecho justicia —sentenció Taylor poco después, pisoteando los restos del mulá Abdulhamid—. Ahora recoge todo lo que puedas y métalo en esta bolsa de basura.

El marine, de nuevo, se cuadró ante su superior y ejecutó la orden del oficial americano sin rechistar. Tras finalizar, le entregó la bolsa a Taylor, que la agarró con agrado, como si fuera una insignia o una medalla. Tomándose su tiempo para disfrutar del galardón, Andrew Taylor echó a andar sin desprenderse de él.

El sur de la provincia de Kandahar olía a pólvora y metralla. El humo escapaba de los edificios en ruinas y, salvo algunos soldados americanos que disparaban al aire, no había nadie en las descompuestas calles y avenidas. Todo el que podía estaba escondido, tratando de ganar tiempo hasta tener claro si aquellos militares que habían tomado la ciudad eran mejores o peores que los talibanes.

Andrew Taylor paseaba sonriente, ajeno a la desgracia que se cernía sobre aquel recóndito país, con la siniestra bolsa de basura apoyada en el hombro izquierdo, como si se tratara de un macabro Santa Claus. Al divisar un esquelético edificio que resistía erguido de puro milagro, el oficial americano se detuvo.

—¿Vive aquí Abdullah Jan? —preguntó al primer civil que vio.

—Sí, soy yo —respondió aquel hombre menudo con un acento inglés más que digno.

—¡Qué suerte! Tengo un paquete para usted de parte de los Chacales Sangrientos —dijo satisfecho el militar, y le ofreció la bolsa.

—¿Qué... qué es esto? —balbuceó el hombrecillo, sorprendido al ver en el interior trozos de vísceras y moscas.

—¿No lo reconoce? Es su cuñado, el mulá Abdulhamid. Le devuelvo lo que queda de su cadáver en esta bolsa, porque en países civilizados la basura se deposita aquí.

La cara horrorizada de aquel hombre empezó a resultarle incómoda. No lloraba, no gritaba, no hacía aspavientos, se limitaba a observarlo lleno de dolor, de un modo que nadie lo había mirado antes.

Aquellos ojos pequeños se quedaron clavados en el alma de Taylor.

* * *

Morón de la Frontera, marzo de 2016

A día de hoy, aún los veía siempre que se quedaba dormido. Angustiado y bañado en sudor, el teniente Taylor despertó. Tardó unos segundos en procesar que aquella terrible escena no estaba sucediendo, sino que había ocurrido más de diez años atrás durante la guerra de Afganistán. Jadeando, se aproximó hasta la mesita de noche, miró la hora y se tomó un diazepam de cinco miligramos para relajarse. Aún no le había hecho efecto cuando supo que aquel iba a ser un mal día. Cada vez que rememoraba aquella oscura invasión, siempre lo era. Inquieto, se levantó de la cama y decidió que aquella mañana no quería estar rodeado de militares y de malos recuerdos. Apresuradamente, se puso lo primero que encontró y abandonó la vivienda.

Aunque aún era temprano, ya había soldados en los alrededores de la base de Morón. La mayoría de los que estaban allí pertenecían a las Fuerzas Aéreas, pues madrugaban más que los marines para realizar sus vuelos de rutina. Con cara de pocos amigos, Taylor cruzó las instalaciones y, cuando estaba a punto de acceder al aparcamiento, se topó con Douglas Hoopen.

—¿Se puede saber a dónde va? —preguntó el capitán—. Sabe que no le está permitido abandonar el recinto militar durante toda la semana. Órdenes de la EUCOM.

—Hagamos una cosa: finja que no me ha visto y yo me pensaré si le devuelvo el dinero, ¿le parece buena idea? —respondió Taylor.

No necesitó añadir ni una sola palabra más para que Hoopen, impotente, frunciera el ceño y se marchara camino de su despacho.

* * *

—Escuchadme bien —dijo Lucía a todos los agentes presentes en la sala de reuniones—. Nos vamos a dividir en dos grupos de búsqueda. El primero estará capitaneado por Víctor, será más reducido y rastreará los alrededores de la iglesia, el pabellón y toda la zona de solares próximos. —La sargento señalaba con un rotulador sobre un mapa de Morón—. Como se trata de un área pequeña, es importante que, además de buscar al crío, entrevistéis a todos los posibles testigos que estuvieron con Álex la tarde del sábado. Por otro lado, atendiendo al testimonio de una de las vecinas, yo dirigiré un segundo grupo que rastreará los alrededores de la sierra de Esparteros, así como el entorno de la casa de los padres del niño en Las Caleras de la Sierra. ¿Alguna duda?

—¿Hasta qué hora estaremos haciendo batidas? Son fechas especiales, usted ya me entiende —preguntó Suárez, uno de los agentes más veteranos.

—Hasta que encontremos al niño —contestó con aspereza—. ¿Alguna duda más?

Nadie en la sala se atrevió a abrir boca y la sargento dio la reunión por finalizada. En las inmediaciones del parking, los agentes cargaron los vehículos con mantas, agua y el resto del avituallamiento típico en aquellos operativos. Aprovechando que todos estaban absortos en su trabajo, Lucía decidió hablar con el cabo Martín discretamente.

—Tal vez ayer fui injusta contigo.

—No se tiene que disculpar.

—Creo que no me has entendido. No me estoy disculpando. Te... te estoy dando la razón. O, al menos, le estoy dando verosimilitud a tu hipótesis de los castigos. Aunque, ojo, no te compro todo el paquete. No todos los casos son iguales. Antonio Jiménez no entra en este..., cómo decirlo, patrón. Tiene más de treinta años, no es costalero, nadie conocía su adicción y, sobre todo, está muerto. Con Rober tengo mis dudas. Había una rama de olivo en la casa de sus padres que no habían puesto ellos, pero un secuestro me parece un castigo excesivo por consumir anfetaminas. Sin embargo, en el caso de Salvador... Le he estado dando vueltas toda la noche... y podría encajar en tu historia. Son muchos los que lo vieron perder la cabeza la tarde del viernes en las procesiones de Vísperas.

—¿Y Francisco, el costalero de la barriada de El Pantano?

—¿Ha ocurrido algo con él?

—No, todavía no, pero podría.

—Sabes que solo investigamos hechos consumados, no futuribles. Si eres capaz de encontrar pruebas que acrediten que todos estos sucesos están relacionados, te pondré al frente de la investigación. Eso sí, tendrás que hacerlo en tu tiempo libre. Ahora mismo os necesito a todos buscando a ese crío.

—A la orden, mi sargento. ¿Sabe? Creo que estamos ante alguien muy inteligente. Alguien que conoce bien las Sagradas Escrituras. La elección de la rama de olivo no es casual. Anoche... Anoche estuve leyendo la Biblia hasta las tantas, y es increíble la cantidad de referencias que aparecen en relación a los olivos. —Víctor sacó del bolsillo su Santa Biblia, que estaba marcada de arriba abajo con pósits de colores—. De hecho, el Jerusalén de los antiguos judíos y Morón tienen muchas similitudes. Verá, esto es del Deuteronomio: «Porque Jehová, tu Dios, va a introducirte en una buena tierra, tierra de valles torrenciales de agua, manantiales y profundidades acuosas que brotan en la llanura y en la región montañosa, tierra de trigo y cebada y vides e higos y granadas, tierra de olivas de aceite y miel». ¿Se da cuenta? ¡Pues todavía no ha escuchado nada! Fíjese en lo que he encontrado en el Libro de Salmos...

—Echa el freno, Víctor. ¿Has estado leyendo la Biblia toda la noche? No te ofendas, pero ahora mismo pareces tan psicópata como el presunto criminal al que estás describiendo.

—Solo estaba buscando pistas, mi sargento —intentó justificarse el agente, antes de cerrar la Biblia.

—¿Y crees que será suficiente? ¿No deberíamos comprobar también si hay algún indicio en los Evangelios Apócrifos o en los manuscritos del Mar Muerto? O mejor aún, ¿por qué no llamamos a un vidente para que lea los posos del café de esos chicos?

—Podría haberse ahorrado el sarcasmo.

—Tienes razón, me lo podría haber ahorrado. Verás, Víctor, está bien que tengas iniciativa. Pero mejor vayamos paso a paso. Si quieres el caso, tráeme evidencias. Ya habrá tiempo para hacer un retrato psicológico y leer textos religiosos.

—Así lo haré, mi sargento.

Tras el varapalo, el cabo se marchó algo descolocado y con la rara sensación de haber dado un paso adelante y otro atrás.

Por su parte, Lucía torció el gesto, preocupada. Los sucesos se multiplicaban en Morón y apenas podía confiar en su segundo en el puesto de mando.

* * *

En primavera, la sierra de Morón se asemejaba a la superficie rugosa de Marte. Entre los meses de marzo y abril, después de la recogida de la aceituna, los agricultores limpiaban el terreno de los olivares para que pudiera filtrarse mejor el agua en sus cultivos. Para ello, eliminaban las malas hierbas con la ayuda de herbicidas y acondicionaban la plantación de cara a la futura recolección. Como resultado de aquel proceso, el suelo que rodea al árbol se erosionaba. La hierba verde y la maleza de aquellos campos se desvanecía, y la tierra se cuarteaba, se secaba y se tornaba cobriza como un planeta muerto y desierto.

Un tractor John Deere de color rojo se encargaba de exterminar las últimas hectáreas de una superficie fértil. Lo conducía Cipriano, un hombre de mediana edad con ligero sobrepeso que llevaba una gorra verde de la antigua Caja San Fernando calada hasta las cejas. Eran alrededor de las 13.30 de la tarde y la calima en aquel solar baldío resultaba a esas horas casi insoportable, de manera que el rechoncho agricultor optó por hacer una breve parada para refrescarse.

Mientras se secaba el sudor, Cipriano divisó a lo lejos un grupo de unas veinte personas, formado por guardias civiles y voluntarios, avanzando a través de la tierra yerma al igual que una expedición de astronautas. Lo hacían distribuidos por las diferentes columnas de olivos y sin dejar de gritar el nombre del chico desaparecido.

—¿Ha visto a este niño recientemente? —preguntó Lucía, mostrándole la imagen de Álex. Cipriano se vio obligado a apagar el motor del vehículo y a bajar de él con alguna que otra dificultad.

—Déjeme ver —afirmó ya en el suelo, tras subirse los pantalones por encima del ombligo con la pretensión de disimular la rotunda panza.

Cuando tomó la fotografía, descubrió a un niño de grandes ojos marrones, labios perfilados, un diente mellado y un pelo rubio colmado de caracolillos. Un rostro difícil de olvidar, y más en una región donde predominaba el color de pelo moreno.

—No me suena haberlo visto por aquí. ¿Qué le ha pasado a esta criatura?

—Ha desaparecido.

—¿Aquí? ¿En Morón?

—Sí, el sábado.

—¡Me cago en diez! Vaya rachita llevamos. Primero lo del chico ese de internet... y ahora esto. No recuerdo tantas tragedias juntas en el pueblo. Parece que nos haya mirado un tuerto.

Lucía no estaba dispuesta a escuchar por más tiempo aquella sarta de confabulaciones sobre la mala suerte, así que cortó abruptamente los lamentos del hombre y recondujo la conversación.

—Si lo ve o tiene alguna pista, por favor, llámeme inmediatamente —dijo, entregándole una tarjeta—. Que tenga un buen día, caballero.

Guardándose de nuevo la fotografía de Álex, Lucía se reincorporó al equipo de rastreo. En cierto modo, le daba un poco de vértigo la facilidad con la que se podían esconder los problemas. Bastaba con tener un bolsillo en el pantalón para no tener que enfrentarse al rostro inmaculado del crío y poder seguir adelante con su vida.

Cerca de ella iba María, que había elegido la peor de las mañanas para dejar atrás sus tareas de oficinista. Poco acostumbrada al trabajo en exteriores, sudaba y transpiraba a lo largo y ancho de su epidermis. Cuando se cumplieron casi cuatro horas atravesando hectáreas de campos de olivo bajo un sol de justicia, la agente tragó saliva para enfrentarse a Lucía.

—¿Podemos hacer una parada, mi sargento? Llevamos un buen rato andando sin parar...

—¿Y? —respondió antipática, como si el calor y la fatiga pudieran colonizar todos los cuerpos excepto el suyo—. ¿Vas a decirle tú a esos padres que no hemos encontrado a su hijo porque necesitábamos descansar?

María observó a los familiares del niño desaparecido en la distancia. Se movían con sobriedad, concentrados, atentos a cada centímetro de suelo, inspeccionando hasta el más mínimo detalle en busca de alguna señal. Tan interesados en encontrar una pista como en alejar los malos presentimientos. Hasta donde le permitían los escrúpulos, Lucía había sido lo suficientemente sincera con ellos. Superados los primeros dos días de la desaparición de un menor, cada hora que pasaba reducía las posibilidades de volver a encontrarlo con vida. El mimo y el celo que ponían en la búsqueda terminaron por conmover a la agente de la Guardia Civil.

—¡Tiene razón, mi sargento! —exclamó María tras quitarse la gorra y vaciarse el agua de la botella sobre los cabellos.

Algo más aliviada, continuó avanzando.

* * *

—¿Seguro que no viene nadie? —preguntó inquieto Rober a Vanesa.

—¿Otra vez? ¿Quieres dejar de preguntarlo? Estate tranquilo. No nos ha visto nadie. Solo estamos tú, yo y las putas moscas —respondió, apartándose de la cara los insectos y dejando claro que su hábitat natural era la tarima de una discoteca y no la campiña sevillana.

—Oye, tranquilita, que no te lo he preguntado tantas veces. Estoy metido en una movida muy gorda y no puedo arriesgarme a que nadie me vea.

—Si tanto miedo te da, ¿por qué no hemos hecho esto antes de que viniera la Guardia Civil?

—Lo sabes de sobra. Cada vez que me separo de mi madre, se echa a llorar. He tenido que esperar a que estuviera entretenida.

—Lo siento, ¿vale? No quería ser borde, pero entre lo de tu hermano y esto yo también estoy atacada. Todo va a salir bien, guapo.

La joven pareja discutía al borde de una acequia, a pocos kilómetros de Lucía y el resto de los agentes. El hermano de Álex estaba de cuclillas con una mochila en la mano y ella lo abrazaba por detrás para insuflarle algo de ánimo. Aprovechando una parada para el desayuno, Rober y Vanesa se habían separado del grupo de búsqueda lo máximo posible hasta encontrar un lugar discreto y apartado.

—¡Vamos, tírala ya!

Tras mirar a izquierda y derecha por enésima vez en los últimos cinco minutos, Rober hizo caso a su novia y vació la mochila en el canalillo, confiando en que el agua y la corriente hicieran desaparecer para siempre su contenido. Como restos de un naufragio, el agua se tragó en seguida varias bolsas de plástico cargadas de ketamina y un sinfín de pastillas de MDMA y anfetaminas. Mientras las veía hundirse, hipnotizado, a lo lejos escuchó las voces de los voluntarios llamando a Álex.

—Será mejor que regresemos, antes de que nos echen en falta.

—Vale, pero dame un beso antes.

* * *

A las tres y media de la tarde, el canto de las cigarras llamando a las hembras se apoderó del campo, aumentando la sensación de bochorno. El sol se encontraba en su punto más álgido y las sombras del equipo de rescate se proyectaban en la superficie de color cobre. Durante todo aquel tiempo, María había tropezado en tres ocasiones con las raíces de los olivos, pero solo había caído al suelo en dos. En una de ellas, sus manos se posaron sobre la piel de una culebra bastarda, que había guardado en el bolsillo como una señal o un recordatorio. Las serpientes mudan su piel cada dos meses cuando son adolescentes. Lo hacen para poder crecer, dado que su epidermis no se expande al ritmo que crece el resto del cuerpo. A María le ocurría algo similar con Morón, se le quedaba pequeño según iban pasando los años, aunque ella no podía deshacerse de aquella piel rural que le apretaba con la facilidad con que lo hacían las culebras bastardas. Aun así, decidió conservarla para motivarse cada día; si un animal tan sencillo lo había logrado, ella también podía. Además de su modesta revelación, no habían surgido más novedades. Ni rastro de Álex, de su ropa o alguna huella. O nunca había pasado por allí o deberían plantearse buscarlo bajo la tierra.

—Deberíamos parar a comer y refrescarnos, ¿no cree, sargento? —sugirió, fatigado, Manuel, el padre de Álex, ejerciendo como portavoz.

—Solo nos quedan unos kilómetros para completar la parcela. Deberíamos seguir. Estoy segura de que vamos a dar con alguna pisada o indicio.

—De verdad se lo digo: ni yo ni mi mujer podemos dar un paso más. No nos haga sentir malos padres por descansar cinco minutos.

—Pero si es que estamos a punto, lo puedo notar. Vamos a seguir, Manuel. Venga, un último esfuerzo.

—No les pida más esfuerzos a mis padres —intervino repentinamente Rober—. Nosotros paramos aquí. Usted puede hacer lo que quiera.

A regañadientes, Lucía se vio obligada a ceder ante la familia de Álex y ordenó una parada de quince minutos para almorzar. Durante todo el recorrido, un par de todoterrenos de la Guardia Civil había seguido de cerca al equipo de rescate, haciendo las labores de coches de apoyo, como suministrar agua y atender cualquier tipo de eventualidad. Desde el interior de los vehículos, los agentes repartieron bocadillos y refrescos entre los voluntarios. Como si se tratase de una romería y no de un rastreo, en apenas unos minutos todos compartían suelo y comida, excepto Lucía, que prefirió desplazarse unos metros y cobijarse bajo la sombra de un olivo algo más grande y aislado que el resto. Hasta ella se acercó María con un bocadillo en la mano.

—Me ha tocado uno de queso y soy intolerante a la lactosa, ¿podría cambiármelo, mi sargento?

—¿También eres alérgica a los lácteos? No dejo de preguntarme cómo pudiste superar las pruebas de acceso.

Consciente de que se había dejado llevar por su mala leche, Lucía decidió bajar el pie del acelerador para evitarle una apoplejía a su compañera.

—Toma el mío, que es de chorizo. Yo no tengo hambre —dijo lanzándole el bocadillo con cierta desgana.

—Gracias —respondió María atrapándolo al vuelo—. ¿Puedo comer con usted?

—¿Es necesario? Hay veinte hectáreas de olivos, no creo que te cueste trabajo encontrar otro árbol solo para ti.

—En realidad... En realidad no he venido por el bocadillo, mi sargento —confesó María.

—¿Y a qué has venido entonces? ¿Has encontrado algo en las cámaras de vigilancia del cementerio?

—La verdad es que me quedé dormida en cuanto empecé a verlas, mi sargento... Pero tengo algo mejor que eso.

—Siéntate entonces. Te escucho.

La agente se acomodó a su lado y después de darle un bocado a una rodaja de chorizo, comenzó a hablar.

—Anoche logré contactar con Sara, la amiga especial que tenía Antonio Jiménez en Twitter.

—Vaya, buenas noticias. ¿Te ha dicho por qué no vino al cementerio a despedirse de él?

—Sí, fue lo primero que le pregunté. Según ella, al no tratarse de un familiar directo, no podía ausentarse del trabajo entre semana, y a la hora que salía le resultaba imposible desplazarse desde Formentera en avión.

—Tiene sentido. ¿Algo más?

—Estuvimos hablando durante horas, y resulta que la chica desconocía por completo la verdadera vida de su novio virtual. Como la mayoría, se enteró por la prensa. Según afirma, Antonio no tenía nada que ver con lo que ha visto en los informativos. Era una persona alegre, optimista y muy sociable. Le contaba que solía quedar con amigos para tomarse un café y hablar de política, que asistía a las manifestaciones organizadas por la Plataforma de los Afectados por las Hipotecas en Sevilla y que se sentía muy unido a los niños que llevaba en autobús.

—Bueno, hasta ahora no veo nada raro. Antonio no será el primero ni el último en mentir sobre su vida en internet.

—Estoy de acuerdo, mi sargento. Todos lo hacemos. Sin embargo, después de hablar con Sara, tuve un presentimiento. Se me quedó grabado lo de que se sentía muy unido a los niños que llevaba en autobús. Ya sé que le puede parecer un disparate, pero me puse en contacto con la directora del colegio de la Asunción y... ¿a que no adivina qué me dijo?

—Que Álex era uno de esos niños de la ruta escolar. ¿Me equivoco?

Lucía estaba fascinada, no tanto por el hallazgo de María como por el hecho de que fuera capaz de tener iniciativa propia.

—¡Exacto! Puede que sea una chorrada o una simple casualidad, o puede que la muerte de Antonio Jiménez y la desaparición de Álex estén relacionadas de alguna forma, ¿no cree?

—Podría ser. Ambos sucesos se aproximan en el tiempo. Habrá que investigar esa conexión. De momento, no lo comentes con nadie, y mucho menos con la prensa —dijo precavida Lucía, satisfecha con que la misma chica que un par de días atrás tenía problemas para abandonar el coche patrulla, ahora fuera capaz de presentar hechos tangibles y no simples conjeturas como Víctor.

—Prometido, mi sargento.

—Y ahora, sigamos con la búsqueda —dijo Lucía, poniéndose en pie—. Por cierto, buen trabajo. Si lo llego a saber, te habría dado un bocadillo de jamón.

Y, sin más demostración de afecto que esta, dio la orden de reanudar la batida de reconocimiento, estuvieran o no preparados el resto de agentes y voluntarios. Ocho minutos y veintitrés segundos fue toda la pausa capaz de concederle a la humanidad. En seguida se puso al frente del grupo gritando el nombre del chico y obligando implícitamente al resto, que aún estaba comiendo, a recoger de forma apresurada.

—¿Qué le pasa a esa mujer? —preguntó el padre de Álex al agente Suárez.

—Solo intenta encontrar a su hijo —trató de mediar el guardia civil.

—Pues parece que quiera demostrar que tiene más ganas de recuperarlo que nosotros —concluyó dolido Manuel, que en sus cuarenta y ocho años rara vez había perdido los papeles.

Era el gran don que le había regalado Dios a Lucía Gutiérrez: exasperar hasta a los dóciles corderos. El agente se tomó unos segundos antes de responder. En gran medida, Suárez estaba de acuerdo con la observación, pero no se atrevía a verbalizarlo. Diez años bajo sus órdenes le habían enseñado a ser prudente con la sargento. De manera que lo resolvió para convertir su carácter obsesivo en una virtud.

—Esté tranquilo, si hay alguien que puede encontrar a su hijo, es ella.

La familia del pequeño se puso en pie junto al resto. Rober y Vanesa ayudaron a Isabel a incorporarse, pero para cuando lo hubieron logrado, repararon en que Lucía ya les sacaba doscientos metros de ventaja al resto del grupo. Se desplazaba con urgencia por el árido terreno, imponiendo su nervio al resto, mientras el sol seguía castigando a todos los que a aquellas horas habían osado no cobijarse bajo techo. A pesar de que Suárez tratara de convencer a Manuel de que ella era la mejor baza que tenía para recuperar a su hijo con vida, no pudo evitar albergar serias dudas observándola desde la distancia. Millones de dudas.

—Cada bocado que le dais a esa mierda de bocadillo es un minuto menos que tenemos de salvar una vida. —Lucía reprendió a los voluntarios sin tan siquiera mirarlos a la cara.

—¿Está seguro de lo que dice? —preguntó de nuevo el padre de Álex al agente.

En esta ocasión, Suárez prefirió no disculpar el temperamento de Lucía. En lugar de contestar, dejó en el aire un ambiguo silencio y se lanzó tras los pasos de su superior. Empujando a veinte personas hacia a la extenuación, la familia de Álex y el grupo de voluntarios se dispusieron a recorrer los últimos kilómetros de la propiedad. Lucía se lamentaba de que la gente no fuera tan consciente como ella de lo peligroso que era cometer un error. Ella llevaba demasiado tiempo pagando por uno y no iba a permitir que nadie más lo cometiera, aun a riesgo de parecer una desequilibrada. Una década de arrepentimiento le había servido para entender que la vida era un castigo por esos momentos de distracción; que el futuro, por desgracia, se forjaba con aquello a lo que no prestábamos atención. Todos los descuidos, todos los traspiés, hasta el más insignificante de los deslices que no tuvimos en consideración en el pasado, se presentan ante tu puerta el día de mañana.

Una nube gris apareció de la nada y pronto contagió el cielo de su plomiza existencia. En apenas unos minutos, lo que parecía un día de verano se transformó en tormenta. La primavera era la más adolescente de las estaciones. Voluble, inestable, efímera. Después de cinco horas de marcha bajo el sol, el agua arreció y los caminantes sintieron algo parecido al alivio. Todos, salvo Lucía.

Un relámpago cortó quirúrgicamente la fina capa de ozono e hizo que resplandeciera el horizonte de la Sierra Sur de Sevilla. Nadie se inmutó ante la fuerte descarga eléctrica, sabedores de que la sargento no iba a cancelar la búsqueda de ninguna de las maneras, y más de uno asumió que la única forma de regresar a su casa aquel día era tener la fortuna de que una riada se los llevase por delante.

* * *

El interior de la iglesia de San Clemente destilaba un desconsuelo ilimitado. Desde que la Agencia Estatal de Meteorología hubiese certificado hacía ya dos horas que los chubascos no remitirían en Morón de la Frontera hasta la madrugada, los hermanos de la cofradía de la Crucifixión lloraban y se abrazaban compulsivamente. Como ya ocurriera los dos años anteriores, el Santísimo Cristo de la Expiración y María Santísima del Mayor Dolor no podrían salir de la basílica y procesionar por las calles del municipio por miedo a que el agua dañase las imágenes y los enseres de la hermandad. Entre lágrimas, el prioste se encargó de apagar la luz de los cuatro hachones de cera que iluminaban el rostro demacrado de

148

Jesús en su última expiración. La penumbra del paso de misterio puso punto final a las ilusiones de los hermanos, que terminaron ocupando su sitio en los reclinatorios y participando de una breve eucaristía de compensación. Una pírrica recompensa, en realidad. Resignados, se entregaron a la oración, confiando en tener mejor suerte dentro de 365 días.

Menos sumiso, el hermano mayor de la Crucifixión, Juan Mesa, permanecía atento a cualquier tregua del tiempo, e intentó contrarrestar la tempestad besando una estampita del Gran Poder de Sevilla. En alguna parte de su corazón, sentía estar traicionando a su adorado Cristo de la Expiración, pero entendía que acabar con una tormenta de tales proporciones era una jerarquía que le quedaba grande a aquella imagen netamente local. Esto formaba parte de una liga mayor. Para este tipo de milagros, resultaba evidente que había que recurrir a las grandes estrellas de la Semana Santa andaluza y la talla de Juan Martínez, buque insignia del sevillano barrio de San Lorenzo, era para él algo así como la fusión de Leo Messi y Cristiano Ronaldo.

Aunque pudiera parecer irreverente, sacrílego o blasfemo, Juan Mesa, *Juanito* para sus hermanos, era un católico ejemplar con una única y gran devoción: clasificar y catalogar las tallas de cristos y vírgenes según sus poderes, como si fueran figuras de un juego de rol o vulgares pokemons.

En la zona baja de la tabla se encontraban aquellas que influían en los resultados deportivos, los cuales, a su vez, atendían a otra pequeña subdivisión: «Tallas que sirven para empatar un partido de fútbol» que se está perdiendo, en el que se encuadraba san José, patrón de Morón. Según sus estudios, bastaba un beso en aquella estampita para que el Betis subiera al área rival y consiguiera un gol con el que igualar el marcador. Lamentablemente, no se obtenía el mismo resultado si lo que se deseaba era completar la remontada. A tales efectos, había que recurrir a las «Tallas que sirven para conseguir el gol de la victoria», de la que formaba parte la Virgen de los Desamparados, una de las de mayor devoción de Morón y a la que Juanito recurría cuando quedaban pocos minutos para que el Betis sumara un solo punto. Un beso a aquella estampita garantizaba un nuevo gol y los tres puntos.

En la zona media se incluían las denominadas «Tallas para el trabajo, la salud y el amor». En aquella categoría abierta se hallaba su apreciado Cristo de la Exaltación, que resolvía con la misma efectividad una subida de sueldo, una anemia o la consecución de una cita romántica. Digamos que se trataba de un rango para sobrellevar los problemas y contrariedades del día a día, pero nunca se podía acudir a ellas cuando lo que se necesitaba era una intervención milagrosa.

En la zona alta de la tabla se situaban las «Tallas para cuando todo está perdido». Eran las que tenían mayor soberanía, y Juanito las invocaba cuando la situación era límite y solo una intromisión divina podía solucionar el apuro. Obviamente, ninguna de las referencias locales estaba a la altura de tales proezas y había que buscarlas fuera de Morón, en la todopoderosa Semana Santa de Sevilla, la Champions League de la fe, donde se encontraban los verdaderos *cracks* y *killers* del área de los milagros. Entre ellas, por supuesto, Jesús del Gran Poder, el Cachorro y la Esperanza Macarena. Entendía Juanito que si ellos no podían interceder, nadie más podría hacerlo.

Apostado en el portón neoclásico de la iglesia de San Clemente, el hermano mayor insistió una última vez en besar devotamente la estampita de Jesús del Gran Poder. Después de hacerlo, miró tímidamente al cielo y comprobó que la lluvia había cesado.

Un pequeño claro se abría hueco entre las nubes, y aunque probablemente resultaría insuficiente para la mayoría, Juan Mesa lo interpretó como una señal de que Jesús había vuelto a cumplir con su trabajo. Otro día más en la oficina para el Rey de Reyes. Tras agradecérselo secretamente, guardó la estampita en el bolsillo del pantalón, junto a todas las demás, y subió al púlpito henchido de vanidad.

—Hermanos, compañeros, amigos, porque Dios así lo quiere, vamos a hacer nuestra estación de penitencia —dijo con decisión, comunicando su resolución al resto de los cofrades, que no sabían bien si festejar la noticia o preocuparse por lo que pudiera pasar.

Sumidos en aquella extraña sensación, uno a uno fueron ocupando su lugar en la procesión con la ayuda de los diputados de tramo y se prepararon de nuevo para salir de la iglesia. Cuando los primeros acordes de la Marcha Real retumbaron en la plaza, el gentío aplaudió la decisión valiente de la Junta de Gobierno de la Crucifixión. Los nazarenos prendieron los cirios y salieron por el portón en silencio en el mismo momento en que la banda de cornetas y tambores interpretó la marcha *Consuelo gitano*, lo que suponía el pistoletazo de salida para que los costaleros se colocaran en las *trabajaderas*. Con una devoción a prueba de bombas, siguieron a rajatabla las instrucciones del capataz y en poco tiempo alcanzaron el centro de la plaza.

No obstante, el armisticio con la borrasca se resquebrajó y las nubes recuperaron el terreno perdido. Antes de que el hermano mayor pudiera reaccionar y tuviera tiempo de sacar una de sus estampitas del bolsillo, una densa cortina de agua volvió a desplegarse sobre Morón de la Frontera. Temiendo por la talla de Jesús, el capataz ordenó a los costaleros colocar con urgencia un plástico sobre el paso de misterio.

Juan Mesa observaba la escena mudo. Pálido. Estupefacto. Sin terminar de creerse lo que estaba ocurriendo. Su idolatrado Cristo de la Expiración avanzaba plastificado entre la lluvia, protegido del exterior como un vulgar congelado de La Sirena. En cualquier otro momento, habría metido su mano en el bolsillo y besado las estampitas del Gran Poder, la Esperanza Macarena y el Cachorro, todas a la vez. Pero ni siquiera él era tan iluso, y sabía que aquel desastre le iba a costar a la hermandad miles de euros y a él el cargo de hermano mayor, así que para qué desperdiciar un milagro. Más práctico, prefirió enfrentarse a la tormenta con los recursos humanos de los que disponía y, buscando un rincón privado en la calle, cogió el teléfono e hizo una llamada.

—Soy Juan, lo he pensado mejor. Cuente conmigo para hacerlo otra vez, pero a cambio necesito que me eche una mano con un asunto...

—¿Estás seguro? Si te descubren, estás solo —dijo una voz metálica al otro lado—. Yo no existo.

* * *

El pesimismo saltó los muros de los alrededores de la iglesia de San Clemente y se expandió por los 432 kilómetros cuadrados de superficie de la villa, llegando incluso hasta la finca de olivos en la que se encontraban Lucía y el grupo de voluntarios. Tras once horas de búsqueda casi ininterrumpidas sin hallar ni un solo indicio, se multiplicaron las voces críticas.

—No tiene sentido seguir así, mi sargento —comentó Suárez completamente empapado y con los pies llenos de barro—. Los senderos están anegados y no hay suficiente visibilidad. Si hay alguna pista aquí, hoy no vamos a ser capaces de encontrarla. Volvamos mañana con la luz del día.

—¿Y si mañana Álex ya no está con vida? ¿Podrás perdonártelo? —contestó, airada, Lucía, a la que el agua de la lluvia le corría por la cara sin importarle demasiado.

—Mi sargento, mire a su alrededor. Todo el mundo se está marchando a casa. Es imposible hacer un rastreo en estas condiciones. No tiene que demostrarle nada a nadie. Ha hecho más de lo que los padres de ese niño podrían pedirle.

Lucía echó un vistazo fugaz y se dio cuenta de que, efectivamente, los voluntarios habían renunciado a seguir explorando la zona y se iban marchando. Incluso la familia del chico, a la que sus compañeros les habían facilitado unas mantas, se resignaron a la idea de seguir buscando al día siguiente. Sin duda se trataba de una dura bofetada de realidad, que la hizo sentirse profundamente idiota.

—Puede que tengas razón —admitió con incomodidad, como si, en lugar de reconocer su exceso de celo, estuviera engullendo trozos de cristal—. Mañana a las diez, todos de nuevo aquí.

—A la orden, mi sargento —obedeció Suárez, que acto seguido salió corriendo para ponerse a cubierto del intenso chaparrón.

Para sorpresa de Lucía, la única que permaneció a su lado fue María. Igual de empapada que ella y con manchas de fango que le llegaban hasta la comisura de los labios, se encontraba mucho más entera que el resto de sus compañeros.

—Si quiere continuar, yo me quedo con usted, mi sargento.

—Agradezco el gesto, pero no puedo abusar más de ninguno de vosotros. Os he llevado demasiado al límite. —Lucía se encendió un cigarrillo cuando la lluvia parecía aminorar—. ¿Quieres? —le preguntó, acercándole un paquete de Camel.

—¿Por qué no?

—Por cierto, ¿no tendrás un coletero? Cada vez que llueve parezco Amy Winehouse saliendo de una clínica de rehabilitación. Es una puta maldición.

—Tome, lo suyo es más urgente —contestó María, deshaciéndose la coleta y prestándole su goma del pelo.

—Gracias, me acabas de salvar la vida.

El primero de los todoterrenos abandonó la finca, levantando una ola de barro a su paso. María y Lucía se apartaron para que no les salpicase y fumaron a la intemperie en la quietud de la noche. El humo y el vaho de sus bocas se mezclaron con armonía en el aire, con la misma precisión que lo haría una pareja de natación sincronizada.

—Si quieres... —Lucía rompió inesperadamente la calma, pero se lo pensó mejor y volvió a quedarse callada.

—¿Sí, mi sargento?

—Estaba pensando que podríamos llevar a los familiares de Álex a su casa y aprovechar el trayecto para limar asperezas con ellos. Y, de paso, podríamos averiguar qué tipo de relación mantenía Antonio Jiménez con su hijo.

—Entonces, ¿cree que puede haber alguna conexión?

—No lo sé, pero de momento es el único hilo del que podemos tirar. Mejor eso que quedarnos sin hacer nada.

—Cuente conmigo, mi sargento. No tengo nada mejor que hacer. Siempre que hay tormenta, el wifi de la casa cuartel se cae —procuró María disimular su entusiasmo.

—De acuerdo, voy a hablar con Víctor para que también dé por terminada la jornada.

Mientras Lucía le daba nuevas órdenes al cabo a través del teléfono, cerca de ellas, Rober y Vanesa se fundían en un largo abrazo que concluyó en beso. Llevaban mantas isotérmicas de color dorado echadas por encima de los hombros y parecían dos viajeros intergalácticos abandonados a su suerte en la superficie marciana. Sin embargo, todo aparentaba darles igual.

Con descaro, la mano de Rober tomó con codicia las tersas nalgas de la chica, que, arrebatada, decidió sacar la lengua de la boca e introducirla en la oreja de su amante.

—¿Qué coño le pasa a la gente de tu edad? No creo que sea ni el momento ni el lugar para eso —musitó con desagrado la suboficial después de haber hablado con Víctor.

María se encogió de hombros.

Las noticias del cabo tampoco eran buenas. No solo no habían dado con ningún indicio, sino que, después de interrogar a veinticinco posibles testigos, nadie parecía saber nada.

—Esos dos no han parado en todo el día, mi sargento —comentó María después de que los padres de Álex se apartaran, incómodos, unos metros de la pareja—. Los he pillado esta mañana escapándose a un lugar apartado.

—¿Qué quieres decir? —preguntó Lucía, extrañada.

—Está claro, ¿no le parece, mi sargento? Se han quitado de en medio al menos durante media hora o cuarenta minutos... Deben de estar muy cachondos. —A María se le escapó una risita, pero al descubrir que Lucía no cambiaba el rictus, moderó sus palabras—. Si se me permite la expresión, mi sargento...

—¿Por qué no me lo has contado antes? —preguntó la suboficial, sin quitarle ojo a la pareja, que no dejaba de tocarse y besarse.

—No he tenido la oportunidad, mi sargento. Estaba usted muy concentrada en la búsqueda. He pensado que no le gustaría que la molestara con una chorrada. Son adolescentes, están en la edad de... hacer eso —rectificó María antes de decir una burrada de la que se arrepintiera inmediatamente.

Lejos de sonrojarse y moderar su comportamiento, las agentes fueron testigos de cómo Vanesa saltaba a la cintura de Rober, agarrándose a él con las piernas entrelazadas.

—Ya te he dicho que no pienses, que preguntes —exclamó Lucía, más intranquila que enfadada—. Hay algo en ese chico que no me gusta. Está nervioso y oculta algo. A sus padres y a nosotras. Ayer por la noche se fue a su habitación en cuanto llegamos. Hoy parece que también tenía ganas de estar a solas. Y se le ve más preocupado por darse el lote con su novia que por su hermano. No sé, hay algo que no encaja en su comportamiento.

Afortunadamente para todos los que tenían que presenciar aquella escena de fogosidad infinita, llegó el último vehículo de la Guardia Civil y la pareja puso fin a los arrumacos. Lucía y María arrojaron las colillas al suelo y subieron en el todoterreno. Dentro estaban ya los familiares de Álex, a los que parecía perturbar la presencia de la sargento en el vehículo. Lucía se dio cuenta de ello y probó a rebajar la tensión.

—¿Les importa que les acompañe personalmente? Creo que sería bueno que habláramos en privado.

—¿Ahora le interesa nuestra opinión? Hoy parecía que no —contestó Rober, enfurecido, soltando por primera vez la mano de su amada y cogiendo la de su madre.

Sin querer entrar en un peligroso tira y afloja en el que ninguno de los dos tenía nada que ganar, Lucía eligió callarse y enfriar la situación. Resultaba obvio que el camino y la conversación que tenían por delante no iban a ser sencillos.

* * *

Era ya noche cerrada cuando Andrew Taylor regresó a la base de Morón. Su cara no reflejaba la misma tensión que por la mañana. Parecía relajado, incluso de buen humor. Algo había ocurrido en aquel intervalo de tiempo que había apaciguado su mal genio y borrado sus recuerdos de guerra. De hecho, se sentía tan cómodo que prefirió lanzar unas canastas antes que reunirse con el resto de los soldados para cenar.

Douglas Hoopen lo observaba desde su despacho con rabia. Aunque era el militar con más poder de la base, no podía hacer nada para que aquel marine insumiso acatara sus órdenes. Ni siquiera desde instancias superiores se atrevían a toserle. Era un verso libre dentro de una institución donde todo el mundo debía responder ante alguien, un estatus que había conseguido a base de conocer los secretos de los demás. No había nadie en aquel recinto que de una manera u otra no lo temiera. Incluso él.

* * *

Tras dejar a Vanesa en la estación de autobuses de Morón, el todoterreno de la Guardia Civil se puso de nuevo en marcha hasta que llegó frente al coche de Lucía. Nada más ver su vehículo, la sargento se percató de que le habían arrancado el espejo retrovisor que le quedaba. La expresión «hijos de puta» le rondaba en la cabeza, pero quería mantenerse fría y concentrarse en el difícil reto que le esperaba: conducir por una carretera nacional sin más espejo que el frontal.

Desde donde se encontraban hasta Las Caleras de la Sierra había una distancia de apenas cinco kilómetros, un recorrido relativamente sencillo si no fuera porque el camino hasta la aldea serpenteaba continuamente a través de montañas para salvar la complicada orografía de la sierra. El chirrido del limpiaparabrisas era lo único que se escuchaba en el interior del vehículo. Su frenético ir y venir funcionaba como un diapasón que marcaba el ritmo de la tormenta. María, Manuel, Isabel y Rober no habían abierto la boca desde el cambio de coche.

—He insistido en llevarlos personalmente para disculparme. Siento si les he hecho sentir incómodos, no era mi intención.

La suboficial estaba haciendo un esfuerzo por mostrarse cordial.

Pero fracasó en su intento de arreglar la situación. Desde el único espejo superviviente, observó que ninguno de los tres reaccionaba a sus palabras. Cabizbajos, rehuían la mirada. Sin atreverse a insistir, al menos por el momento, Lucía se concentró en la carretera.

—¿Podría ir más despacio? Me estoy empezando a marear —dijo Isabel, desencajada.

—Sí, disculpe, es difícil calcular bien las distancias con esta lluvia.

«Y sin retrovisores», pensó para sí Lucía. La conversación no dio para más y, acto seguido, el crepitar del limpiaparabrisas volvió a reemplazar a las voces.

Sin embargo, a pesar de las adversidades, Lucía no se dio por vencida.

—Es importante que no pierdan el ánimo. Vamos a hacer todo lo que esté en nuestra mano para encontrar a su hijo. Confíen en nosotros.

—Confío en la Guardia Civil, con usted... Con usted tengo mis dudas, no la voy a engañar. —Manuel expresó su inquietud sin querer cruzar esa frontera, para él desconocida, de la incorreción o la altanería.

—No se preocupe por caerle bien a mi padre —soltó, menos diplomático, Rober—. Ya la ha cagado. Ocúpese de lo importante y encuentre a mi hermano.

Aquella reacción dejó un tanto desconcertados a sus padres, que desconocían semejante variante autoritaria de su hijo, y les abrumaba incluso más que las desatinadas muestras de afecto que tenía con Vanesa.

«El que la ha cagado eres tú, drogata de mierda», deseó echarle en cara Lucía. Pero después de considerarlo, decidió que era mejor apostar por algo más suave.

—Creo que estás siendo injus...

—Eso haremos —intervino María, incapaz de soportar por más tiempo la evidente falta de habilidades sociales de la sargento—. De hecho, si hemos decidido acompañarlos, es porque tenemos algunas preguntas que hacerles y que podrían ayudarnos a encontrar a su hijo. ¿No es así, mi sargento?

Confundida con la intromisión de la agente, tardó unos segundos en reaccionar hasta que resolvió que era mejor aceptar la ayuda que le ofrecía que amonestarla verbalmente ante los presentes.

—¿Conocían a Antonio Jiménez? —preguntó Lucía.

—¿Queda alguien en este pueblo que todavía no lo conozca? —respondió Rober, poco dispuesto a colaborar o quizás demasiado predispuesto a provocar una discusión.

—Era el chófer del autobús que llevaba a Álex al colegio... —contestó Isabel, entendiendo que era momento de colaborar y no de bravuconerías.

—Deja que hable yo —la interrumpió el hijo.

—¿Es eso cierto, Rober? ¿De eso conocíais a Antonio? —Lucía decidió limitar el interrogatorio al joven, tratando de averiguar qué perseguía con aquella actitud desafiante.

—Así es.

—¿Qué relación mantenían ambos?

—¿Qué quiere decir? ¿Qué está insinuando?

—No estoy insinuando nada, es una simple pregunta. Coincidirás conmigo en que en un pueblo donde nunca pasa nada, llama la atención que ocurran al mismo tiempo dos sucesos dramáticos y ambos tengan una pequeña conexión —aclaró Lucía, guardando las formas y esperando pacientemente el momento para desenmascararlo.

—¿De verdad cree que el atontado de Antonio tiene algo que ver con la desaparición de mi hermano?

—No lo sé, pero ¿por qué estás tan convencido de que es imposible que tuviera alguna responsabilidad?

—Fácil, porque está muerto, ¿o es que también me va a querer llevar la contraria en eso?

—Estoy de acuerdo; está muerto. Pero falleció el mismo día que desapareció Álex, no antes, y ese detalle hace que sea más difícil descartarlo.

—Lo que mi hijo quiere decir —intervino Manuel, descolocado con la actitud agresiva de Rober— es que ese chico no le haría daño ni a una mosca. Era completamente inofensivo. Estaba *malito* de la cabeza, ¿sabe usted?

«Malito» era uno de esos extraordinarios eufemismos que había dado el sur de la Península a la gramática. Por *malito* se podía entender desde un resfriado a una leucemia, e incluía todo el espectro de enfermedades de la enciclopedia médica, incluso aquellas de naturaleza psicológica, como la esquizofrenia o el síndrome de Diógenes que sufría Antonio. Gracias al uso de *malito,* miles de andaluces se ahorraban diariamente el mal trago de tener que ponerle nombre a asuntos que les daban miedo o escapaban a su comprensión.

—Pero era un buenazo. No faltaba nunca al trabajo. Venía incluso enfermo y se llevaba estupendamente con los críos del autobús —remató su intervención Manuel.

—¿También con Álex? —insistió Lucía, con la sensación de que estaba a punto de aflorar algo importante.

—¿Está volviendo a insinuar lo que creo que está insinuando? —dijo Rober, monopolizando una vez más la conversación.

—No estoy insinuando nada, solo quiero saber qué tipo de relación tenía con tu hermano.

—La que tiene cualquier chófer de autobús con unos niños —le aclaró Manuel, avergonzado por el espectáculo—. Lo recogía en casa, lo dejaba en el colegio y cinco horas más tarde lo traía de vuelta. A veces, también nos hacía el favor de acercarlo a Morón fuera del horario escolar.

—¿Fuera del horario escolar? ¿Por qué?

—¿Quiere dejar de insinuar *eso* de una puta vez? —protestó fuera de sí Rober.

—Tranquilo, hijo, tranquilo. La sargento solo está haciendo su trabajo. Cuando yo no podía, llevaba a los chicos a jugar al fútbol al polideportivo. Solo eso. Aquí en el campo no hay porterías, ¿sabe usted?

—Gracias, Manuel, tomo nota —dijo Lucía.

—Solo le pido que me devuelva con vida a mi hijo, por favor. Solo le pido eso. —Isabel se echó a llorar desconsoladamente.

—¿Qué? ¿Está ya contenta? —dijo Rober con malos modos.

—No era mi intención —se disculpó Lucía, intentando justificarse de nuevo.

—¿No se cansa de pedir perdón? ¿Por qué en lugar de eso no piensa mejor lo que va a decir?

—Solo estoy tratando de ayudar...

Lucía se giró finalmente hacia los familiares de Álex, cansada de los continuos reproches y desplantes del hermano mayor y dispuesta a revelarles que su hijo consumía anfetaminas.

Cuando estaba a punto de tirar de la manta, un vehículo se aproximó en sentido contrario. Las luces largas del coche patrulla deslumbraron al conductor, que al entrar en otra curva perdió el control y obligó a Lucía a reaccionar de manera intuitiva dando un volantazo. El agua de la lluvia impidió que las ruedas pudieran frenar en seco y derraparon unos centímetros de más, lo que provocó que el Citröen C4 Picasso chocara contra el quitamiedos y se quedara al borde de un barranco.

—¿Estáis todos bien? —preguntó la sargento, alterada, una vez que hubo logrado estabilizar el vehículo.

—¡¿Lo veis?! Esta señora es incapaz de ayudarnos. Yo me largo de este coche y me voy andando —gritó Rober tras recuperar el pulso—. Vosotros haced lo que queráis.

—Espera, hijo, espera, nosotros también nos vamos —dijo Isabel, asustada, temiendo perder a otro hijo la misma semana.

Con un sonoro portazo, la familia Sánchez salió del coche patrulla y echó a andar a oscuras bajo la lluvia.

María se quedó mirando fijamente a Lucía, a medio camino entre la perplejidad por lo ocurrido y las ganas de abrazarla por haber sobrevivido al accidente.

—¿QUÉ? —preguntó soliviantada la suboficial.

—Creo que tenía usted razón, mi sargento. Ese chico esconde algo.

La tormenta volvió a hacer acto de presencia en el cielo de Morón y la luz parpadeante de los truenos motivaban que padre, madre e hijo aparecieran y desaparecieran en el horizonte espectral de la montaña. Lucía les contemplaba en silencio desde el interior del coche como si fueran la Santa Compaña.

* * *

A pocos kilómetros, la noche se le había echado encima a Cipriano. Quería descansar durante el puente y para ello tenía que condensar el trabajo de toda la semana en tres días. Cuando decidió que ya no se veía nada y era hora de volver a casa, su tractor rojo John Deere zozobró entre los olivos. La rueda derecha trasera del vehículo se había encallado en el barro y ni siquiera los constantes acelerones eran capaces de liberarla de la tierra. Conocedor de que la fuerza del motor no iba a ser suficiente, Cipriano bajó del tractor en busca de alguna solución. Su primer procedimiento no resultó muy elaborado: empujar con los hombros desde atrás. Tras comprobar que era imposible que el vehículo se moviera, cambió de estrategia y lo intentó impulsando toda su fuerza directamente contra la rueda.

—¡Muévete! —se lamentó en mitad de la nada—. ¡Muévete!

Harto de empujar, concluyó que necesitaba desarrollar un plan alternativo. Casi a ciegas, buscó una piedra gruesa con la que mantener presionado el acelerador y poder empujar al mismo tiempo. No tardó mucho en logarlo, pero, desafortunadamente, el movimiento del neumático lo salpicó de barro de forma violenta en la cara y el cuerpo.

—¡Su puta madre! —volvió a quejarse Cipriano, tan agobiado que le sobraba hasta la ropa.

Desprendiéndose del chubasquero y la gorra, determinó que solo le quedaba una solución: cavar cerca de la rueda para desbloquearla. Al no llevar consigo pala alguna, se vio obligado a hacerlo con sus propias manos. El agricultor socavó enloquecido el barro. Una vez que hubo perforado una distancia considerable, volvió a su asiento en el tractor, arrancó el motor y aceleró sin contemplaciones. El neumático comenzó a resbalar en el fango y estuvo a punto de salir. Sin embargo, en el último momento, volvió a encallarse. Con la misma convicción que la primera vez, Cipriano hundió sus manos en la tierra y abrió un surco más amplio. Lo hizo con movimientos rápidos y contundentes, intentando no pensar en que sus uñas estaban sangrando a consecuencia de la fricción. Cuando estaba a punto de terminar, sintió que sus dedos arrastraban algo más sólido que el barro. Intrigado, acercó la luz de la linterna hasta el agujero para comprobar de qué se trataba. El fulgor era débil, pero aun así pudo ver cómo una horda de larvas se deslizaba por la tierra en movimientos circulares huyendo hacia el interior de la tierra. Tras desaparecer, dejaron visible un trozo de cartílago. Cipriano comprobó con horror que aquel trozo de carne no era sino una oreja humana.

—¡El niño! ¡Es el niño! —vociferó con espanto.

* * *

Todos dormían en casa menos Lucía Gutiérrez. La sargento se agitaba incómoda en la cama como si el somier tuviera clavos. Harta de dar vueltas sin pegar ojo, encendió la luz y pensó en cómo podía ocupar su tiempo hasta que le sobreviniera el sueño. Sondeó la posibilidad de hacerle una visita fugaz al dueño de La Molienda y contonear su cadera con rabia hasta prenderle fuego a cada minuto de aquel día. Opción que acabó por desechar al reparar en que a esas horas el bar ya estaría cerrado. De modo que solo se le ocurrió una forma de vencer el insomnio: revisar el contenido de las cámaras de vigilancia del cementerio. El ajetreo despertó a Lola, que aquella noche dormía acurrucada junto a sus pies. No era algo habitual, pero cuando pasaba mucho tiempo sin pisar la casa, le gustaba recompensarla dejándola dormir en la cama, para equilibrar así sus ausencias.

—Quédate aquí, vuelvo en un rato —dijo, despidiéndose de la perra mientras esta bostezaba sin entender lo que ocurría.

En pijama y con el chubasquero de la Guardia Civil, la sargento dejó a un lado el bloque de viviendas y se acercó al puesto de mando. Después de saludar a los agentes de guardia, se metió en su despacho. A pesar de la prohibición de fumar, Lucía se encendió un cigarrillo y comenzó el visionado de las cámaras de vigilancia del cementerio.

Pasaron al menos veinte minutos hasta que pudo ver alguna presencia humana en el recinto. En primer lugar, apareció el empleado municipal y, más tarde, ella misma. Primero enterrando el cuerpo de Antonio Jiménez y después vomitando sobre una de las tumbas. Avergonzada, la sargento aceleró las imágenes para no verse en aquellas circunstancias tan lamentables. Con el botón de *forward* pulsado, a punto estuvo de pasarle desapercibida la presencia de dos desconocidos en la puerta principal. Cuando cayó en la cuenta, congeló la imagen tan rápido como pudo. Uno parecía extranjero. Hablaban entre sí con aparente frialdad. Como en aquel momento no reconoció a ninguno de los dos, la sargento volvió a darle al *play*. Los dos extraños se adentraron en el camposanto mientras uno de ellos le entregaba al que parecía extranjero una carpeta. Aunque trataba de no darle importancia a la presencia de aquellos hombres, la curiosidad de Lucía fue en aumento en el instante en que se pararon frente a la tumba de Antonio Jiménez.

¿Quiénes cojones eran aquellos dos tipos? La sargento buscó la imagen en que mejor se les veía el rostro y congeló el plano. Después, la envió a imprimir. Antes de que la fotografía saliera del todo impresa, Lucía se había quedado dormida sobre el teclado del ordenador.

* * *

Angustiado con el descubrimiento, Cipriano buscó a la desesperada el número de teléfono de Lucía Gutiérrez y marcó los dígitos, presa de un intenso nerviosismo.

Desafortunadamente, la suboficial no estaba disponible. El sueño la había doblegado tras varias noches de insomnio y era incapaz de darse cuenta de que su móvil estaba vibrando en la mesa.

Antes de que saltara el contestador, colgó y se quedó temblando de miedo, observando el agujero y la tétrica apariencia de la oreja, y deseando que alguien acudiera en su ayuda. Hasta entonces, optó por recurrir, como todos en aquellas fechas, a lo sobrenatural.

—Padre nuestro que estás en los cielos, santificado sea tu nombre...

CAPÍTULO 5

Miércoles Santo

«Mostrad, pues, amor al extranjero, porque vosotros fuisteis
extranjeros en la tierra de Egipto».
Deuteronomio, 10: 48

Los agentes de guardia se encargaron de despertar a la sargento
y darle la mala noticia. Con el pelo revuelto y unas espantosas
ojeras, como si en lugar de haber pasado la noche en vela revi-
sando cintas de vídeo, le acabara de pasar por encima un tifón
tropical, Lucía llegó de madrugada, un tanto desorientada, a la
finca de Cipriano, donde se habían hallado los presuntos restos
mortales de Álex. Antes de dirigirse a la zona acordonada en la
que se estaba exhumando el cadáver, prefirió tomarse un café
del termo que habían traído sus compañeros, para despejarse.

—¿Una noche movidita, mi sargento? —le preguntó Víctor con sorna al ver su aspecto descuidado.

—No estoy de humor —respondió antes de beberse la
taza de café de un tirón y servirse una nueva ronda.

—¿Es por las novedades?

—¿Qué novedades?

—¿Cómo? ¿Aún no lo sabe? Madrid nos envía a un oficial
para ponerse al frente del puesto de mando: el teniente
Eduardo Urbizu. Llegará a lo largo del día.

—¿De qué me estás hablando, Víctor?

—Mi sargento, no se fían de nosotros y nos envían a alguien para que nos supervise.

—Pero ¿por qué? ¿Es por el niño? ¿Habéis encontrado ya
el cuerpo?

—No, mucho peor. Lo que había dentro de ese agujero no
era la oreja de Álex, sino los restos de un soldado norteamericano de la base de Morón.

A la sargento aquella noticia le provocó el mismo efecto que una tercera taza de café. En cuestión de segundos, su tensión arterial aumentó. Lucía hubiera preferido que el dueño de la oreja encontrada fuera el niño y no un militar de la base. No es que albergara en su interior a una sórdida infanticida, pero era consciente de que se encontraba en una situación delicada y con escaso margen de maniobra. Las relaciones con la base americana y sus autoridades nunca habían sido sencillas. Aunque el acceso al recinto militar no estaba restringido, las instalaciones tenían carácter casi de embajada; al menos, sus medidas de seguridad y de entrada al perímetro eran prácticamente las mismas. Apartada en un secarral, la base era un cuartel militar compartido con el Ejército del Aire español. Eso sí, mientras en el lado hispano las instalaciones eran estrictamente militares, en el área estadounidense tenían todo lo necesario para que los soldados no tuvieran que salir de allí. Estaba considerada como una especie de miniciudad. Poseía hasta un oleoducto que los conectaba con la base naval de Rota, para no depender de nadie. Incluso contaba con un sistema judicial-militar autónomo, que aplicaban cuando un americano cometía una falta o delito y que hacía imposible saber qué ocurría allí dentro exactamente. Las cosas tampoco eran sencillas cuando el delito ocurría lejos de sus confines. Si el hecho investigado se producía fuera de la base o se hallaba implicado algún ciudadano español, les bastaba con pedir al poder judicial local la transferencia del caso para juzgarlo ellos mismos, algo que se daba por hecho desde que el ministro de Defensa firmara con su homólogo estadounidense un acuerdo, en junio de 2015, por el que Estados Unidos convertiría Morón en la principal base permanente de las fuerzas de reacción norteamericana para África y la lucha contra el yihadismo, lo que en números suponía un desembolso en la localidad de veintinueve millones de dólares. A cambio, la Administración americana podría desplegar libremente en el municipio sevillano hasta dos mil doscientos militares, lo que previsiblemente iba a crear miles de nuevos puestos de trabajo en el pueblo. O lo que es lo mismo, si ya era complicado controlar la base antes del acuerdo, ahora resultaba casi imposible. Nadie quería molestar a los americanos y que terminasen llevándose su dinero y sus ofertas de empleo a otro lugar.

Lucía Gutiérrez observó la fosa en la distancia, intuyendo que la dirección de la Guardia Civil había decidido enviar a un mando intermedio porque temía que su difícil carácter incomodara a las autoridades estadounidenses.

—Bien, mientras llega el tal Urbizu, yo sigo al mando. ¿Reconoces a alguien en esta fotografía?

Lucía le mostró la imagen que había sacado de las cámaras de vigilancia del cementerio.

—Creo que a este de aquí, mi sargento. Me parece que es el director de la sucursal de Unicaja de la calle Cánovas del Castillo. Montes... Silvano Montes. Es un tipo muy conocido en el pueblo. Es de los pocos que siempre concede hipotecas. Al otro no lo he visto en mi vida. ¿Han hecho algo?

—No, que yo sepa. Fueron los únicos que visitaron la tumba de Antonio Jiménez el pasado lunes, y me gustaría hacerles algunas preguntas. —La sargento Gutiérrez se guardó la fotografía en el bolsillo y dio inicio a su liturgia matinal: tragar una pastilla de Almax que le calmase la acidez de estómago—. Bien, ¿y qué ha pasado aquí? —preguntó, intentando centrarse en el asunto que la había llevado hasta allí.

—Ayer por la noche, un trabajador de la finca encalló la rueda de su tractor donde está ahora mismo el forense. Y cuando quiso liberar el neumático...

—Toda esa parte ya me la sé. Puedes avanzar hasta que llegasteis al agujero.

—En cuanto llegamos, nos dimos cuenta de que la oreja no correspondía a la de un menor, sino a la de un adulto. Después de cavar, nos encontramos con un cadáver en avanzado estado de descomposición y vestido con el uniforme de las Fuerzas Aéreas de Estados Unidos. En el bolsillo de la camisa aparecía su apellido: «Johnson». Para evitar problemas, en seguida nos pusimos en contacto con la Policía Militar de la base y nos informaron de que la víctima era Jack Johnson, un soldado que llevaba desaparecido cuatro meses en extrañas circunstancias.

—¿En extrañas circunstancias? ¿Qué quiere decir eso? ¿Por qué no nos comunicaron entonces que había desaparecido un soldado?

—No nos han facilitado más detalles, mi sargento. Ya sabe el secretismo con el que operan siempre. Se han limitado a darnos las gracias por notificarles el suceso y a informarnos de que ya han iniciado los trámites para transferir el caso. En cuanto el juez de guardia ordene el levantamiento del cuerpo, delo por perdido.

El cabo terminó de contarle todos los detalles en el mismo momento en que llegaron al borde de la fosa. Una cinta blanca con el logotipo de la Guardia Civil delimitaba la zona de la exhumación. Iluminado por cuatro focos, el médico forense, protegido del contagio de bacterias con un mono blanco, guantes y una mascarilla, examinaba con detalle el cuerpo de la víctima, o lo que quedaba de ella, en el interior del agujero. Al reparar en la presencia de la sargento, se reincorporó a la superficie con agilidad, dando un pequeño salto.

—Si le digo la verdad, no contaba con verla tan rápido. ¿Qué está pasando en este pueblo? Es solo Miércoles Santo y ya llevamos dos muertos y un niño desaparecido —dijo Gonzalo Uriarte mientras se quitaba la mascarilla.

—Este año parece que le están saliendo demasiados teloneros a Jesucristo —comentó Lucía irónicamente—. Bien, ¿y qué debo saber?

—Dos cosas. Uno: mañana tendría que estar en Lanzarote de vacaciones y no haciéndole una autopsia a un soldado —dijo señalando el cadáver—. Y dos: estamos ante un posible homicidio. Según parece, alguien le rebanó con un cuchillo la arteria carótida derecha. Lo hizo con un corte limpio y certero. Sin duda, alguien hábil o acostumbrado a hacer ese tipo de incisiones. No debió de tardar más de tres minutos en morir desangrado.

168

—Y ¿podría saberse aproximadamente cuándo sucedió? Desde la base de Morón han dicho que desapareció hace cuatro meses.

—Ya sabe que no me gusta precipitarme antes de hacer un examen detallado, pero yo diría que lo asesinaron casi el mismo día que desapareció. Al menos, el estado de descomposición de su cuerpo apunta a que falleció hace unas catorce semanas. Si se fija bien, el cadáver se encuentra en fase colicuativa. —La cara de Lucía Gutiérrez fue lo suficientemente explícita como para que el forense se explicara mejor—. Quiero decir... Después del ataque de los microbios anaerobios y que el cuerpo se hinche de gases hasta desfigurar el abdomen y el rostro durante las dos primeras semanas, se inicia un proceso de licuefacción, por el cual esos gases se van transformando en líquidos. Basta con echarle un breve vistazo para darse cuenta de las consecuencias de esa metamorfosis. Le está ocurriendo lo mismo que a una bolsa de basura que se te olvida tirar al contenedor: los restos se están convirtiendo en un líquido fétido. De aquí a otras dieciséis semanas, la putrefacción será total y de él solo quedarán restos óseos.

Lucía Gutiérrez examinó desde la superficie el macabro crepúsculo de la carne sin poder añadir palabra alguna a las explicaciones del forense. En aquel momento, controlar los fuertes ardores de estómago era lo único que le impedía tirarse al suelo a vomitar. Sin ser consciente de ello, el forense prosiguió con el dictamen.

—Lo único que aún no se ha corrompido y presenta un buen aspecto son los pies. De hecho, he observado algo curioso. Al igual que en el cuerpo que hayamos el domingo, hay pinchazos de jeringuilla entre los dedos de los pies.

—¿También morfina?

—O heroína. O cocaína, aún no lo tengo claro. Es difícil saberlo. Tendré que examinarlo, pero resulta obvio que tampoco quería que nadie notase que era un adicto, y solo se inyectaba en zonas no visibles para los demás.

—¿Cuándo lo sabrá? —insistió la sargento.

—Mañana.

—¡No puedo esperar tanto! —exclamó Lucía, sabedora de que tenía que ponerse en contacto con el Alto Mando de la base antes de que llegase Urbizu y la desautorizase.

—Es todo lo que puede hacerse en estas fechas —se excusó el forense.

—Y ¿qué pasa con las huellas o los restos de ADN que haya en la zona? ¿Nos van a enviar a alguien del laboratorio de criminalística? —consultó Lucía a Víctor.

—Ya sabe que es una decisión del juez y, teniendo en cuenta que el caso se va a transferir, no tendría mucho sentido que lo aprobara.

—Entiendo...

Del mismo modo que una mancha verde de putrefacción se extendía del estómago al cuello del soldado americano, en el cerebro de Lucía creció con fuerza la idea de que gran parte de los sucesos ocurridos aquella semana pudieran estar vinculados. Dos varones de mediana edad fallecidos de manera violenta con marcas de pinchazos en los dedos de los pies, y un menor desaparecido que tenía contacto diario con una de las víctimas. De momento, se trataba de conexiones peregrinas, pero empezó a barajar la hipótesis de que detrás de los tres sucesos se escondiera un asunto de tráfico de drogas, algo que, a su vez, había derivado en un ajuste de cuentas y que parecía vincular al pueblo con la base americana. Consciente de la debilidad de su argumento, prefirió mantenerlo en secreto. Ni siquiera ella se podía permitir parecer una perturbada ante sus hombres durante dos días consecutivos, y menos ahora que iba a estar vigilada y tendría que responder ante una autoridad superior.

Si quería comprobar qué había de cierto en aquella frágil sospecha, tendría que hacerlo sola. Y rápido. Como si el cabo y Uriarte hubieran tenido que llegar a la misma resolución que ella, Lucía se dio media vuelta, dejando a su espalda el cadáver del soldado, y avanzó ligera camino del coche patrulla.

—Mi sargento, ¿qué ocurre? ¿A dónde va? —preguntó Víctor, que no alcanzaba a entender su repentina huida.

—¡A dormir! —mintió—. ¿A quién le importa lo que haya pasado aquí? En un par de horas este caso ya no será de nuestra competencia.

El cabo contemplaba su estampida boquiabierto. Por mucho tiempo que hubiera pasado al lado de aquella mujer en los últimos años, no había ni un solo día en que no lo sorprendiera. Estaba a punto de perder todo su poder y actuaba como si no le importara. A Víctor Martín, la sargento le recordaba a las actrices de cine negro que tanto le gustaban a su padre. Una suerte de Bette Davis de provincias, capaz de mantener la dignidad a pesar de andar ligeramente ida, despeinada y con el rímel corrido hasta más allá de los párpados.

—¡Espere! ¿Y la batida? A las diez hemos quedado con los voluntarios del pueblo para seguir buscando a Álex.

—¿Crees que su familia me echará de menos si no voy? —soltó Lucía antes de alejarse definitivamente.

Víctor se quedó callado. Pensativo. Observando con curiosidad aquel ensayo de actriz de cine negro. Conocía tan bien la respuesta como la propia Lucía.

—Exacto... —respondió ella al ver que su compañero no se atrevía a contestar—. Mantenme informada de cualquier novedad. Uriarte, siento haberle fastidiado las vacaciones. Esta tarde le envío unas torrijas del convento de las Clarisas, para compensar.

—Si las acompaña de unas angelinas, cuenta con mi perdón.

—¡Delo por hecho! —gritó la sargento mientras desaparecía entre los olivos y el cielo se teñía de naranja con la tímida salida del sol.

El cabo Martín la miró por última vez, considerando que solo un guionista mediocre la obligaría a retirarse de escena con las grisáceas botas de guardia civil y no sosteniendo en la mano un par de tacones rojos. Las tinieblas desaparecieron de la campiña. Un nuevo amanecer había llegado. El aire olía a fresco y el pueblo, a pan recién hecho. Todo volvía a empezar, como si el futuro también existiera en aquel rincón apartado del mundo.

* * *

«*Moron Air Base. Peace is our profession*. Nuestra profesión es la paz». Desde 1963, aquel era el retorcido cartel de bienvenida que recibía al visitante en la base aérea de Morón de la Frontera. Aunque fuera bilingüe, las letras en inglés eran infinitamente más grandes que el subtítulo en castellano, lo que provocaba ciertas suspicacias en el orgullo patrio de los vecinos, que se sentían, en gran medida, colonizados. A pesar de estos prejuicios, los habitantes de los municipios colindantes no dudaban en fotografiarse junto al inmenso letrero. La propia María aprovechó que el coche patrulla pasaba por allí para hacerse un selfi con los dedos dibujando la señal de la victoria.

—Hay tantos motivos por los que me parece inapropiado lo que estás haciendo que no sé por dónde empezar —le dijo Lucía mientras María colocaba un filtro a la foto y se pensaba seriamente si subirla o no a su Instagram—. No quiero ponerme borde, pero no puedes hacer este tipo de cosas con el uniforme —dijo menos avinagrada que de costumbre, tal vez porque al fin su estómago se había asentado y no sentía la necesidad de declararle la guerra a nadie.

—¿El qué? ¿Selfis? No recuerdo que el código los prohíba, mi sargento —respondió la agente, cada vez más cómoda con su jefa.

—La foto que te has hecho... ¿Cómo decirlo de una manera amable? Una cosa es que la historia haya querido que colaboremos con los americanos y otra que tengamos que ser sus *cheerleaders*. Solo te pido un poco de dignidad cuando vayas vestida de guardia civil.

A pesar de los intentos de Lucía por ser coherente, lo cierto era que todo lo que rodeaba a aquella gigantesca instalación militar era una gran paradoja, empezando por el mismo nombre. Curiosamente, aunque los norteamericanos la llamaron «base de Morón», el suelo donde se encontraba pertenecía al término municipal de El Arahal, situado a unos veinte kilómetros de Morón de la Frontera. En los años cincuenta, en el contexto de la Guerra Fría y en virtud de los Pactos de Madrid de 1953, España había decidido ceder a Estados Unidos, con los que hasta entonces no mantenía buenas relaciones, el uso de cuatro bases militares: Torrejón de Ardoz, Zaragoza, Rota y la propia Morón. De la noche a la mañana, aquellos municipios, eminentemente rurales —salvo en el caso de Zaragoza—, ya no parecían formar parte de España, sino que eran pequeñas extensiones de Oakland, Ohio o Maryland. Mientras que fuera de estas diminutas fronteras el país se encontraba inmerso en una larga depresión y apenas resistía aplicando una economía de autarquía, los niños de Morón comían chocolatinas Hershey´s, llevaban pantalones Levi´s y escuchaban rock y blues a través de la emisora americana de la base. A su alrededor aparecieron los primeros supermercados, tiendas de vinilos, autocines... La inmersión era tal que hasta se permitía el pago en dólares en la mayoría de los establecimientos de Morón. En un abrir y cerrar de ojos, aquella población, acostumbrada a la austeridad del franquismo y a los rigores de la vida de campo, se vio inmersa de lleno en el *american way of life.* Pero con los americanos no solo llegó su estilo de vida, sino también la prosperidad. Morón fue un pueblo de mucho dinero y todo el que pudo se hizo rico. Había trabajo de sobra y el pueblo no dejaba de crecer. Sin embargo, aquellos dulces años de bonanza terminaron con la guerra de Vietnam, donde cayeron algunos de esos soldados que deambulaban por el pueblo y que parecían recién salidos de un anuncio de Marlboro. Aquella colonización que sonaba a rock y a blues se fue frenando paulatinamente a ritmo de sordina hasta llegar a nuestros días. En los últimos años, a pesar de que el Pentágono había reducido significativamente su despliegue militar en Europa con el objetivo de ahorrar dinero y liberar medios para sus operaciones en Irak y Afganistán, la base de Morón había vuelto a resurgir de sus cenizas. Si bien era cierto que se había perdido la magia de la década de los sesenta, seguía siendo una importante fuente de riqueza.

Después de cruzar una larga avenida, los mensajes pacifistas norteamericanos se tornaron en amenazas: «Está usted entrando en zona militar. Control. Abra la ventanilla. Ponga el vehículo en lugar visible», leyeron Lucía y María desde el coche. Y unos veinte metros más adelante, una nueva y última advertencia: «AVISO, área prohibida. No entre». Siguiendo las instrucciones, abandonaron el vehículo.

—Espero que a la vuelta al menos queden las ruedas para poder regresar a casa —le confesó Lucía a su ayudante, sarcástica, después de indicarle con la mano que, además de los espejos retrovisores, aquella noche también había desaparecido el limpiaparabrisas.

—¡No! ¿También le han quitado los *limpia*, mi sargento? Ni me había dado cuenta.

—Ni yo, lo acabo de ver. Empiezo a pensar que no se trata de pequeñas venganzas, sino de alguien que se quiere fabricar un coche por fascículos. —Quiso quitarle hierro al asunto y no pensar en la cantidad de odio que había conseguido generar en el pueblo.

Dejando a su izquierda la carretera y tras pasar por un control de seguridad, se dirigieron a pie hasta la puerta, donde únicamente ondeaba la bandera de España. Aunque resultara extraño, el ejército americano no podía izar la de Estados Unidos en la base de Morón. Para ser elevada en un mástil, la enseña de las barras y las estrellas requería del permiso español, que generalmente solo se concedía para la fiesta del 4 de julio o alguna otra ocasión especial, como podría ser la visita del presidente estadounidense a las instalaciones militares.

—Buenos días. Bienvenidas a la base de Morón. ¿En qué puedo ayudarles?

—Queríamos hablar con el capitán de la base —dijo Lucía.

—¿Tenían cita con él?

—No —respondió la sargento.

—En ese caso, me temo que no puedo ayudarles.

—Se trata de una urgencia. Esta madrugada hemos hallado el cuerpo de un soldado que desapareció de esta base hace cuatro meses. Quisiera hablar con él para iniciar el proceso de repatriación del cuerpo a suelo americano —explicó Lucía, edulcorando sus verdaderos propósitos.

—Veré qué puedo hacer, pero no le prometo nada. El capitán está reunido con la jefatura de la base aérea.

—Podemos esperar a que salga de la reunión —replicó la guardia civil, apoyando las manos en el mostrador y sorprendiéndose de que estuviera lleno de polvo.

—Como quieran, aunque no sabría precisarles a qué hora acabará. Puede ser una o cinco horas.

—Correremos ese riesgo —dijo Lucía, desafiante ante los intentos estériles del recepcionista para disuadirla.

Discretamente, la sargento se sacudió el polvo de las manos y se fijó en que el suelo también tenía manchas de suciedad más que llamativas. Antes de que se pudieran sentar en las sillas corridas del recibidor, el recepcionista les planteó un último escollo.

—Si no les molesta esperar en el patio, se lo agradecería. Los asientos son para la gente que ha pedido cita.

Con la sensación de estar siendo humilladas en su propio país y a tan solo unos kilómetros del puesto de mando de la Guardia Civil, Lucía y María abandonaron el edificio para dirigirse al patio burbujeando bilis.

—¿Entiendes ahora a qué me refería cuando te hacías el selfi?

—¡Menudo gilipollas, mi sargento! Estoy deseando encontrármelo un viernes por la noche en un control de alcoholemia.

* * *

Lejos de allí, a kilómetros de las instalaciones militares, el sonido de una explosión restalló en la calle Lirio. Un chasquido seco. Rotundo. Brusco. Un estallido que parecía anunciar el fin del mundo y que a más de uno le pilló desayunando pan con zurrapa en lugar de haciendo testamento. Poco a poco, al comprobar que no estaban ante el juicio final, sino solo ante una pequeña detonación, los vecinos se asomaron a las ventanas con una mezcla de curiosidad y temor. Protegidos por el visillo, ese improvisado chaleco antibalas de los pueblos del sur, observaron que algo raro había ocurrido en el número 23. Donde debía haber una casa pintada de un vivo color albero, solo quedaba una espesa nube de humo gris. Cuando la niebla artificial comenzó a disiparse, algunos pudieron ver una inmaculada rama de olivo en la puerta del inmueble.

* * *

El patio en el que se encontraban Lucía y María era un rectángulo enorme dividido en dos cuadrados. En uno de ellos había un campo de baloncesto y en el otro un pentágono donde se podía jugar al béisbol. En un primer momento, decidieron esperar de pie, en un intento de resistencia estoica con el que ablandarle el corazón al recepcionista. Pronto, el sol y el cansancio les hicieron abandonar el camino de la épica y se sentaron disimuladamente en la franja de césped que separaba ambos campos de juego. Enfrente de ellas, un grupo de seis soldados disputaba un entretenido tres para tres en una de las canastas de la cancha. Un equipo jugaba con petos azules, el de los miembros de las Fuerzas Aéreas, y el otro sin camiseta y unos pantalones rojos rotulados con unas letras negras donde se podía leer «USMC, U. S. Marine Corps», el que se sobrentendía que representaba a los marines.

—Al final nos hemos convertido en *cheerleaders*, mi sargento —bromeó María.

Lucía forzó una mueca, pero en realidad no estaba demasiado atenta ni al partido ni a los comentarios de su compañera. Mentalmente repasaba todos los acontecimientos ocurridos hasta la fecha, dejando al margen, al menos de momento, lo sucedido con los costaleros. Su memoria sobrevoló primero el jardín de Antonio Jiménez y, más tarde, la escena del crimen del soldado americano en el campo de olivos. En su cabeza compuso una suerte de comparativa entre las dos víctimas. Para ello, decidió eliminar los entornos donde fueron hallados y centrarse en el estado de los cadáveres. Al igual que en un programa informático 3D, las siluetas de los cuerpos de Antonio Jiménez y Jack Johnson giraron sobre sí mismos ante ella mostrando todos los detalles de su muerte. Si bien uno fue un suicidio y el otro un homicidio, presentaban algunas similitudes. En primer lugar, el sexo: ambos eran varones. En segundo lugar, la edad: tanto uno como otro eran treintañeros. En tercer lugar, las causas de su muerte parecían similares: desangramiento provocado por la incisión de un arma blanca. Y, por último, la adicción. Uno estaba enganchado a la morfina y el otro podría estarlo a sustancias similares. Además, los dos trataban de ocultar que eran adictos...

—¡El camello, joder! ¡El camello!

—¿Perdón?

La sorpresa de María revelaba más preocupación por la salud mental de su jefa que por sus observaciones.

—¿Cómo se nos ha podido pasar por alto? Antonio, el soldado, y puede que hasta los costaleros podrían compartir camello, ese es nuestro nexo. La morfina, la ketamina, el éxtasis o la heroína o lo que sea que consumiera el americano, no son sustancias fáciles de conseguir en un pueblo tan pequeño como este. Estoy segura de que compartían camello.

—Puede ser, pero... creo que se le escapa un detalle, mi sargento.

—¿Cuál?

—Está dando por hecho que esos chicos se limitaban a consumir drogas, descartando que también pudieran mercadear con ellas. O, por decirlo de otra forma, ¿y si uno de ellos además de consumir era el camello de los otros, mi sargento?

—La verdad es que no se me había ocurrido. —Lucía torció el gesto—. Podría ser... No hagas planes para esta tarde. Vamos a visitar a los camellos habituales de Morón.

—A la orden, mi sargento. Pero... —súbitamente, la joven se detuvo. Dudaba de hasta qué punto era acertado seguir dando abiertamente su opinión y desacreditando las pesquisas de su antipática jefa.

—¿Pero qué?

—No, nada, nada...

—Venga, María, arranca. Hace unos días lo único que me interesaba de ti era que pudieras llevarme a casa si me emborrachaba. No me defraudes ahora que empiezo a valorar que tal vez valgas para algo más.

—Verá... Aunque su hipótesis fuera cierta, ¿qué tiene que ver la desaparición de Álex con todo eso, mi sargento?

—Para eso aún no tengo respuestas. Tal vez lo del niño solo coincidió en el tiempo. O tal vez se trata de un hecho colateral al asunto de las drogas. Te recuerdo que su hermano sí podría tener relación con el supuesto camello. De momento, no descartemos ninguna opción. No tenemos indicios; solo sospechas.

—¿Sabe? Tenemos acceso al móvil de Antonio Jiménez y a su correo electrónico. Incluso si ha borrado algunos mensajes, creo que podría recuperarlos y buscar ahí a su camello, mi sargento. Creo que sería más eficaz que hablar uno a uno con todos los del pueblo o intentar localizar a los que haya en Sevilla.

—Pues tendrás que hacerlo rápido. Urbizu debe de estar a punto de llegar, y cuando lo haga, será a él y no a mí a quien tendrás que dar explicaciones —dijo Lucía, dejando clara la urgencia con la que debía realizarse la investigación.

—Me pongo a ello inmediatamente, mi sargento. —María se levantó como impulsada por un resorte.

—¡Toma! —exclamó Lucía, tirándole las llaves del coche patrulla—. Aunque no te guste conducir, llegarás antes que andando.

* * *

Las llamas del número 23 ya habían sido sofocadas en el momento en que Víctor Martín llegó a la calle Lirio. El agente se quitó la gorra y saludó al cabo primero del cuerpo de bomberos.

—Diría que aquí hace un calor de mil demonios si no fuera porque está a punto de llegar el verano, y entonces vamos a saber lo que es pasar calor de verdad.

—Pues ya verá cuando lleve aquí media hora.

—¿Se conocen ya las causas? ¿Han conseguido localizar el foco principal?

—Tal vez le sorprenda, pero la causa es la misma que la de la calle Arrieros de hace un par de días: un cóctel molotov.

Pero a Víctor la noticia no le sorprendió. Todo lo contrario, el agente se relamió con la idea de ponerse al frente del caso. Tenía un patrón y la promesa de Lucía Gutiérrez. Esta vez ni el lastre de su dedo anular le iba a impedir prosperar. No obstante, antes de vender la piel del oso, prefirió asegurarse.

—¿Puedo preguntarle de quién es la vivienda?

—Eso también es curioso, tanto que yo diría que no es una simple casualidad. Los propietarios son los padres de Francisco, el otro costalero que está ingresado en el hospital por hipertermia. De hecho, la familia se encontraba allí, acompañando a su hijo, en el momento de la explosión.

Definitivamente, las sospechas del guardia civil parecían tener fundamento. «Alguien está castigando a estos chicos, alguien que quiere darles una lección», pensó Víctor, que optó por abandonar las precauciones y felicitarse por su buen ojo y portentosa intuición. El bombero prosiguió con sus explicaciones:

—Eso sí, existen pequeñas diferencias entre ambos sucesos. En esta ocasión lo han arrojado contra la puerta y no a través de la ventana. Eso es lo que los ha salvado de una desgracia. Al ser de acero —dijo, señalando la puerta—, la resistencia al fuego es mayor, y el tiempo que ha tardado en hacerlo dúctil ha sido más que suficiente para sofocarlo antes de que el fuego se propagara.

—¿Y eso no lo sabía el agresor?

—Quién sabe... Esta calle tiene más ajetreo que la de los Arrieros. Personalmente, me inclino a pensar que ante el temor de ser sorprendido por algún vecino, los nervios le jugaron una mala pasada y eligió el camino más rápido.

Aquel tipo de comportamiento que describía el bombero no encajaba exactamente con el perfil que Víctor Martín había trazado del agresor. La excitación, los nervios, escoger la opción más sencilla... No parecía compatible con una persona fría y estricta, de aparentes fuertes convicciones morales, que se tomaba tantas molestias para escarmentar a un grupo de adolescentes de poco más de veinte años repitiendo una serie de pautas. No obstante, no era lo que más le preocupaba en ese momento.

—Si me disculpa, me gustaría echarle un vistazo a la casa —dijo el cabo de la Guardia Civil, más interesado en las ventanas del domicilio que en elaborar un exhaustivo perfil psicológico del criminal.

Atravesando los escombros de la puerta principal, salió del edificio y echó un vistazo a la fachada. A pesar de que en el exterior hacía prácticamente el mismo calor que dentro, una tenue sonrisa brotó en su cara. Satisfecho, descubrió inmediatamente en la planta baja una rama de olivo atada al enrejado de la ventana de la cocina. El cabo estudió la posición de la rama y los efectos del fuego en la casa. Tras mirar a uno y otro lado, se metió la mano en el bolsillo buscando la Biblia y escudriñó los pósits que asomaban en las páginas.

«Señor, ¿quieres que mandemos que descienda fuego del cielo y los consuma? San Lucas, capítulo 9, versículo 54», recitó Víctor, jactancioso, asemejándose más a un predicador que a un agente de la ley, y creyendo estar interpretando unas señales ocultas que aquel iluminado había dejado expresamente para él.

No le cabía duda de que lo estaban desafiando, retándolo a un macabro juego de pistas que solo él podía resolver. Y aquello lo hacía feliz. Lo que era una simple sonrisa inicial, pronto se transformó en vanidad. Cuando aparecieron los desesperados padres de Francisco, el agente seguía sonriendo como si fuera un lunático.

—¿Qué ha pasado? ¡¿Qué ha pasado?! —preguntaron mientras descendían del vehículo familiar.

—Disculpen. Esa rama de olivo..., ¿la han puesto ustedes en la ventana?

—¿El qué? ¿De qué está hablando, Rafael? —preguntó desconcertada la mujer, buscando la comprensión de su marido al percibir la poca empatía del agente.

—No. Habrá sido algún vecino... —respondió mecánicamente el padre del costalero—. ¡¡Quién ha podido hacer esto?!

—Un psicópata que quiere darle una lección al pueblo —respondió con suficiencia Víctor, tajante y tan seguro de sí como cualquier otro agente con todos sus dedos sanos y salvos.

* * *

Lucía miraba distraída a los jugadores de baloncesto. Mientras se encendía un pitillo y disfrutaba del sabor de la nicotina, uno de los soldados dribló a su defensor con una impresionante finta y penetró en la zona dispuesto a hacer una bandeja. Confiando en su habilidad, no esperaba que un espigado marine, que lucía algo parecido a un lobo encabritado tatuado en el brazo, le hiciera un tapón en el último instante.

—*God bless the marines, motherfucker!* —gritó el soldado, eufórico, para al instante mirar fijamente al militar de las Fuerzas Aéreas, que estaba a escasos centímetros de él.

Por alguna extraña razón, a la sargento aquel soldado arrogante y tatuado le resultaba familiar. Cuando estaba tratando de ubicarlo, el recepcionista apareció en el patio haciéndole señas desde la distancia para que se acercara. «¡Victoria!», pensó la sargento.

Paladeando aquel dulce momento, Lucía Gutiérrez se tomó su tiempo, recreándose en apurar el cigarrillo. Se sentía ganadora del pequeño desafío y quería hacérselo notar a su contrincante. Cuando estuvo frente a frente con el recepcionista, alargó unos segundos más su triunfo arrojando la colilla al suelo, y le lanzó una última estocada.

—Al final no ha sido tan complicado, ¿no?

—El capitán de la base sigue reunido, pero ya no tenemos más citas programadas esta mañana. Ahora sí puede sentarse en la silla.

—No va a conseguir desanimarme. Necesito hablar con el capitán y necesito hacerlo hoy. Seguiré esperando hasta que me reciba —aseguró la suboficial sin perder la paciencia, pero intuyendo que se enfrentaba a un combate más duro de lo previsto.

La siguiente hora transcurrió de idéntica manera; con una persona esperando y con la otra deseando que se cansara de hacerlo. Aunque estuvieran en la base de Morón, cualquiera que los contemplara pensaría que estaban sobre la tarima de un teatro interpretando una obra de terror: dos individuos que no se soportan encerrados en una misma habitación y mirándose frente a frente durante sesenta minutos. Si en lugar de allí, estuvieran en un bar, es posible que se insultaran y juntaran sus frentes para iniciar una pelea. En lugar de eso, se sonrieron sin cesar en el mayor ejercicio de cinismo de la historia de las relaciones bilaterales entre España y Estados Unidos.

Dando por hecho que se trataba de un enfrentamiento destinado a las tablas, el recepcionista hizo un movimiento inesperado que rompió el ritmo insustancial de aquella partida de ajedrez.

—Puede pasar. El capitán ya ha terminado su reunión.

—Nunca ha estado en una reunión, ¿verdad?

—¿Qué está tratando de sugerir?

—Nada —respondió la sargento, echando el freno de mano antes de volver a ser castigada con otra hora de espera—. ¿Hacia dónde tengo que ir?

—A la jefatura de la base. Ala 3. Pabellón Eisenhower, planta segunda, despacho número 28. Vuelva a salir al patio, gire a la izquierda, luego a la derecha y busque las indicaciones que le he dado.

—Gracias, ha sido muy amable —se despidió Lucía con socarronería.

Procurando retener toda aquella información, salió de nuevo al patio mientras repetía mentalmente el recorrido.

Una vez que creyó haberlo memorizado, observó que el partido de baloncesto entre marines y soldados de las Fuerzas Aéreas había terminado. No así la tensión entre ambos bandos.

El marine tatuado tenía la frente pegada a la del soldado. En lo que dura un pestañeo, la frente del marine osciló de atrás hacia delante y propinó al soldado un cabezazo que impactó con una violencia descomunal en su nariz. Desequilibrado, su oponente cayó al suelo con el tabique nasal hecho añicos y sangrando ostensiblemente. Aturdido y rozando la inconsciencia, permaneció inmóvil sobre la pintura de la cancha sin que ninguno de los presentes, probablemente atemorizados, hiciera nada para echarle una mano.

—*Come on, stand up! Be a man!* —vociferó el marine con los puños apretados.

Lucía ubicó definitivamente a aquel jugador que le resultaba familiar. Sacó la fotografía obtenida de la cámara de vigilancia del cementerio y la contempló unos segundos. No tenía ninguna duda, la persona que estaba al lado del director de la sucursal de Unicaja era aquel militar. Pensó en acercarse hasta él, pero ya tenía suficientes problemas como para complicarse más la vida saltándose el protocolo de la base.

En cuanto dejó atrás la cancha, se dio cuenta de la verdadera dimensión del lugar donde se encontraba. La base albergaba un gran número de tiendas, un teatro, biblioteca, gimnasios, una escuela infantil, un colegio e, incluso, un *high-school* al estilo del de *Sensación de vivir*; con sus exóticas filas de taquillas metálicas. Una comunidad independiente que no necesitaba ir a Morón o a Sevilla para encontrar ocio y diversión. En torno a esta área de servicios, se distribuían unas ochocientas viviendas unifamiliares con porche, jardín y bandera de barras y estrellas.

En apenas unos minutos, Lucía se plantó en el pabellón Eisenhower. Observó que, al igual que la recepción, las instalaciones estaban algo descuidadas. Después de subir las escaleras y superar una red laberíntica de pasillos, llegó hasta el despacho número 28. Allí la esperaba una secretaria.

—¿Lucía Gutiérrez?

—Sí.

—Pase, el capitán la está esperando.

Con un uniforme azul impecablemente planchado, le aguardaba Douglas J. Hoopen, capitán de la base de Morón de la Frontera y persona encargada de comandar las actividades aéreas de Estados Unidos en España. Su acento americano era mucho más marcado que el del chico de recepción o el de su secretaria. Aun así, se expresaba con bastante naturalidad.

—¿Y bien? ¿A qué debo su visita, sargento? Me han contado brevemente que quiere iniciar los trámites de repatriación del cuerpo del soldado Jack Johnson, lo cual, lo sabe tan bien como yo, es difícil de creer. Esas gestiones se hacen directamente con el Ministerio de Exteriores, no con un guardia civil, con todos los respetos. Así que, por favor, sea sincera conmigo: ¿a qué ha venido?

Douglas J. Hoopen poseía una envergadura considerable. A pesar de no superar el metro y ochenta centímetros, su anchura de hombros resultaba apabullante. Su contundente corpulencia física y su tono de voz firme intimidaron levemente a Lucía.

—Quisiera colaborar conjuntamente con las autoridades estadounidenses para descubrir al autor del homicidio.

—No veo el motivo. Se trata de un soldado americano y ya se han iniciado los trámites con los juzgados de Morón para transferir el caso.

—Pero ha sido encontrado en suelo español.

—Si de verdad hubiera un problema de jurisdicción, no estaría usted aquí sentada, sino un juez o el director de la Guardia Civil, ¿me equivoco?

—Es... correcto —admitió desconcertada la sargento.

—Se lo preguntaré por última vez: ¿a qué ha venido?

—Necesito más datos sobre el soldado Johnson. Trabajo en una hipótesis que podría vincular su muerte con otro trágico suceso ocurrido en el municipio el pasado domingo.

—¿Se refiere al chico que se suicidó? He leído la noticia y no veo qué relación podría haber entre alguien que decide voluntariamente quitarse la vida y otro al que se la quitaron violentamente.

Lucía Gutiérrez dudó un instante. Se encontraba ante un hombre inteligente, ágil y que se expresaba con suficiente claridad, aunque el español no fuera su lengua materna. Un tipo de lucidez con la que en estos últimos años no estaba acostumbrada a tratar en sus redadas de poca monta en Morón.

—Tal vez tenga razón —asumió finalmente Lucía—. Tal vez solo sea una intuición, pero consideré una buena idea colaborar juntos en este caso.

—Créame, si necesitamos ayuda, será la primera persona a la que llame. Pero entienda que lo que me pide no es una decisión sencilla. Es más, ni siquiera es una decisión que me corresponda a mí tomar. Todo lo que ocurre aquí o en cualquiera de las bases americanas en Europa lo decide la EUCOM, que es el mando responsable de las acciones militares conjuntas en el continente. Yo solo soy un humilde administrador.

—Todos respondemos ante alguien... —dijo lacónica Lucía, incómoda con el futuro advenimiento de Urbizu.

—Exacto. Y ahora, si me disculpa, tengo que ir a comer. Ya sabe lo estricto que es el ejército con los horarios —dijo Hoopen, y estrechó la mano de Lucía.

—Por cierto, antes de comer debería poner orden en el patio.

—¿A qué se refiere?

—A que tiene a dos soldados matándose en la pista de baloncesto.

—¿Eran del mismo cuerpo?

—Si no me equivoco, uno llevaba unos pantalones de marine, y el otro, un peto de las Fuerzas Aéreas.

—Entonces todo está en orden. —Al comprobar la cara de extrañeza de la sargento, Hoopen le aclaró brevemente el sarcasmo—. Verá, desde el año pasado, tenemos un total de ochocientos marines más en Morón. Algo que nunca había ocurrido. Digamos que las Fuerzas Aéreas y el cuerpo de Marines no son los mejores amigos del mundo, y en un sitio tan pequeño como este es fácil que salte... ¿la chispa...? ¿Se dice así?

—Si por chispa se refiere a romperle la nariz a un compañero, entonces sí, «chispa» es correcto.

Molesto con la impertinente respuesta de Lucía, el oficial norteamericano dio por zanjada la conversación y le mostró la puerta.

—Gracias por la visita, pero le agradecería que se ocupara de sus asuntos. Si en lugar de preocuparse por los nuestros se interesara por buscar al niño desaparecido, tal vez ya lo habría encontrado.

—Es curioso, pero mis asuntos y los suyos están empeñados en mezclarse. La misma persona que le estaba rompiendo la nariz a un soldado en el patio estuvo visitando la tumba de Antonio Jiménez el lunes —dijo Lucía, mostrándole la fotografía a Hoopen—. Me gustaría hablar con él.

—Petición denegada. Sigo sin ver el vínculo.

—¿Puedo al menos saber quién es o cómo se llama? —insistió Lucía, sin dar su brazo a torcer.

—Se llama «voy a presentar una queja formal ante la embajada si no se marcha ahora mismo», ¿entendido?

Y, después de amenazarla, Hoopen le cerró la puerta en las narices.

Tan alterada como frustrada después de aquella agria discusión, Lucía sintió la necesidad de un buen chute de nicotina. Tan pronto como pudo, atravesó el laberinto de pasillos y escapó del edificio para fumar.

Ya en el exterior, mientras buscaba el mechero en el bolsillo, alguien le acercó una cerilla. Alzó la vista y un pequeño escalofrío le atravesó el cuerpo. Antes de que pudiera reaccionar, el soldado Andrew Taylor le guiñó un ojo y luego se alejó hacia el pabellón Eisenhower.

* * *

En el pasillo número 4 del supermercado Covirán, Noelia dudaba entre comprar el detergente en cápsulas de Ariel o uno de marca blanca. No tenía ni idea de qué le iba a deparar el futuro, pero sospechaba que si finalmente las cosas no se arreglaban con Silvano, no le quedaría más remedio que divorciarse. Y, de ser así, ya no podría llevar la vida a la que estaba acostumbrada. De modo que, aunque la mayoría de sus vecinos creyese que estaba haciendo la compra, en realidad Noelia estaba aprovechando aquella visita al supermercado para despedirse de su estado del bienestar. Desde que lo echara de casa, no había vuelto a saber nada de él, así que no era muy optimista. Después de pensarlo mucho, eligió el detergente de marca blanca.

—¿Puedo hablar contigo? —le dijo Silvano Montes, surgiendo de la nada y con un aspecto más que preocupante.

—¿Qué haces aquí? —preguntó Noelia, que no pudo evitar alegrarse de verlo después de dos días sin saber nada de él.

—He venido a despedirme.

* * *

El teniente Andrew Taylor disfrutaba provocando el caos y el desconcierto. Tenía un don natural para dejar completamente desubicada a la gente, y no dudaba en utilizarlo en cuanto surgía la oportunidad. La cara de estupor de Lucía Gutiérrez todavía parecía hacerle gracia cuando llegó al despacho de Hoopen.

—¿Tenía cita con el capitán? —le preguntó la secretaria en inglés.

—Por supuesto que no.

Taylor se acercó a la puerta, la abrió y entró en el despacho de Douglas J. Hoopen ante la mirada estupefacta de la secretaria. Había dejado a dos mujeres petrificadas en algo menos de cinco minutos. Sin duda, estaba en racha.

—Lo llamaré más tarde, Urbizu. —El capitán de la base colgó el teléfono al comprobar que no estaba solo.

—¿Qué quería esa policía? —preguntó el marine después de sentarse y poner las piernas sobre la mesa, desafiando por enésima vez la autoridad de Hoopen.

—¿No lo sospechas? Te buscaba a ti. Así que más te vale estar quietecito en la base y seguir el plan previsto.

—¿Y si no quiero? A veces se dirige a mí como si todavía pensara que está al mando. Y todos sabemos que no es así, ¿verdad, capitán?

—Escúchame, gilipollas —le espetó Hoopen, revolviéndose y apartándole los pies de la mesa—. Una estupidez más y te quedas solo. Me estoy empezando a cansar de ti y de tus modales de mierda.

—¿Lo ve? Me sigue hablando como si tuviera poder, sin darse cuenta de que en esta base solo mandan mis cojones. Voy a hacer lo que me plazca y usted me va a ayudar.

—No, no te voy a ayudar. Se acabó, has traspasado la última frontera. Quédate con mi dinero si es lo que quieres, me da igual.

—¿Su dinero? ¿Eso es lo que teme perder? Le hacía a usted más inteligente. Tengo algo mejor: sus extractos bancarios. No me gustaría que acabaran en manos de la policía que se acaba de marchar. Sería el final de su carrera, por no hablar de la mala imagen que daría de nuestro país y nuestro ejército al mundo... Y no queremos eso. No, no.

Hoopen se quedó helado. Aquella mañana, el capitán fue la tercera persona a la que Taylor dejó aturdida. Y eso le agradaba sobremanera.

—¿Qué es lo que quieres de mí, hijo de puta? —dijo el capitán, más afligido que irritado.

—De momento, que me dé el nombre de la policía que ha estado haciendo preguntas.

* * *

En cuanto apuró el cigarrillo, Lucía Gutiérrez observó que la pantalla de su teléfono móvil estaba cubierta por completo de notificaciones. Tenía cuatro llamadas perdidas y algunos wasaps sin leer. Las llamadas pertenecían a María, a Víctor, a su hija Claudia y a un número desconocido. Alterada por la discusión con Hoopen, prefirió leer los wasaps:

«Algo interesante», leyó Lucía de nuevo, entusiasmada. Inmediatamente, las duras palabras del capitán de la base desaparecieron de su registro de decepciones. Accedió a su lista de llamadas recientes y eligió el número de María.

—¿Sí? —respondió la agente.

—Dime que tenemos a ese hijo de puta.

—Sí, pero con matices, mi sargento.

—¿Matices? ¿Qué quieres decir?

Cuando María estaba a punto de explicarse, en el teléfono de la sargento apareció una nueva llamada entrante.

—María, te pongo en espera. Dame un segundo. ¿Claudia? ¿Qué quieres? Me pillas en mal momento...

—Para ti la vida es un mal momento en general. ¿No has leído mi wasap?

—Estaba en una reunión importante. Espera, lo abro.

Pensando que se trataba de un capricho o una excentricidad más de su hija para ponerla a prueba, colocó la llamada en modo altavoz y, con desgana, entró en la aplicación de Whatsapp para leer el mensaje.

¿Cuántos días había deseado algo así? ¿Cuántas veces había rezado secretamente para cortocircuitar el cerebro de su suegra? ¿En cuántas ocasiones había visualizado la muerte de Carmen como el día más feliz de su vida? Infinitas. Ilimitadas. Y justo aquel día, justo la peor semana posible, sus oscuros deseos le habían sido concedidos.

—¿Qué ha pasado, cariño? —acertó finalmente a decir.

189

—Todavía no sabemos mucho. Esta mañana, Valentina y yo nos hemos dado cuenta de que la abuela estaba más torpe de lo habitual. No dejaba de tropezarse, se caía... Estaba muy nerviosa, pero como es incapaz de expresarse, no sabíamos lo que le pasaba. Al final hemos descubierto que se había quedado ciega, y el lado derecho de la cara y el brazo se le habían dormido. Así que nos hemos venido en taxi a urgencias.

—¿Estáis ahora con la abuela?

—No, está en observación. Creen que puede tratarse de un ictus y le están haciendo pruebas.

—¿Y cómo estás tú, mi vida?

—Asustada. Muy asustada. ¿Crees que se va a morir?

Por un lado, Lucía esperaba que sí, y por otro, deseaba que aguantara un poco más hasta que se hubieran calmado las cosas en el pueblo. Obviamente, no podía decirle eso a su hija, de manera que se quedó un momento pensativa, buscando una respuesta que le hiciera parecer humana y no una fría y sanguinaria asesina en serie. Tanteando la opción más edulcorada de la realidad, reparó en que a pocos metros de donde se encontraba, alguien la estaba mirando: un hombre de unos cincuenta años, enjuto, como recién salido de la posguerra. Tenía el pelo corto y cano, y llevaba ropa de lo que en Andalucía se conocía despectivamente como «cortijero»: un jersey verde combinado con unos vaqueros y un chaleco azul. La observaba fijamente sin ningún tipo de disimulo. Entonces, el desconocido se aproximó a ella como si la conociera.

—¿Lucía Gutiérrez?

—Sí.

—Soy el teniente Eduardo Urbizu —dijo, alargando el brazo con intención de saludarla.

—¿Me permite un segundo? Estoy en medio de una urgencia familiar.

El brazo huesudo de Urbizu se quedó congelado en el aire. Contrariado, examinó la situación con displicencia.

—Claudia, escúchame. No te pongas nerviosa. La abuela es muy fuerte. En seguida estoy allí con vosotras. Tengo que dejarte. No... no... no es un buen momento.

Lucía se despidió de su hija con las cinco palabras que quería eludir a toda costa.

—Disculpe, acaban de hospitalizar a mi suegra —explicó la sargento, intentando condensar toda la congoja de este mundo en su tono de voz para no tener que dar más explicaciones de la cuenta.

Al comprobar que su estrategia no había surtido efecto y que Urbizu la seguía escudriñando con desagrado, cambió de estrategia.

—¿Le puedo preguntar qué hace aquí? Esperaba conocerlo esta tarde en el puesto de mando.

—Tiene gracia, he venido para hacerle la misma pregunta: ¿qué cojones está haciendo aquí?

A pesar de que Urbizu señalara lo divertido de la situación, su rostro no reflejaba ningún tipo de alegría. Más bien todo lo contrario. La contemplaba con seriedad. Si bien su cuerpo parecía que iba a desmoronarse en cualquier momento, sus ojos transmitían una fuerza colosal, absolutamente desproporcionada en comparación con su figura.

—¿De verdad quiere saber la respuesta, mi teniente?

—¡Por supuesto que no! Me importan una soberana mierda sus motivos. No hay ni una sola razón que justifique su presencia en esta base. Aunque vea en la puerta de entrada una bandera de España, a efectos prácticos, esto es suelo americano. Aquí no se viene a hacer trabajo policial, aquí se viene a hacer diplomacia.

—¿Lo han llamado para quejarse?

—Desde luego que sí, ¿por qué cree que después de chuparme quinientos kilómetros de coche lo primero que he hecho es venir aquí? No he tenido tiempo ni de ponerme el puto uniforme y ya tengo que disculparme en nombre del cuerpo ante Hoopen. Me habían puesto en antecedentes sobre usted y he leído su expediente, pero, joder, no pensaba que tuviera que enmendar tan pronto sus cagadas.

—¿Qué es lo que sabe de mí? —preguntó, preocupada, abandonando por un instante su arrogancia habitual.

—Lo sé todo, sargento, incluido lo sucedido en Cobo Calleja hace años, si es lo que le preocupa.

La cara de Lucía palideció. Al igual que si le hubieran arrebatado por completo la ropa, se sentía desnuda ante aquel completo desconocido que aparentaba conocer sus secretos más íntimos.

—¿Por eso lo han enviado a Morón, mi teniente, para controlarme?

—¿Hace falta que le responda? Mire, Gutiérrez, no estoy aquí para tocarle las pelotas ni para recordarle los errores del pasado. Se trata de un caso delicado, que supera por completo nuestras competencias. Ni siquiera nos notificaron que el tal Johnson había desaparecido hace cuatro meses. Esta gente actúa como si no existiésemos. Así que olvídese de lo que ha ocurrido con ese soldado y yo me olvidaré de usted.

—¿Y si hubiese relación entre la muerte de Johnson y algunos de los sucesos ocurridos en el pueblo esta semana, también tendría que olvidarme?

—Primero debería reportarme esa información y luego... también habría de olvidarse de ella. Nada, absolutamente nada de lo que ocurra a partir de ahora con este caso es de su competencia. Si no les corresponde a las autoridades americanas, le corresponderá a la dirección nacional.

—Mi teniente, ¿me está pidiendo que me olvide del caso Johnson o que me olvide de ser agente de la Guardia Civil?

—Le estoy pidiendo que no provoque un conflicto internacional. Conoce de sobra la inversión que destina Estados Unidos a la zona. Si no puede estar unos días alejada de esta base, le pondré las cosas más fáciles y la suspenderé de empleo y sueldo durante una semana. ¿Prefiere eso?

Lucía dedicó unos segundos a pensar una respuesta más elaborada hasta que concluyó que nada de lo que dijera iba a cambiar la situación. Ante el riesgo de enterrar el poco prestigio profesional que aún le quedaba, optó por despedirse.

—No, creo que lo he entendido. Y ahora, si me disculpa, tengo que irme.

—¿A dónde?

—¿Perdón? —dijo Lucía, indignada.

—¿Lo ve? No lo ha entendido. La situación ha cambiado, sargento. A partir de ahora, cualquier cosa que haga necesitará de mi aprobación. Y no voy a engañarla, teniendo en cuenta sus antecedentes, tendrá que pedirme autorización hasta para ir al baño.

—Voy a urgencias. Como ya le he dicho, han hospitalizado a mi suegra por un ictus.

—Ahora lo ha entendido. Permiso concedido. Puede retirarse.

—A la orden, mi teniente.

Profundamente frustrada, iracunda, nerviosa y quién sabe qué más, Lucía emprendió el camino de regreso.

—¡Ah, y no intente engañarme! Tengo ojos en todas partes.

El viento se levantó en aquel momento y disipó las nubes matutinas mientras ella fantaseaba con la posibilidad de que el aire soplara con más fuerza, hasta demoler la frágil estructura ósea del teniente. En el parking, recordó que le había dejado su coche a María y entendió que la única forma de salir del recinto militar iba a ser pidiendo un taxi en recepción.

Desandando el camino, se entretuvo leyendo los mensajes que se habían ido acumulando en su teléfono.

> Víctor: Mi sargento, llámeme. Han quemado la casa de otro costalero y han dejado de nuevo una rama de olivo.

Definitivamente, no era el mejor momento para que su suegra se muriera.

* * *

—¿Despedirte? ¿De qué estás hablando, Silvano? ¿Podemos hablar en algún sitio más íntimo? —preguntó Noelia, incómoda ante la perspectiva de que sus vecinos fueran testigos de cómo su matrimonio se derrumbaba entre ofertas de detergente.

Atendiendo a su petición, el banquero la llevó hasta el pasillo de los congelados. No era el rincón en el que su mujer había soñado que lucharía por su historia de amor, pero al menos era más discreto.

—Deja de comportarte como un perturbado y dime qué te pasa. Llevas unos días muy raros. ¿No quieres arreglar nuestro matrimonio? Estoy... estoy dispuesta a perdonarte, si es lo que necesitas oír.

—Escúchame, no tengo mucho tiempo. Te quiero y siempre te he querido. A ti y a los niños, pero estoy metido en algo de lo que es mejor que no sepas nada.

—¿Qué has hecho?

—Confía en mí. Cuanto menos sepas, más protegidos estaréis. Quiero que tengas esto. —Silvano le entregó un *pendrive*—. Si algo me ocurriera, dáselo a la policía.

—¿De qué va todo esto? Me... me estoy empezando a preocupar.

—Lo siento, tengo que irme. No quiero que me vean cerca de ti. Os quiero. De verdad que os quiero. Lo creas o no, esto lo estoy haciendo por vosotros. —A Silvano le temblaba la voz en el momento en que salió huyendo del supermercado.

Noelia siguió sin entender nada. En apenas una semana, lo único que le quedaba de su matrimonio era aquel *pendrive*. Confusa y harta del frío que desprendían las cámaras frigoríficas, abandonó la cesta junto a los filetes de pez espada y salió corriendo tras su marido.

* * *

En el interior de la saturada sala de urgencias del hospital Virgen del Rocío de Sevilla, Lucía abrazaba a su hija mientras Valentina se persignaba de manera inquieta, en lo que parecía un ensayo oficial del funeral de Carmen.

—Familiares de Carmen González, acudan a información. Familiares de Carmen González, acudan a información —retumbaron los altavoces de la sala de espera.

Con los vellos de punta, Claudia y Valentina se levantaron y se dirigieron al mostrador.

—¿Son familia de Carmen González? —preguntó una de las celadoras encargadas de informar del estado de los pacientes.

—Sí —respondió Lucía.

—Pueden hacerle una breve visita. Séptima planta, unidad de Neurociencias, habitación 228. Carmen está estable, aunque deberán seguir haciéndole pruebas en los próximos días. Mis compañeros les darán más información allí.

Al escuchar el parte médico, Claudia y Valentina liberaron tensión y dejaron escapar algunas lágrimas. Lucía, por su parte, era incapaz de disimular cierto sentimiento de decepción mientras se dirigían al ascensor.

—Lo peor ya ha pasado —trató de calmarlas la doctora de guardia de la planta—. Este tipo de microinfartos cerebrales son habituales en pacientes de alzhéimer. De hecho, en una sola semana pueden sufrir más de uno. Va a continuar en planta un par de días para realizarle alguna prueba más y descartar cualquier otra causa.

—Pero ¿se encuentra bien? —preguntó Lucía, más preocupada por mantener las apariencias ante su hija que por verdadero interés.

—Todo lo bien que puede encontrarse con su enfermedad. Ha recuperado la movilidad en cara y brazo, y parte de la visión. En este momento se encuentra estable. Hasta mañana no podrán hablar con el doctor que la está atendiendo. Si quieren verla, pueden hacerlo ahora, aunque solo una persona podrá quedarse con ella esta noche.

—De acuerdo, muchas gracias —respondió Lucía.

La habitación de Carmen era compartida. Separadas por una fina cortina de color pardo, los familiares del otro paciente, un anciano también víctima de un ictus, le daban de comer una sopa en silencio. Una paz que solo se rompía cada vez que el octogenario acertaba a meter la boca en la cuchara y sentían la obligación de celebrarlo con voces infantiles, como si la persona que estaba ante ellos hubiera mutado de humano a foca de parque cuático y la tuvieran que jalear con cada movimiento.

Conectada a una máquina que medía sus pulsaciones, Carmen dormía ajena a lo que ocurría a su alrededor, más o menos igual que cuando no estaba ingresada en un hospital. Claudia se acercó hasta su abuela y le estampó un enorme beso en la mejilla derecha.

—¿Puedo quedarme con ella esta noche? —preguntó.

—No —respondió con firmeza Lucía—. Eres menor de edad y tienes que estar fresca para estudiar. Si a Valentina no le importa, se quedará ella.

—Yo encantada, mami.

—Te lo agradezco, porque yo tendré que quedarme trabajando hasta tarde.

—Menuda novedad —replicó Claudia, molesta.

—Disfruta de la visita a tu abuela y no malgastes energía en discutir conmigo, por favor.

Después de que Valentina hubiera ocupado el sillón destinado a los familiares que pasaban la noche con los pacientes, la adolescente rebelde se acercó hasta su abuela y le dio un gran abrazo.

—Te quiero, *abu*.

Lucía, superada por los acontecimientos, prefirió distraerse y no pensar en nada de lo ocurrido, por lo que tomó el mando a distancia de la televisión y la encendió. Tan pronto como el aparato se conectó, se vio en el pequeño monitor a cinco tertulianos de programas del corazón discutir con una pasión desmedida sobre la supuesta traición de un paparazzi a una famosa cantante folclórica. Un espectáculo que en cualquier otro momento aborrecería, pero que en ese instante le permitió entretenerse sin tener que prestar la más mínima atención. Apoyada en el quicio, les escuchaba enfrentarse absolutamente hechizada, como si estuviese viendo el fuego de una chimenea o una ola de tres metros chocando contra un espigón.

Inesperadamente, de detrás de la cortina, asomó un hombre de unos cuarenta y cinco años ataviado con una camisa

Ralph Lauren, unos pantalones de color salmón y unos mocasines de ante que llevaba sin calcetines. De su cuello colgaba una medalla de oro con la esfinge de la Virgen de la Macarena y su cara mostraba un intenso bronceado. Lo que en Miami se correspondería con la imagen de un cubano anticastrista, en Andalucía era un mojigato. O un santurrón. O como bien ha definido la sabiduría popular de la zona, un *capillita*. Una tribu urbana que vivía durante todo el año por y para la Semana Santa. No tenían más temas de conversación, no olían otro aroma que no fuera el incienso y no oían otra música que no fueran marchas procesionales y, esporádicamente, *flamenquito*. De no gustarles tanto la cerveza, los montaditos de *pringá* y hacer ostentación ocasional de su riqueza, podrían jurar los votos monásticos. Desgraciadamente, era un sacrificio que no estaban dispuestos a aceptar. Con extrema prudencia y unos modales un tanto trasnochados, interrumpió el rapto transitorio de Lucía.

—Discúlpenme, familia, ¿les supone mucha molestia bajar el volumen de la televisión? El abuelo ha terminado de comer y ahora estamos intentando que se duerma. Muchas gracias y perdonen que les haya molestado —solicitó el *capillita* irredento, retirándose con un halo de santidad.

En lugar de bajar el volumen, Lucía prefirió apagar la televisión y no darle una nueva oportunidad a la quintaesencia de la sevillanía de aparecer tras las cortinas. Antes de eso, eligió distraerse con el teléfono móvil y leer los nuevos wasaps.

> María: Mi sargento, he estado casi una hora en espera hasta que me he dado cuenta de que me había colgado. ¿Ocurre algo? Tenemos que hablar.

Recordando la conversación pendiente, Lucía marcó el teléfono de su compañera.

—María, perdona, estoy en el hospital con mi suegra. Se me ha pasado por completo.

—Lo siento, mi sargento. ¿Se encuentra bien?

—Sí, sí, parece que solo ha sido un susto.

Por la cortina parduzca, volvió a asomar el aprendiz de monaguillo. Con una sonrisa tan arrebatadora como desubicada, ametralló nuevamente de buenas maneras a Lucía.

—Familia, siento ponerme pesado, pero si no les importuna, les ruego que hablen por teléfono fuera de la habitación. No es por mí, es por el abuelo que necesita reposo.

Lucía Gutiérrez le examinó de arriba abajo con absoluto desprecio. No soportaba ni su pelo cincelado en mármol, ni su forma de vestir, ni sus maneras sureñas del siglo xix, ni todo lo que representaba aquel sucedáneo de beato. Aunque, en el fondo, sentía que tenía razón, no estaba dispuesta a salir de allí sin dejar su esencia.

—De acuerdo. Espero no haberles molestado. Ya que estamos acordando ciertas normas de convivencia, me gustaría señalar que a nuestra familia también le incomodan sus gritos infantiles. La abuela quiere descansar y cada vez que animas a tu padre como si fuera un puto delfín saltando por un aro, se despierta —señaló Lucía yéndose de la habitación, mientras el hombre contemplaba confuso cómo Carmen roncaba en la cama.

—¿Sigues ahí? Estaba resolviendo un pequeño conflicto.

—Sigo aquí, mi sargento.

—¿Puedes venir al Virgen del Rocío y contarme qué has averiguado?

—Deme media hora. ¿Dónde nos vemos?

—En la cafetería, así aprovecho para comer algo.

* * *

No había rastro de Silvano cuando Noelia salió del Covirán. Era como si se lo hubiera tragado la tierra. Convencida de que no podía andar muy lejos, echó un vistazo en las calles aledañas. «¿Cómo ha podido desaparecer tan de repente?», se preguntaba Noelia. Nunca había sido un hombre especialmente hábil o resolutivo. Era incapaz de andar por el pasillo de casa sin chocarse contra el marco de una puerta o la pared. ¿Tanto había cambiado en aquel par de días sin ella? Decepcionada, volvió hasta las puertas del supermercado y asumió que no volvería a verle nunca más. Estaba ya en la zona donde se depositaban los carritos de la compra cuando, casi por inercia, miró en el callejón del almacén. Allí, sobre una pila de palés, encontró al fin a Silvano, llorando desconsoladamente.

—¿Qué pasa, cariño? —procuró reconfortarlo y se acercó a él—. Sabes que puedes contarme cualquier cosa. Nunca nos hemos ocultado nada, por difícil que fuera.

Silvano Montes observaba a su mujer como si realmente no estuviera allí y no pudiera abrazarla.

—Vamos, suéltalo, amor. No hay nada que no podamos superar juntos —insistió ella mientras tomaba la mano de su marido, que seguía bloqueado.

Por la cabeza de Silvano rondaba la posibilidad de contárselo todo y acudir a la Guardia Civil a pedir ayuda. Quería quitarse aquella enorme mochila que lo estaba sepultando en vida. Pero, por otro lado, no quería poner a su familia en el radar de Andrew Taylor.

—Los niños te echan de menos... y yo también. Tan solo dime qué está pasando y volvamos a casa. Ya sabes lo que dicen: salvo la muerte, todo tiene arreglo.

Montes amaba a su mujer. ¿Cómo era posible que Noelia albergara tanta comprensión, con todo lo que estaba pasando? ¿Cómo podía la vida haberle regalado a alguien tan extraordinario? Dejando de lado todas sus cautelas, la abrazó y decidió confiar en ella.

—Ni siquiera sé cómo he llegado hasta aquí... —empezó a hablar, cobijado en los brazos de su mujer. Verás... —Entonces, el inoportuno sonido de un teléfono móvil interrumpió la confesión—. ¿Sí? —contestó Silvano, de nuevo nervioso.

—Necesito tu ayuda —prorrumpió Andrew Taylor desde el otro lado del aparato.

—¿Ahora?

—Ahora. Ya te dije que te olvidaras de tu vida; estás muerto.

—Con el teléfono apoyado en la oreja, Montes miró a su mujer. Tenía ante sí la última oportunidad de recuperar el control y poner fin a aquel infierno que no sabía cómo había desatado. Tan solo tenía que colgar y confiar en ella, asirse a su brazo y regresar a casa después de un extraño viaje—. No suelo repetir las cosas dos veces. Te espero donde siempre. Y ten cuidado con lo que haces, no me gustaría que a tu familia le pasara nada.

En cuanto el teniente colgó, Montes supo que no iba a ser capaz de aprovechar aquella ocasión. El miedo a lo que pudiera ocurrir en el futuro era todavía mayor que el terror en el que ya vivía.

—Te... tengo que marcharme —tartamudeó—. Recuerda lo que te he dicho antes.

—¡Quédate conmigo, Silvano! ¡Resolvamos esto juntos, por favor! Sé que quieres contármelo. Te conozco...

—Lo siento.

Silvano Montes miró a su mujer por última vez. Sabía que la había puesto en una situación complicada, y no permitiría que volviera a ocurrir. Podía soportar que su vida estuviera acabada, pero no concebía un mundo en el que no existiesen Noelia y sus hijos. Con las tripas deshaciéndose en su interior, echó a correr y desapareció del callejón del almacén.

* * *

Lejos de la media hora prometida, María volvía a retrasarse. La cafetería del Virgen del Rocío no era muy diferente a la de cualquier otro hospital. El blanco inmaculado y la luz artificial apenas podían disimular la desolación que reflejaba toda aquella gente devastada que pretendía seguir con su rutina, como si sus vidas no se estuvieran desmoronando. Por contraste, Lucía Gutiérrez observó a los que preferían no disimular y se dedicaban a pregonar a los cuatro vientos su impotencia. Hombres y mujeres enganchados a la realidad por un fino cordón umbilical, dedicados a fumar como descosidos en las inmediaciones de la puerta de entrada. Ni comían ni se hi-

drataban ni dormían ni descansaban. Nada. Tan solo boca-
nadas infinitas de alquitrán.

Lucía los contemplaba embelesada, creyendo entender su
manera de actuar. Tal y como ella lo veía, detrás de cada calada había un acto de insubordinación. Tentada de formar parte
de aquella honesta secta de fumadores, sacó su paquete de Camel y se colocó un cigarrillo en la boca, dispuesta a salir a la
calle. Su teléfono interrumpió justo a tiempo el ritual de sacrificio.

—¿Qué ocurre, Víctor? He leído por encima tu wasap. No
he tenido tiempo de nada...

—Mi sargento, parece que tenemos a un criminal en serie.
—Al cabo Martín se le llenó la boca con las novedades.

—¿Criminal en serie? Eso son palabras mayores, Víctor.
¿De quién era la casa?

—De los padres de Francisco, el costalero que se desmayó
después de consumir éxtasis en la procesión del Viernes de
Dolores. Se repiten las mismas pautas que en la calle Arrieros.
Un cóctel molotov y una ramita de olivo prendida en la ventana. Creo que la desaparición del hermano de Rober y el suicidio de Antonio también están relacionados. Parece evidente
que alguien quiere hacerles pagar por sus excesos, alguien
con un estricto código moral, ¿no cree?

—Puede ser... Pero todavía hay demasiados cabos sueltos. Lo ocurrido con Antonio Jiménez no encaja en ese patrón y... y sigo teniendo mis dudas con la desaparición de
Álex. Y luego está lo del soldado americano, que no sé exactamente qué pinta en todo esto... Ahora mismo no sé qué
pensar, Víctor.

—Todos abusaban de las drogas y al menos tres de ellos
están relacionados directamente con la Semana Santa. Deje
que investigue esos casos, permítame que busque similitudes. No la voy a defraudar. He encontrado nuevas pistas en
la Biblia y he pensado en volver a la casa de Antonio y revisar las fotografías, por si se nos pasó algo por alto...

—Ahora mismo no puedo permitirme prescindir de ti —lo
interrumpió la sargento—. Escúchame, Víctor, todo esto de

los costaleros nos lleva en una sola dirección: las hermanda-des. Quiero que hables con el presidente de la Agrupación de Cofradías y que le saques algo; un listado de costaleros que hayan tenido problemas con las drogas, hermanos que res-pondan al perfil de estrictos moralistas... Algo, lo que sea. Y luego vuelve al campo a buscar a Álex, que es donde te nece-sito de verdad.

—Pero... pero usted me prometió... —vaciló el cabo, hasta que reordenó sus pensamientos—. Creí que me haría cargo de este caso —masculló mientras percibía cómo el descon-tento se cernía sobre su dedo anular.

—Lo siento, Víctor, pero no parece que estemos ante un único caso. Aunque exista un patrón en dos sucesos, hay otros tres más importantes que de momento no responden a tu hipótesis. Te tengo que dejar, estoy en el hospital con mi suegra. Ya te contaré...

—En realidad, usted ya no está al mando. —Víctor Martín se resistía a perder aquel pulso—. Solo le he consultado por educación. Agradezco su punto de vista, pero estoy bastante convencido de que voy en el buen camino y tal vez Urbizu también lo crea.

—Víctor, ten cuidado con ese hombre. Entiendo tu frustra-ción, pero, por lo poco que lo conozco, no parece el tipo de persona que desee que le hablen de la Biblia —le advirtió Lu-cía, prefiriendo no entrar al trapo e intentando hacerle ver que estaba cometiendo un error—. Por supuesto, eres libre de hacer lo que quieras.

Víctor no respondió. Sabía que ella tenía razón, pero sin-tió que las palabras de Lucía estallaban contra su amor pro-pio con la misma brusquedad que lo había hecho aquel pe-tardo infame contra su dedo una Nochevieja.

* * *

María llegó finalmente al hospital. No tardó mucho tiempo en encontrar a Lucía Gutiérrez. El rostro de su superior refle-jaba cierta tensión, aunque la joven lo achacó a los problemas de salud de su suegra y no a la conversación telefónica que acababa de mantener.

—Lo siento, mi sargento, la carretera estaba colapsada...

—No hace falta que me des explicaciones. Estamos empezando la operación salida del puente de Semana Santa. Ya sé cómo está la carretera —la interrumpió la suboficial.

Las agentes se sentaron a una mesa con sendas bandejas. En la de Lucía había un salmorejo y un flamenquín acompañado de patatas fritas; María había elegido un modesto *serranito* y una Coca-Cola Light.

La sargento metió la cuchara en el salmorejo con un apetito voraz. No en vano, llevaba cuatro días alimentándose casi en exclusiva de cafés y pastillas de Almax.

—¿Cómo es posible que en un lugar donde se supone que la salud es lo primero sea legal vendernos este veneno? —preguntó después de comprobar que el salmorejo estaba aguado.

—A mí es que me gusta todo, mi sargento —dijo María, dejando claro que lo único que esperaba de la comida era que le llenara el estómago.

—Hablemos de cosas interesantes... ¿Quién es nuestro hombre? ¿Qué has averiguado?

—¿Está preparada, mi sargento? —preguntó María mientras terminaba de tragar una porción de bocadillo—. El camello de Antonio Jiménez era Roberto, el hermano de Álex.

—¡Joder! —Lucía golpeó la mesa y se salpicó el uniforme de salmorejo—. Sabía que ese niñato ocultaba algo. ¡Lo sabía! —soltó, descargando toda la tensión y la furia acumuladas durante la jornada—. ¿También trapicheaba con el soldado? ¿Y con los otros costaleros?

—Es prematuro decirlo, aunque hay indicios para pensar que sí, mi sargento.

—Vale, vayamos poco a poco. Cuéntamelo todo y no omitas ningún detalle por ridículo que te parezca.

María le mostró el móvil de Antonio Jiménez, un iPhone 5 negro con la pantalla algo rayada, y dio inicio a su relato.

—En un primer vistazo, no vi ningún mensaje que me llamara la atención, ni vía email ni por mensajería instantánea. La mayoría de ellos iban destinados a Sara y eran más bien de carácter romántico. Pensé que, si fuera yo, tampoco guardaría mensajes en los que hablara de drogas. Así que intenté recuperarlos. Hay una técnica sencilla que consiste en eliminar la aplicación de Whatsapp del iPhone, volver a instalarla y, una vez que se abre por primera vez, aceptar la opción de restaurar la última copia de seguridad almacenada. Sin embargo, los mensajes que rescaté eran demasiado recientes y sin importancia.

—¿Sin importancia? ¿En qué te basas para afirmarlo? Nunca hay que despreciar ningún deta...

—Mi sargento, eran fotos de su pene, de sus testículos, de su vello púbico, de... lo que se conoce como «fotopolla», ya sabe...

—Vale, vale, me hago una idea.

—Convencida de que tenía que haber algo más, procuré rescatar los mensajes más antiguos. Para ello usé un software de recuperación de datos especialmente diseñado para este tipo de *smartphones*: el EaseUS MoviSaver. Y lo conseguí. Entre sus mensajes de Whatsapp no encontré nada útil para la investigación; sin embargo, esta aplicación también es capaz de recuperar los mensajes de texto, contactos, historial de llamadas, notas, calendarios, recordatorios...

—¿Qué encontraste, joder?

La sargento se arrepintió de haberle pedido tanto nivel de detalle.

—Infinidad de mensajes y llamadas entre Antonio Jiménez y el hermano de Álex. Mensajes que, como puede comprobar —dijo María, mostrándole el iPhone a Lucía—, demuestran que la relación que había entre ambos es la que tiene un adicto con su camello: dosis, lugares de recogida, pagos, deudas. Aquí está todo.

Antonio: Rober, necesito tu medicina. A las 8 en los recreativos. La misma cantidad de siempre. Hazme una perdida si está todo OK.

—¿De cuándo es este último mensaje?

—Del 13 de noviembre de 2015.

La sargento se quedó pensativa, procesando todos aquellos datos, hasta que habló.

—Sé que ha pasado mucho tiempo entre estos mensajes y lo que les ha ocurrido a Salva y Francisco, pero estoy casi segura de que Rober es el camello que buscamos. Su comportamiento de estos días no es el de alguien devastado por la desaparición de su hermano.

—¿Y qué ocurre con Jack Johnson? ¿Cree que Rober también hacía chanchullos con él o se trata de un caso aislado?

—No lo sé, pero ha llegado el momento de averiguarlo. Vamos a interrogar a ese mamón insolente.

—¿Y su suegra, mi sargento?

—Dudo que me eche en falta. Escúchame, María, a partir de ahora, debemos ser discretas con todo lo que esté relacionado con la base americana. Urbizu ya está en Morón y me ha dejado claro que me olvide de Johnson. No hables con nadie del soldado americano. Hay que andarse con ojo.

—Entendido, ¿vamos entonces a por Rober?

—Me gustaría, pero, también para esto, antes debo contar con la autorización del teniente. —María recuperó el teléfono de Antonio Jiménez desencantada, temiendo que sus esfuerzos no hubieran servido para nada. Lucía se dio cuenta y trató de animarla—. Tranquila, no se va a escapar. No se espera nada de esto. Está con sus padres en el campo buscando a su hermano... —dijo mientras probaba un trozo de flamenquín—. ¡Joder, esto está asqueroso!

* * *

La cafetería de la base estaba casi vacía. La hora punta era entre las doce y la una, pero a Taylor le gustaba acudir sobre las dos, cuando la mayoría de los soldados ya había finalizado su almuerzo y no había cola en los mostradores de comida.

—¿A quién hay que matar para conseguir un poco de pizza? —le preguntó el teniente a Mary, una simpática compatriota de unos cincuenta años con la que solía bromear.

—Hijo, si sigues comiendo pizza, el que estará muerto en breve serás tú.

—*Touché*.

—Como te atrevas a pronunciar otra maldita palabra francesa en mi cafetería, te quedas sin comer.

—No sé en cuántos países habré estado destinado a lo largo de mi vida, pero no he encontrado ninguno donde caigan bien los franceses —sonrió el teniente, que podía ser la persona más encantadora o cruel según se lo exigieran las circunstancias.

—Ni lo encontrarás. Ni siquiera los franceses se caen bien entre ellos. Hijo, Dios, nuestro señor, es justo y ha equilibrado el mundo. Nos dio la vida, nos dio la luz, nos dio los bosques y las playas... y también nos dio a los malditos franceses.

A Taylor le divertía horrores aquella mujer. En general, le despertaban simpatía los buscavidas, y Mary, claramente, era uno de ellos. Negra, nacida en uno de los barrios más conflictivos de Baltimore y sin más ayuda en esta vida que sus manos, era carne de subsidios, como la gran mayoría de hombres que habían estado bajo su mando. Sin embargo, había acabado cocinando para el ejército americano en Morón de la Frontera, rodeada de españolas a las que apenas entendía, a más de seis mil kilómetros del cuchitril donde había nacido. Si había alguien en la base que representara el espíritu de los Estados Unidos, era aquella negra sabelotodo.

—Gracias por la pizza, Mary. Y por la conversación —dijo el teniente después de que esta le sirviera el almuerzo.

—¿No quieres otro trozo? A mis favoritos siempre los dejo repetir.

Aquellas inocentes palabras le cambiaron el humor por completo y lo transportaron a uno de los peores lugares sobre el planeta Tierra: sus recuerdos.

* * *

Afganistán, año 2006

—¿No quieres repetir, cerdo? —preguntó Taylor al antiguo muyahidín dándole una patada en el abdomen.

—*Al·lahu-àkbar, Al·lahu-àkbar* —repetía sin cesar el rehén.

En una pequeña celda de Gazni, el teniente Andrew Taylor obligaba a un preso que rondaba los setenta y cinco años a comer los excrementos que había depositado en el suelo uno de sus hombres.

—No te entiendo, Aladino. ¿Eso es un sí o es un no?

—*Al·lahu-àkbar* —se limitó a contestar el anciano, más preocupado ya de ir preparando su muerte que de las palabras del oficial.

—Está bien, decidiré yo por ti.

Taylor se acercó hasta el reo, le agarró de la cabeza y la empujó hasta las deposiciones, obligándole a comer nuevamente. Aunque el viejo trataba de resistirse, la violencia con la que le empujaba el marine acabó por minar su voluntad.

Derrotado, abrió la boca y procedió a masticar aquella contundente hez. Rondando la arcada, el preso logró finalizar la penosa tarea que le habían impuesto.

—Joder, Aladino, ¿no te cansas de comer mierda? —bromeó sádicamente el teniente, lo que provocó risas entre sus soldados.

El anciano cayó al suelo exhausto. No sabía cuánto más iba a durar aquella tortura, pero confiaba en que su cuerpo dijera basta cuanto antes. Lamentablemente, no iba a suceder todo lo rápido que él esperaba. Con extrema crueldad y falta de pudor, Andrew Taylor se bajó los pantalones y excretó a su lado con la misma tranquilidad que si estuviese en el baño de su casa hojeando una revista.

—Aladino, si te estás preguntando cuánto va a durar esto, te diré que solo acaba de empezar. Te vas a comer tantas mierdas como hombres de mi regimiento has matado esta mañana. He tenido siete bajas y solo llevas una mierda, por lo que te quedan otras seis. Hasta que no te las hayas comido todas, no te voy a dar la satisfacción de pegarte un tiro en la cabeza —dijo mientras terminaba de defecar—. Mira, aquí tienes otro Happy Meal de parte de los chacales sangrientos —sonrió Taylor abrochándose los pantalones.

* * *

Morón de la Frontera, marzo de 2016

La noticia de que tenía que abandonar el hospital por motivos urgentes de trabajo no sorprendió a Valentina, y mucho menos a Claudia, que ya ni siquiera se esforzaba en parecer contrariada por las continuas ausencias de su madre. Que no fuera capaz de acompañarla en un momento como aquel solo venía a reafirmar su rencor hacia ella, aunque no suponía una gran novedad con respecto a cualquier otro día. Un simple beso en la mejilla fue todo el afecto que fueron capaces de profesarse la una a la otra. El único que no se mostró indiferente a aquella despedida fue el vecino santurrón que, desde el otro lado de la cortina, no pudo evitar dibujar una sonrisa de alivio cuando Lucía Gutiérrez salió por la puerta de la habitación número 228.

* * *

Un derrotado Víctor asomó a primera hora de la tarde por el polígono industrial del Fontanal, donde tenía su empresa el presidente de la Agrupación de Cofradías, Hipólito Núñez. En mitad de un erial, donde el viento azotaba con fuerza la genista y una poderosa luz sepia neutralizaba el color de las naves, el pequeño polígono sobrevivía como si se tratara de una isla de cemento. En cuanto salió del vehículo, el cabo divisó un modesto letrero que le anunciaba que había llegado a su destino: Limpiezas Núñez S. L. El edificio no destacaba especialmente del resto de aquella zona industrial, donde todo era homogéneamente feo. Se trataba de una sobria construcción que hacía esquina y que, a diferencia de las demás, estaba dedicada a labores administrativas más que a la logística y el almacenaje.

—Tengo una cita con el señor Núñez —informó el cabo en la recepción.

—Espere un momento. Voy a avisarle.

Mientras la secretaria se ponía en contacto con Núñez, Víctor tomó asiento en un viejo sillón de escay rojo, de esos que hacen ventosa y de los que cuesta horrores despegarse en verano. En realidad, todo el mobiliario destilaba un pesado aroma a labores rutinarias y grises. Cubículos de trabajo, ordenadores desfasados y un absoluto silencio que hacían del lugar un fabuloso palacio burocrático. Tratando de hacer su presencia allí más llevadera, cogió su Biblia de bolsillo y la hojeó distraídamente.

No tenía ganas de leer, así que se centró en estudiar las páginas centrales, un pequeño limbo ajeno al Antiguo y Nuevo Testamento que, en lugar de versos, contenía diferentes mapas de Jerusalén a lo largo de la historia, desde el reinado de Salomón al actual recinto amurallado. La ciudad poseía una fisonomía parecida a la de Morón. En la zona alta se encontraba el palacio de Herodes, así como en Morón, en el cerro más elevado, se hallaba el castillo. Ambas ciudades tenían en su parte norte una muralla, la de Morón rodeando la torre del homenaje y la de Jerusalén abrazando la cámara del Consejo. Si Jerusalén estaba rodeada por los valles de Gehenna y Cedrón y el huerto de olivos de Getsemaní, Morón se encontraba cercada por la sierra de Esparteros e innumerables fincas de olivos. Uno a uno, fue estableciendo paralelismos hasta llegar a pensar que ambas cartografías se podrían superponer. ¿Cómo nadie más podía ver que todo lo que estaba pasando en el pueblo tenía respuestas en la Biblia? Siempre que abría aquel libro, fuera en la página que fuese, encontraba alguna referencia útil para la investigación. Sentía una rabia infinita. Había un psicópata ultrarreligioso que no dejaba de lanzarles guiños y señales, y al único que las sabía interpretar nadie le hacía caso.

—El señor Núñez lo está esperando. —La recepcionista interrumpió sus pesquisas—. Suba las escaleras y se encontrará de frente con su despacho.

Asumiendo que pensar de la misma forma que su adversario solo le acarreaba frustración, se olvidó del tema y subió las escaleras lo más rápido que pudo.

—¿Se puede? —preguntó el agente al observar que la puerta estaba medio abierta.

—Sí, sí, adelante, por favor —respondió Hipólito Núñez, que no dudó en levantarse y acercarse hasta el cabo para saludarlo.

En cuanto le dio la mano, advirtió el muñón en el dedo anular de Víctor, aunque prefirió no decir nada al respecto. Discreto y educado, el empresario optó por invitarlo a tomar asiento.

—Ocurrió hace muchos años. Cosas de críos —se justificó Víctor, sin que nadie se lo hubiera pedido—. Pero nunca ha supuesto un problema para desempeñar con eficacia mi trabajo.

—No lo dudo. Apenas se nota —se vio finalmente obligado a opinar el dueño de Limpiezas Núñez.

Víctor decidió cambiar de tema y entrar en materia.

—Parece que la situación no ha mejorado desde que nos vimos la última vez. Imagino que está al tanto de los últimos sucesos relacionados con los costaleros.

—Si se refiere a los incendios, sí, estoy perfectamente al tanto. De hecho, desde la Agrupación de Cofradías estamos trabajando para reunir fondos y ayudar a esas familias a rehabilitar sus viviendas.

—Un gesto muy generoso.

—¿Qué clase de cristianos seríamos si no lo hiciéramos? Esos chicos cometieron un error y van a tener que vivir con él toda su vida, por eso hay que estar cerca y echarles una mano. No darles de lado... Es lo que nos enseñó Jesús, y todos los que trabajamos desinteresadamente para recrear su Pasión cada año lo sabemos.

—Entonces..., ¿no sospecha de nadie?

—¿Qué quiere decir? ¿Si sospecho que algún cofrade puede estar detrás de esos incendios?

—Exactamente.

—Lo siento, pero me niego a pensar que sea así. Como le digo, si hay quien piensa que esos chicos merecen un castigo de ese tipo por consumir drogas durante su estación de penitencia, entonces no es ni cristiano ni cofrade. ¿No le parece suficiente castigo tener una adicción?

—No me corresponde a mí hacer juicios morales, señor Núñez. Solo trato de averiguar qué está ocurriendo, por el bien de esos chicos. Verá, no debería decirle esto, porque podría poner en peligro la investigación, pero la misma persona que quema las casas de los costaleros deja una rama de olivo después, como si los estuviera purificando. Convendrá conmigo en que es un tipo de detalle más común entre los cristianos, o gente que pertenece a una hermandad, que entre el gremio de los fontaneros.

—Lo único que eso demuestra es que ese alguien conoce la liturgia, independientemente de su fe o pertenencia a una cofradía. Usted parece conocerla y eso no lo convierte ni en devoto ni en hermano mayor.

—Si sospechara de alguien de la agrupación, ¿me lo contaría?

—No le quepa la menor duda. No somos una secta, si es lo que está insinuando.

—Pues si es así, le pido un poco de colaboración. Aunque usted no sea de la misma opinión, nuestras investigaciones señalan que detrás de esos incendios solo puede haber alguien que pertenezca a una hermandad, que conociese de primera mano las adicciones de esos chicos y cuyo rígido sistema de valores lo llevara a castigarlos y purificar sus almas por haber ridiculizado la Semana Santa. —Víctor Martín exageró las conclusiones, intentando provocar alguna reacción en el empresario—. ¿Es usted lo suficientemente cristiano para echarme una mano e impedir que les ocurra lo mismo a otros costaleros?

—Sí —respondió, algo apabullado—. Si sospecho de alguien, será usted el primero al que se lo diga.

—Se lo agradezco. Por cierto, le voy a pedir un favor más. Hable con todas las cofradías y averigüe si ha habido otros casos parecidos. Quiero decir, si conocen a otros costaleros, nazarenos, aguadores o lo que sea que hayan abusado de las drogas recientemente. Nos gustaría tenerlos controlados y evitar que nadie más en el pueblo sufra una desgracia.

—Así lo haré —dijo Nuñez, todavía intimidado—. Ahora, si me lo permite, tengo que irme. En menos de una hora sale de la iglesia la cofradía de la Salud y tengo que estar allí.

* * *

Con destino a Morón de la Frontera, Lucía y María recorrieron la A-92 a mediodía. El viento de la mañana se había ido haciendo más intenso a lo largo de la jornada, aligerando la sensación térmica de días atrás, de manera que pudieron circular sin necesidad de poner el aire acondicionado. Su objetivo no era otro que pasar por el puesto de mando, conseguir la autorización de Urbizu y acudir tan pronto como les fuera posible a la finca en la que se encontraba la familia Domínguez, para hablar con Rober y llevarlo a la sala de interrogatorios.

—Por cierto, María, me gustaría localizar a este hombre. —La sargento sacó la fotografía que había capturado de las cámaras de vigilancia del cementerio.

—¿Quiénes son?

—El de la derecha es un marine de la base, con el que me he cruzado esta mañana por casualidad. No me han querido dar su nombre, pero no me da buena espina. De momento, no me permiten acercarme a él y hacerle un par de preguntas. Así que habrá que esperar a cómo se desarrollan los acontecimientos. El de la izquierda es Silvano Montes, director de una de las sucursales de Unicaja. Me gustaría que dieras con él y concertaras una cita. Los dos estaban el lunes en el cementerio frente a la tumba de Antonio Jiménez. No sé cómo encajan en toda esta historia, pero intuyo que de alguna manera están involucrados. Y si no lo están, al menos tendrán alguna idea más aproximada que nosotras de por qué Antonio hizo lo que hizo.

Casi una hora más tarde, los planes de Lucía y María comenzaron a torcerse. En el puesto de mando fueron informadas de que el teniente no se encontraba allí, sino en la parroquia de San Javier, para dar un martillazo de honor con la cofradía de la Salud, algo que a la sargento no le chocó en exceso. La idiosincrasia de las hermandades era compleja y a la vez fácil de entender; profesaban la misma admiración por sus santos que por cualquier tipo de autoridad. Ya fueran alcaldes, presidentes de Diputación, cantantes semiconocidos, actores de medio pelo o incluso tenientes de la Guardia Civil, siempre había un lugar de honor reservado para ellos junto al llamador. Al parecer, no les bastaba con asegurarse la vida eterna en el cielo, también querían tener buenos contactos con los que garantizarse una grata existencia en la tierra. Sin permitir que se apoderase de ellas el pesimismo, se desplazaron hasta el centro del pueblo en busca de su anhelado permiso.

Los alrededores de la plaza de la iglesia estaban vallados y abarrotados de gente que esperaba ansiosa la salida de la procesión, sobre todo porque el día anterior la lluvia no había permitido a la hermandad de la Crucifixión completar su estación de penitencia. Con alguna que otra dificultad, lograron acercarse hasta la puerta del antiguo convento franciscano. Un friso coronaba el vano de la puerta con una inscripción inmaculadista: «María concebida sin pecado original». Debajo de ella, un nazareno con túnica blanca, antifaz de color azul imperial, botonadura azul y cíngulo de esparto, cargaba una enorme cruz de madera con ribetes de plata y cruzaba la puerta. Detrás de él, otros cuatrocientos hermanos. La luz de la tarde se colaba en la iglesia, iluminando la hermosa bóveda de medio cañón y los arcos fajones que la sujetaban. El paso del Santísimo Cristo de la Salud se aproximó hasta el dintel. La imagen recreaba las dudas de Jesús en el huerto de los olivos antes de su prendimiento. Al contrario de lo que narraban los Evangelios, el Mesías no se encontraba solo, sino rodeado de los apóstoles san Juan, san Pedro y Santiago. Las pequeñas dimensiones de la puerta obligaron a la cuadrilla de treinta costaleros a ponerse de rodillas para poder salir al exterior. Sin duda, se trataba de la maniobra más complicada del recorrido, por lo que el capataz no dejó de dar indicaciones a sus hombres. A su lado, rígido e inexpresivo, se hallaba un entumecido Eduardo Urbizu, que no acababa de comprender muy bien qué hacía allí, ni tampoco el ejercicio de histeria colectiva en el que participaba todo el pueblo. Examinaba lo que sucedía a su alrededor con el mismo desagrado que un misionero jesuita las costumbres salvajes de los indígenas del Amazonas en el pasado.

—*Tos* por igual, *tos* por igual, mi *arma* —indicó el capataz debajo de la tela del baquetón, procurando que toda la cuadrilla se pusiera de rodillas al mismo tiempo—. Eso es, despacito. Muy despacito.

Finalmente, el paso se colocó justo en la línea que separaba el alicatado de la parroquia del suelo de cemento de la plaza. Por debajo del faldón se podían ver las rodilleras de los costaleros, todos ordenados en fila, esperando pacientemente las siguientes indicaciones.

—Como sabéis, este año podía no haber estado aquí. He pasado por una enfermedad muy mala y, gracias a Él —dijo el capataz, emocionado, señalando al Cristo de la Salud mientras hablaba a sus hombres—, hoy estoy con vosotros. El Señor así lo ha querido —prosiguió, con la voz ya quebrada y luchando por mantener la compostura—. Yo... Yo no puedo tener el privilegio de sacarlo de la iglesia, después de todo lo que ha hecho por mí. Prefiero que eso lo haga otra persona, Eduardo Urbizu, teniente de la Guardia Civil, que cada día se juega la vida por proteger la nuestra y tiene un corazón que no le cabe en el pecho. Vamos a hacerlo por él y por los que lo dan todo sin esperar nada. ¡Vamos, valiente! ¡A esta es! —gritó, sollozando y dando dos martillazos.

Para ejecutar el tercero y último, se acercó con apatía Urbizu. Poca, comparada con la que sintió cuando el capataz se fundió con él en un efusivo abrazo. Con suma delicadeza, al oír el golpe en la madera, los costaleros se arrastraron por el suelo y, arrodillados, avanzaron lentamente. En mitad del escrupuloso silencio, el roce de las rodilleras contra el suelo estremeció a los presentes en la iglesia. La canastilla del paso de Cristo acarició las jambas de la portada hasta que finalmente logró salir, y los vecinos arrancaron a aplaudir. En cuanto sonaron los acordes de la Marcha Real, el capataz volvió a dar otros tres martillazos para que los costaleros disfrutaran de un merecido descanso. De debajo del cajón de madera, salieron muchachos de entre dieciocho y veinticinco años, sudorosos y fatigados. Los jóvenes se abrazaban los unos a los otros después de su heroica maniobra. En la cintura llevaban unas fajas de color burdeos con las que protegían espalda y riñones, y en la cabeza el costal, una especie de saco de arpillera enrollado en una almohadilla, denominada «morcilla», que les ayudaba a mantener seguras las cervicales, lugar donde realmente recaía la carga del paso.

Lucía no pudo evitar pensar que aquel gigantesco peso no era el único que sostenían sus vértebras. Muy a su pesar, como el propio protagonista de la Semana Santa, cargaban con una vida que no habían elegido; heredaron las tradiciones de sus padres, sus trabajos y su falta de expectativas. Un entorno altamente opresivo que probablemente era caldo de cultivo para el consumo de drogas y la proliferación de gente como Rober. El capataz tomó el martillo y los jóvenes costaleros se introdujeron de nuevo debajo del paso.

—¡Qué bonito es creer en Dios y en su madre bendita! ¡Qué bonito! Que no sufra Él solo, vamos a sufrir nosotros también metiendo riñones. Vamos a subirlo muy suave. Sufriendo. Que Él sepa que nosotros también estamos dispuestos a ser mártires. ¡Vamos, valientes, *tos* por igual! —gritó al borde del síncope el capataz a sus hombres.

Y estos le hicieron caso al pie de la letra y, en lugar de levantarlo, lo elevaron. Al igual que cuando caminara por las aguas del Mar de Galilea, Jesús flotaba ahora por el aire de Morón. Ingrávido. Sutil. Etéreo. Tan delicado y frágil como los sueños de los que lo habían encumbrado al cielo.

—¡Qué alegría más grande! ¡Qué corazón el de ustedes! ¡Bendito sea Dios y benditos sean los hombres buenos! Poquito a poco, hijo. Poquito a poco. ¡Qué me gusta el son de los costaleros llamando a las puertas del cielo! ¡No se puede hacer mejor! ¡No se puede!

Las palabras del capataz fueron ahogadas por los graves de las cornetas, que en aquel preciso momento interpretaron «La Saeta» para guiar al pueblo hacia el colapso emocional. Aprovechando la incertidumbre, María y Lucía se acercaron hasta la puerta de la parroquia en busca de Urbizu, que estaba ya más preocupado en buscar un pretexto con el que escapar de lo que consideraba una legión de monstruos incivilizados que en mantener el decoro.

—Debería sentirse un privilegiado. Es un honor que a muy pocos se les concede, mi teniente —saludó con una puya Lucía a su nuevo jefe, que observaba con desprecio los aplausos y vítores de la gente en la distancia.

—¿Qué hace aquí? Si ya ha terminado de ver a su suegra, debería estar con el resto de sus compañeros buscando al crío.

—¿Podemos entrar? —Lucía señaló el interior de la iglesia—. Con los tambores no le oigo bien.

En el único lugar por donde no discurrían nazarenos, los tres agentes de la Guardia Civil organizaron una reunión improvisada.

—Precisamente, venimos a hablarle del secuestro de Álex Domínguez, mi teniente.

—¿Ya lo han encontrado?

—No, pero nos hemos tropezado con algo inesperado; el hermano del pequeño, Rober, es un traficante local que suministraba morfina al fallecido Antonio Jiménez.

—¿Y cómo lo saben? —preguntó incómodo Urbizu.

—María se lo puede explicar. Ha sido ella la que lo ha descubierto. —Lucía concedió el mérito a su compañera, en el gesto probablemente más cariñoso que había tenido hacia ella desde que la conocía.

—He recuperado los antiguos mensajes de texto del iPhone de Jiménez, y en él se puede ver que hasta hace unos meses ambos mantenían una relación típica entre adicto y camello. Como puede observar aquí —señaló María, mostrándole a Urbizu algunos de los mensajes—, en ellos se habla de precios, de lugares de recogida, dosis, etcétera.

—¿Y? ¿Me están diciendo que la desaparición de ese niño puede tener algo que ver con el suicidio de Antonio Jiménez?

—No. —Lucía midió sus palabras, consciente de que no hablaba con un compañero, sino con lo más parecido a un enemigo—. Ni mucho menos. Solo creemos que Rober o su familia no nos han contado toda la verdad. Puede que sea solo una coincidencia. O puede que no. Pero sugiero no descartar que uno de los móviles de su desaparición sea un asunto de drogas. Tal vez un ajuste de cuentas entre mafias enfrentadas. No damos nada por supuesto. Al contrario, nos hemos desplazado hasta aquí para que nos autorice a hablar con Rober, mi teniente.

Urbizu se quedó callado. Su inexpugnable castillo de naipes facial hacía imposible adivinar qué estaba pensando. Bruscamente, abandonó ese rictus y dibujó en su boca algo que María y Lucía tradujeron como una sonrisa.

—Adelante, pero actúen con extrema prudencia. No sabemos qué ha ocurrido en realidad. No criminalicen a ese chico y a su familia hasta tener todos los datos.

—Así lo haremos, mi teniente.

—Tal vez nos ayude también con el asunto de los incendios. El cabo Martín me ha contado que ha habido un nuevo caso.

—Sí, no descartamos ninguna posibilidad —respondió Lucía, complaciente, aunque lamentaba que el cabo se hubiera ido finalmente de la lengua, a pesar de sus advertencias.

Satisfecho con el comportamiento de la sargento, Urbizu se dirigió una última vez a Lucía:

—¿Lo ve? Si usted quiere, nos podemos llevar bien. Me gusta que haya entendido cuáles son sus prioridades. Siga así y no tendremos ningún problema.

—Y usted siga disfrutando de nuestra Semana Santa —replicó con sorna la sargento, incapaz de mantener la disciplina más allá de sesenta segundos.

No obstante, el comentario le hizo gracia a Urbizu.

* * *

A las ocho de la tarde, las montañas de la Sierra Sur se tragaron el sol y los últimos rayos de color ocre se derramaron entre los olivos de la campiña sevillana. El fracaso flotaba en el ambiente, y las esperanzas del grupo de voluntarios de encontrar a Álex con vida eran ya tan estériles como la tierra que pisaban. Poco a poco, los hombres y mujeres que estaban diseminados por aquel desierto aceitunero pusieron fin al rastreo y emprendieron el camino de regreso, abatidos y desanimados.

Antes de que pudieran llegar hasta los todoterrenos de la Guardia Civil, Lucía y María se cruzaron en el camino de Víctor Martín.

—¿Qué tal ha ido?

—Igual que ayer, mi sargento. No hemos encontrado nada —respondió su segundo con el rostro enrojecido tras haber pasado la última hora a pleno sol.

—En realidad, te preguntaba por Urbizu. ¿Qué tal te ha ido con él?

—Ah, bien, supongo —respondió nervioso el agente al sentirse descubierto—. Me lo encontré en el puesto de mando después de hablar con el presidente de la Agrupación de Cofradías. Se mostró interesado en todo el asunto de los costaleros y me pareció razonable contarle lo ocurrido en casa de los padres de Francisco. Es a él a quien debemos reportar cualquier novedad.

—Allá tú, pero espero que no estés actuando por despecho. Vales más que eso. ¿Hay algo que tenga que saber de tu

218

encuentro con Hipólito Núñez o prefieres contárselo solo a Urbizu?

—Poca cosa —respondió Víctor, de mal humor—. Según él, nadie que pertenezca a una cofradía puede estar detrás de una salvajada como esa. De hecho, la agrupación se va a hacer cargo de la rehabilitación de las viviendas. No obstante, le he pedido que trate de averiguar si hay más costaleros que hayan consumido drogas y pudieran estar en peligro.

—Bien hecho —dijo Lucía, con la boca pequeña—. Por cierto, ¿dónde está la familia de Álex? Tengo que hablar con ellos.

—No sé si es buen momento. El padre, que hasta ayer parecía entero, se acaba de venir abajo y ahora mismo lo están consolando su mujer y su hijo.

Lucía alzó la vista e identificó a la familia de Álex debajo de un olivo próximo. Madre e hijo besaban a Manuel en frente y mejillas, e intentaban transmitirle ánimo sin conseguirlo.

—Esto no va a ser sencillo —confesó Lucía después de observarlos.

—¿A qué se refiere, mi sargento? —preguntó Víctor.

—Hemos venido a llevarnos a Rober. Tenemos que interrogarlo. Podría estar involucrado en la desaparición de su hermano.

—¿Qué? Pero ¿por qué? ¿No piensa contarme nada?

—No, a partir de ahora, pienso hacer lo mismo que tú: hablar solo con Urbizu.

Acompañada en todo momento de María, Lucía dejó atrás a Víctor y avanzó hasta donde se encontraba la familia del chico desaparecido. Con suma delicadeza, interrumpió la escena.

—Siento que no haya habido suerte. Lo digo de corazón. Saben que todos estamos implicados al cien por cien en encontrar a su hijo.

—Lo sé, lo sé —respondió Manuel, emocionado—. Tal vez ayer no fuimos del todo justos con usted —dijo después de reprender con la mirada a Rober—. Estamos muy nerviosos, ¿sabe usted?

—No se preocupe ahora por eso. Verá, Manuel..., no traigo buenas noticias.

—¿Qué le ha pasado a mi niño? ¿Lo han encontrado? ¿Está... está...? —preguntó aterrada Isabel sin atreverse a sugerir que Álex pudiera estar muerto; como si fuera un estado únicamente reservado para el mundo de los adultos.

—No, no, hasta donde sabemos, su pequeño sigue con vida. Las malas noticias tienen que ver con su otro hijo.

—¿Con Rober? —contestó incrédulo el patriarca.

El hermano de Álex no sabía qué decir. Su cara dibujaba la misma sorpresa que la de su familia. Después de echar un breve vistazo a su padre y a su madre, se quedó pensativo, hasta que tomó la decisión de salir corriendo. María, instintivamente, no dudó en perseguirlo y, tras ella, el resto de los guardias civiles presentes en la zona, excepto Víctor, que masticaba en la distancia lo que consideraba un nuevo agravio.

—¡Hijo! ¡¿Qué está pasando?! ¡¿Qué está pasando?! —Manuel se levantó, gritando, al tiempo que Lucía intentaba tranquilizarlo.

—Solo queremos hablar con él, de momento no se tiene que preocupar.

—Pero ¿qué ha hecho, por el amor de Dios? —preguntó Isabel, fuera de sí—. ¿Por qué me quitan a mis hijos?

Tras darse cuenta de que su fuga no iba a llegar a buen puerto, Rober se dejó caer al suelo y permitió que María lo apresase. Por su parte, la madre de Álex, consternada, se acercó hasta Lucía y la empujó.

—¡Déjenlo en paz! ¡Él no ha hecho nada! ¡Déjenlo en paz!

En lugar de enfrentarse a aquella mujer desesperada, la sargento optó por abrazarla, hasta que Isabel se quedó sin fuerzas para seguir empujándola y terminó por rodearla con los brazos en busca de consuelo. Manuel, que había conseguido al fin serenarse, se aproximó a ellas.

—¿Qué ha hecho el niño? ¿Por qué ha salido corriendo?

—Será mejor que se lo pregunten a él —contestó con aplomo la sargento al ver que María llegaba con Rober esposado.

* * *

La celda número dos del puesto de mando era prácticamente idéntica a la número uno. De hecho, se podría decir que eran cubículos gemelos. Rectángulos algo más amplios que un aseo, pero con peor ventilación. Tendido sobre un rígido poyete de cemento, Rober tragaba saliva, intranquilo. La noche había caído definitivamente sobre Morón y, aunque el joven intuía el motivo, todavía no sabía a ciencia cierta qué hacía allí. Sin teléfono móvil y sin reloj, apuraba las horas de espera angustiado, mordiéndose las uñas.

Lucía había diseñado para él una pequeña estrategia de desgaste mental: interrogarlo, pero al día siguiente. Quería que pasase toda la noche en el calabozo y alterarlo lo máximo posible. Con ello pretendía derribar todas sus resistencias y asegurarse de que se sintiera acorralado y sin más salida que contar la verdad.

En cualquier caso, de manera inesperada, se encontró con unas horas libres, y en lugar de consumirse entre copas de ginebra en La Molienda, resolvió que necesitaba algo de cariño. Y no se le ocurrió mejor manera de lograrlo que liberar a Valentina y encontrarse con su hija para, juntas, pasar la noche en el hospital.

Con la salida de la luna, la habitación 228 era un remanso de paz.

La familia desestructurada de la sargento se había transformado prodigiosamente en una extraña unidad indivisible. En el sillón de las visitas, Lucía y Claudia se cobijaban la una a la otra, mientras Carmen seguía roncando.

—¿Cómo has conseguido que durmamos las dos con la abuela? Creía que era imposible.

—Y lo es. Pero, lo creas o no, este uniforme abre puertas en los lugares más insospechados.

* * *

Lola corría excitada después de haberse pasado casi todo el día sola en la casa. Como buena perra de caza, llevaba mal el sedentarismo y necesitaba estímulos más poderosos que el que le proporcionaban morder el Kong y jugar con sus juguetes dentro del piso de la casa cuartel. Detrás de ella la seguía a duras penas Valentina, a la que tantas horas de hospital le habían dejado las piernas entumecidas.

Un olor a carne cruda despertó el instinto primitivo del animal y, como si se tratase de un autómata, siguió entusiasmada el rastro a través de las calles colindantes. En un abrir y cerrar de ojos, Lola desapareció. Aunque Valentina quería correr, sus piernas no le respondían. Trataba de seguir a la perra, pero pronto la perdió de vista. Tan solo quería descansar, y la noche prometía ser larga.

—¡Lola! ¡Lola, ven aquí!

CAPÍTULO 6

JUEVES SANTO

«Mas los perros estarán fuera, y los hechiceros,
y los disolutos, y los homicidas, y los idólatras,
y cualquiera que ama y hace mentira».
APOCALIPSIS, 22: 15

Con las primeras luces de la mañana, la ventana del hospital transpiraba humedad. Un rayo de sol moteado de polvo flotante penetró tímidamente en la habitación, rescatando de las sombras a enfermos y familiares. La fina cortina se agitó con la corriente del amanecer, rozando el brazo derecho de Lucía y provocándole cosquillas en el vello hasta despertarla. Con pesadez, la sargento terminó por abrir los ojos y, algo desorientada, examinó dónde se encontraba, respirando aliviada al advertir que a su alrededor no había retratos de santos ni raciones de ensaladilla rusa. Rompiendo la norma de los últimos meses, había logrado dejar atrás por una noche su estación de penitencia en La Molienda. Pronto distinguió que el brazo que rodeaba su cintura era el de su hija y experimentó unos segundos de felicidad. Sin querer despertarla, se incorporó del sillón con extrema delicadeza y observó primero a Claudia y después a su suegra dormir plácidamente. Una vez que se aseguró de que no había interrumpido el sueño de ninguna de las dos, se dirigió hasta el aseo para lavarse la cara. La espantosa luz blanca del baño le devolvió un rostro ajado en el espejo. Aterrada, observó atentamente las arrugas en torno a los ojos, la flacidez de la carne, las manchas de la cara, la disminución del volumen capilar... Examinó con exigencia su fisonomía, buscando algún rastro de la mujer que fue, y no lo terminó de encontrar. Avergonzada de su aspecto, apagó la luz para no ser testigo por más tiempo de su decadencia y acabó de asearse parcialmente a oscuras. Como si

223

estuviera pidiendo disculpas a los demás por su declive físico, salió del aseo con la mirada lánguida. Antes de abandonar la habitación, se despidió de Claudia con un beso en la frente. Cuando estaba a punto de marcharse, su suegra bostezó largamente y se despertó. Al contrario de lo que solía suceder cada mañana, no aparentaba estar extraviada. Casi se diría que se encontraba completamente lúcida. Y lo más desconcertante, la miraba fijamente como si el día anterior no hubiera perdido gran parte de la visión. La contemplaba desde la cama con altivez. Desafiante. Soberbia.

—¡Qué fea eres! —sentenció la mujer sin pestañear.

Lucía no supo cómo encajarlo. Sin duda se trataba de otra incongruencia más, de las miles que evidenciaba a lo largo del día. Pero... parecía tan consciente... Y ella se sentía aquella mañana tan espantosa y vieja... ¿Y si hubiera recuperado el juicio? ¿Y si de verdad estuviera disfrutando con humillarla? O, peor aún, ¿y si no lo hubiera recuperado y hasta alguien ido como Carmen pudiera percibir que tenía el rostro del hombre elefante?

—Estás fea y estropeada. Me alegro de que Luis esté muerto para no verte —persistió su suegra en la provocación.

Claudia no escuchó los disparates de su abuela; permanecía dormida, igual que el paciente de la cama colindante. Nadie en la habitación 228 estaba siendo testigo de la asombrosa recuperación de Carmen. Incómoda, Lucía tuvo que digerir sola aquel desagradable momento. Miedo. Vergüenza. Inseguridad. Estupor... Las emociones se sucedieron en su mente en una enloquecida carrera de relevos sentimental.

—¡Fea! ¡Fea, más que fea! —repitió Carmen.

Lucía miró a un lado y a otro confusa, esperando que alguien más despertara para certificar que lo que estaba ocurriendo era real. Pero nadie lo hizo, y cada segundo que pasaba sentía que sus imperfecciones iban en aumento. Con cada «fea» en la boca de Carmen, la sargento se hacía más y más pequeña. Su suegra era Victor Frankenstein y utilizaba la humillación como una fuente de energía para transformarla en un monstruo.

Harta, se acercó hasta la cama de Carmen, le arrebató la almohada de debajo de la cabeza y la colocó sobre su rostro. En un primer momento no presionó, solo la sostuvo, dibujando una delgada línea entre la vida y la muerte de su suegra. Sabedora de que sus manos eran la última frontera entre aquella cama de hospital y un ataúd de madera, sopesó si asfixiarla o no.

—¡Fea! ¡Fea! ¡Fea! —masculló la mujer debajo de la almohada.

Lucía comprendió que no tenía otra salida que obstaculizar su respiración para que se callase. Sin demasiados miramientos, la suboficial de la Guardia Civil presionó con fuerza la almohada sobre sus fosas nasales hasta que dejó de oír insultos. Antes de levantarla, por las dudas, decidió seguir apretando unos minutos más, hasta que consideró que debajo del látex ya no podía haber vida. Asustada por lo que acababa de hacer, se dio la vuelta para asegurarse de que Claudia seguía dormida. Sin embargo, para su consternación, estaba despierta y la miraba fijamente, paralizada y sin poder articular palabra.

—Lo siento, corazón, lo siento. No se callaba, ¿lo has visto? Lo siento...

Una repentina sacudida la obligó a dejar de hablar.

—¡Mamá, mamá, despierta! ¡Estás teniendo una pesadilla! —exclamó Claudia, sacudiéndole los hombros para que se espabilara.

Lucía abrió los ojos y se dio cuenta de que, efectivamente, se trataba de una pesadilla: detrás de Claudia, Carmen seguía viva. No había manera de acabar con ella, ni siquiera en sueños. Con la boca pastosa, asumió que el despojo de mujer que tenía enfrente les iba a enterrar a todos.

Temiendo enfrentarse al despiadado reflejo del espejo, Lucía eligió no repetir las mismas acciones de aquel intenso sueño y, en lugar de asearse en el baño de la habitación del hospital, se despidió de su hija con un fuerte abrazo y salió a toda prisa para ducharse en casa.

Una vez en terreno conocido y seguro, respiró aliviada. La luz amable del *romi* de su aseo, amarilla y especializada en difuminar todo tipo de imperfecciones, sí le devolvió el reflejo de un rostro que le resultaba algo más familiar. No consiguió borrar las patas de gallo ni las arrugas, pero al menos allí su piel no parecía tener la misma textura que la tierra de las fincas de olivos en tiempos de sequía.

Más calmada, cayó en la cuenta de que no había nadie en casa, e inmediatamente dio por sentado que Valentina debía de estar en la calle paseando a Lola.

* * *

Bien temprano, Víctor Martín estacionó su vehículo en la calle Lobato. La neblina de la campiña había ascendido por el valle y se deslizó lozana entre las calles del pueblo, disfrazando a Morón por unos minutos de una suerte de Whitechapel en el Londres de Sherlock Holmes.

Salvo aquellos que no tenían más remedio que seguir trabajando en el campo, el resto de los vecinos dormía todavía a pierna suelta en el primero de los festivos de Semana Santa. Sin apenas testigos de su presencia allí, el agente de la Guardia Civil esquivó el precinto que mantenía clausurado el domicilio del difunto Antonio Jiménez y se coló en la vivienda. A pesar de que habían pasado cuatro días desde que el juez de guardia ordenara levantar el cadáver del conductor de autobús, el olor a ponzoña seguía siendo insoportable. Aguantando las ganas de vomitar, el cabo inspeccionó una a una las estancias en busca de algún detalle que se les hubiera pasado por alto. Despreciando los consejos de Lucía, seguía convencido de que detrás de todos los sucesos del pueblo se escondía la misma mano: un devoto sediento de venganza. Dispuesto a demostrarlo, salió al patio después de haber registrado el interior de la casa.

* * *

Ya acicalada y con la satisfacción de haberse reconciliado con su imperfecto semblante, la sargento resolvió que tenía lo suficientemente calibrada la autoestima como para acercarse a los calabozos e iniciar el interrogatorio a Rober. Pese a ello, decidió postergarlo y hacer una pequeña visita a la churrería, no tanto por un súbito antojo, sino para ganarse la confianza del hermano de Álex. De camino al coche, desde la distancia, pudo observar que algo le había ocurrido al vehículo. No tenía claro lo que era, pero parecía que alguno de sus vecinos le había arrojado un bote de pintura sobre la luna delantera. Todavía sin la confirmación, Lucía recorrió los cien metros que la separaban de su coche maldiciendo a todos y cada uno de los habitantes de Morón.

Pronto palideció y los insultos se transformaron en confusión. Sobre el capó del coche estaba el cuerpo de Lola con el pecho abierto en dos. La sangre manaba a través de la hendidura que tenía la perra a la altura del esternón y se derramaba por la luna delantera. Una espeluznante cortina roja teñía el cristal del destartalado Citroën C4 Picasso de Lucía mientras el desdichado animal aullaba de dolor.

Conmocionada, la sargento miró en todas direcciones en busca del responsable, pero a aquellas horas no había un alma en la calle. Los gritos de sufrimiento de Lola le taladraban los oídos. «¿Quién cojones es capaz de algo así?», se preguntó Lucía, que empezaba a ser consciente de que no había vuelta atrás y tendría que sacrificar al animal. Le costaba creer que los mismos vecinos que le pinchaban las ruedas o le arrancaban los retrovisores estuvieran detrás de un acto tan atroz. ¿A quién le podían molestar tanto sus malas pulgas como para hacerle aquello a su perra? Definitivamente, aquella acción no podía catalogarse de gamberrada, pues traspasaba por completo la frontera de la provocación y se situaba en un tipo de violencia inaudito para ella.

Un nuevo y terrible bramido del animal la arrancó de sus vacilaciones y la devolvió a una realidad a la que no quería plantar cara. Incapaz de eludir por más tiempo su responsabilidad, bajó al animal del coche, desenfundó la pistola y le pegó un tiro. El eco del disparo hizo que los gorriones que estaban posados en los tejados salieran volando histéricos de sus nidos.

La sargento se agachó para despedirse de Lola; le cerró los párpados, le acarició el morro con ternura por última vez y... fue entonces cuando reparó en que había una nota prendida en el collar. Las manchas de sangre no le impidieron leer el contenido: «*My name is Andrew Taylor. Nice to meet you*».

Sin tiempo para encajarlo, un grito de terror llamó su atención. Era Valentina, que pronto cambió el chillido por un llanto nervioso.

—¿Qué ha pasado, Valentina? ¿Por qué estaba mi perra con el pecho abierto sobre el coche?

—No lo sé, no lo sé... De verdad que no lo sé, mi doña. No sé quién ha podido hacer algo así —repetía entre sollozos.

—Valentina, escúchame, necesito que te calmes y me cuentes qué ha pasado.

La asistenta contempló una vez más el cadáver de Lola y, en lugar de darle una explicación, se abrazó a Lucía, deshecha.

—Lo siento mucho, de verdad que no sé nada. Ayer... Ayer mientras la paseaba se escapó. No quise avisarla para que no se preocupara. Bastante tiene con lo de Carmen. Estuve toda la noche buscándola, pero fui incapaz de dar con ella. Esta mañana he llamado al hospital para contarle que la había perdido, pero Claudia me ha dicho que ya se había marchado. Cuando he preguntado en el cuartel, me han contestado que justo acababa de salir. He corrido todo lo que he podido y la he encontrado aquí... con Lola...

—Cálmate, Valentina —dijo la sargento, haciendo verdaderos esfuerzos para no llorar—. No es culpa tuya. De momento no le digas nada a Claudia de todo esto. Lo está pasando muy mal con lo de su abuela y me parece que sería demasiado para ella. Si te pregunta, le dices que la has llevado a casa de tu hermana, como otras veces. Y, ahora, escúchame, necesito que seas más precisa y me des detalles de cómo ocurrió.

Valentina asentía con la cabeza y se esforzaba por recordar, pero tropezaba una y otra vez con la visión del cuerpo ensangrentado de la perra.

—¿Pue... puede ser en otro sitio? No puedo ver a Lola así. No puedo... —balbuceó conmocionada.

Lucía asintió y ambas se alejaron momentáneamente del cadáver de la perra.

Mientras las dos mujeres hablaban, de uno de los portales cercanos al coche patrulla de la sargento surgieron dos figuras masculinas.

—Fin de tu jornada laboral —dijo sonriente el teniente Andrew Taylor a Silvano Montes—. A partir de ahora me encargo yo.

* * *

Aquella mañana, María Sánchez madrugó para ir a trabajar y, lo que resultaba más extraño, no le importó. Más bien todo lo contrario: parecía entusiasmada. De alguna manera, los tristes acontecimientos que tenían soliviantado a medio pueblo y la influencia de Lucía habían obrado el milagro y, por primera vez en años, la agente tenía ganas de empezar cuanto antes su jornada laboral. En cuanto dieron las ocho y media, se plantó en la oficina de Unicaja de la calle Cánovas del Castillo y esperó paciente a que abrieran la sucursal para hablar con Silvano Montes.

Media hora más tarde, la oficina seguía cerrada a cal y canto, y María comenzó a impacientarse.

—Disculpe, ¿sabe por qué no abren? —preguntó a la primera persona que pasó por allí.

—Chiquilla, hoy no abre ni el banco ni nada; es Jueves Santo.

«¿Cómo puedo ser tan idiota? ¿Cómo he podido olvidar que es festivo?», se preguntaba María. Aunque le ponía voluntad, todavía le faltaban horas de vuelo y aprendizaje para llegar a ser como Lucía Gutiérrez. Abochornada, agradeció la información y se marchó pitando.

No tardó mucho en llegar al puesto de mando. Con una taza de *Juego de Tronos* en la mano, la agente se sentó a su mesa y encendió el ordenador. Le bastaron dos tragos largos de café para concentrarse y apenas cinco minutos de rastreo para dar con el teléfono de Silvano Montes. Después de anotarlo en un pósit, marcó los números y probó suerte.

—¿Sí? —respondió una voz al otro lado con recelo.

—¿Silvano Montes? Me llamo María Sánchez, soy agente de la Guardia Civil y me gustaría hacerle algunas preguntas. —De repente se oyó un pitido—. ¿Señor Montes? —insistió María, al sospechar que le había colgado.

Sin perder la fe, María volvió a llamar, pero Silvano ya no se atrevió a descolgar. Lo intentó una y otra vez hasta que le quedó claro que, por alguna razón que desconocía, el empleado de banca no quería hablar con ella. Aunque la mañana no había comenzado como la agente tenía previsto, no perdió la esperanza y trazó un plan B: localizar el teléfono fijo de su residencia. De nuevo, con la ayuda del ordenador y sin demasiada dificultad, dio con el número.

—¿Dígame? —contestó Noelia.

—Buenos días, soy María Sánchez, agente de la Guardia Civil, y estoy tratando de localizar a Silvano Montes para hacerle unas preguntas, ¿se encuentra con usted?

Noelia no supo qué contestar. Tenía miedo de poner en peligro a su marido y, al mismo tiempo, le horrorizaba que Silvano pudiera haber cometido algún delito. Su enigmático comportamiento en el supermercado daba a entender que estaba detrás de algo más grave que una simple infidelidad. Pero ¿el qué? Ni siquiera había tenido tiempo para ver qué había en el *pendrive*. ¿Debía aprovechar la llamada para contarle lo ocurrido a aquella agente o era mejor callarse?

—¿Oiga? ¿Puedo saber al menos con quién hablo?

—Soy... Noelia, su mujer —atinó a decir—. Ahora mismo no puedo atenderla. Lo... lo siento...

—¿Qué está ocurriendo, Noelia? Sé por su tono de voz que hay algo que la asusta. ¿De qué se trata? Cuéntemelo, puede confiar en mí...

—Lo siento... —dijo Noelia antes de colgar.

—¡Joder! —María golpeó el teléfono contra la mesa, para desconcierto de sus compañeros.

Puede que todavía no tuviera la intuición y los conocimientos de Lucía, pero en menos de una semana a su lado, ya había incorporado su lenguaje y su poca paciencia.

* * *

En torno a las diez de la mañana, los nervios de Rober se habían transformado en un hambre feroz. La última vez que había probado bocado había sido el miércoles al mediodía durante la batida para encontrar a su hermano. Un bocadillo de chóped. O de mortadela con aceitunas. Ya ni siquiera lo recordaba. Su estómago se replegaba sobre las paredes abdominales rastreando algún resto de grasa, sin éxito. Estaba tan apurado que en aquel momento se habría comido hasta el potaje de berzas que hacía su madre y que tanto asco le daba. Una mezcla de insolencia y orgullo le impedía comerse los alimentos que los agentes encargados de su vigilancia le habían suministrado. Así que siguió recostado en el poyete de la celda, esperando que alguien viniera a por él antes de consumirse.

Un fuerte olor a churros se coló por los barrotes y le perforó el vientre. Incapaz de resistir la tentación, se incorporó y aspiró profundamente como si pudiera transmutar el aroma de la harina frita en algo sólido. Al cabo, aquel aroma se hizo más y más intenso, hasta que apareció en los calabozos Lucía. Llevaba en la mano una bolsa con tejeringos y chocolate caliente, y su cara no reflejaba de ninguna de las maneras que acababa de sacrificar a su perra de un disparo. En cuanto Rober comprobó quién era la propietaria de su sueño calórico, volvió a recostarse y simuló indiferencia.

—Suárez, ábrame la dos.

—A sus órdenes, mi sargento.

Lejos de las sofisticadas prisiones norteamericanas, todo en aquel sencillo cuartel era casi artesanal. En lugar de tener las puertas de los calabozos automatizadas, eran los propios agentes los encargados de abrirlas y cerrarlas. Después de un largo chirrido metálico, Lucía se internó en la celda y deposi-

231

tó la bolsa de tejeringos y el chocolate justo en el centro del cubículo.

—Te he traído algo de desayunar.

—No tengo hambre —contestó con indiferencia Rober.

Desde donde estaba Lucía, pudo escuchar perfectamente cómo las tripas del chico sonaban igual que un órgano de tubos en una iglesia. Era cuestión de tiempo que el apetito derrotase a su soberbia. Consciente de ello, decidió jugar con él. Se acercó hasta la bolsa de churros, tomó uno y le dio un bocado.

—Mmm, buenísimos. Son del quiosco La Estepa. Si esperas mucho más, se van a quedar fríos.

Rober miraba cómo Lucía engullía el tejeringo y una sensación de mareo le recorrió el cuerpo. Estaba a punto de desmayarse, y el olor de la grasa empapando el papel no le ayudaba nada a controlar su consciencia.

—No me va a comprar con un par de churros.

—Si dejas de comportarte como un cretino, puede que, además de comer churros, te deje hablar con tus padres. En tu mano está.

Tras meditar la oferta, se deshizo de su arrogancia y se acercó hasta la bolsa de los churros. Al principio lo hizo con algunos remilgos, pero, tras el primer bocado, se abalanzó sobre ellos.

—Buen chico, el desayuno es la comida más importante del día —dijo Lucía mientras Rober empalmaba un tejeringo con otro.

Una vez superada la fase del ansia, el joven comenzó a mojar los churros en el chocolate y a saborearlos con deleite.

—¡Joder, están buenísimos!

—¿Sabes que no estoy aquí para hablar contigo de churros, verdad? —cambió de tercio la sargento. A Rober lo descolocó la pregunta, mientras el chocolate y el aceite le chorreaban por la comisura de los labios—. En cuanto te limpies la boca, iremos a la sala de interrogatorios. He tenido una mañana de mierda y solo son las diez, así que más te vale ser sincero. Estás metido en algo muy serio.

232

La sargento abandonó la celda mientras Rober se frotaba con esmero los labios para quitarse los restos de comida e inmediatamente la siguió a través de los pasillos del cuartel. Lucía tenía la misma facilidad para tomar siempre malas decisiones sobre su vida que para doblegar la voluntad de los demás.

* * *

—¿Sí? —preguntó Urbizu al descolgar el teléfono móvil—. ¿Quién es?

—Soy el cabo Martín, mi teniente. He... he encontrado algo en la vivienda de Antonio Jiménez.

—¿El que se suicidó el pasado domingo?

—El mismo.

—¿Y de qué se trata?

—De una rama de olivo, mi teniente. Estaba en el parterre, cerca de donde encontramos el cuerpo. Tal vez el viento la desplazó. Tenga en cuenta que llegamos dos días después de que se suicidara, y la zona estaba contaminada por kilos de basura. Era difícil reparar en ella. Bueno, por eso y porque en aquel entonces tampoco sabíamos que era una pista.

—¿Y se puede saber quién le ha dado autorización para ir allí?

—Tenía esa intuición, mi teniente. Desde hace días la tengo, pero... pero la sargento Gutiérrez me dijo que me olvidara de todo esto.

—Entiendo... Escúcheme, cabo, será mejor que nos veamos en mi hotel. Tenemos que hablar... en privado.

* * *

María tenía la seguridad de que Silvano Montes estaba escondiendo algo y que su mujer lo encubría. Pero era mejor cerciorarse que dejarse llevar por sospechas. De modo que se concentró en la pantalla de su ordenador e investigó quién más trabajaba en la sucursal de Unicaja junto a Montes. Esta vez tardó algo más en encontrar alguna referencia y necesitó la ayuda de las redes sociales para dar con Fátima Muñoz, una chica, más o menos de su edad, licenciada en Económicas y con un MBA en dirección de empresas, según pudo leer en su perfil de Facebook. Un currículum excesivo para terminar trabajando en una sucursal en Morón de la Frontera, pensó. Allí también encontró el instituto y el colegio en los que estudió, que era una apasionada de Disney e incluso su número de teléfono móvil. María no podía entender cómo la gente hacía pública tanta cantidad de información. Y, para ser sinceros, tampoco podía comprender que alguien con más de doce años quisiera ser una princesa Disney.

Decidida, la llamó.

—¿Diga? —preguntó la voz al otro lado del aparato.

—¿Fátima Muñoz?

—Sí, soy yo. Perdona, pero me pillas saliendo de viaje, no es un buen momento —dijo la empleada de banca al confundir el largo número de teléfono con el de una teleoperadora.

—Será solo un momento. Soy María Sánchez, agente de la Guardia Civil. No la llamo para cambiarse de compañía telefónica, si es lo que teme —explicó, tratando de empatizar con ella.

—Y ¿qué es lo que quiere?

—Estoy buscando a Silvano Montes para hacerle unas preguntas.

—Pues ya somos dos.

—¿Perdón? ¿Qué quiere decir?

—Que desde ayer no sé nada de él. No apareció por la oficina y es el jefe.

—¿Y no se ha puesto en contacto con usted? Tal vez esté enfermo.

—No lo creo. Lo he llamado como cuarenta veces al teléfono móvil y no contesta. Con la que sí he podido hablar es con su mujer, pero ella tampoco sabe dónde está.

—¿Es habitual este comportamiento en el señor Montes?

—Desde que empezó esta semana, sí. No quiero parecer una chismosa, pero diría que Silvano se está separando de su mujer. Ha estado durmiendo en la oficina estos días, ha descuidado su aspecto... Entraba y salía de la sucursal sin dar explicaciones. Actuaba de forma muy rara, ¿sabe? Ni siquiera me dijo que en la caja solo quedaban veinte mil euros. He tenido que hacer malabares para evitar que nadie retirara dinero estos días. Menos mal que hasta el lunes no abrimos, porque ha sido bastante caótico.

—¿Veinte mil euros es poco? ¿Cuál es la cantidad habitual de dinero que tienen en caja?

—Normalmente, unos doscientos mil, pero, en circunstancias especiales, podemos llegar a tener hasta trescientos mil.

—¿Y qué cree que hizo Silvano Montes con el dinero que faltaba?

—No lo sé, con todo el jaleo que he tenido estos días yo sola, no he tenido tiempo para comprobar los registros.

—¿Hay algo más que le haya llamado la atención?

—Solo eso... Que ha estado entrando y saliendo de la oficina sin dar explicaciones y que ayer ni siquiera se presentó. Perdone, ¿puedo saber por qué lo están buscando? ¿Ha ocurrido algo que deba saber?

—Nada grave. No se preocupe, ha sido de gran ayuda. Disfrute del puente. A su vuelta, si no le importa, comprobaré con usted las anotaciones del registro.

María ya no albergaba ninguna duda. Tenía que ponerse en contacto con la mujer de Silvano y tenía que hacerlo cuanto antes. Entusiasmada con la forma en que iban solapándose las pistas, cruzó el vestíbulo del puesto de mando a toda velocidad en busca de más indicios. Sabía que no era un juego, pero había algo adictivo y lúdico en la manera en que iban encajando todas las piezas. En la puerta de salida, tropezó con Enrique Urbizu y su entusiasmo desembocó en un sobresalto.

—¿Puedo saber a dónde va?

La agente titubeó durante unos segundos. Quería seguir los consejos de Lucía y no comentar con el teniente ninguno de los avances de su investigación, pero, por otro lado, algo tenía que decirle para que no desconfiara de ella.

—Estoy en medio de una investigación, mi teniente. —Eligió el camino más aséptico posible sin tener que recurrir a la mentira.

—¿Una investigación? ¿De qué caso?

—En relación al asunto de drogas del que le hablamos ayer, mi teniente —respondió María, midiendo muy bien sus palabras.

—No me puedo permitir tener tantos efectivos pendientes de algo tan pequeño. Es Jueves Santo, estamos buscando a un niño desaparecido y acaba de arrancar la operación salida del puente de Semana Santa. La sargento Gutiérrez puede apañárselas sola, a usted la necesito en la autovía. —A María Sánchez se le ensombreció el gesto. Vigilar el tráfico era lo que más odiaba en esta vida. Incapaz de disimular, Urbizu comprendió que no era lo que la agente esperaba—. ¿Tiene algún problema con eso?

—Ninguno, mi teniente.

—Pues ya sabe lo que tiene que hacer. Hable primero con el agente Salas, y que le asigne una zona de vigilancia en la A-406.

Como si arruinarle la vida a la gente fuera una simple rutina para él, a continuación Urbizu salió por la puerta y se dirigió a su hotel.

* * *

Una luz cenital iluminaba una pequeña habitación en la que tan solo había una mesa de madera gastada y dos sillas de color verde claro a cada lado de esta. Tal vez llamar a aquel espartano espacio «sala de interrogatorios» fuera excesivo, pero, junto a su despacho, era la única estancia privada lo suficientemente amplia en el puesto de mando. Con la ayuda de un portátil, donde se encontraban redactados en un archivo de Word los presuntos cargos que podrían imputarle a Rober, Lucía leyó en voz alta:

—Roberto Domínguez García, con DNI 79872133V, residente en Las Caleras de la Sierra, municipio de Morón de la

Frontera, se le acusa de tráfico ilícito de drogas tóxicas, estupefacientes y sustancias psicotrópicas que pueden provocar grave daño. Un delito contra la salud por el que se le podrían reclamar de seis meses a tres años de prisión.

La sargento hizo una breve pausa y reparó en cómo al hermano de Álex le sudaban las manos y se las secaba en los pantalones. Durante un instante, resistió callada, pretendiendo disparar el ritmo cardíaco del joven. Los intentos de Rober por controlar sus secreciones fueron en vano. Pronto le sudaron también la frente, las axilas y el cuello.

—¿Puedo beber agua?

—Más adelante —le contestó la suboficial, que se había propuesto que el chico no se pudiera relajar ni un solo momento.

Unido a sus problemas de sudoración, el frito de los churros le provocaba ardores de estómago, y cada vez que le ascendía por la laringe la acidez, se tapaba la boca para disimular. Su capacidad de resistencia era muy inferior de la que había imaginado Lucía, que al advertir tanta fragilidad, optó por ir al grano.

—Rober, no te voy a engañar. Va a empezar a lloverte mierda sin parar y yo soy la única que tiene aquí un paraguas. ¿Lo quieres o no?

—¿Qué quiere decir con lo del paraguas?

—¿No está claro? Quiero decir que si colaboras, podemos olvidarnos de que el asunto llegue a los tribunales y dejarlo en una multa por el valor de la droga que has vendido estos años. Así que, ¿qué eliges, Rober, proceso judicial o colaboración?

—No sé de qué me habla. Yo no he vendido drogas en mi vida. Mis padres y yo deberíamos estar buscando a mi hermano en el campo. Estamos perdiendo el tiempo aquí.

—¿En serio? ¿Todavía quieres hacerme creer que eres inocente? ¿Me vas a obligar a leerte los más de doscientos mensajes que intercambiaste con Antonio Jiménez? —preguntó Lucía, y sacó de una carpeta un montón de folios.

Sin darle tiempo al chico para que pudiera contestar, la sargento procedió a leer algunos de ellos.

—Martes 6 de octubre de 2015: «Antonio, ya tengo tu mierda. En media hora te espero donde siempre en El Fontanal». Jueves 22 de octubre de 2015: «Tengo lo tuyo. Ven con doscientos euros a la plaza de San Francisco». Lunes 2 de noviembre de 201...

—Puede que hiciera algún trapicheo para Antonio, pero eso no me convierte en traficante —la interrumpió el joven.

—Como bien dices, estamos perdiendo el tiempo aquí en lugar de estar buscando a tu hermano. De ti depende que terminemos pronto o nos pasemos en esta mesa todo el puto día. Sabes tan bien como yo que en estos mensajes queda perfectamente claro que no solo suministrabas morfina a Antonio, sino que traficabas con otras drogas en el pueblo: ketamina, anfetaminas, cocaína... ¿Quieres que te lea los doscientos quince mensajes, uno a uno, o quieres ayudar a tu hermano?

—¿Y confesando que soy un camello va a volver? Si es así, lo digo: soy un camello. ¿Ve usted a mi hermano ya por aquí?

—Ya sé que eres un camello, no estás aquí por eso. Quiero que me ayudes a entender qué coño está pasando en el pueblo.

—Y ¿cómo quiere que lo sepa? Usted es la guardia civil, no yo.

—En eso debo darte la razón. De hecho, creo que es lo más sensato que te oído decir desde que te conozco. Verás, Rober —dijo Lucía después de levantarse y acercarse a la ventana—, tengo la sensación de que en esta última semana nadie me dice la verdad. No tengo ningún problema con los secretos. Todos tenemos alguno. Solo que, en esta ocasión, puede que ocultarlos no esté ayudando a encontrar a tu hermano.

—Usted ya conoce el mío.

—Solo en parte —apuntó Lucía mientras observaba el infinito a través de la ventana—. El domingo nos encontramos a Antonio Jiménez con las tripas esparcidas por su jardín. Días más tarde, tus padres denunciaron la desaparición de tu hermano, al que, curiosamente, llevaba en autobús la víctima. Y ayer descubrimos que, lejos de lo que nos habían contado tus padres, tú mantenías una relación continuada con él a través de la venta de morfina. Creo que hasta tú, que no eres guardia civil, puedes ver cierta conexión entre un caso y otro.

—Se ha emperrado en relacionar a Antonio con la desaparición de mi hermano y se equivoca. Puede que yo no le haya dicho toda la verdad, pero mis padres, sí. Antonio era incapaz de hacerle daño a nadie. Bastante tenía el hombre con hacerse daño él.

—¿Qué significa eso?

—No sé qué es lo que le habrán contado de Antonio, pero, créame, he llegado a conocerlo lo bastante bien como para saber que ese chaval ya tenía bastante con lo suyo. ¿Sabe que sus padres murieron cuando tenía quince años? Creo que fue en un accidente de tráfico. Nunca hablaba de eso, así que no lo tengo muy claro. El caso es que nunca lo superó. Se quedó mal de la chola. Decía que tenía un trastorno de ansiedad y que sufría ataques de pánico, problemas de insomnio... Qué sé yo. A mí me sonaba todo a chino. Era un tío muy raro. No hablaba con nadie, no le gustaba salir de casa y decía que le daban miedo los hospitales. Así fue como lo conocí. Un amigo de un amigo de un amigo... le dijo que yo lo podía ayudar a tranquilizarse y... y... ahí empezó todo. Al principio solo me pedía orfidal, lexatin y cosas así para ir tirando. El problema fue que cada vez le costaba más dormir. Las pastillas no le bastaban y parece que leyó en internet que la morfina le podría ayudar. Me la pidió y yo se la conseguí. Era un cliente de puta madre. Pagaba puntualmente y siempre quería la misma cantidad. Pero, claro, a pesar de que era un tío muy listo, la morfina no la puedes controlar como el orfidal, y terminó enganchándose.

—Antes de que sigas, hay algo que no termino de entender. ¿Dónde cojones conseguías la morfina? Hablas de ella como si se pudiera comprar en un estanco.

Rober pensó la respuesta durante unos segundos.

—Donde conseguía todo lo demás: en la base.

Al escucharlo, Lucía abandonó la ventana de inmediato y volvió a sentarse a la mesa, llena de curiosidad.

—¿En la base... americana?

—Claro, aquello es como un Carrefour de las drogas. Todos los días llegan a Morón aviones militares procedentes de Afganistán, Pakistán, Turquía..., y con ellos la marihuana, la coca, la heroína y todos los derivados del opio que se pueda imaginar.

—Y vas allí y te sirves, ¿así de fácil? —preguntó Lucía, realmente sorprendida de lo que estaba escuchando.

—Ah, no, fácil no es. Yo me lo tuve que currar. Estuve un par de meses haciendo amistad con uno de los soldados americanos. Lo invitaba a copas, le presentaba a amigas..., ya sabe, hasta que al final me hice su colega y me puso en contacto con alguien de la base para que me vendiera.

—¿Puedo saber cómo se llama?

Rober volvió a tomarse unos instantes para madurar la respuesta.

—Johnson.

—¿Johnson? ¿Jack Johnson?

—Sí, sí, Jack Johnson me parece que era. ¿Lo conoce?

—Más o menos. Lo encontramos ayer enterrado en una finca de olivos.

—¡Coño! Sabía que le había pasado algo.

—¿A qué te refieres con que lo sabías?

—Verá, hace cosa de tres o cuatro meses, el *nota* desapareció de la base. Ocurrió de la noche a la mañana. Me encontré con un montón de enganchados y ninguna droga que ofrecerles. Casi me cuesta la vida. Por casualidad conocí a un tío en Sevilla que me ha ido pasando cantidades pequeñas de *maría, eme, keta*..., y con eso he podido ir tirando. No es de la misma calidad, pero no puedo hacer otra cosa.

—No es de la misma calidad... ¿Podrías ser más preciso?

—Lo que les pasó a Francisco y Salva durante las procesiones de Vísperas... No se les fue la olla por casualidad. Lo que se metieron... Lo que se metieron era basura. Todo lo que me llega ahora está mezclado con lejía, detergentes y movidas así. Lo he descubierto demasiado tarde... Si estoy más nervioso estos días, es porque me siento responsable de todo lo que está pasando.

—¡Joder, Rober! —se quejó Lucía, que empezaba a ver algo de luz en aquel angosto túnel—. ¿Por qué no has hablado antes conmigo?

—¡Porque estaba cagado! Uno de los que se quedó más tocado fue Antonio. Nunca más le pude conseguir morfina y tuvo que apañárselas él solito con un mono de tres pares de cojones. Lo he pasado fatal. No me atrevía a llevar Álex a la parada para no encontrarme con él. Lo he estado evitando todo este tiempo hasta que... me enteré de lo que le ocurrió —confesó el joven, eludiendo mencionar la palabra suicidio.

—¿Y no se te ha ocurrido pensar que cualquiera de esos *enganchados* ha podido secuestrar a tu hermano como venganza? ¿O alguien del pueblo? ¿Has visto lo que ha ocurrido con las casas de los padres de Francisco y Salva?

—Sí, lo he pensado, sí... Es más... —Y, antes de seguir, temiendo que su respuesta pudiera comprometerlo, optó por callarse.

—¿Es más, qué? ¿Qué ibas a decir?

—¡Nada! —contestó entre asustado y arrogante, en ese estado fronterizo y poroso difícil de delimitar en los chicos de su edad.

—Mira, Rober, a mí no me torees como a tu padre. Por si todavía no te has dado cuenta, tengo muchos más cojones que él.

—¿No debería hablar antes con un abogado?

—Mira a tu alrededor. Mira bien esta mesa, estas sillas. Fíjate en los desconchones de las paredes —señaló Lucía, poniendo de relieve la precariedad de las instalaciones—. Estás en un cuartel de la Guardia Civil en Morón de la Frontera, no en una puta película de sobremesa. Será mejor que me digas todo lo que sabes si no quieres verme realmente cabreada.

—Está bien, está bien... —rectificó Rober, que no sabía cómo manejar los envites de la agente—. Sí que pensé que alguno de esos *colgaos* le podía haber hecho algo a mi hermano. Pero estaba demasiado acojonado para contárselo. Cuando vino a casa de mis padres, lo único que me preocupaba era que no encontrara el material con el que trapicheo. Al día siguiente, mientras usted buscaba a mi hermano, tiré todo lo que tenía al canalillo de la finca. Estoy limpio, se lo juro. Esto no va a pasar más.

Lucía se llevó las manos a la cabeza y refunfuñó. Cada vez tenía más claro que todo lo que estaba ocurriendo en el pueblo estaba relacionado con una red de drogas con origen en la base, y no con un ultracatólico perturbado. Y lo que era más grave, no le quedaba otra alternativa que volver allí a hablar con Hoopen.

—¿Te suena de algo el nombre de Andrew Taylor? —recondujo Lucía el interrogatorio.

—¿Debería?

—No lo sé, tú eres el que hacía negocios con los soldados de la base. ¿Nunca has oído su nombre?

—Me quiere sonar, pero ahora no caigo...

Para refrescarle la memoria, la sargento Gutiérrez colocó sobre la mesa la única foto que tenía del marine.

—¿Has visto en alguna ocasión a este hombre?

—¿A cuál de los dos?

—En principio, al de la derecha. Pero también me podría servir de ayuda si reconoces al que está a su lado, Silvano Montes.

—A este de aquí sí lo he visto —dijo Rober, señalando a Taylor—. Iba mucho a La Noche. Bueno, él y todos los soldados que querían *pillar*. Era un tío bastante popular.

—¿A qué te refieres con popular?

—A que todos parecían tratarlo con respeto.

Lucía Gutiérrez torció el gesto y empezó a cavilar sobre cómo desafiar la autoridad de Urbizu para plantarse en la base de Morón sin que ello la comprometiera en exceso. Por desgracia, Rober interpretó su silencio como un juicio sumarísimo a su falta de ética.

—Sé que está pensando que soy un hijo de puta y que estoy jodiéndoles la vida a todos los críos del pueblo. Pero, créame, si no hubiera sido yo, habría sido otro cabrón. Es este pueblo el que está podrido por dentro, no yo. Aquí los chavales de mi edad no se meten *farlopa* de fiesta para divertirse los fines de semana. Salva, Francisco o yo mismo nos metemos lo que pillamos para no pensar que tenemos que trabajar en el campo o cargar con un paso de Semana Santa. Aquí no hay otra cosa que hacer.

—Es mejor que lo dejemos aquí. Bebe toda el agua que quieras y luego márchate con tus padres. No me vas a convencer de que eres un mal necesario. Todos tenemos problemas. Incluso tus padres, y no veo que ellos consuman cocaína para evadirse. Si quieres quedarte con respuestas fáciles, adelante, pero no intentes venderme que eres la puta reencarnación de Nelson Mandela, porque yo no tengo veinte años. Agradezco tu colaboración, pero tu caso va a ir a los tribunales. Ya se pondrán en contacto contigo desde los juzgados.

—¡Pero me prometió que solo sería una multa!

—Pues he cambiado de opinión. Debe de ser por las hormonas. O porque un hijo de puta me ha obligado a matar a mi perra. O, a lo mejor, es más sencillo y lo hago porque me revienta la gente que culpa a los demás de sus problemas. No lo tengo claro. Decídelo tú. Por cierto, antes de marcharte, quiero que me hagas una lista con todos los chicos a los que les has vendido drogas últimamente. Y, en especial, de los que salen en procesiones.

—Que haya vendido a costaleros..., creo que solo queda uno: Lolo.

* * *

María se encontraba dentro de un coche estacionado en el arcén en el kilómetro quince de la A-406 en sentido Sevilla, midiendo la velocidad de los vehículos junto al agente Salas. Justo cuando parecía haber encontrado su lugar en el cuerpo y sentía curiosidad por el trabajo de investigación policial, Urbizu la había desplazado hasta aquella carretera como parte del dispositivo de seguridad de la operación salida en el puente de Semana Santa.

—Atlético de Madrid-Betis, ¿qué le pongo? —preguntó Salas con un lápiz en una mano y una quiniela en la otra.

243

—Ya te he dicho que no me gusta el fútbol —respondió María de mala gana.

—¿Fútbol? El Betis no tiene nada que ver con el fútbol, es una forma de vida. Si solo fuera fútbol, mis perros no se llamarían Gordillo y Finidi. Venga, una «X» del tirón.

Mientras Salas seguía concentrado en completar la quiniela con la misma atención que si estuviera operando a corazón abierto, un monovolumen de color plata con un par de bicicletas de montaña y una canoa en la baca pasó a su lado a unos 145 kilómetros por hora. Sin ganas de registrar la infracción, María metió la mano en su bolsillo y rozó con los dedos la piel de serpiente que se había encontrado durante la batida, dejándose llevar por una vieja fantasía: salir de Morón. A sus veintiún años, jamás se había ido de vacaciones. Más allá de Sevilla, una breve visita al parque Tivoli World de Torremolinos con el colegio y nueve meses en la academia de guardias civiles de Baeza —que venía a ser lo mismo que Morón, pero con más olivos y más frío—, nunca había podido disfrutar de la sensación de estar en otro lugar. No sabía lo que se experimentaba cuando nadie te conocía. O cuando te perdías en una ciudad extranjera. O cuando terminabas pidiendo una pizza porque no sabías traducir el resto de los platos de la carta. O cuando tenías que pagar un extra por llevar sobrepeso en la maleta por ropa que nunca te pondrías. Todo lo que cualquiera había vivido al menos una vez en la vida, María lo había tenido que imaginar. A veces, porque sus parejas habían preferido invertir en cosas más tangibles, como una PlayStation, en lugar de en algo tan etéreo como un billete de avión, y otras porque sus amigos, más tradicionales y mitómanos del terruño, estaban plenamente convencidos de que como en Morón no se vivía en ningún otro lugar, el caso es que la única pista de despegue que conocía era aquella autovía con destino a Sevilla. Resignada, paliaba todas estas ausencias con postales que pedía a sus conocidos de internet. En las paredes de su habitación, no existía un milímetro vacío. Todo estaba ocupado por imágenes típicas de Hanói, Roma, Buenos Aires o Nueva York.

Mientras el monovolumen se alejaba sin aminorar la velocidad, María especulaba con el destino final de la afortunada familia. Deseaba que fuera Cádiz y, en concreto, Tarifa. Imaginaba ese par de bicicletas paseando por las ruinas romanas de Baelo Claudia y, más tarde, después de comer atún rojo de almadraba en cualquier chiringuito, lanzarse en canoa al mar y navegar por las aguas de la playa de Bolonia. Todo era tan real que casi podía lamerse los restos de sal en los labios.

Una vieja camioneta que transportaba chatarra también pasó a su lado a una velocidad superior a la permitida, con tan mala suerte que una de las piezas saltó del remolque. Era una ventana de aluminio, y el ruido del impacto la despertó de sus alucinaciones de guía Lonely Planet de medio pelo.

—¡Ocúpate tú, que yo todavía tengo lío! —dijo Salas sin apartar la mirada de la quiniela.

María dejó de acariciar la piel de serpiente y se lanzó a la autopista para cortar el tráfico y apartar los restos de la calzada antes de que alguien pudiera sufrir un accidente. En pocos minutos, la A-406 se colapsó y, cuando se quiso dar cuenta, había creado un inmenso atasco.

Cuando todavía se estaba deshaciendo de los trozos de la ventana, reparó en que por el arcén avanzaba otro coche patrulla de la Guardia Civil con las luces de emergencia y la sirena conectadas. En un primer momento, María pensó que venían a echarles una mano; segundos después, comprobó el lamentable estado del vehículo y dedujo que se trataba de Lucía Gutiérrez. Entonces entendió que la que necesitaba ayuda era la sargento.

—Tenemos que volver a entrar en la base y nadie puede saberlo —le soltó Lucía a bocajarro después de estacionar el vehículo—. ¿Alguna idea?

—¿Piensa llevar el coche al taller en algún momento, mi sargento?

—Venga, entra y te pongo al día.

La presencia de otro coche patrulla terminó por alterar a Salas, que, con todo el dolor de su corazón, tuvo que dejar por un momento la quiniela y salir del vehículo para comprobar qué estaba ocurriendo.

—Yo también tengo novedades, mi sargento, pero me temo que no me puedo mover de aquí. Estoy con Salas vigilando el tráfico. Órdenes de Urbizu.

—Buenos días, mi sargento, ¿puedo ayudarla en algo? —preguntó Salas, acercándose a la ventanilla y completamente descolocado con la repentina visita.

—¿Sabes qué? Que le den por el culo a Urbizu. ¡Entra! —exhortó la suboficial a María como si allí fuera no hubiera nadie más.

—Perdón, ¿puedo saber qué pasa, mi sargento?

—¿No querías ayudarme, Salas? Pues ya lo sabes, vas a cubrir a la agente Sánchez. Ella tiene cosas más importantes que hacer que poner multas de tráfico. Eso se te da mejor a ti. Buenos días.

* * *

En la parte de atrás de Casa Pepe, una tradicional casa de comidas andaluza, un cartel con el nombre de la taberna y una copa de vino incrustada en la primera «P» de «Pepe» daban la bienvenida a los clientes. Con el coche patrulla aparcado debajo de la placa, Lucía y María conversaban en el interior.

—¿Y qué pintan en toda esta historia Silvano Montes y Andrew Taylor? —preguntó la joven agente.

—Es lo que tenemos que averiguar. En cuanto terminemos aquí, vamos a hacerle una visita a la mujer de Montes. Por cierto, ¿puedes buscar quién cojones es Andrew Taylor?

—¿Con el móvil? No creo que encuentre gran cosa, necesitaría tener mi ordenador y probar a entrar en la intranet de la base.

—¿Qué dice aquí? —preguntó Lucía, que cansada de las excusas de María, había encontrado un par de artículos en los que aparecía el nombre de Andrew Taylor.

—Déjeme ver. —María se acercó al teléfono de la sargento—. Vamos a pinchar en este artículo del *Washington Post*.

—¿Y bien?

—Un momento, mi sargento. Lo estoy empezando a leer.

La joven necesitó unos cinco minutos, tiempo que Lucía empleó en resoplar con inquietud.

—Viene a decir que el tal Andrew Taylor es un héroe de guerra y que recibió una medalla al mérito en Afganistán en el año 2006.

—¿Eso es todo?

—Poco después se encargó de formar a la policía afgana tras la derrota de los talibanes.

—¿Estás segura de que es la misma persona que estaba en el cementerio?

—Por la fotografía que incluyen, yo diría que sí. Déjeme que esta noche acceda a la intranet de la base para ver si podemos rascar algo más.

—¿Podrás hacerlo?

—No lo sé, pero no perdemos nada por intentarlo.

Del kilómetro quince de la A-406 a la calle Murillo había aproximadamente media hora, tiempo de sobra para que Lucía y María se hubieran puesto al día. En aquel intervalo, ambas se habían convencido de que en la base americana les ocultaban información de manera consciente. Aunque desconocían el motivo, tratar de averiguarlo había sido la razón por la que estaban frente a Casa Pepe, y no sus famosas chuletillas de cordero. Conscientes de que volver al recinto militar sería interpretado como un desafío por parte de Urbizu, habían resuelto que la solución más práctica, que no más sensata, era forzar un encuentro casual con el capitán Douglas Hoopen. Al tratarse de un día festivo y con el servicio de restauración bajo mínimos, la mayoría de los oficiales americanos optaban en aquellas fechas por salir a comer en cualquiera de los pueblos vecinos.

De camino, Lucía y María habían contactado con los restaurantes más populares de la zona, y no tuvieron demasiados problemas para localizar a Hoopen. El capitán de la base era casi más conocido en la Sierra Sur de Sevilla que cualquiera de los alcaldes.

—¿Está segura de esto, mi sargento? —preguntó María con nerviosismo.

—No, pero es lo mejor que se me ha ocurrido... ¿Entramos ya?

—¿Cuánto tiempo lleva dentro el capitán?

—Unos diez o quince minutos.

—Suficiente. Por cierto, ¿estas manchas del parabrisas son de...?

—Sí, de mi perra... —respondió Lucía con la voz trémula—. Pero el hijo de puta que la ha matado pagará por ello, puedes creerme.

Malhumorada, Lucía salió del coche. Además de la rabia que sentía por la muerte de Lola, había algo más que le preocupaba y que prefirió no comentarle a María. Desde hacía horas tenía el presentimiento de que alguien las seguía, que las observaba desde una distancia prudencial. Pero, por más que había mirado atrás, no había podido descubrir a nadie. Aunque quería convencerse de que no era más que una paranoia, algo le decía que la misma persona que le había abierto el pecho a su perra podía estar espiándola. Por si las moscas, antes de entrar en el restaurante, echó un nuevo vistazo a izquierda y a derecha.

María iba tras ella, sin entender tantas precauciones.

El intenso olor del cordero escapaba de los fogones y se extendía por la calle. Al tratarse de un Jueves Santo, todas las mesas de la sala estaban ocupadas, a excepción de la central, que se encontraba reservada. Los comensales hablaban animadamente, y a pesar de que la tradición recomendaba no comer carne, apuraban con placer cerdo, ternera y cordero.

Sin demasiado esfuerzo localizaron a Douglas Hoopen, y al no quedar ninguna mesa libre, el encuentro sucedió con cierta naturalidad.

—¿Capitán? —simuló sorpresa Lucía—. No esperaba verlo aquí.

—Si he de ser sincero, yo tampoco —reconoció Hoopen, y soltó con fastidio la carta del restaurante.

—¿Le importaría que nos sentáramos con usted? Está todo ocupado y no disponemos de mucho tiempo antes de volver a trabajar.

Incómodo con la situación, el capitán de la base dudó unos segundos, pero, temiendo una escena, acabó aceptando.

—Si es lo que quieren, adelante.

—Muchas gracias —contestó Lucía—. Ella es María, mi ayudante.

Después de las presentaciones, los tres volvieron a tomar asiento y se dio por iniciado el sainete.

—¿Alguna recomendación? —preguntó Hoopen, disfrazando su enojo de fría cordialidad.

—Dicen que las chuletillas de cordero de Pepe son las mejores del pueblo —respondió María—. Aunque yo prefiero el secreto ibérico.

—Que sean chuletillas, entonces. Siempre sigo los consejos y recomendaciones de los demás. ¿Y usted? —El capitán lanzó la pregunta como un dardo.

—¿Qué quiere saber? ¿Si voy a pedir también cordero o si sigo las recomendaciones?

—Me refiero al cordero, obviamente. Ya sé que no le gusta aceptar un consejo. De otra manera, no estaríamos los tres aquí fingiendo un encuentro accidental, ¿me equivoco?

Hoopen era demasiado inteligente para creer en las casualidades. Si Lucía quería sacar algo de él, tendría que esforzarse más.

—Tenemos información que puede resultarle útil. Por eso hemos venido a buscarlo.

—Sin ánimo de parecerle presuntuoso, dudo que la Guardia Civil pueda tener más información que el ejército de los Estados Unidos.

—¿Sabe el ejército de los Estados Unidos que el soldado Johnson traficaba con drogas en el pueblo? ¿Sabe el ejército de los Estados Unidos que los soldados de la base que usted dirige trapicheaban con drogas en bares de Morón?

—Oficialmente, no sabemos nada de ese asunto. Extraoficialmente, y para que no se lleve una mala impresión de este almuerzo, le diré que nos consta que nuestros soldados consumen ocasionalmente estupefacientes y que, en la medida de lo posible, hasta se tolera.

—Con el debido respeto, no entiendo nada.

—No es tan difícil de entender. Verá, esos chicos desembarcan con dieciocho años en países de los que nunca antes habían oído a hablar. Jóvenes de barrios marginales que terminan en el ejército porque la vida no les ofrece otra alternativa. A veces, sencillamente, acaban allí por no ir a la cárcel. ¿Sabía que alistarse es una forma de conmutar delitos de robo? Ese es nuestro ejército. Negros, hispanos y pandilleros adolescentes que nunca antes habían salido de sus ciudades y para los que la guerra es algo así como una partida de Call of Duty. A los pocos meses de estar en sitios como Irak o Afganistán, descubren que no están allí para exportar la democracia y la libertad, sino que los han llevado a morir al culo del mundo para defender los intereses económicos de unos pocos, precisamente de los que los han abandonado en sus barrios de origen.

María sintió una ligera punzada en el estómago. Aunque su destino fuera Morón de la Frontera y no un desierto de Oriente Medio, se reconocía de alguna manera en aquellos negros e hispanos faltos de oportunidades que nunca habían salido de su barrio.

—Cuando eso ocurre, suele ser habitual que consuman drogas. De otra manera, no podrían seguir adelante, no podrían empuñar un arma o conducir un carro de combate con destino a una muerte más que probable. ¿En nombre de qué lo van a hacer? ¿De los Estados Unidos? ¿De la libertad? ¿De los escasos mil doscientos dólares que reciben al mes? No, esos chicos se sienten traicionados y necesitan un estímulo para afrontar los años que les restan de combate. Con esto no quiero decir que los animemos a drogarse, pero cuando sucede, lo mínimo que podemos hacer es mirar para otro lado.

Lucía escuchó atónita el argumento de Hoopen. Una cosa era oír de boca de un vulgar camello de pueblo que las drogas eran un mal necesario para que los jóvenes de Morón no fueran conscientes de que su vida era una mierda, y otra que lo afirmara también una autoridad del ejército más importante del mundo.

—¿Y qué pasa cuando el asunto se les va de las manos? Todo parece indicar que el soldado Johnson podría haber muerto en un ajuste de cuentas con algún vecino de Morón.

—Si eso sucede, intentamos que no se sepa. Por eso tiene orden de no hablar conmigo y yo de no hablar con usted. Las cosas son más sencillas de lo que parecen.

—Siento discrepar, pero nada de lo que está ocurriendo aquí es sencillo —dijo Lucía, enojada, olvidando por un momento su tremendamente vulnerable posición en aquella reunión—. Un soldado de *su* base vendía drogas al hermano del menor que ha desaparecido, y su cuerpo ha sido hallado tan solo dos días después de que Antonio Jiménez, un adicto a la morfina, que llegaba a nuestro pueblo gracias a Johnson, se quitara la vida. Además, otro de sus hombres, el teniente Andrew Taylor, estuvo en el cementerio visitando la tumba de Antonio Jiménez, lo que también parece conectarlo a esta presunta trama de tráfico de drogas; y, por si fuera poco, esta mañana ha ocurrido algo terrible.

—¿Han encontrado otro cadáver? —preguntó el capitán, aparentemente sobresaltado por la noticia de un supuesto nuevo suceso.

—Sí. Esta mañana me he encontrado sobre el capó del coche patrulla a mi perra abierta en canal. He tenido que pegarle un tiro para aliviarle el sufrimiento...

—Lo siento, pero no veo de qué forma...

—... Cuando he ido a cerrarle los ojos —interrumpió Lucía al oficial—, me he encontrado una nota: «*My name is Andrew Taylor. Nice to meet you*». —Y le mostró el papel ensangrentado—. Yo diría que es una advertencia, ¿no le parece? —Hoopen prefirió no contestar y bebió un sorbo de agua para evitar que se le secara la garganta. Aquello pintaba mal e iba a necesitar de todo su cinismo para cubrir al marine—. He estado investigando —prosiguió Lucía, al no obtener respuesta alguna del oficial americano— y se trata del mismo soldado que estaba en el cementerio frente a la tumba de Antonio Jiménez y que se estaba peleando en la base el otro día. Del que, por cierto, usted no quiso darme el nombre. Creo que estará de acuerdo conmigo en que todos los sucesos trágicos de esta semana apuntan a su base, por lo que diría que, ni para mí ni probablemente para la prensa de este país, estemos ante un problema sencillo.

—¿Me está amenazando, sargento? ¿Está segura de que eso es lo que quiere?

—Le estoy pidiendo colaboración. Usted conoce la base y yo Morón, por lo que estoy segura de que entre los dos no tardaríamos más de cuarenta y ocho horas en encontrar a ese niño de siete años, al responsable de la muerte de Jack Johnson y, de paso, acabar con el tinglado del tráfico de drogas.

—Entiendo su frustración. No me tome por un desalmado, pero le he dicho por activa y por pasiva que estoy atado de pies y manos. Yo no tomo las decisiones, dependo de un mando superior para llevar a cabo lo que me pide.

—¿Y no podría saltarse las normas por una vez?

—Tal vez usted se pueda permitir el lujo de una insubordinación, pero a mí me costaría un juicio militar.

—¿Y si fuera extraoficialmente? ¿Podría mirar a otro lado para ayudar a un menor desaparecido?

Hoopen se quedó pensativo un instante, como si realmente estuviera barruntando la oferta. Al menos es lo que consideró Lucía al contemplarlo inmóvil y con la mirada perdida. Por desgracia, la mente del oficial americano estaba ocupada en otras cuestiones más oscuras, sopesando hasta qué punto la sargento conocía lo que estaba ocurriendo realmente dentro de la base y si debería empezar a preocuparse.

—¿Les parece que pidamos ya la comida? —cambió de tema Hoopen, con la esperanza de que Lucía se diera por vencida.

—No hasta que me dé una respuesta —contestó ella, dejando sobre la mesa una fotografía de Álex—. Creo que es lo mínimo que se merece este crío.

Sintiéndose presionado, el oficial norteamericano apartó la mirada de la imagen. Evidentemente, no iba a prometerle colaboración, porque ello supondría un conflicto con el alto mando que terminaría con su inmediata suspensión, y otro con Taylor, que podría significar su ruina profesional. Y no estaba dispuesto a transitar ninguno de los dos escenarios solo por un niño desaparecido. Después de todo, era un militar experimentado y sabía que para preservar la paz siempre tenía que haber alguna víctima. No obstante, no le convenía que la sargento sospechara de él, así que la única opción era seguir disimulando, tal y como había hecho durante los últimos diez minutos.

—Por favor, guarde la foto. No puedo decirle nada definitivo, y menos sin una evidencia clara. Tráigame algo lo suficientemente sólido y tal vez medite trabajar con usted. Extraoficialmente, por supuesto.

—¿Eso es un sí?

—No, es un «ya veremos». Y esto es lo último que diré sobre este asunto. Ahora, coman conmigo o márchense.

—¿Chuletillas para los tres? —recogió el guante Lucía, dando por zanjada la negociación.

Cuando estaban a punto de ordenar su pedido a Pepe, por la puerta apareció la alcaldesa de Morón de la Frontera, acompañada de Eduardo Urbizu. Fiel a su estilo letárgico, este caminaba fatigado, como si la conversación de su acompañante no solo lo aburriera, sino que además lo debilitara. Su cara expresaba —las veinticuatro horas del día— que preferiría estar en cualquier lugar menos en el que se encontraba, por lo que resultaba difícil adivinar si lo que le causaba decepción era la charla o el ser humano en general. Dándole una nueva oportunidad, terminó por reengancharse al monólogo de la alcaldesa y avanzó junto a ella en dirección a la mesa con el cartel de «reservada» en el centro de la sala. Tanto la regidora como el teniente de la Guardia Civil se dieron cuenta de que Hoopen estaba en una mesa cercana, con Lucía y María. Si bien a la alcaldesa pareció no agradarle la situación, Urbizu, lejos de enfadarse, las saludó en la distancia con un movimiento de cejas que bien podría costarle una apoplejía, considerando lo poco entrenados que tenía los músculos faciales. Tras aquel despliegue expresivo, regresó a la conversación con su acompañante sin concederle aparentemente mayor importancia a lo que acababa de ver.

Desde donde se encontraba, a Lucía le resultó imposible descifrar de qué estaban hablando los recién llegados, pero le bastó el patético intento de su jefe por mostrar cercanía para asustarse. Hubiera preferido una reprimenda fulminante antes que tenerlo sonriendo a pocos metros. Le resultaba tan siniestro como estar esperando una puñalada de Jack el Destripador y que, en el último momento, cambiase el cuchillo por un ramo de flores. Ciertamente, no sabía cómo diablos encajar los buenos modales de Urbizu, y se lanzó a todo tipo de elucubraciones sobre sus verdaderas intenciones.

—¿Se encuentra bien? —le preguntó Hoopen, tras percatarse de que Lucía no dejaba de mirarlo—. Tal vez se sienta mejor si invitamos a Urbizu a la mesa.

—¿Le importa que nos marchemos? La situación aquí se ha vuelto... un poco incómoda.

—¿Lo ve? Ni para usted ni para mí es fácil desobedecer las órdenes de un superior. Espero que en lo sucesivo pueda ser más comprensiva conmigo.

—Soy consciente del riesgo. Pero si depende de ese señor —dijo la sargento, señalando a su jefe— o de los que le pagan a usted, seguiremos viendo sufrir a inocentes.

Lucía nunca hablaba, sentenciaba. Utilizaba las palabras como un sable con el que desarmar a sus interlocutores. Al igual que si tuviera la punta de una espada en el cuello, Hoopen estaba a punto de levantar las manos para rendirse cuando Lucía se levantó de la mesa y obligó a María a hacer lo propio.

—Espero verle pronto. ¡Buenas tardes! —dijo ya dando la espalda al capitán y dirigiéndose a la salida.

Antes de llegar a la puerta, María la alcanzó.

—Al menos le podríamos pedir a Pepe que nos ponga las chuletillas en un táper, ¿no le parece, mi sargento?

—No tenemos tiempo. Hay que salir cuanto antes de aquí. No me siento cómoda con Urbizu delante, y menos mostrándose tan simpático.

A toda prisa, las agentes se metieron en el coche patrulla. Mientras Lucía maniobraba para salir del restaurante, de la nada, como una sombra, emergió el teniente de la Guardia Civil. Con sus manos huesudas golpeó el maletero para que detuvieran el coche.

—¿A dónde cree que va?

—A trabajar —contestó con aplomo Lucía cuando bajó la ventanilla.

—¿A trabajar? —Sonrió con menosprecio—. Creía haber sido lo bastante claro con usted: olvídese de fantasías con la base americana y encuentre a ese niño. Como se puede imaginar, está suspendida de empleo y sueldo una semana.

—Pero... no he vuelto a entrar en la base, ha sido un encuentro casual en un restaurante del pueblo —se justificó Lucía, sin mucha fe en lo que decía.

—¿Me toma por gilipollas? Le puedo sumar otra semana más de suspensión para demostrarle que no es así. Bájese del vehículo inmediatamente y márchese a su casa. Queda relegada. A partir de ahora, el cabo Martín se pondrá al frente de la investigación.

—¿Es necesaria esta humillación? —preguntó la suboficial mientras bajaba del coche.

—Yo diría que sí. Mientras usted sigue emperrada en fastidiar los convenios con el ejército de los Estados Unidos, su compañero sí está haciendo un magnífico trabajo policial y ha dado con una nueva pista: otra rama de olivo cerca de donde encontraron el cadáver de Antonio Jiménez. Ya lo ve, encontraremos al hijo de puta beato que está detrás de todo esto sin su ayuda.

—Tengo indicios que me llevan a pensar que no van por ahí los tiros. Hay evidencias que señalan directamente a la base y a una red de tráfico de drogas. Déjeme que siga tirando de...

—¡No quiero saber nada de usted en una semana! —explotó Urbizu—. Si la veo en el puesto de mando, se le abrirá un expediente. Si la veo por la base militar, será expedientada. Si la veo en compañía de otros agentes, será expedientada. Una

255

tontería más y verá de lo que soy capaz. Créame, hasta ahora solo ha visto mi versión simpática. Tóqueme los cojones otra vez y terminará recogiendo aceitunas como cualquiera de estos pueblerinos de mierda. ¿Me he explicado con la suficiente claridad?

—Sí.

—¿Sí, qué?

—Sí, mi teniente —se cuadró la guardia civil.

—Perfecto, puede retirarse.

—A sus órdenes, mi teniente —contestó Lucía, servil, mientras se imaginaba desenfundando la pistola y machacándole la cara a Urbizu con la culata.

—Y usted ya puede salir cagando leches a buscar al agente Salas en la autovía si no quiere que le caiga también una sanción —advirtió el teniente a María.

—¡A la orden, mi teniente! —contestó la joven, todavía en shock.

El teniente volvió al restaurante junto a la alcaldesa y dejó a la sargento sola y apesadumbrada en la calzada, haciéndose preguntas sin cesar: ¿por qué Urbizu había tenido que ir a comer precisamente allí? ¿Era posible que alguien la estuviera siguiendo de verdad? ¿De dónde había salido aquella rama de olivo? ¿Por qué nadie la vio antes? ¿Y si simplemente estaba equivocada y su arrogancia retrasaba la investigación? ¿Habrían encontrado ya a Álex si no fuese tan obstinada, si aceptase que, tal y como parecía, un psicópata iluminado quería atormentar a todos los que habían deshonrado la Semana Santa de Morón? ¿Por qué Andrew Taylor había degollado a su perra? ¿Por qué quería que ella supiera que había sido él? ¿Lo habría hecho si de verdad estuviera equivocada, o se trataba de una advertencia para que se olvidara de todo aquel asunto de las drogas? La sargento Gutiérrez no tenía respuestas y, lo que era peor, tampoco tenía tabaco.

* * *

Un golpe de viento sacudió la tierra e introdujo un grano de arena en el ojo del Pollito. A pesar de ser día festivo, el joven se afanaba en fertilizar con fósforo cada uno de los olivos de la finca en la que trabajaba su padre. En abril, se hinchaba el botón floral de la oliva y se podía llegar a ver el cáliz de la futura flor. Se trataba de una época crucial en el desarrollo de la aceituna, de ahí que los agricultores mimaran con estimulantes vegetativos cada uno de los árboles. El Pollito se soplaba con delicadeza el ojo, temiendo que le hubiera entrado parte del fósforo. Cuando expulsó el cuerpo extraño de su córnea, comprobó que no estaba solo.

—¿Fumigando? —preguntó Lucía.

—No, eso a partir del sábado. Hoy estamos con los nutrientes. Las hojas están un poco pochas, vamos a ver si las animamos un poco y cuaja el fruto.

—No te ofendas, pero hasta yo tengo mejor plan para el puente.

—¿Le puedo preguntar qué hace aquí? —replicó el Pollito, más movido por la curiosidad que por sentirse insultado.

—¿Es necesario que te lo diga?

No, no hacía falta que lo dijera. El Pollito, muy a su pesar, era hombre de campo, y como tal se sentía más cómodo en el silencio que en el intercambio de confidencias. Por su manera ansiosa y entrecortada de hablar, advirtió que Lucía estaba demasiado excitada o sulfurada como para volver a casa, así que sabía de sobra qué hacía allí y lo que esperaba de él.

—Venga conmigo —dijo el muchacho, abandonando sus trastos en el suelo—. Juan el Madruga anda cerca y no quiero que nos vea.

—¿El Madruga?

—Es el capataz de mi padre. Lo llaman «el Madruga» porque madruga todos los días para venir aquí.

—Nunca dejaréis de sorprenderme. Llevo más de diez años en Andalucía y sigo sin conoceros. A veces extraño un día normal y corriente en Madrid, sin anécdotas, con su gente gris y sus nombres vulgares.

Lucía nunca se había considerado ni de un sitio ni de otro. Jamás había tenido identidad o algo parecido al orgullo de pertenecer a una región determinada. Para ella, ser madrileña era como ser acuario: una casualidad.

Aunque sí sufría de ese extraño síndrome que hace a la gente hablar mejor de su *patria* estando fuera de ella que dentro.

Apoyados en una vieja furgoneta propiedad de la empresa agrícola, el Pollito y Lucía fumaban marihuana a escondidas. Aunque se encontraran muy juntos, sus mentes cabalgaban por espacios completamente diferentes. La del joven había volado a la discoteca Maracas de Puerta Marina, un antro decadente y marchito para la gran mayoría de adolescentes de Benalmádena. Un verano, su amigo el Pelos se había enrollado con una belga en el baño, y su imaginación había transformado el local en lo que Studio 54 fue para los neoyorquinos. Mientras el *cannabis* estimulaba la vía dopaminérgica del cerebro del Pollito, su palacio mental recreaba un sitio elegante y sugestivo donde todo podía pasar, incluso tener sexo con una desconocida. Idea que le excitó sobremanera. Menos lúdico fue el pensamiento de Lucía, que fantaseaba modestamente con llegar a su casa y encontrarse con un abrazo de Luis, y no con una suspensión de empleo y sueldo, una hija rebelde y apática y una suegra demente. Con cada calada, luchaba por derribar los muros de la realidad, pero ni siquiera el efecto sedante de la marihuana consiguió recrear con acierto un universo alternativo donde el resto del mundo no le amargase la existencia.

—¿Te has empalmado, Pollito? —preguntó distraída Lucía al ver como el chico se posicionaba de lado para ocultar su erección.

Pero Pollito no pudo responder; un ataque de risa se apoderó de él. El atardecer dominaba la sierra. Un sol crepuscular teñía de falso verano la campiña sevillana, dando a entender a los profanos que todo aquí era frugal y festivo. Lucía y su insultantemente joven compañero de evasión reían despreocupados, como si los olivos que les rodeaban hubieran absorbido sus decepciones en lugar del fósforo y los nutrientes.

—El día que te conocí me dijiste que en tu casa tenías problemas... ¿Puedo preguntarte a qué te referías? —La agente de la Guardia Civil interrumpió las risas, intentando evaluar a quién de los dos le iba peor.

—Mi madre tiene cáncer de útero y la están tratando en una clínica privada de Sevilla.

—Vaya, lo siento...

—No se tiene que disculpar, todavía no está muerta.

—No quería decir eso...

—Ya, ya, lo sé. No es la primera que lo da por hecho. Hasta mi madre lo tiene asumido y... nos chantajea con eso.

—¿Qué quieres decir?

—Me siento mal contándolo. Como si fuera un mal hijo o algo así. No se lo vaya a decir a nadie, por favor.

—Pollito, créeme, si tuviera que contarle a alguien mis encuentros contigo, tú serías el mejor parado de los dos.

—Desde que le diagnosticaron el cáncer lo usa, cómo decirlo... Lo usa para obligarnos a hacer cosas... El otro día estábamos viendo el Betis en casa y nos dijo a mi padre y a mí: «Me comería un helado». Como estábamos concentrados en el partido, no le hicimos mucho caso. Pero a los cinco minutos nos soltó: «¿No me vais a llevar a comer un helado? Puede ser la última vez que lo hagamos juntos». Y, claro, tuvimos que dejar de ver el partido y llevarla a la heladería.

—Dicho así, tampoco parece tanto sacrificio...

—¡Pero es que lo hace con todo! «¿Me lleváis a misa? Con lo poquito que me queda, hacedme feliz. Recoged la casa, no me deis disgustos, que estoy muy malita. No salgas esta noche, quédate conmigo, que podría ser la última vez»... —El joven ridiculizó la voz de su madre—. Le juro que a veces siento que lo está disfrutando. De verdad que quiero a mi madre y no le deseo nada malo, pero es que me saca de quicio. Consigue todo lo contrario y en lugar de vivir estos momentos con cariño, lo hago de mala hostia. Es muy raro... Como si no fuera ya duro pensar en que puede dejar de estar con nosotros... ¿Usted cree que hay vida después de la muerte?

—Prefiero no hablar de eso... Oye, Pollito, ¿tienes hambre? —cambió drásticamente de tema.

—Tela. Las fumadas siempre dan hambre.

—Pues vamos a por una hamburguesa. Invito yo. Por cierto, tengo una mala noticia para ti. Si Rober era el que trapicheaba contigo, será mejor que conserves lo que te queda de marihuana para una ocasión especial: ese chaval no va a hacer negocios nunca más. Ni contigo ni con nadie.

Manuel agachó la cabeza apesadumbrado, consciente de que a partir de ese momento tendría que combatir las peonadas sin más ayuda que una lata de Red Bull.

* * *

A las ocho y media de la tarde, la cruz guía de la hermandad de la Santa Cruz entró en la plaza del Ayuntamiento y el silencio se prodigó por el lugar como si acabaran de arrojar un cubo de agua. Los más ortodoxos ya estaban preparados para recibir a Cristo vestidos con traje negro. Si bien Jesús todavía no había muerto, le restaban horas, e intuían que el adelantarse a aquel momento les otorgaba una plusvalía de respeto. El cuerpo de nazarenos del paso de misterio, que portaba túnica de color morado con capa de igual color y antifaz rojo, con botonadura y cíngulo rojo, caminaba con sigilo por la plaza. Un sosiego que solo fue interrumpido por el ruido que provocaban los pies chocando contra la calzada y el viento jugando con la llama de los cirios. Desde cualquier lugar de la explanada se podía escuchar nítidamente al teniente de hermano mayor y a una consiliaria leyendo las estaciones de penitencia del libro de la cofradía.

—Segunda Estación: Jesús carga con la cruz —recitó el primero con un tono monocorde.

—Te adoramos, oh Cristo, y te bendecimos —contestó su acompañante con un tono más devoto.

—Condenado a muerte, Jesús quedó en manos de los soldados del procurador, que lo llevaron consigo al pretorio y, reunida la tropa, hicieron mofa de Él. Llegada la hora, le quitaron el manto de púrpura con que lo habían vestido para la burla, le pusieron de nuevo sus ropas, le cargaron la cruz en la que había de morir y salieron camino del Calvario para allí crucificarlo...

Detrás de los cronistas del Vía Crucis desfilaba un nazareno que portaba el estandarte de la cofradía y, más atrás, encajado en un suntuoso paso barroco bañado en oro, Jesús expiraba mirando al cielo. Estaba a pocos segundos de acabar su agonía. Sus costillas ya olían a muerte y ni siquiera el incienso que lo rodeaba podía borrar su fisonomía de cadáver. Más que la llegada del Padre, Cristo parecía estar esperando la visita del forense.

—Quieto ahí, quieto, venga de frente. Duro con Él, mi *arma* —gritó el capataz, tratando de enderezar el paso en una curva. Una vez que lo consiguió, se vino arriba y arengó con más fuerza a los costaleros—: ¡Vamos a hacer que ande, valientes! ¡Que la gente que no viene a la iglesia aprenda a rezar con nosotros en la calle! ¡Vamos ahí! ¡A esta es!

Los pasitos cortos de los costaleros rebotando contra el asfalto se mezclaron con los acordes de la marcha procesional, ocasionando que, a más de uno allí presente, una bola le recorriera el esófago de arriba abajo. Jugando con la intensidad emocional que flotaba en el ambiente, el capataz ordenó a sus hombres que se detuvieran para regodearse en el momento. Cuando Jesús bajó de las alturas, el pueblo aplaudió y alguna que otra devota se atrevió a romper el silencio: «¡Guapo!».

Se trataba de una reivindicación honesta. Realmente, incluso demacrado y a punto de morir, aquella devota seguía viendo a Cristo hermoso. En cualquier otro lugar del mundo, aquel piropo podía parecer extraño o fuera de lugar. Sin embargo, el orden y la lógica eran patrimonio de otras culturas. Aquí se imponía la improvisación y la espontaneidad, incluso en mitad de un funeral.

—¡Bienaventurados todos los que lleváis al Señor a hombros! ¡Qué grandeza más grande ser de Él! —El capataz elevó la voz, emocionado, certificando la anarquía religiosa del sur, en la que la tríada de la Santísima Trinidad había sido sustituida por un número inabarcable de Cristos y Vírgenes—. Esta *levantá* se la vamos a brindar a todos los fallecidos este año en el pueblo. ¡Que el Señor les dé mucha paz! ¡Y por ustedes, que sois los mejores del mundo! ¡*Tooooos* por igual! ¡Al cielo con Él!

Con el cuerpo para pocas alegrías, la talla de Jesús tembló en el aire, dando la sensación de que una oscilación más podría terminar por desmembrarlo. La banda que acompañaba a la imagen y guiaba a los costaleros en la calle optó por la contención. Lejos de las marchas épicas del resto de la semana, en Jueves Santo se imponía el rigor y se limitaron a un tímido repiqueteo de tambores. A pocos metros de distancia, lo seguía Nuestra Señora de la Consolación, que con su mera presencia atenuaba la melancolía que dejaba el paso de Cristo. Lucía un portentoso manto de color verde y una enorme corona que apenas podía disimular la fragilidad de su figura, acentuada por la delicadeza de la notable saya de salida que la vestía, bordada en realce sobre tisú de plata. A pesar de sus urgencias por amparar a Jesús, el capataz tocó el martillo y el paso de palio se detuvo. De la muchedumbre surgió también una mujer de aspecto delicado y poca estatura que se colocó frente a la imagen de la dolorosa. En cuanto los costaleros mecieron el paso, la muchacha abrió la boca y entonó un estremecedor *quejío*. Los ecos de los tambores cesaron lentamente y su voz sonó rotunda.

Los tonos desgarrados de la saeta treparon por los vellos de los moronenses, secuestrándoles por unos minutos la razón y poniendo al límite la efervescencia cofrade. Los hubo que no pudieron evitar llorar. Otros que eligieron persignarse. Y luego, la gran mayoría, que prefirió retener el momento en las pantallas de sus móviles. En medio de la catarsis, un niño se abrió paso, desorientado, entre el gentío. La aglomeración, las escasas luces y el silencio de la noche tan solo roto por la voz contundente de la espontánea parecían intimidarlo. Atemorizado, avanzó entre la masa de creyentes, luchando por escapar de allí. Su rostro pálido contrastaba con sus ojos, enrojecidos, que le daban un aspecto un tanto tétrico.

Cuando la saeta acabó, toda la plaza aplaudió a rabiar y volvió a arreciar el sonido de los tambores. Aprovechando el momento de confusión, el chico logró progresar hasta las filas más próximas a la procesión. Los tambores, cada vez más cercanos, lo asustaban. Sin embargo, la certeza de que, una vez lograra traspasar el muro humano, podría acceder a su casa y ver a su madre, le dieron las fuerzas necesarias para seguir empujando. Tan solo le restaba un último escollo para liberarse del tumulto: un matrimonio sexagenario que protegía su espacio como un lobo su madriguera. Aunque probaba una y otra vez a sortear su presencia, las habilidades de la pareja para cerrar huecos se lo impedían. Finalmente, logró escapar entre las piernas de uno de ellos. Molesto con la proeza del chaval, el hombre le puso la zancadilla en el momento en que el chico estaba a punto de incorporarse, y este acabó por caer al suelo, justo delante del paso de Nuestra Señora de la Consolación. Cuando levantó la cabeza, quedó deslumbrado por el dorado y el brillo de la Virgen. Antes de desmayarse, acertó a decir una última frase:

—Mamá, soy yo, Álex.

* * *

—¡Te tengo, hijo de puta! —gritó María, eufórica, después de acceder a la ficha de Andrew Taylor en la intranet de la base de Morón.

La agente había regresado al puesto de mando al finalizar su jornada en la autovía para aprovechar lo que quedaba de día y hacer algo con lo que sí disfrutaba. Burlar la seguridad de aquella red privada le había llevado más de dos horas, una tableta de chocolate, dos cafés y estrellar su taza de *Juego de Tronos* contra el suelo de pura desesperación. Pero al fin tenía ante ella el archivo de aquel escurridizo marine. Había conseguido una de las mayores hazañas de su corta carrera profesional, y no podía compartirlo con ninguno de sus compañeros. Tal y como estaban las cosas, lo mejor era no fiarse de nadie. Con la euforia a medio gas, María Sánchez empezó a leer atentamente la ficha del teniente: ciudad de origen, rango, fecha de nacimiento y toda una serie de datos biográficos sin mucho interés. Entre ellos, algunos que ya sabía, como la concesión de la medalla al mérito en Afganistán. Lo único que le llamó la atención fue que, en los últimos cinco años, el teniente Taylor había tenido hasta tres destinos diferentes: la base italiana de Aviano, la alemana de Ramstein y la actual de Morón. No sabía si aquello era lo habitual entre los soldados americanos, pero, por si acaso, decidió imprimir su trayectoria para mostrársela a Lucía y que ella decidiera. Si es que volvía a verla. Con el perfil del marine impreso, apagó el ordenador y decidió autoconcederse el premio que nadie le iba a dar por aquel prodigioso logro: ver en casa un capítulo de *Juego de tronos* junto a una buena porción de pizza.

Casi podía saborear ya la mozzarella sin lactosa cuando un pequeño revuelo en el puesto de mando llamó su atención. Un grupo de agentes se había reunido en el *hall* y parecían celebrar algo. Muy a su pesar, aplazó su plan y se acercó hasta allí para ver de qué se trataba.

—¿A qué viene todo esto? ¿Ha marcado el Betis? —preguntó la joven a Salas.

—Mejor: han encontrado al niño.

* * *

Sentada en la barra de La Molienda, Lucía consumía un *gin-tonic* tras otro. Debía de ser la primera noche en mucho tiempo en que el alcohol le fallaba y no la ayudaba a olvidarse de sus problemas. Se resistía a marcharse del bar porque temía volver al hospital con su hija y pagar con ella injustamente todos los fiascos del día. En cierto modo, no estaba de borrachera, sino inmolándose, sacrificando su hígado por el bien de los demás, aunque nadie más se diera cuenta de su heroico gesto.

—¿Vas a quedarte toda la noche? —preguntó flemático Ramón, el dueño de La Molienda.

—No lo sé, ¿debería? —participó con desinterés en la tensión sexual.

—Haz lo que quieras... Aunque no sé a qué hora terminaré hoy —dijo el dueño del local en el instante en que entraba por la puerta un grupo de oficiales americanos de las Fuerzas Aéreas—. Parece que vamos a tener compañía.

Lucía echó un vistazo y vio como una decena de militares ocupaban la hasta entonces solitaria barra. Incómoda y destronada hasta de su pertenencia más modesta, se vio obligada a desplazarse hasta la esquina. Desde su apartado rincón, comprobó asombrada que al frente de ellos se encontraba Douglas Hoopen. Después de todo, aquel oficial iba a tener que admitir que las casualidades existían.

—Capitán, no lo creía posible, pero este bar está más sucio que la base —dijo uno de los oficiales—. Hay más comida en el suelo que en la barra.

—¿En qué momento decidimos adoptar las costumbres españolas y llenarlo todo de mierda? —preguntó divertido un teniente.

—Ya os lo he dicho. Ese tema se va a solucionar en un par de días —contestó Hoopen, irritado—. Una ronda de chupitos para todos —le pidió el capitán al dueño de La Molienda, para que el resto de los oficiales se olvidasen del asunto de la limpieza.

—De todos los bares de todas las ciudades del mundo, ha tenido que entrar en el mío —dijo Lucía con sorna, recurriendo a una de las frases más conocidas de *Casablanca* para saludar a Hoopen.

—Vaya, además de impertinente, es usted cinéfila... Sin duda, es una caja de sorpresas.

—Al final se ha salido con la suya.

—¿Cómo dice?

—Que me han suspendido de empleo y sueldo. Esta será la última vez que me vea. ¡Brindemos por ello! —dijo Lucía cuando Hoopen tomó su vaso de chupito.

—No tenía ni idea. Espero que no crea que he tenido algo que ver con eso.

—¿Quiere que le diga la verdad? Lo cierto es que sí, lo pienso. Las dos veces que nos hemos cruzado he tenido problemas con Urbizu... ¿Casualidad? No lo creo. De todas formas, que a mí me hayan retirado del caso debería ser el menor de sus remordimientos. Usted sabe tan bien como yo que en la base ocurre algo grave, de otro modo no se tomaría tantas molestias en alejarme de ella. Me alegra saber que, aun así, puede usted tener la conciencia tranquila y dormir por las noches.

—¿No se cansa de juzgar siempre a los demás? Le diré algo: me alegro de que esté fuera del caso. Desde que sus hombres no están guiados por una conspiranoica, a este pueblo le va mejor. Ha sido dejar su cargo y encontrar a ese niño. ¿Casualidad? Yo diría que no.

—¿A qué se refiere?

—¡Ah! ¿Todavía no lo sabe? —El capitán disfrutó de su momento—. Han encontrado a Álex en mitad de una procesión. No se habla de otra cosa en el pueblo. Se habría enterado si estuviera pendiente de sus asuntos y no de los míos.

Lucía recibió la noticia como un jarro de agua fría. Por un lado, se alegraba de que el chico hubiera aparecido, pero, por otro, no sabía cómo encajarlo. Definitivamente, había perdido el rumbo por completo de la investigación y no tenía ni la más remota idea de lo que de verdad estaba ocurriendo. Cariacontecida, buscó el momento oportuno para marcharse de allí con un mínimo de dignidad.

—¡Joder!, lo creáis o no, el baño sí está más limpio que el de la base —gritó otro de los soldados al salir del aseo—. Yo que vosotros aprovechaba para cagar ahora.

—¡Por última vez: en un par de días el tema de la limpieza estará resuelto! Estoy negociando la subcontrata —se justificó de nuevo el capitán ante sus hombres.

—Ya veo que tiene problemas más importantes. Lo dejo con sus asuntos. —La sargento encontró al fin la excusa con la que retirarse de allí.

—En realidad, es el mismo problema de siempre: la gente de aquí está empeñada en aprovecharse de nuestra generosidad —señaló con doble intención.

Sin entrar a valorar sus quejas, Lucía salió a la calle, se encendió un cigarrillo y digirió los sinsabores de la derrota. Sin tener muy claro adónde ir ni a quién acudir, apuró nerviosa una calada tras otra mientras caminaba sin rumbo fijo, hasta que el sonido de unas pisadas detrás de ella la soliviantaron. De nuevo tuvo la sensación de que alguien la seguía, pero no quería dejarse llevar una vez más por complicadas intrigas como las que la habían llevado hasta aquella situación. Convenciéndose de que solo eran imaginaciones suyas, se obligó a seguir andando sin prestar atención a las pisadas y a la negra sombra que se proyectaba tras ella.

* * *

El mapa de los Siete Reinos apareció ante María y casi como un impulso comenzó a tararear la sintonía de *Juego de tronos*. Recostada en su cama infantil de noventa centímetros y con el portátil apoyado en las piernas, la agente se entretenía con el último capítulo de la quinta temporada. En realidad ya lo había visto, pero hasta que se estrenara en abril la sexta temporada necesitaba algo que echarse a la boca y pensó que no estaría de más recordar qué fue lo último que ocurrió en Poniente.

Jon Snow le confesaba a Sam lo mal que se sentía después de haber conducido a sus hermanos cuervos hacia la muerte, mientras ella le daba un nuevo bocado a la pizza.

Inesperadamente, un golpe en la ventana la distrajo. Tras pulsar el botón de pausa, se giró sin darle demasiada importancia y, al comprobar que no había nadie al otro lado del cristal, volvió a retomar el capítulo. Pero los golpes se hicieron más frecuentes. Molesta, dejó el portátil y la pizza a un lado y se levantó.

Al abrir la ventana, descubrió a Lucía al otro lado.

—¿En serio duermes con un pijama de Mickey?

—¿Viene como sargento de la Guardia Civil o como cazatalentos de Victoria´s Secret?

—Vengo a que me cuentes todo lo que sepas de Álex. Y hazlo rápido, nadie puede verme aquí.

—No sé mucho. Según me ha contado Salas, Urbizu y el cabo han estado con el forense haciéndole un primer reconocimiento y mañana le realizarán las primeras pruebas para comprobar si ha sufrido algún tipo de abuso —explicó María desde el otro lado de la ventana.

—¿Es cierto que apareció en mitad de la procesión?

—Sí, sí, parece de película, pero así fue. El niño estaba drogado y se asustó mucho al escuchar los tambores y ver a tanta gente en la plaza. Dice Salas que confundió a la Virgen con su madre.

—¿Eso es todo?

—Es todo lo que sé, mi sargento. Mañana le darán las pruebas médicas a la familia e imagino que intentarán hablar con el niño.

—Tengo que saber qué ha ocurrido, María. Hay... hay demasiadas cosas que no encajan. Hacía mucho que no confiaba en nadie, pero... pero ahora te tengo a ti.

—¿Qué quiere que haga, mi sargento? —preguntó la agente, conmovida.

—Quiero que hables con Álex antes de que lo haga Urbizu.

—Eso... Eso es imposible.

—Soy consciente de que puedo parecer una loca, pero sabes tan bien como yo que, con el niño de vuelta, el teniente cerrará el caso en cuanto pueda. No quiere complicarse la vida. Ha venido de Madrid solo para evitar que molestemos. Si no hablas antes con Álex, jamás sabremos qué cojones está pasando y qué pinta la base de Morón en todo esto.

—Pero... ¿y si me suspende a mí también de empleo y sueldo?

—¿De verdad quieres que piense que sería para ti una desgracia dejar de ser guardia civil por unos días? Piénsalo bien, no tienes nada que perder.

—Antes de tomar ninguna decisión, creo que le alegrará saber que tengo novedades sobre Taylor. ¿Quiere pasar y comer un trozo de pizza mientras se las cuento?

CAPÍTULO 7

Viernes Santo

«Hijas de Jerusalén, no lloréis por mí; llorad
más bien por vosotras y por vuestros hijos».
San Lucas, 23: 28

Silvano Montes contemplaba a su familia desde la calle a través del gran ventanal del salón, guardando una distancia
más que prudencial para que no advirtieran su presencia.
Sus hijos estaban frente al televisor. Aunque desde donde se
encontraba no podía ver de qué se trataba, sospechaba que
jugaban al Mario Kart, como siempre que no tenían que ir al
colegio. Por su parte, Noelia estaba sentada en el sofá leyendo en el Kindle. Lo que para cualquier otra persona no hubiera dejado de ser una escena familiar recurrente de un día festivo, para el empleado de banca era mucho más. Parecía estar
intentando retener en su retina todo aquel calor de hogar que
le resultaba ya tan lejano. Estuvo tentado de entrar, sentarse
junto a Noelia y jugar con sus hijos a los videojuegos. Solo
cinco minutos. No necesitaba más. Tal vez diez, por si echaba
dos partidas. Pero no más. Lo suficiente para quedarse con
un bonito recuerdo. No obstante, en el fondo de su corazón
sabía que no debía hacerlo. Silvano echó un último vistazo a
su familia y a su casa, y supo que había llegado el momento
de partir.

* * *

Tres legionarios romanos escoltaban a un tribuno de casco
dorado y capa azul. Caminaban sin miedo, decididos, sabedores de que, para conseguir la gloria, el primer enemigo
al que debían vencer era la cobardía. Frente a ellos, tres sol-

dados vikingos, dos de ellos armados con espadas aún enfundadas en las vainas nórdicas, y un tercero, indefenso, al que le faltaba el brazo derecho. Para sorpresa de todos, era el líder de los bárbaros. Las delegaciones se reunieron en el centro del campo de batalla y comenzaron a negociar.

—Rendíos ahora —exigió con seriedad el mutilado.

—Jamás —contestó seguro de sí mismo el tribuno.

Sin más oportunidades para el diálogo, los guerreros regresaron a sus formaciones y se prepararon para la batalla. Con toda la épica que un niño de siete años podía transmitir a su ejército, Álex habló desde el corazón a sus generales:

—Hoy es el día más importante de vuestras vidas. Salid ahí y pelead por mí.

La división de los ejércitos fue sencilla: todos los juguetes que estaban rotos y estropeados habían pasado al bando rival, que, por otro lado, encarnaba el mal absoluto. Por su parte, aquellos que todavía lucían inmaculados, como recién salidos de la caja de embalaje, se habían enrolado en las huestes de Álex, que, por el contrario, simbolizaban toda la bondad que existía en este mundo. La dicotomía entre el bien y el mal, por tanto, quedaba establecida en aquellas tempranas edades por tener o no buen aspecto. Consciente de que la suerte estaba echada, el chico se alineó con sus tropas y lanzó con fuerza una pelota de papel hasta donde se encontraba la facción vikinga. La improvisada catapulta acabó con la vida de cuatro soldados escandinavos, o, lo que era lo mismo, con cuatro muñecos de Playmobil tirados en el suelo.

—¡A por ellos! —arengó a sus huestes Álex al contemplar la eficacia del disparo.

Mientras el niño desplazaba a sus tropas por el campo de batalla para que entraran en el cuerpo a cuerpo, la doctora Torres y Urbizu lo observaban con discreción desde una esquina de la habitación de juegos del hospital.

—¿Y bien? ¿Lo han forzado o no? —preguntó con frialdad el teniente de la Guardia Civil.

—No creo que este sea el lugar más apropiado para hablar de eso —respondió la doctora, señalándole la puerta para salir de la ludoteca y que Álex no los escuchara—. Volvemos en seguida. No te fíes de los vikingos. Nunca se rinden. —Le guiñó un ojo al chico antes de abandonar definitivamente la habitación.

Desde hacía unas cuatro horas, la doctora Torres había estado intentando dictaminar si Álex había sufrido abusos sexuales durante su ausencia. Ya en la privacidad de su despacho, la médica compartió sus impresiones con Urbizu.

—No he podido sacar ninguna conclusión del interrogatorio. El niño apenas ha colaborado. No sé si trata de borrar el suceso de su memoria como mecanismo de defensa, si ha sufrido amenazas, si teme lo que puedan pensar sus padres de él, si es incapaz de explicarme lo ocurrido porque solo tiene siete años o simplemente no recuerda lo ocurrido porque lo han obligado a consumir drogas.

—¿Qué dice el informe toxicológico?

—Que ha consumido morfina en las últimas cuarenta y ocho horas.

—Entiendo —dijo Urbizu, contrariado—. ¿Ha detectado pinchazos en su cuerpo?

—Lo cierto es que solo tiene uno. Probablemente, el agresor lo utilizaría para doblegarle en un principio y luego se ganó la confianza del crío. La morfina es una droga muy adictiva y de efectos dañinos en los niños.

—No quiero que sus padres sepan nada de esto. Dígales lo imprescindible. —Al contemplar el rostro de incredulidad de la doctora, se vio en la obligación de justificar su sugerencia—. ¿Querría usted conocer todos los detalles escabrosos de un abuso a su hijo? No creo que les aporte nada saber que además de violarlo pudieron drogarlo.

—Todavía no le he confirmado que haya sufrido abusos.

—¿Hace falta que lo haga? ¿Para qué si no iban a drogarlo? No creo que con siete años desapareciera voluntariamente para comprar drogas.

—Puede ahorrarse el sarcasmo. Evidentemente, a pesar de que diga no recordar nada, el examen físico revela que hubo penetración. Se han hallado restos de semen en su cuerpo. No obstante, me gustaría hacerle un examen más detallado en el laboratorio. Deme diez o quince días, y con algo de suerte, podría ser más precisa e incluso extraer ADN de los restos de fluido para identificar al autor.

—Si me lo permite, eso suena a ciencia ficción. Sabe tan bien como yo que solo podría identificar al autor si ese ADN coincide con el de los pederastas que ya tenemos registrados. De otra manera, será imposible. No sé, doctora, me parece un tiro al aire. No creo que sea necesario hacerle pasar por todo eso. El crío solo quiere volver con su familia y olvidarse cuanto antes de todo. En unas semanas, volveremos a hablar con él para ver si se muestra más abierto a colaborar.

—¿Está seguro? No es fácil empatizar con los niños en situaciones tan traumáticas como la que acaba de vivir, y no se ofenda, pero usted no parece la persona adecuada para ello.

—De lo único que estoy seguro es de no querer robarle lo poco que le queda de infancia. Lleva tres días desaparecido y más de cuatro horas en un hospital, ¿no le parece que ha llegado el momento de que vea a sus padres? Deje que su vida vuelva a la normalidad y ya veremos más adelante.

—Si es lo que considera oportuno...

* * *

Apoyado en el tronco de una de las palmeras de la calle Fuensanta, Juan Mesa, *Juanito*, besó con fervor la estampita de su adorado Cristo de la Exaltación.

—Señor, perdóname. Hago lo que hago para servirte mejor. Tú lo sabes —susurró a la imagen como si pudiera oírlo—. Ayúdame...

Tras suplicarle una nueva intervención, la besó por última vez y se guardó la estampita en el bolsillo del pantalón, junto al resto de sus benefactores, como si fuera la baraja de cartas de un mago. Decidido, abandonó la seguridad de la palmera en la que se ocultaba y avanzó hasta la puerta de color verde del número 14. El pulso se le aceleró después de atar sobre el pomo una ramita de olivo. Preocupado, miró a izquierda y a derecha para comprobar que nadie lo había visto, y cuando se cercioró de que estaba allí solo, cogió la botella de cristal y le prendió fuego a la mecha. Creyendo escuchar voces procedentes de la vecina calle Espartinas, la apagó apresuradamente con los dedos y volvió a su posición inicial junto a la palmera. A pesar de los esfuerzos del afanoso Juanito por pasar desapercibido, alguien lo observaba agazapado desde un coche con un teléfono móvil en la mano.

—¿Sí? ¿Dígame? —respondió la voz al otro lado de la línea.

—¿Cabo Martín?

—Sí, soy yo. ¿Con quién hablo?

—Soy Hipólito.

—¿Quién? —preguntó el cabo, extrañado.

—Hipólito Núñez, el presidente de la Agrupación de Cofradías... Tenía usted razón. He encontrado al hombre que buscaba. Está en el número 14 de la calle Fuensanta a punto de quemar la casa de los padres de Lolo. Dese prisa.

* * *

Aquella mañana, en los alrededores de la calle Cánovas del Castillo solo había un local comercial abierto: la sucursal de Unicaja. O al menos eso daba a entender la puerta de entrada, que permanecía entreabierta. A más de uno le sorprendió que el Viernes Santo un banco pudiera estar abierto, pero los tiempos estaban cambiando y todo era posible. En el interior de la oficina, la mayor parte de las luces estaban apagadas, salvo la del despacho de Silvano Montes. Lejos de asemejarse a una zona de trabajo, Montes había convertido aquella estancia en una modesta pensión. Su mesa y su silla estaban apartadas contra la pared para hacer hueco a un colchón hinchable, un infiernillo y una maleta llena de ropa. En el suelo había restos de comida y camisas arrugadas. Sin embargo, lo que llamaba más la atención en aquella estancia no estaba a ras de suelo.

Ligeramente suspendido en el aire, colgado de la puerta de un armario por un cinturón que tenía amarrado alrededor del cuello, Silvano Montes, completamente azul, se ahogaba a cámara lenta. Las cosas no estaban saliendo como él había pensado y tardaba demasiado en asfixiarse.

—¿Hola? ¿Fátima? ¿Hay alguien ahí? —preguntó una de las clientas de la entidad al comprobar que la oficina estaba abierta—. Venía a ingresar dinero en la cartilla de ahorro...

Montes, todavía consciente, escuchó a lo lejos una voz de mujer y, aterrorizado, deseó fenecer antes de que alguien pudiera impedirlo. Después de lo que le había costado dar ese paso, no podía arriesgarse a permanecer con vida.

—¿Fátima? ¿Estás ahí? —insistió la clienta cuando vio que había una luz encendida al final del pasillo.

Siguiendo el resplandor blanco del neón, la mujer llegó hasta el despacho de Silvano y encontró al empleado de banca ya inconsciente y colgando de un cinturón.

—¡Ay, Dios mío! —gritó, y se persignó.

* * *

Tras una victoria aplastante, Álex se había quedado sin enemigos a los que abatir y despedazaba sin piedad una Barbie para entretenerse. Con sadismo, le amputó brazos y piernas, y cuando acabó de torturarla, tiró al suelo la muñeca con indiferencia.

—¡Tonta, estúpida! —gritó al tronco de la Barbie, e inmediatamente después se echó a llorar.

Buscando un lugar más íntimo donde desahogarse, se escondió en una tienda infantil con apariencia de castillo medieval. En silencio, dejó correr las lágrimas por su cara. En poco tiempo, los sollozos se mezclaron con convulsiones. Ansiando tranquilizarse, se abrazó las rodillas y convirtió su cuerpo en una bola inexpugnable. Una vez que logró dominar los temblores de su cuerpo, ideó un plan de fuga del hospital: cerrar los ojos, contar hasta diez y desear con fuerza que, al abrirlos, no estuviera dentro de aquel castillo de juguete, sino en casa con su madre.

—Diez, nueve, ocho, siete, seis, cinco, cuatro, tres, dos, uno —recitó nervioso Álex, con una fe inquebrantable en el ardid.

Al terminar la cuenta atrás, vaciló unos segundos y receló de la verdadera capacidad de su hechizo. Finalmente, decidió confiar en la magia y abrió los ojos de par en par. Desengañado, descubrió que seguía en el hospital. Estaba a punto de volver a llorar cuando alguien lo interrumpió.

—¿Puedo pasar? —preguntó una voz de mujer al otro lado del refugio.

Sorprendido, Álex dio un brinco y cayó de espaldas. En cuanto pudo, se reincorporó y se miró las manos, tratando de discernir si eran sus poderes los que habían provocado la misteriosa aparición.

—¿Mamá? —preguntó el niño, empeñado en comprobar la fiabilidad de su conjuro.

—Me llamo María, ¿puedo pasar y sentarme contigo?

—¡No! ¡Es mi fuerte! ¡No puede entrar nadie!

—Vale, en ese caso me quedaré aquí. —María resolvió la lucha de espacios y se sentó fuera de la tienda.

—¿Quién eres? —preguntó el niño con desconfianza.

—Soy policía.

—No pareces policía.

—¿Y qué parezco con este uniforme?

—Pareces una novia de mi hermano, pero no policía.

—Y ¿cómo son los policías?

—Son hombres. Y altos. Y tienen mucha fuerza. Y coches que corren mucho. Y armas alucinantes... —relató el pequeño, que había absorbido con toda naturalidad el sexismo que se respiraba en su casa.

—Bueno, aunque te parezca raro, también hay mujeres policías.

—No sé, puede ser... ¿Qué haces aquí? —preguntó Álex algo más confiado.

—Te he oído llorar y quería comprobar que estabas bien.

—No estoy llorando. Yo nunca lloro.

—No pasa nada por llorar. Yo lo hago mucho.

—Pero... tú eres una niña. Es normal.

—Te sorprenderías con toda la gente que lo hace. He visto a muchos de esos policías altos, fuertes y con coches rápidos llorar mucho más que tú —explicó María ante la atenta mirada del niño.

—¿En serio?

—Sí, y sin haber estado tantos días fuera de casa como te ha pasado a ti. Eres mucho más valiente que ellos.

—¿Crees que podría ser policía?

—Creo que sí... Pero no te engañes, para serlo se necesitan más cualidades que la fuerza. Buena memoria, por ejemplo. —María aprovechó la inesperada conexión con el niño para llevarlo a su terreno—. ¿Tienes buena memoria, Álex?

—Creo que sí, me acuerdo de cosas de cuando tenía cinco años —dijo orgulloso.

—¡Vaya! Si yo tuviera tanta memoria, sería detective. ¿Quieres que juguemos a los detectives?

—Sí, sí, por favor —dijo el crío, acercándose a la agente.

—Vale. Empiezo yo. Tengo un caso muy importante: ayudar a un niño que se ha perdido. ¿Dónde crees que puede estar escondido?

—¿Ese niño soy yo? —preguntó Álex, sintiéndose manipulado.

—Puede ser.

—¡No me gusta este juego!

Contrariada, la agente trató de pensar algo rápido para recuperar el vínculo con el niño. Después de unos segundos, se levantó del suelo y se acercó a las estanterías de la habitación. De allí tomó algo de papel y cera de colores, y volvió a sentarse frente a la falsa puerta del fuerte de Álex.

—¿Sabías que la principal labor de un policía es proteger a la gente? ¿Estás dispuesto a ayudar a los demás, Álex? —Desafortunadamente, Álex no respondió, por lo que la guardia civil decidió jugárselo todo a una última carta—. Te lo diré de otra manera: ¿quieres que otros niños del pueblo pasen por lo mismo que tú has pasado?

Las piernas del chico temblaron. Estaba a punto de sufrir un ataque de pánico. Le sudaba la frente y le brillaban los ojos. La garganta se le secaba por momentos y, por más que tragaba saliva, no podía quitarse la terrible sensación de estar sediento.

—Vamos a hacer una cosa. —María probó a calmarlo después de escuchar sus jadeos en el interior de la lona—. Te voy a dar papel y colores, y cualquier cosa que recuerdes de estos días, la dibujas. Todavía no eres policía, pero puedes ayudarme a mí para que proteja a los otros niños. ¿Qué te parece? —preguntó la agente mientras le facilitaba los materiales.

Álex la observó inquieto desde la distancia. Por un lado, deseaba coger la libreta, pero, por otro, temía que hacer esos dibujos volvieran a alejarlo de su familia. Asustado, determinó que lo mejor que podía hacer era cerrar los ojos.

—Diez, nueve, ocho, siete, seis... —María lo escuchaba contar sin saber muy bien qué hacer o qué decir—. Cinco, cuatro, tres, dos, uno...

Al abrirlos, el pequeño comprobó irritado que seguía en el hospital y comprendió que la magia no iba a sacarlo nunca de allí. Nervioso, tomó la libreta y empezó a dibujar. Al cabo de unos minutos, extendió su mano a través de la carpa y le entregó una hoja a María.

—¿Qué es esto, Álex? ¿Es uno de los perros de tu casa? —preguntó la agente al ver en el papel un boceto de un animal con unas fauces gigantescas.

—Es el que me hizo daño —confesó el niño.

Urbizu y la doctora Torres reaparecieron en la habitación. Al observar la escena, el oficial de la Guardia Civil entró en ebullición.

—¡¿Qué cojones está haciendo aquí?!

El grito de furia provocó que Álex entrara de nuevo en la tienda, atemorizado. Aprovechando el revuelo, María se guardó el dibujo en el bolsillo.

—Les ruego que resuelvan sus diferencias fuera de la ludoteca, sin que Álex esté presente —indicó la doctora Torres, enfadada, mientras acudía a auxiliar al menor.

—Agente, salga conmigo ahora mismo —dijo Urbizu—. Tenemos que hablar.

Al igual que un condenado a muerte, María se levantó y caminó los pocos metros que le separaban de su jefe con inquietante docilidad; como si al otro lado de la puerta no le esperara una amonestación, sino la silla eléctrica o la inyección letal. Y tal vez fuera así.

* * *

—¡Mierda! —se quejó Lucía en el momento en que un sujetador se le cayó por el patio interior cuando se disponía a tenderlo.

Desde las ocho de la mañana, hora en la que se habían ido Claudia y Valentina a Sevilla para hacer compañía a su suegra en el Virgen del Rocío, hasta aquel momento, aproximadamente las diez y media, Lucía no había parado de hacer cosas. Fregó, limpió el baño, puso dos lavadoras, planchó e incluso se ocupó de darle brillo a la cubertería. Poco acostumbrada a tener tiempo libre, los nervios la consumían por dentro y no sabía en qué ocupar los minutos. En menos de dos horas y media había resuelto todas las tareas domésticas que tenía pendientes, y no dejaba de darle vueltas al extraño regreso de Álex y a la repentina aparición de una rama de olivo en la escena del suicidio de Antonio Jiménez. Aspirando a olvidarse del asunto, bajó para recuperar el sujetador. Una vez en el patio, se encendió un pitillo. La tediosa perspectiva de pasarse lo que restaba de día limpiando y fumando hasta que volviese su hija a casa le generaba un tipo de inquietud que nunca antes había experimentado. De ahí que se planteara dos opciones: añadir al tabaco el consumo de vino, mezclado con algún tipo de ansiolítico para hacer más llevadero el paso del tiempo, o entrar en su despacho y recuperar los expedientes de todos los sucesos de la semana, a fin de encontrar algún tipo de respuesta.

Una mariquita se posó en el sostén y lo recorrió sin decoro con sus diminutas patas. Lucía la observaba con una mezcla de curiosidad y asco mientras apuraba el cigarrillo. Una vez que hubo consumido el papel hasta el filtro, tiró al suelo la colilla y recogió el sujetador, no sin antes sacudirlo un par de veces. Antes de caer, la mariquita abrió el caparazón y desplegó sus extraordinarias alas, emprendiendo una divertida fuga. Indiferente a su artístico y enérgico aleteo, la sargento esperó a que el insecto se elevara y, una vez que estuvo a la altura de sus manos, lo aplastó de una palmada. Sin la mariquita distrayéndola, la sargento se guardó el sujetador en el bolsillo y tomó una decisión.

* * *

—Y bien, ¿qué cojones está haciendo aquí? —preguntó Urbizu a María cuando se quedaron a solas.

—He venido a hablar con usted, mi teniente. Pero mientras esperaba en la puerta a que saliera de su reunión con la doctora, escuché al niño llorar y pensé que debía consolarlo.

—¿Me toma por imbécil? Sé perfectamente qué hace aquí: ayudar a la psicópata de la sargento Gutiérrez.

—Al contrario, mi teniente. Tiene que creerme. No quiero tener nada que ver con esa mujer.

—Explíquese. Tiene treinta segundos antes de que la envíe a tomar por culo a su casa.

—He venido a denunciar que la sargento se puso ayer en contacto conmigo para sacarme información. Ha perdido el control. Consideré que debía saberlo.

—Enhorabuena, ha logrado crearme una duda razonable. Ahora mismo no tengo claro si solo quiere ganar tiempo o es una simple rata traidora. Espero que sea lo segundo, valoro más a los cobardes que a los héroes. Acompáñeme al parking, vamos a hacerle una visita a su superiora y resolveremos este dilema. Puede que termine el día con un ascenso o con un expediente disciplinario, ¿no es emocionante ser guardia civil?

—¿Puedo ir antes al baño, mi teniente?

—Puede ir, pero no con el teléfono móvil. Entiéndame, no es que no me fíe de usted. Es que no me fío de nadie.

Servicial, María le entregó su *smartphone* a Urbizu fingiendo que no le preocupaba demasiado y se dirigió al aseo. Allí se encerró en el váter y pensó de qué manera podía avisar a

Lucía de que estaba a punto de sufrir un arresto domiciliario. Se odiaba por tener tan poca imaginación y no haber sido capaz de desarrollar una excusa mejor.

Esperando a que la joven saliera del aseo, el oficial jugueteó con su propio teléfono en el mismo instante en que recibió una llamada.

—Dígame, cabo —respondió rápidamente Urbizu.

—Tenemos al pirómano, mi teniente. Lo hemos trincado antes de que le prendiera fuego a la casa de otro costalero.

—Enhorabuena. Luego hablaremos usted y yo. Interrogue a ese cabrón, deme un culpable y acabemos de una puta vez con este caso. El lunes quiero estar de vuelta en Madrid. Si lo consigo, se lo agradeceré toda la vida.

* * *

Vestida con chándal y zapatillas de deporte, Lucía dejó a un lado el bloque de viviendas y entró en el puesto de mando con total naturalidad. Al verla aparecer por la puerta, decidida a entrar en su despacho como si no hubiera ocurrido nada, a Suárez, el agente encargado de la recepción aquella mañana, se le mudó el semblante. Desconcertado, abandonó su puesto y se acercó a ella.

—¿Qué está haciendo aquí, mi sargento? Si Urbizu se entera, me caerá a mí también una buena.

—Eres guardia civil, deberías estar acostumbrado al riesgo —se limitó a decir Lucía sin tan siquiera mirarlo.

—Si no se marcha ahora mismo, me veré obligado a detenerla. Son las órdenes.

—Solo vengo a por unos documentos personales. Pero si consideras que estoy cometiendo un crimen, adelante, ponme unas esposas —soltó Lucía, tomándose a broma las amenazas de su compañero y juntando las manos en espera de que se la inmovilizara.

—Por favor, mi sargento, no haga esto más difícil. Sabe que durante su suspensión no puede llevarse documentos —la recriminó Suárez.

—Ya te lo he dicho: haz lo que tengas que hacer. —Lucía se detuvo desafiante frente a él.

—Mi sargento, sabe de sobra que no voy a detenerla. Pero al menos podría pensar por un momento en el problema que me va a crear. Usted mejor que nadie conoce el mal carácter de Urbizu.

—Si lo único que te preocupa es la conducta del teniente, es que algo estamos haciendo mal aquí. Ahora mismo solo debería obsesionarte una cosa: encontrar a la persona que secuestró a Álex.

—Es una situación delicada. Lo sabe tan bien como yo. Aunque estamos haciendo progresos —dejó caer el agente, en referencia a la detención de Juan Mesa.

—¿Qué clase de progresos? —Lucía sintió curiosidad.

—Es confidencial. Lo siento.

—Está bien. Si puedes dormir tranquilo sabiendo que el próximo puede ser tu hijo, allá tú. Yo voy a hacer todo lo que esté en mi mano.

—Sinceramente, todavía no tengo claro si Urbizu ha cometido una injusticia con usted o nos ha hecho un favor a todos —explotó el agente finalmente.

—Cuando lo descubras, llámame. Me interesa mucho tu opinión.

Humillado, Suárez se limitó a volver a la recepción con el rabo entre las piernas, confiando en que Urbizu no se enterara de lo sucedido. Su rostro descompuesto contrastaba con la seguridad del de Lucía, que entró en su despacho, cerró la puerta y se aisló del mundo.

—Guardia Civil de Morón de la Frontera, ¿en qué puedo ayudarle? —preguntó Suárez al descolgar el teléfono de la recepción.

—¡Necesito ayuda! ¡Es urgente! ¡Hay alguien que se ha ahorcado en la oficina de Unicaja de Cánovas del Castillo y yo sola no puedo bajarlo! ¡Por favor, vengan rápido! ¡No sé si está vivo o muerto!

* * *

—¿Le importa si pongo música? —preguntó Urbizu en el interior de un Citroën C-Elysée de color plata con las lunas tintadas.

Sin esperar la respuesta de María, la tensión entre ambos fue sustituida por las canciones del *ABBA Gold*. Sonaba *Dancing Queen* y, lejos experimentar la sensación de bienestar que generaba esa melodía en cualquier lugar del planeta, dentro de aquel coche todo era desasosiego. Tensión que aumentó cuando el teniente entonó parte de la canción.

—Vamos, no se corte, cante conmigo.

Aquel hombre seco y cortante se había transformado repentinamente en un cantante de karaoke de Benidorm, lo que no solo desconcertó a María, sino que le suscitó pavor. Un guiño de Urbizu antes de darlo todo con el estribillo certificó que la joven no estaba preparada en absoluto para ver disfrutar a la gente perversa.

—Vamos, María, anímese —soltó Urbizu, agitando los dedos rítmicamente sobre el volante.

Cada sonido que emitía, lejos de provocar cercanía, aumentaba la distancia entre ambos. Aunque él no reparase en ello, María buscaba refugios mentales donde evadirse y sortear el bochorno. Dirigió su imaginación hacia la noria del Tivoli World en aquel viaje escolar de 2005. Suspendida a cien metros de altura, luchaba por borrar el timbre de voz del teniente. Desafortunadamente, no logró permanecer allí más de cinco segundos.

—No está con la tirana de su jefa, tiene permiso para divertirse —dijo Urbizu, satisfecho y liberado tras oír las buenas noticias del cabo Martín.

Ante la insistencia del oficial, María se vio en la obligación de cantar junto a él. Entre la desgana y los esfuerzos por resultar amable, su voz emitió ondas sonoras tan agudas que habrían podido perturbar a una manada de orcas en el Pacífico.

El *Wall of Sound* de los suecos resonaba a través del asfalto y donde debería haber alegría, fiesta y ganas de pasarlo bien, solo existía preocupación. María miraba el horizonte a través del parabrisas sintiendo algo parecido al pánico, mientras las preguntas bullían en su mente: ¿de qué era capaz aquel hombre? ¿Cómo podía avisar a Lucía de lo que estaba a punto de suceder? ¿Por qué Urbizu se esforzaba tanto en desautorizarla? ¿Cómo demonios era posible que un tipo así fuera fan de Abba?

* * *

Con la misma templanza con la que entró, Lucía salió de su despacho con un par de cajas en las manos y un mapa cartográfico de Morón de la Frontera y sus alrededores. Al ver a una pareja de agentes corriendo por el vestíbulo, en seguida se dio cuenta de que estaba pasando algo, una sospecha que terminó de confirmar en cuanto el sonido de las sirenas de los coches patrulla se colaron por las ventanas. No había duda de que se trataba de una urgencia. Llena de curiosidad, probó suerte con Suárez.

—¿Puedo saber qué está ocurriendo?

—Ya le he dicho que no estoy autorizado, mi sargento.

—No seas idiota. La semana que viene Urbizu ya no estará aquí y yo volveré a estar al frente del puesto de mando. Créeme, no te interesa estar a malas conmigo.

Suárez pensó en ello. Si, tal y como parecía, Urbizu cerraba el caso tras el interrogatorio a Juan Mesa, Lucía no tardaría mucho en volver a estar al frente. Así que, eligiendo el mal menor, reculó y optó por sincerarse.

—Alguien se ha suicidado en la oficina de Unicaja de Cánovas del Castillo.

—¿Silvano? ¿Silvano Montes?

—No sabría decirle. Solo sabemos que es un varón de mediana edad. La señora que lo encontró no ha sido capaz de darnos más detalles.

—En cuanto sepáis algo, informadme.

Preocupada, se dispuso a salir del puesto de mando, pero algo llamó su atención. Sobre el mostrador de recepción había un ejemplar del *Diario de Sevilla*. Aunque estaba doblado en dos mitades, pudo ver que en la portada aparecía una foto de Álex. La sargento tenía las manos ocupadas con las cajas, así que le pidió ayuda a Suárez para ver el contenido.

—¿Podrías desplegarlo? —Suárez abrió el periódico para que pudiera ver la totalidad de la portada—. Hallan a Álex Domínguez con síntomas de haber sufrido abusos. —Rezaba el titular principal, firmado por Elena Ruiz—. ¡Hija de puta! Ni siquiera ha esperado a que sea oficial —añadió—. ¿Lo has leído ya? —preguntó al agente.

—Sí, mi sargento. No sé quién se habrá ido de la lengua, pero...

—Pues colócalo encima de la caja.

* * *

Tras superar la verja de seguridad de la casa cuartel, Urbizu aparcó el coche en su plaza y expulsó el CD de Abba. Con el fin de las armonías de Benny y Frida, el teniente se despidió también de su carácter distendido y, nada más salir del vehículo, recuperó la carcoma habitual. El oficial no andaba, sino que realizaba trabajosas mudanzas de un lugar a otro de su leve saco de huesos. Arrastrando por el suelo sus escombros, descubrió a los pocos segundos que caminaba solo, pues María seguía sentada en el coche.

—¿Por qué todo el mundo en este pueblo necesita que me altere para hacer su trabajo? —preguntó Urbizu, cansado—. ¿Tiene pensado salir? —insistió una vez más, al ver que la agente era incapaz de reaccionar.

Los ladridos del teniente no cambiaron nada. María permanecía petrificada. Quería levantarse, pero era consciente de que en el mismo momento en que lo hiciera estaría desatando un modesto Armagedón. Una semana atrás no le habría importado lo más mínimo poner en riesgo su trabajo o el de Lucía Gutiérrez, o el de todas las fuerzas y cuerpos de seguridad del Estado. Pero ahora... Justo ahora que había aprendido a valorar lo que hacía y sentía que no era una imposición, sino algo parecido a una elección voluntaria, temía que todo desapareciera en aquel naufragio y solo sobrevivieran los aburridos controles de velocidad en la autovía.

—Tiene cinco segundos para salir del puto coche. Si no lo hace, no se moleste en volver mañana —la amenazó por última vez el teniente.

Cuando estaba a punto de darse la vuelta en solitario, la agente abrió la puerta.

—Está bien. Pero quiero que sepa que soy tan culpable de lo ocurrido como la sargento Gutiérrez, mi teniente —confesó, al sentirse contra las cuerdas.

—Por favor, un poco de dignidad. Estas muestras de compañerismo me dan bastante grima. Sígame y no diga una puta palabra más.

La extraña pareja abandonó el aparcamiento, dejó a un lado el puesto de mando y se aproximó a la zona de viviendas. En lugar de coger el ascensor, Urbizu y María subieron por la escalera, aunque, a juzgar por los esfuerzos del teniente, cualquiera podría pensar que estaban coronando el Annapurna. A punto de fragmentar su inconsistente cuerpo en dos, alcanzaron el piso de Lucía. Después de llamar al timbre, el oficial se quedó mirando fijamente la imagen en relieve de la Divina Pastora que colgaba de la puerta.

—¿Hay algún rincón en Morón que no esté dedicado al culto religioso? ¿Tal vez el puticlub?

La sargento abrió la puerta y se los encontró pegados el uno al otro como dos inoportunos testigos de Jehová.

* * *

—Me declaro culpable de todos los delitos —dijo Juan Mesa en cuanto se sentó en la silla de la sala de interrogatorios.

—Espere, todavía no estoy grabando. Ahora. Ya podemos empezar —dijo Víctor después de activar la grabadora—. ¿Puede decirme su nombre?

—Juan Mesa Repiso.

—¿A qué se dedica?

—Soy albañil en paro y hermano mayor de la cofradía de la Crucifixión.

—Señor Mesa, ¿por qué quería prenderle fuego a la casa de los padres de Lolo?

—Por haber ofendido a Dios.

—¿De qué manera lo ofendió?

—Haciendo su estación de penitencia bajo el efecto de las drogas.

—¿Y puedo saber cómo supo que el chico estaba bajo los efectos de las drogas? Al contrario que el resto de víctimas, Lolo completó la procesión con la hermandad de la Santa Cruz sin protagonizar ningún altercado.

Juan Mesa no supo qué contestar sin delatar a terceras personas. Había llegado hasta aquella situación con un propósito, y no podía arriesgarse a perderlo todo por una mala respuesta. Así que improvisó.

—En este pueblo es muy difícil tener secretos. Todo se sabe.

—¿Podría ser más concreto? ¿Cómo se enteró usted? —insistió Víctor.

—Se lo vuelvo a repetir: esto es muy pequeño y el mundo de las cofradías aún más. Me llegaron rumores y actué.

—Entiendo —dijo el cabo sin que lo convencieran sus respuestas—. ¿Y con los otros dos costaleros? ¿Qué ocurrió con Francisco Otero y Salvador López?

—Exactamente lo mismo. Me llegaron rumores y actué —se limitó a decir Juan Mesa.

—¿Podría decirme qué tipo de drogas habían consumido?

—No.

—¿No lo sabía? —insistió el agente.

—No, me bastaba saber que le habían faltado el respeto a Dios.

—¿Por qué después de quemar sus casas colocaba una rama de olivo en puertas y ventanas?

—Porque es Semana Santa, es la tradición.

—¿La tradición? —preguntó Víctor, indignado, harto de las escuetas respuestas de Juan Mesa.

Aquel hombre no tenía nada que ver con el perfil que había desarrollado de él. No parecía cultivado, actuaba sin apenas motivación y no le daba importancia alguna al simbolismo. Algo no cuadraba.

—¿No trataba de purificar esos hogares con el fuego y, una vez que estaban reducidos a cenizas, colocaba esas ramas de olivo bendecidas para mostrarles que Dios los había perdonado y ahora los protegía? —recondujo el interrogatorio el cabo Martín al comprobar la poca solidez que tendría aquella grabación ante un juez.

—Sí, sí, era por eso. —Juan Mesa reaccionó a las palabras del agente, cuyas explicaciones le parecían mucho mejores que las suyas—. Perdone, estoy nervioso. Ya sabe lo importante que es el olivo en el cristianismo y en este pueblo. Era un símbolo de muchas cosas.

—¿Cómo por ejemplo? ¿Recuerda algún pasaje de la Biblia donde se mencione?

—Me quiere sonar..., pero ahora mismo no caigo, la verdad.

Definitivamente, Juan Mesa no era el temible psicópata ultrarreligioso que imaginaba. No conocía las Sagradas Escrituras, era descuidado y actuaba por impulsos. Aquel hombre sencillo lo estaba defraudando por completo. Era casi tan mediocre como él, pensó.

—¿Castigó también usted a Rober por haber consumido drogas?

—¿Qué quiere decir? —preguntó desconcertado el hermano mayor.

—¿Por qué varió su *modus operandi* con Rober? ¿Por qué en lugar de quemar la casa de sus padres, como había hecho con el resto, decidió secuestrar a su hermano y abusar de él?

—Yo... Yo... ¿No podría hablar con un abogado? —preguntó asustado el sospechoso.

—Lo hará, pero después de terminar el interrogatorio. Cuando hemos empezado se ha declarado culpable de todos los delitos, ¿se retracta de alguno de ellos?

—Sí, creo que sí, no sé... ¿De verdad no puedo hablar con un abogado?

—Solo necesito que diga sí o no. Es una respuesta muy sencilla. ¿Castigó usted a Rober por haber ofendido a Dios?

—No, yo solo le prendí fuego a las casas. Tiene que creerme —confesó Juan, consternado.

—Resulta difícil de creer que castigara a los costaleros y no a Rober, que era el que les suministraba las drogas. ¿No se merecía un castigo mayor que el resto?

—No lo sé... —contestó el sospechoso entre temblores.

—¿Y Antonio Jiménez? ¿Qué pasó con él? —insistió el agente Martín.

—Ese chico se suicidó él solo. Yo no tuve nada que ver.

—¿Y por qué apareció allí esta rama de olivo? —preguntó el cabo al tiempo que le mostraba una foto de la evidencia hallada en el parterre de la casa.

El hermano mayor no pudo aguantar más tiempo la presión y se vino abajo. Sus ojos se llenaron de lágrimas y, angustiado, comenzó a darse pequeños cabezazos contra la mesa. El cabo Martín se levantó para ofrecerle agua, pero en ese mismo momento apareció por la puerta el agente Suárez, con gesto descompuesto.

—Cabo, hay una llamada...

—¿Y?

—Será mejor que la atienda usted.

* * *

—¿Podemos pasar? —preguntó Urbizu con una sonrisa tan amplia como aterradora.

—Preferiría que no, mi teniente. Me gusta pensar que en estos noventa metros cuadrados solo mando yo —contestó Lucía, cerrando la puerta todo lo que pudo para que no se vieran los expedientes policiales que estaban esparcidos sobre la mesa del salón.

—¿Nada de tomar un té y unas pastas? ¡Qué decepción! Me habían dicho que la gente en el sur era muy amable.

—¿A qué ha venido?

—A hacerle un favor. Dado que le gustan tanto los noventa metros de su casa, quería informarla de que no saldrá de ella en los próximos días. Favor, arresto domiciliario..., llámelo como quiera.

—¿Puedo saber el motivo, mi teniente?

—Ah, ¿aún no se ha dado cuenta, sargento? ¿Por qué cree que vengo con su compañera? No, no conteste, ya se lo cuento yo. Porque la descubrí en el hospital hablando con Álex. Y, por lo poco que he podido observarla estos días, diría que no fue iniciativa suya, sino que se dejó manipular por usted. Escúcheme bien, se me ha terminado la paciencia. Desde ahora mismo, habrá un agente en la puerta de su casa para impedir que salga de la vivienda. Superadas las cuarenta y ocho horas de arresto, cuando la vida del pueblo y la de Álex hayan vuelto a la normalidad, usted se viene conmigo a Madrid. A partir de ahora, va a trabajar en el aeropuerto. El cabo Martín será el nuevo responsable del puesto de mando.

—¿Víctor? —preguntó Lucía como si alguien la hubiera apuñalado por la espalda.

—Sí, Víctor. Mientras usted se ha limitado a desobedecer todas mis órdenes, el cabo no solo ha mostrado lealtad, sino que se encuentra interrogando al sospechoso de provocar los incendios y tal vez de secuestrar a Álex Domínguez. Si todo va bien, hoy mismo daremos por zanjado este caso. Es la clase de persona que queremos al frente de la jefatura, no a usted. Espero que tenga tiempo suficiente para organizar la mudanza. Eso es todo —sentenció Urbizu.

—A la orden, mi teniente —respondió Lucía, sacando la voz de donde pudo y cuadrándose marcialmente ante él.

En la entrada de su casa, Lucía Gutiérrez sospechó que podía haber cometido el segundo gran error de su vida.

—En cuanto a usted —dijo Urbizu, dirigiéndose a María—, queda suspendida de empleo y sueldo una semana. La próxima vez que quiera jugarse su futuro con la sargento Gutiérrez, al menos hágalo teniendo todos los datos.

—¿Qué quiere decir? —preguntó María, confusa.

—¿Se lo cuenta usted o se lo cuento yo, sargento?

—No tengo nada que contar —respondió Lucía, mostrándose más incómoda de lo normal.

—¿Seguro? —Urbizu se divirtió con su presa—. Según leí en su expediente, hay muchas cosas interesantes que contar.

—No entres en su juego, María. No lo escuches. Vete —le advirtió a su compañera.

La joven agente miró a uno y a otro asustada, sin entender de qué estaban hablando.

—¿Nunca le ha contado cómo terminó en este pueblo?

—Eso pertenece al ámbito de lo privado, mi teniente. Le pido respeto.

—¿Respeto? ¿De qué respeto me habla? ¿Del mismo que usted me tiene a mí?

Dándose cuenta de que era imposible silenciar al oficial, Lucía prefirió ignorarlo y centrarse en María. Saltándose todas sus barreras físicas y la incomodidad que le provocaba la cercanía, tomó a la joven por los hombros y le habló con sinceridad:

—Escúchame bien. Te diga lo que te diga, ten claro que si vine a Morón, fue porque perdí a mi marido y no soportaba estar atada a su recuerdo. Esa es la única verdad.

—Ah, sí, la sargento «perdió a su marido». Una manera muy elegante de decir que se suicidó —dijo Urbizu mientras Lucía, avergonzada, apartaba los brazos del cuerpo de María y se enfrentaba, ya impotente, al relato del teniente—. Verá, agente, aquí donde la ve, tan estricta y tan llena de reproches para todo el mundo, también comete errores. ¿He dicho errores? Quería decir cagadas. Cagadas descomunales. Cada vez que le quiera dar una lección moral, y créame que lo hará, recuerde que es igual de mezquina que usted o que yo, o incluso más. Sargento, refrésqueme la memoria, ¿cuánto tiempo estuvo manteniendo una relación extramatrimonial con el brigada Reyes? ¿Fueron dos años o uno y medio?

Lucía resopló. Gruñó. Bufó. Y cuando se quedó sin aire con el que liberar ansiedad, apretó el puño derecho con la clara intención de tumbar a Urbizu. Con los nudillos a punto de impactar en el rostro enjuto del oficial, María frenó *in ex-*

tremis su arremetida, sin tener claro si lo hacía para evitar que Lucía se metiera en más problemas o simplemente para poder seguir escuchando al teniente. Mientras las agentes forcejeaban, Urbizu dio algunos pasos atrás procurando escabullirse.

—Tranquila, tranquila —calmó el oficial a la sargento cuando se dio cuenta de que estaba fuera de peligro—. No tengo nada en contra de las infidelidades..., salvo cuando joden un operativo. Parece ser que Gutiérrez y el brigada Reyes eran... ¿cómo decirlo? ¿«Fogosos» le parece correcto?

—¡Hijo de la gran puta!

—Por lo que le ha molestado, diría que «fogoso» es bastante acertado. Al parecer, siempre según el informe, no crea que me invento nada, los fogosos agentes no podían evitar dar rienda suelta a su pasión. Fuera donde fuese. Incluso en mitad de una redada. De poca monta, es cierto, pero una redada. ¿De qué se trataba, sargento? ¿Pantalones de marca falsificados?

Lucía, aprehendida por su ayudante, frenó sus embestidas, rendida a la evidencia. Finalmente, optó por que el temporal pasase lo más rápido posible.

—Si quiere contarlo, cuéntelo ya. No es necesario todo este teatrillo —dijo Lucía, bajando los brazos.

—¿Lo ve? Se lo dije, agente, no se cansará de dar lecciones morales a pesar de no ser la más indicada. El caso es que a la sargento y al brigada les debió de parecer poca cosa detener a cuatro chinas que falsificaban Levi´s en una nave del polígono de Cobo Calleja y, en lugar de cubrir a los dos agentes que los acompañaban, se pusieron a follar en el coche patrulla. No era la primera vez que lo hacían. Solo que esta vez tuvo consecuencias. Ninguno de los agentes había previsto que no estuvieran solas. De la nada, apareció un quinto chino, el cerebro del negocio, creo recordar, que, asustado, se puso a disparar antes de que los agentes pudieran reaccionar. Mientras su jefa y el brigada seguían follando, dos hombres buenos y valientes resultaron heridos por una absurda negligencia.

—¿Ya está? ¿Ha terminado? —preguntó Lucía reducida a cenizas, contemplando cómo sus secretos más ocultos estaban desperdigados por el suelo como si fueran trozos de vísceras en la escena de un crimen.

—Sí, lo que ocurrió luego con su marido se lo dejo a usted. Yo me ciño al expediente laboral. Ándese con ojo, agente —le dijo el teniente a María—. Hay que saber por quién jugarse la cara.

Satisfecho con su intervención, Urbizu se retiró de la puerta y abandonó la planta con rumor de alud. Afligida Lucía y pálida María, cruzaron al fin sus miradas y rápidamente entendieron que a las dos les aterraba lo que les deparaba el futuro. Sin embargo, una había aprendido a lidiar con sus fantasmas como quien brega con una anemia hereditaria, y la otra recién paladeaba las hieles de la desilusión.

—¿Tienes pensado entrar? Hay mucho que hacer y tenemos poco tiempo —dijo Lucía, como si lo que acababa de ocurrir en el rellano fuera producto de su imaginación.

—¿Qué? —respondió la agente, aturdida, sin poder decidir qué hacer, si seguirle la corriente o salir de allí corriendo.

—Estoy más cerca de la menopausia que de volver a follar dentro de un coche, así que no tienes nada que temer. Pasa de una vez —insistió la sargento al comprobar que la joven seguía suspendida en un mar de dudas, preguntándose si debía o no confiar en ella.

En lugar de huir, María se rio con el comentario y decidió cruzar el umbral, consciente de que nunca más volverían a hablar de aquello.

—Pues ya somos dos las que follamos poco.

* * *

Noelia no tenía ganas de cocinar. Era festivo y los niños estaban insoportables desde que les había prohibido seguir jugando a la videoconsola. De manera que resolvió que lo más práctico era sacarlos de allí y comprar un pollo asado en el asador portorriqueño de la esquina. Con la gabardina puesta y mientras les colocaba los chubasqueros a los críos, alguien llamó a la puerta.

—Estaos quietos y esperad en el salón, ahora voy.

En el camino hasta la puerta, Noelia advirtió que tenía una carrera en la media y un agujero en el jersey. Definitivamente, criar a dos niños sola era el camino más rápido para terminar pareciendo un vagabundo.

—¿Noelia Ramírez?

—Sí, soy yo.

—Siento tener que informarle de esto, pero su marido... ha intentado suicidarse.

—¿Ha intentado? ¿Significa que está vi...?

—Lo siento, señora. Se encuentra en la UCI del hospital Virgen del Rocío con pronóstico reservado.

Impresionada, Noelia se abrazó desconsolada al agente, que no tuvo más remedio que rodearla con los brazos y reconfortarla. A decir verdad, esperaba que algo así ocurriera. Tal vez no un hecho tan dramático, pero el comportamiento de su marido invitaba a pensar que estaba a punto de ocurrir una tragedia.

—Si quiere, puedo acompañarla —dijo el agente, extralimitándose de sus funciones al verla hundida.

—Se lo agradecería. Ahora mismo no me veo con fuerzas para conducir. ¿Le importa que antes dejemos a los niños con sus abuelos? Cuanto menos sepan de todo esto, mejor.

—Sí, descuide. En cuanto esté lista, avíseme. La espero aquí fuera.

Noelia se dio media vuelta y, secándose las lágrimas, entró en la casa. No tardó mucho en preparar un pequeño neceser por si la cosa se complicaba. En cuanto cerró la bolsa de aseo, se plantó con los niños en la puerta de la casa.

—Lista. Gracias por esperar.

—¿Lo tiene todo? —insistió el guardia civil.

Noelia se palpó los bolsillos, asegurándose de que llevaba el móvil, la cartera y el neceser. Todo estaba en orden, hasta que, repentinamente, echó en falta algo.

—Disculpe. Vuelvo en seguida.

Apresuradamente, se acercó a la cocina. Allí, abrió el primer cajón y cogió el *pendrive* que le había dado Silvano días atrás. Había llegado el momento de darle utilidad a aquel cacharro.

* * *

En cuanto traspasó la puerta de la vivienda, María descubrió que la mesa del salón estaba repleta de fotografías de la casa de Antonio Jiménez, así como de documentos pertenecientes a los expedientes del homicidio del soldado Johnson y la desaparición de Álex, y terminó de despejar cualquier duda: Lucía pensaba resolver aquel caso aun atrapada en los noventa metros cuadrados de su casa. Movida por la curiosidad, se acercó y ojeó algunas de las trágicas imágenes del suicidio de Jiménez.

—Por más que busques, no vas a encontrar ni rastro de esa puta rama de olivo. Llevo toda la mañana mirando a conciencia las fotografías... y nada.

—¿Qué insinúa, sargento?

—Que alguien la ha colocado ahí. Alguien que quiere que nos alejemos de la base a toda costa.

—¿Alguien... de los nuestros? Es una acusación muy grave, mi sargento. No sé, tal vez la apartó el viento. Según aparece en el informe, aquello estaba lleno de basura, era...

—Deja eso y ven aquí —alzó la voz la suboficial ya desde su dormitorio.

María caminó por el pasillo siguiendo la voz de la sargento. Sabiendo lo que sabía ahora, no le sorprendió no encontrar ninguna foto familiar. En su lugar, había láminas de paisajes sin demasiada personalidad. Imágenes de bosques, playas y ríos se sucedían por la vivienda. Todo era acogedoramente ficticio, como un decorado de cartón piedra. La ausencia de calor de hogar resultó aún más flagrante cuando llegó al dormitorio, donde la única decoración era un mapa de Morón de la Frontera que colgaba de la pared. En él, fijadas con chinchetas, estaban las fotografías de los cadáveres de Antonio Jiménez y el soldado americano, además de una imagen de

Álex en el lugar exacto de la desaparición y otra donde lo habían encontrado.

—¿Crees que puede haber algo más que se nos escapa? —preguntó Lucía.

María miró el mapa y las ingenuas flechas que Lucía había trazado para unir los escenarios de los crímenes. Decididamente, se trataba de un intento desesperado por salvar su futuro —sin muchos visos de prosperar—, pero se sentía incapaz de confesarlo. Indulgente, deseó darle alguna validez a su empeño en creer que todavía tenía una oportunidad de resolver aquel puzle.

—No sé, ninguno de los hechos ha ocurrido cerca de la base.

Lucía se quedó un momento pensativa, ansiando encontrar alguna clave en las palabras de María.

—¡Es cierto! El suceso más cercano a las instalaciones americanas fue la aparición del cadáver de Johnson, a unos veintiún kilómetros de distancia.

—¿Y?

—Y... y... no sé, joder. Al menos yo estoy intentando buscar una solución. No sé si te has dado cuenta, pero tenemos cuarenta y ocho horas para descubrir qué cojones ha pasado aquí. Si no lo hacemos, a mí me pondrán a hacer cacheos en un puto aeropuerto y a ti a pasar el alcoholímetro en la autovía.

—Lo sé, lo sé, mi sargento. Pero ¿de verdad cree que aquí encerrada va a poder encontrar una respuesta?

—Yo estoy encerrada, tú no. Por cierto —dijo, cayendo en la cuenta—, ¿has podido hablar con Álex?

—Sí, pero no he sacado gran cosa. Urbizu me descubrió antes de que el chico pudiera contarme algo de interés. No recuerda nada de lo sucedido. Cuando le pedí que me dibujara dónde había estado —explicó María, sacando el trozo de papel que le había entregado Álex—, me hizo esto. Se refirió a esta cosa como «el que me hizo daño».

Lucía lo extendió y lo observó, esforzándose por entender de qué se trataba.

—¿Es un perro? —preguntó la sargento.

—Eso parece.

—Cuando estuve la primera vez en su casa también vi otros dibujos como este. Ven, acompáñame.

Las agentes salieron del dormitorio y se dirigieron a la mesa del salón. Una vez allí, Lucía revolvió los papeles buscando uno en concreto. Para calmar su impaciencia, María le dio conversación.

—No me parece una pista muy fiable, mi sargento. Cuando hablé con el chico parecía ido. Tal vez lo drogaron. Nada de lo que decía tenía mucho sentido.

—¿Y si no fuera un perro?

—¿Cree que puede tratarse de un monstruo? Lo he pensado, pero...

—¡No digas estupideces...! —Súbitamente, la sargento encontró algo—. ¡Aquí están! —recuperó de la amalgama de documentos un par de fotos de los dibujos de Álex encontrados en su casa—. ¿Lo ves? Son dibujos muy parecidos. En su momento no le di importancia, pensaba que se trataba de uno de los perros de la familia, pero quizás Álex nos estaba retratando a su secuestrador. Tal vez los abusos vienen de tiempo atrás, de antes de que el chico desapareciera.

—Perdone, mi sargento, pero creo que ahora es usted la que se está dejando llevar. Esto no es un retrato, es un simple dibujo de un perro.

—Estás pensando como una mujer de veinte años, no como un niño. Se nota que no has sido madre. Ellos no se fijan en lo mismo que tú. Puede que nos esté diciendo que su secuestrador tiene un perro de aspecto violento, o puede que donde estuviera retenido hubiera una escultura con forma de perro, o que el abusador tenga una camiseta con un dibujo de perro, o...

Lucía interrumpió su disertación, como si hubiera dado con un detalle que hasta el momento se le había pasado por alto.

—¿O?

—O puede que fuese un tatuaje como el que lleva el teniente Andrew Taylor. ¿Recuerdas cuando lo vimos jugando al baloncesto?

—No mucho.

—Taylor tenía una especie de perro o de lobo tatuado en el brazo.

—Ahora que lo dice, algo recuerdo. ¿Cree que es nuestro hombre?

—No lo sé, tal vez sea un tatuaje común entre los marines. Puede que lo lleven más soldados, pero apostaría el poco crédito que me queda a que ese hijo de puta está metido en esta historia.

—¿Y qué hacemos?

—Ir a la base, por supuesto.

* * *

El marine bateó y la bola salió disparada fuera del recinto. Aquello suponía un nuevo *home run* y la victoria de los Medias Rojas de Morón en la liga de béisbol de la base. Taylor miraba distraído desde la grada cómo los jugadores lo celebraban. A decir verdad, nunca había conectado con aquel deporte. Que él recordara, jamás había sido capaz de ver un partido entero. Le aburría sobremanera. Había millones de reglas que se le escapaban y no entendía que alguien pudiera emocionarse con aquellos jugadores pasados de peso que apenas se movían una o dos veces durante las tres horas que duraba aquel soberano coñazo. A su modo de ver, el béisbol no era un deporte, sino una excusa para beber cerveza desde por la mañana. En realidad, no estaría en aquella grada si no quisiera irritar a Hoopen. Lo había citado en su despacho hacía media hora y quería retrasarse todo lo que fuera posible.

Cuando los jugadores se retiraron del diamante de arena, Taylor abandonó el recinto con parsimonia. Llevaba el uniforme de faena del cuerpo de Infantería de Marina, que si bien estaba ideado para ser usado en campaña, se había convertido en la indumentaria habitual de trabajo para todos los marines desplegados en la base. Con aquella ropa de camuflaje, cruzó la avenida y se topó con un cartel en un cruce de caminos que señalaba todas las opciones de ocio disponibles en el recinto militar: biblioteca, piscina, bolera, teatro, pistas de tenis... Aunque la tentación de jugar a los bolos era grande, decidió que media hora de espera era más que suficiente, así que ignoró las indicaciones y siguió caminando en dirección al pabellón Eisenhower para reunirse con el capitán. Al verlo llegar, la secretaria de Hoopen agachó la cabeza y le dijo que lo estaban esperando. Seguro de sí mismo, el teniente abrió la puerta.

—Llega media hora tarde —afirmó severo el oficial mirando por la ventana.

—Ni me había dado cuenta. Estaba viendo un emocionante partido de la liga de béisbol y no me fijé en la hora.

—Ni usted quiere estar aquí ni yo quiero verle la cara, así que no me andaré con rodeos. El alto mando ha decidido trasladarlo a la base aérea de Incirlik.

—¿Incirlik? ¿En serio eso es una ciudad? Parece que me vayan a trasladar a una comarca de *El señor de los anillos* —bromeó el teniente, como si la noticia no le afectara en absoluto o no le pillara por sorpresa.

—El lunes se marcha a Turquía. Eso es todo lo que tengo que decirle. Le ruego que, hasta entonces, permanezca en la base, por su seguridad y la de todos. Puede retirarse.

—¿Un abrazo? —preguntó con sorna Taylor—. Después de todo lo que hemos vivido aquí, lo echaré de menos, capitán.

Hoopen tuvo que hacer verdaderos esfuerzos para no abalanzarse sobre él. Mientras apretaba el puño, trataba de pensar en que tan solo tendría que aguantarlo otras setenta y dos horas más y luego se olvidaría de aquel psicópata.

—¿Cuándo me devolverá mis datos bancarios? —se atrevió a preguntar el capitán después de canalizar su rabia.

—Cuando esté seguro de que no me va a traicionar.

Siempre que Andrew Taylor pronunciaba la palabra «traición», recordaba aquel mes de enero en que todo había empezado a cambiar.

* * *

Uno a uno, los Bell-Boeing V-22 Osprey americanos iban despegando del aeródromo de Zabul en dirección a Irak, donde el conflicto militar se había recrudecido y se necesitaban refuerzos. Les esperaba un largo viaje con varias escalas de por medio para evitar cruzar el espacio aéreo de Irán, con el que la administración americana no mantenía precisamente buenas relaciones. Taylor contemplaba desolado desde tierra como la mayoría de sus Chacales Sangrientos partían sin él hacia una nueva contienda. No entendía por qué a él lo dejaban solo en aquel estercolero tercermundista, sobre todo cuando hacía menos de un mes que le habían otorgado la medalla al mérito. Nadie se había molestado en darle una explicación. Desde primera hora de la mañana, sus hombres armaban los petates y marchaban a toda prisa al aeropuerto. Algo le decía que el alto mando lo había traicionado, después de todo lo que le había dado a aquella institución. En cuanto vio partir la última aeronave, decidió que había llegado el momento de hablar con el sargento mayor del cuerpo de Marines.

—¿De qué cojones va todo esto? ¿Por qué no voy a Irak?

—Órdenes del comandante. Ahora es un héroe de guerra y tiene otros planes para usted.

—¿Y puedo saber cuáles son esos planes?

—La situación en Afganistán ha cambiado. Desde la OTAN tienen como objetivo formar equipos de reconstrucción provincial y que el país vuelva poco a poco a la normalidad. Reino Unido asumirá el control en la provincia de Helmand, Países Bajos y Canadá tendrán un mando similar en las provincias de Orūzgān y Kandahar, y nosotros tomaremos el control de la provincia de Zabul.

—¿Y qué pinto yo en todo eso?

—Usted tiene una misión muy importante: formar a las fuerzas de seguridad afganas para que sean capaces de resistir en un futuro a los talibanes.

—Y una mierda. ¿Cree que soy gilipollas? Lo que están haciendo es apartarme de la primera línea.

* * *

El timbre del domicilio de Lucía sonó y las dos agentes se sobresaltaron de inmediato.

—¿Quién es? —preguntó la sargento, acercándose a la puerta.

—Soy yo, Víctor.

—¿Qué necesita el nuevo y flamante emperador de Morón de la Frontera de esta humilde funcionaria? —dijo con retintín, dolida con la deslealtad del que hasta hacía unas horas era su segundo.

—En relación con el artículo 10.1 y 2 de la Ley Orgánica de Régimen Disciplinario de la Guardia Civil, le anuncio que durante las próximas cuarenta y ocho horas se encuentra en situación de arresto domiciliario por insubordinación y el incumplimiento de las órdenes de un superior. Si durante este plazo intentara escapar y evitar la privación de libertad, la Constitución y las autoridades competentes me respaldan para detenerla.

En cuanto finalizó, Lucía abrió la puerta y, para su sorpresa, descubrió a un Víctor tembloroso en el umbral. No supo a ciencia cierta si lo que sentía el cabo era miedo o incertidumbre. Al pescarlo escondiendo la mano derecha con rubor, entendió que lo que estaba experimentando era total y absoluta vergüenza por su comportamiento.

—¿Has acabado?

—No, mi sargento.

—¿No? ¿Y qué más te ha ordenado ese hijo de puta? ¿Que me des cuarenta latigazos en la plaza del Ayuntamiento?

—Esto no tiene que ver con Urbizu. De hecho..., él todavía no sabe nada. Mi sargento, creo... creo que me han utilizado —confesó apurado el agente.

«Pues claro que te han utilizado, imbécil», quiso gritarle a la cara Lucía. Proyectar con violencia un «idiota», un «codicioso», un preciso y riguroso «patético». Deseaba recitarle una a una todas las infamias que conocía y magullarle el cuerpo como si en lugar de palabras le amenazara con el cristal de una botella. Sin embargo, eran tales la degradación y la deshonra que rebosaban su mirada que no le dejó otro camino que ser comprensiva y generosa con la derrota de su compañero.

—Vamos, Víctor, ¿qué ha pasado? Sabes que puedes confiar en mí.

El cabo vaciló un instante y, tras meditar su respuesta, se animó a hablar.

—Verá, mi sargento... Desde esta mañana no hemos dejado de recibir llamadas sobre posibles abusos a menores.

* * *

Unas tímidas gotas de lluvia se precipitaron sobre el raso de color negro de la túnica de nazareno del hermano mayor. A través de su antifaz, miraba al cielo sin comprender qué estaba ocurriendo. Hasta donde podía ver, no se adivinaban nubes en las alturas; sin embargo, desde hacía unos veinte minutos, una pequeña llovizna aparecía y desaparecía. Se encontraba ante una de las decisiones más difíciles de su vida. Sobre sus espaldas recaía el peso de poder dañar las imágenes más antiguas de la Semana Santa de Morón de la Frontera. Ante la persistente duda, se volvió hacia el paso del Santísimo Cristo de la Buena Muerte en busca de una respuesta. El viento agitaba el sudario en la cruz mientras Nuestra Señora de la Soledad sostenía en sus brazos el cuerpo ya sin vida de Jesús. Se trataba de una suerte de Piedad impostada o artificial. Todo lo que había de ternura y naturalidad en la escultura de mármol blanco de Miguel Ángel, aquí había sido adulterado por la profusión de ornamentos.

—¿Qué hacemos? —preguntó el capataz al hermano mayor.

—Esperar, mi *arma*, esperar —contestó, sin dejar de mirar los brazos inertes de Cristo, que se desparramaban en ángulos curvos para mayor gloria del barroco andaluz.

Mientras la junta de gobierno de la hermandad apuraba los minutos para tomar una decisión, la banda de música practicaba los acordes de la «Marcha fúnebre» de Chopin e inundaba de inquietud las calles aledañas. El agua resbalando por los plásticos de los chubasqueros y las telas de los paraguas era el único sonido que se atrevía a restar protagonismo a la tétrica armonía. Uno de los clarinetes se equivocó en una nota y la banda cesó el ensayo, momento que aprovecharon los vecinos para tomar aire. Ahora mismo su circulación era tan fría como la del propio cadáver de Jesucristo.

* * *

—No saquemos las cosas de quicio. La noticia ha salido publicada en el *Diario de Sevilla*. —Lucía mostró la portada del periódico a los agentes—. Cuando ocurre una desgracia de este tipo, todo el mundo se deja llevar por el pánico. ¿De cuántas llamadas estamos hablando?

—De unas diez, mi sargento. La mayor parte de ellas, de gente que creía conocer al secuestrador de Álex o de padres que querían información sobre el suceso.

—Y de aquellas que creen conocer al secuestrador, ¿hay alguna que te parezca fiable?

—Ninguna. Pero...

—¡¿Pero qué, Víctor?! —Lucía le tiró de la lengua cuando comprobó que volvía a atascarse.

—Pero... hay una madre que ha llamado porque cree que su hijo también ha podido sufrir abusos. Es vecina de La Romera.

Los dedos de la suboficial se dispararon frenéticamente de un lado a otro como una bola de *pinball*. Pronto, los de los pies también se sumaron al festival de temblores. Los impulsos nerviosos recorrían todas y cada una de sus extremidades hasta que se dio cuenta de que estaba a punto de perder los nervios.

—Espera un momento. Necesito un cigarro y lo necesito ya.

Con el cigarrillo ya encendido y prendido a los labios, retomó la conversación en el punto exacto en que la había abandonado antes de deleitar a sus acompañantes con una personal interpretación del baile de san Vito.

—¿Qué es lo que te ha contado que te ha hecho cambiar de opinión? ¿Por qué crees que te han utilizado? —preguntó Lucía, envolviendo el umbral de la puerta en una sugestiva nube de humo.

—Su hijo se llama Javi, mi sargento, y, como le digo, viven en La Romera. Al parecer, hace unas semanas el pequeño tardó más de lo previsto en regresar a su casa. Cuando volvió, estaba ausente, como ido. En ese momento no le dio importancia, pero el chico no volvió a ser el mismo. Según cuenta su madre, era alegre y muy activo, y desde aquella tarde sufrió un pequeño bajón: se mostraba más triste de lo normal, no jugaba con los otros niños y no quería que nadie lo viese desnudo. Dudo que el *capillita* que tenemos en el calabozo esté detrás de todo esto —reconoció Víctor, apesadumbrado.

—¿El *capillita*? —preguntó intrigada Lucía.

—Juan Mesa, hermano mayor de la hermandad de la Crucifixión. Se desmoronó en cuanto lo esposamos y confesó casi de manera inmediata que estaba detrás de los incendios. Respondía de manera automática, como si lo hubiera ensayado antes. No sé si me explico. Puede que estuviera detrás de los incendios, pero desde luego no es el psicópata que tenía en mente. Es un pobre albañil en paro. No da el perfil. Quiero decir... Esto... esto no tiene nada que ver con asustar a un par de costaleros con un cóctel molotov. Esto... Sospecho que... Verá... —El agente Martín tragó saliva, sin atreverse a dar el último paso que lo señalara a él como culpable.

—Vamos, Víctor, suéltalo —dijo impaciente Lucía al ver cuánto le costaba confesar su traición.

—Urbizu quiere zanjar este caso cuanto antes y que dejemos al margen la base de Morón...

—Eso lo ha dejado claro desde el primer día, ¿no crees?

—Sí, pero necesitaba encontrar un cabeza de turco y creo que yo he sido el idiota que se lo ha puesto en bandeja.

—Explícate un poco mejor. Sé que no es fácil... —Lucía se mostró más comprensiva de lo habitual, dispuesta a dejar atrás su arrogancia al intuir que estaba ante un perdedor de su misma magnitud.

—Usted me conoce desde hace diez años y sabe que no soy mala persona... Pero tenía tantas ganas de que se me valorara... Estaba cansado de ser un segundón al que nadie toma en serio —confesó el agente, dolido.

—Nadie piensa eso de ti, Víctor.

—Déjeme terminar. Puede que usted no lo crea, pero mucha gente en este cuartel, sí. El día que Juan Mesa le prendió fuego a la segunda casa, vi la oportunidad de que se me tomara en serio, de hacer notar al resto que no soy solo su perrito faldero, que puedo ponerme al frente de una investigación sin su ayuda. Sin embargo, usted prefirió dejarme al margen y me puso a hacer lo mismo de siempre: ayudarla.

—Estás siendo injusto, narcisista y profundamente machista. —Lucía apuró el cigarrillo, molesta con el giro victimista de Víctor.

—Puede, pero en aquel momento lo creía así de verdad. De repente, llegó Urbizu y todo lo que usted despreciaba, él lo alentaba. Me animó a seguir investigando y prometió ponerme al frente del puesto de mando si daba con el responsable de los castigos a los costaleros. Estaba tan obsesionado con hacerme valer que no reparé en ningún esfuerzo para conseguirlo. Si me pedía que dejara una rama de olivo cerca de donde encontramos el cadáver de Antonio Jiménez, lo hacía. Si me pedía que acorralara a Juan Mesa hasta que admitiera estar detrás de todos los sucesos ocurridos en el pueblo, lo hacía... —confesó cabizbajo el agente Martín.

—Siempre sospeché que fuiste tú quien contaminó las pruebas. No tenía ningún sentido que la rama apareciera días después.

—Lo cierto es que no me pareció tan grave. Menos usted, todos obteníamos beneficios cerrando este caso. Pero... todas esas llamadas de hoy. El temor de que existan más niños que hayan pasado por lo mismo que Álex... Y la sensación de que puedo haber contribuido a silenciar lo que sea que esté ocurriendo en la base... Por eso estoy aquí... Prefiero ser su segundo a una mala persona.

—Víctor, escúchame bien. —Lucía resopló después de tirar la colilla, tratando de encajar toda aquella confesión—. Vamos a salir de aquí y tú nos vas a ayudar —dijo confiada, y se volvió para entrar en la casa.

El cabo, sin embargo, permaneció impávido debajo del dintel, con la puerta abierta frente a sus narices, pero sin atreverse a entrar.

—¡Víctor, me cago en mi puta vida! ¿Pasas o necesitas que te envíe una invitación por Facebook?

A ninguno de los agentes les pilló por sorpresa que Lucía prefiriera plasmar la reconciliación con una grosería antes que con un abrazo. Tanto María como Víctor habían aprendido a cabalgar con su tormenta y entendían que era parte de su encanto.

* * *

Tan imprevisible como la propia primavera, la lluvia cesó definitivamente y el sol de media tarde lució de nuevo con fuerza en el cielo de Morón. Dejándose llevar por cierto frenesí, los vecinos rompieron a aplaudir de manera espontánea, pero pronto la proximidad de los restos mortales de Cristo les hizo cambiar de opinión y volvió a imponerse el silencio de solemnidad.

—¿Salimos o no? —preguntó de nuevo el capataz al hermano mayor.

—Ahora sí. Desde la Agencia Estatal de Meteorología aseguran que no va a volver a llover. Así que vámonos con Él de penitencia.

Las hojas de los naranjos todavía goteaban sobre los hombros y las cabezas de los vecinos de Morón cuando un zafarrancho de sombras negras se derramó funesto por el suelo de la calle. En pocos minutos, la compañía de nazarenos ataviados con túnica, capa y antifaz de color negro estaba preparada para iniciar el desfile procesional. Un bastonazo seco y firme del hermano mayor obligó a lo que parecía una bandada de cuervos a caminar en el más absoluto de los sigilos.

Descalzos, pisando el empedrado húmedo y sucio, la comitiva mortuoria avanzó siguiendo las notas de Chopin. A cada paso que daban, las luces del alumbrado público se iban apagando una a una, quedando el municipio parcialmente a oscuras, a expensas del endeble albor de los cirios que portaban los nazarenos. El sentimiento de desamparo titilaba con las llamas de las velas que alumbraban los rostros de aprensión de los que les observaban desde la acera. Al fondo, el dorado del improvisado catafalco de Cristo brillaba como el último faro del cristianismo.

—¡Bienaventurados los que lleváis el cuerpo del Señor a hombros por Morón! ¡Qué suerte tenéis! ¡Qué grandeza más grande acompañarlo hoy! Vamos a hacer que la gente llore con nosotros. ¡*Tooooos* por igual! ¡Al cielo con Él! —gritó el capataz mientras daba un enérgico golpe de martillo.

Los restos mortales de Jesús se tambalearon en el aire mientras la imagen de su madre lo contemplaba con conmiseración. Ni siquiera la certeza de que en dos días resucitaría podía rescatar del desconsuelo a un pueblo que vivía desde hacía quinientos años cada día de Pasión como si fuera el primero.

* * *

—¿Hemos salido ya? —preguntó Lucía, oculta en el maletero del coche de los padres de María, un modesto y vetusto Peugeot 307 de color plata.

Para no levantar sospechas, las agentes habían resuelto abandonar la casa cuartel a bordo de un vehículo particular y vestidas de paisano. Rozando el ataque de claustrofobia, la suboficial esperaba inquieta una respuesta mientras apartaba el gato hidráulico, que se le estaba clavando en la espalda.

—No, aún hay peligro. Ya le he dicho que la avisaría, mi sargento —mintió María, que estaba disfrutando secretamente de toda aquella situación.

En realidad, hacía cinco minutos que habían abandonado el recinto y se encontraban ya camino de La Romera. En la puerta de la vivienda habían dejado a un preocupado Víctor, fingiendo que seguía vigilando a Lucía. Puede que hubiera empezado la mañana comandando el puesto de mando, pero, si lo descubrían, terminaría el día con la misma suerte que ellas: desacreditado y con un futuro poco prometedor cacheando a turistas en algún aeropuerto.

—¿Se puede saber cuánto tiempo me vas a tener aquí? —insistió Lucía, retorciéndose en el maletero—. Tengo cuarenta y dos años y escoliosis lumbar. Estoy a dos minutos de quedarme tetrapléjica.

—Déjeme ver... Creo que ya es seguro salir, mi sargento. —María acabó cediendo ante la insistencia de su jefa.

La bandeja del maletero se elevó y, después de apartarla, Lucía recolocó su cuerpo con torpeza en la parte trasera del vehículo, no sin antes dedicar insultos de toda índole a su compañera.

Posiblemente, afirmar que La Romera era una pedanía resultaba excesivo. Se trataba más bien de un conjunto de casas rústicas orilladas en un desvío de la SE-458 y rodeadas de olivos. Diseminadas en la insustancialidad, los vecinos de Morón más avispados habían aprovechado los vacíos normativos de la ley de suelo rústico para construir allí sin ningún tipo de orden o criterio; viviendas humildes, que en su mayoría estaban dedicadas a los trabajos del campo y en alguna que otra ocasión a la doma de caballos.

—Creo que es la siguiente, mi sargento.

María giró el volante hasta quedarse frente a la verja de una pequeña finca.

Ante sus ojos emergió un picadero al raso, de poca monta. Sin ningún tipo de techo que protegiera a caballos y jinetes de la lluvia, las instalaciones eran de extrema sencillez y se limitaban a cuatro barreras de madera, un suelo blando y cuatro potrillos escuálidos. Al descubrir la presencia de desconocidos, un par de galgos se acercaron hasta la valla y ladraron intranquilos. Sus frágiles abdómenes parecían resquebrajarse con cada acometida sobre la verja, pero un leve silbido en la distancia acabó por calmarlos. Con mansedumbre, los perros se sentaron y esperaron la llegada de su dueño. Un hombre de unos cincuenta años, con cejas pobladas y el ánimo impetuoso de los que se han criado desde pequeños con animales se acercó hasta los perros y les rascó el cráneo como premio a su obediencia. Después de atarlos a un árbol cercano, abrió las puertas de la finca.

—¿Qué quieren? —preguntó el hombre, con evidente mal carácter.

—Soy Lucía Gutiérrez, sargento de la Guardia Civil.

Extrañado, el dueño de la finca echó un vistazo al interior del vehículo, como si no terminara de fiarse de aquellas dos mujeres, al no verlas vestidas de uniforme ni desplazarse en un coche oficial. Incómoda con la inspección, la sargento le mostró sus credenciales.

—¿Satisfecho?

—Síganme. Mi mujer les espera —dijo con aspereza cuando las agentes salieron del vehículo.

En silencio, Lucía y María siguieron los pasos enérgicos del hombre.

—En realidad, nos gustaría hablar con los dos —señaló Lucía.

—Yo no tengo nada que hablar con ustedes.

En el recibidor les esperaba una mujer, oculta tras unas gafas de sol.

Lucía la miró sin tener muy claro si se tapaba los ojos para que no la vieran llorar o para ocultar un reciente puñetazo de su marido.

—Con Dios —se despidió el coloso provinciano sin llegar a entrar en la casa.

—Les he preparado un café. Si gustan... —dijo la señora, mostrando el mismo servilismo que la madre de Álex.

Con pocas opciones de poder rechazar la invitación, María y Lucía siguieron a la mujer por un angosto pasillo donde se sucedían antiguas fotografías de familiares. Rostros de gente seria que más que mirar a cámara se diría que estaban observando un fusil que habría de ejecutarlos. Rígidos, entumecidos y completamente desorientados, sus ojos dejaban claro que hubo una época en aquella tierra de jornaleros en la que la gente más que no atreverse a sonreír es que no sabía en qué consistía. Una vez en el salón, las agentes se sentaron alrededor de una antigua mesa camilla.

—¿Está Javi en casa? —decidió preguntar María al comprobar que su café estaba demasiado caliente y nadie más se atrevía a hablar.

—No, no, está en Morón con mi hermana y su primo viendo procesiones. No quería que se asustara si les veía.

—Me parece una buena decisión —le insufló ánimo Lucía para ganarse su confianza—. Sé que le resultará difícil, pero necesitamos que nos cuente todo lo que ha ocurrido en los últimos meses con su hijo.

—Ya le conté todo lo que sabía a su compañero esta mañana.

—Lo sé, como también sé que no tendrá ganas de volver a repetirlo, pero es necesario que conozcamos todos los detalles por si se tratara de la misma persona que... —Lucía decidió parar un instante al comprobar que la pobre mujer estaba a punto de que se le desencajasen todos los músculos de la cara. Consciente de que tenía que utilizar una palabra que no fuera «abuso», escaneó en su cerebro otras alternativas más amables. Lamentablemente no se le ocurrió ninguna otra, o tal vez no existía un eufemismo con el que enmascarar las violaciones infantiles—... Que... que abusó de Álex.

«Abusó». La contundencia del verbo cayó sobre la mujer al igual que un árbol talado de improviso, aplastándola contra la silla. Sin poder apenas respirar, lloró calladamente.

—Tome. —María se levantó para ofrecerle un pañuelo con la urgencia de la juventud; e≠sa que les impedía dar rienda suelta a la tristeza en su presencia.

—Déjala tranquila. No la atosigues.

Pudorosa, terminó por secarse las lágrimas con discreción, sin quitarse las gafas de sol e intentando no incomodar a nadie con el mismo recato con que les había ofrecido el café.

—Lo siento, lo siento... Son los nervios.

—No se preocupe —la calmó María.

—Fue un día como otro cualquiera. Desayunó conmigo, dimos de comer a los caballos, se ensució la camisa como siempre y, después de cambiarse de ropa, lo acerqué hasta el autobús. Y luego... volvió más tarde, algo cambiado.

—¿Autobús? —preguntó Lucía, sorprendida.

—La ruta escolar del colegio.

—¿Es la misma en la que iba Álex?

—Sí, mi hijo se sentaba siempre con él. Son muy amigos, ¿sabe?

—¿El mismo autobús que conducía Antonio Jiménez? —insistió Lucía, como si no acabara de encajar esa coincidencia.

—El mismo. Una pena lo de ese chiquillo. Era tan buena persona.

—Perdone que insista, pero ¿volvió esa noche Javi a casa en el autobús de Antonio?

—Sí, Antoñito me explicó que habían pinchado y que por eso se habían retrasado.

—Y no cree que Antonio Jiménez pudiera tener algo que ver...

—¡No! —respondió la mujer, interrumpiéndola antes de que Lucía pudiera terminar la pregunta—. Le digo que era muy buena persona. Muy trabajador. Venía con el autobús pasara lo que pasase. Incluso resfriado lo he llegado a ver. Pondría la mano en el fuego por él.

—Entendido —cedió Lucía, al advertir que no iba a hacerla cambiar de opinión—. Cuando dice que lo notó cambiado, ¿a qué se refiere exactamente?

—A que estaba más tristón. Es un niño muy alegre, y de la noche a la mañana estaba mohíno. Dejó de comer, tenía pesadillas... No quería que lo viera desnudo. No sé, en aquel entonces no quise darle importancia. Pero esta mañana, cuando leí en el periódico lo de Álex, me dio por pensar que...

Un silencio, tan incómodo como las sillas de esparto en las que estaban sentadas, invadió la estancia. Lucía deseaba salir de aquella réplica en miniatura de cortijo andaluz cuanto antes. Sospechaba que, además de Álex y Javi, otros niños de la ruta escolar de Antonio Jiménez podrían haber sufrido también abusos, y quería solicitar cuanto antes al colegio un listado de todos los alumnos que iban en aquel vehículo. Cuando estaba a punto de levantarse, María hizo una última pregunta:

—¿Sabe si Javi ha dibujado algo raro estos días?

—¿Qué quiere decir? Es un niño de seis años, todos los garabatos que hace son raros.

—¿Le importaría enseñarnos algunos? —insistió la agente.

—Como quieran —contestó la mujer, confusa, sin entender el interés que podían tener los dibujos de su hijo.

La habitación del niño era en realidad la de un adulto. Una antigua cama de matrimonio y un vetusto buró que hacía las veces de escritorio constituían todo el mobiliario. Ni siquiera los carteles de películas infantiles conseguían difuminar la impronta anticuada del cuarto del pequeño, al que parecían haber condenado a reducir su infancia a la mínima expresión. Aunque era el aceite de oliva lo que había dado fama a la región, la verdadera denominación de origen de aquella zona era la fabricación en serie de «niños viejos», pensó Lucía.

—Aquí están —indicó la mujer, abriendo el buró. Una decena de folios se desperdigó ante ella—. Perdonen el desorden. El niño es un desastre.

Mientras Lucía seguía dándole vueltas al número de alumnos de la ruta escolar que habían podido correr la misma suerte que Álex, y al papel de Antonio Jiménez en toda aquella desagradable historia, María buscó entre los papeles algún dibujo que se asemejara al perro de Álex. Después de descartar los habituales bosquejos de casas en prados agrestes que tanto gustaban a los niños, encontró algo similar: un engendro de perro y lobo con las fauces sanguinolentas.

—Mire esto, mi sargento.

—Se parece, no hay duda.

—¿Eso? No es más que un perro. Hubo una época en que le dio solo por pintar animales.

—¿Le importa que nos lo llevemos? —preguntó María.

311

—No, por mí encantada, menos cosas por medio.

—Señora —dijo con precaución la sargento—, creo que hay motivos más que razonables para pensar que su hijo ha...

—De nuevo se encontró ante la encrucijada semántica y el terrible abismo del verbo «abusar». Al otro lado del precipicio se situaba una madre deshecha que no podía hablar con claridad de lo sucedido por temor a las represalias de su pareja. Sin embargo, en aquella ocasión, consiguió salir airosa de la delicada cuestión—... Ha podido pasar por la misma situación que Álex. Necesitaríamos hacerle algunas pruebas médicas para corroborarlo.

—Yo hago lo que ustedes quieran, pero mi marido no puede saber nada de esto —fue su única objeción.

—Si quisiera denunciar algo más..., está a tiempo —señaló Lucía, que no podía obviar por más tiempo las gafas de sol y el evidente episodio de malos tratos que se ocultaba tras ellas.

—Si lo dice por las gafas, quédese tranquila, las llevo porque tengo un orzuelo —dijo la mujer, luchando por zafarse de otra situación incómoda con una mentira tan modesta como ella misma.

—Usted sabe lo que quiero decir. Llámeme si cambia de idea —insistió la sargento, y le entregó su tarjeta—. Sea la hora que sea. Mientras, esté atenta al teléfono para concretar la hora de las pruebas de Javi.

Menuda y abochornada, se quedó en la habitación de su hijo observando los dibujos con nostalgia, momento que aprovecharon las agentes para abandonar la casa.

Cuando salieron, el marido tenía tomada a una yegua por las riendas mientras la obligaba a dar vueltas sobre un pequeño albero. Lo hacía con cariño e, incluso, con dulzura.

—A la paz de Dios —se despidió, rozando con devoción la crin del animal.

Pero ninguna de las agentes se vio con ánimo de despedirse de él.

—¡Será cabronazo! —dijo en voz baja María.

—No te preocupes. Mañana le vamos a montar una inspección sanitaria para que le quiten los caballos. A partir de ahora se va a tener que conformar con acariciarse los cojones.

—¿Quiere tomar algo antes de volver al cuartel, mi sargento?

—Sí, café. Nos espera una noche muy larga.

* * *

La melodía de Chopin continuaba inundando las calles de Morón. Las luces de las farolas se apagaron definitivamente cuando el segundo de los pasos de la hermandad del Silencio inició su estación de penitencia. Una urna de cristal protegía el cuerpo sin vida de Cristo, que reposaba su cabeza inmóvil sobre un almohadón. Aunque fuera la imagen de alguien derrotado, los imagineros lo habían esculpido sin rastros de sangre y sin heridas, con la frente y la barbilla alzadas. Digno. Orgulloso. Tan indomable como un superhéroe de la Marvel. Cuatro faroles de luz tenue lo protegían de la oscuridad de la noche.

—Esta procesión me ha dado miedo desde pequeña —confesó María a la salida del colegio de la Asunción, mostrándole a Lucía el vello erizado de su brazo izquierdo.

Aunque las agentes se encontraban en un lugar más apartado de la carrera oficial, incluso hasta allí llegaban la penumbra y los acordes de la marcha fúnebre. La luz blanca del halógeno de la recepción de la escuela era de las pocas que a aquellas horas resistía el peso del luto.

—Si te digo la verdad, la primera vez que la vi, casi me cago encima. Y eso que vengo de Castilla, que allí lo más alegre que ocurre en una procesión es encender las antorchas para iluminar al crucificado —confesó Lucía.

—Yo no soy especialmente creyente, mi sargento, pero me gusta la Semana Santa. Quiero decir, no es que me flipe como jugar al Red Dead Redemption, pero me alucina lo que provoca en la gente. Mi padre, por ejemplo, es la persona más fría que conozco. Pues no hay Viernes Santo que no termine llorando con la hermandad del Silencio.

—Negaré haber dicho esto, pero en el fondo a mí también me parece bonito. Sobrecogedor.

Sus voces retumbaron en la puerta de salida del colegio. Todo el pueblo permanecía en silencio, por lo que sus palabras se expandían con un eco sombrío por el recinto escolar. En la sala de estudios, al bedel se le cayó una abultada carpeta llena de facturas y el sonido se propagó por el pasillo de manera estruendosa.

—¿Qué ha sido eso? —preguntó asustada María.

—Algo que se le habrá caído al conserje. Ese hombre está ya para jubilarse. ¿No te fijaste en cómo le temblaban las manos cuando nos dio el listado de alumnos de la ruta escolar?

—No, solo estaba pendiente de cuántos niños iban en ese autobús.

—Pues ya lo sabes: quince.

—¿Cree que Antonio Jiménez abusaba de alguno de ellos?

—Si he de ser sincera, creo que no. Pienso que solo era el conductor, el encargado de conseguir que esos menores se reunieran con alguien. Y estoy casi segura de que ese alguien trabaja en la base y se llama Andrew Taylor —dijo Lucía, abriendo la puerta del maletero del coche y escondiéndose.

—La veo en un rato, mi sargento.

La noche cerrada, la ausencia de alumbrado público, el silbido de los oboes en la distancia y, sobre todo, el giro inesperado del caso hacían que María estuviera más inquieta de lo normal, de modo que decidió encender la radio para que su compañía le transmitiera tranquilidad. Lo mejor que encontró fue al locutor de los *40 Principales* dando paso a Justin Bieber. Mientras el artista canadiense entonaba las primeras estrofas de *Baby*, a unos doscientos metros, el ataúd de Cristo desfilaba solemne en la más absoluta opacidad. El Peugeot 307 al fin arrancó. La noche se apagó. Morón lloraba.

* * *

—¡Cago en...! —gritó Pablo cuando el aceite hirviendo de las torrijas volvió a saltarle en el brazo.

—¡Esa boca, Pablo, que te va a oír la niña! —lo corrigió Encarni, su mujer, mientras recogía los cacharros de la cena.

—No te preocupes, la niña está en trance viendo *Patrulla canina*. Ahora mismo no escucha nada más.

—Por si acaso. Si te cabrea tanto cocinar, no sé a qué viene ponerse a hacer torrijas a las tantas de la noche.

—¿Las tantas? Si son las diez. Y ya te lo he dicho: mañana se las quiero llevar a mi madre.

—Vale, vale. Pues procura no volverte loco por un poco de aceite caliente.

—¡Coño, que me he quemado!

—¡Esa boca! —amonestó de nuevo Encarni a su marido.

La pareja interrumpió su discusión al escuchar el sonido del teléfono.

—¿Quién será a estas horas?

—¿Lo coges tú, Encarni? No quiero que se me quemen.

Encarnación era una mujer de unos cuarenta años, de cuerpo curvilíneo y facciones bien parecidas. Aunque tratara de aliviarlo con ropa relativamente actual, era la esencia pura de la mujer sevillana. Cuando entró en el salón, descubrió a su hija de siete años completamente pegada al televisor y ajena al sonido del teléfono.

—Nena, sepárate un poquito de la tele que te vas a quedar ciega —suplicó distraída a Estrella antes de descolgar el teléfono fijo—. ¿Sí?

—¿Encarnación González? —preguntó Lucía al otro lado del aparato.

—La misma. ¿Con quién hablo?

—Soy Lucía Gutiérrez, sargento de la Guardia Civil.

—¡Ay! —exclamó preocupada—. ¿Qué ha pasado? ¿Hemos dejado mal el coche durante la procesión? Se lo he dicho a mi marido, que no lo dejara cerca de la iglesia que nos iban a multar. Pero es que no escucha, no escucha...

—No la llamo por eso, tranquilícese. Verá, su hija Estrella va en la ruta escolar del colegio de la Asunción, ¿me equivoco?

—Sí, sí. Como vivimos en Aldea Guadaira, no había manera de llevarla todos los días a la escuela. Aunque, bueno,

315

ahora estamos pendientes de lo que pueda pasar el lunes, después de lo que le ocurrió al muchacho.

—¿Se refiere a Antonio Jiménez?

—Ese, ese. ¡Qué sofocón me llevé! Con toda la vida por delante...

—¿Le transmitía seguridad?

—¿Antoñito? Mucha, era un niño muy serio y formal.

—¿Ha notado algo raro en su hija en los últimos meses?

—¿Raro? No sé, déjeme pensar... Puede que vea más dibujos animados de la cuenta.

—Me refiero a algún cambio de comportamiento. Si la nota más triste o reservada —insistió Lucía.

—¿Puedo saber qué está pasando? Me estoy empezando a preocupar.

—No quiero que se alarme, pero tenemos sospechas de que su hija podría haber pasado por la misma situación que Álex. —Al fin Lucía consiguió esquivar cualquier connotación sexual sin titubeos, después de haber realizado una decena de llamadas iguales con anterioridad.

—¿A qué se refiere exactamente?

Por desgracia, Encarni se lo ponía difícil y de nuevo tuvo que afrontar la realidad sin eufemismos.

—Me refiero a que podría haber sufrido abusos.

Toda la exuberancia andaluza de Encarni se esfumó y quedó reducida a una madre mortificada por millones de malos augurios. Tras echar un último vistazo lleno de melancolía a su hija, reaccionó.

—Estrellita, vete con papá a la cocina.

—¿Ahora? Estoy viendo a Chase. Y a Marshall... y a... —describió uno a uno a los personajes de la serie.

—¡Estrella, a la cocina! —elevó el tono—. ¡Ahora!

—Vale, vale —aceptó con resignación las órdenes de su madre, y caminó de espaldas a la cocina para poder seguir viendo en el trayecto los dibujos animados.

Tras cerciorarse de que había abandonado el salón, recuperó la conversación con Lucía.

—Perdone, no quería que me escuchara la niña.

—Hace bien. Intentaré no dar muchos rodeos. Como bien sabe, hace unos días desapareció Álex y, al regresar, los médicos determinaron que había sufrido abusos durante su secuestro. Hoy mismo hemos descubierto que otros niños que utilizaban la ruta escolar han podido correr la misma suerte. De ahí que nos estemos poniendo en contacto con todos los padres de los chicos y chicas que iban en ese autobús, por si han detectado algún cambio de comportamiento o los notan más tristes de lo habitual. No sé, algo que nos pueda ayudar a determinar si han pasado por lo mismo.

Encarni frunció el ceño y procuró rememorar todas las acciones de su hija en las últimas semanas, temiendo encontrar en algún momento una reacción que encajara en la descripción de la sargento de la Guardia Civil. Pero no la hallaba. Por más que se esforzaba, solo podía evocarla de una manera: feliz. Empeñada en no parecer una mala madre, se obligó a volver a repasar las últimas semanas de Estrella, escudriñando cualquier reacción sospechosa. Después de unos angustiosos quince segundos, llegó a la conclusión de que su mente podía estar componiendo una realidad diferente con tal de proteger a su hija.

—No recuerdo haberla visto triste. Pero es que no recuerdo haberla visto triste nunca —confesó con preocupación.

—Tranquila, tranquila, mucho mejor si es así. Insisto en que solo se trata de una hipótesis y que estamos en plena investigación de campo. Lo más probable es que su hija no haya pasado por ninguna situación traumática, y de ahí que solo pueda recordarla feliz. Por descartar definitivamente esta posibilidad, ¿recuerda haberla visto dibujar algo parecido a un perro?

Blanca y prácticamente desvaída, pareció al fin haber encontrado un síntoma inequívoco de que su hija era otra víctima más.

—Todo el rato está dibujando perros —afirmó casi susurrando.

—¿Perros con las fauces sanguinolentas o con aspecto de peligrosos? —preguntó Lucía, inquieta al reparar en que, una vez más, las pautas se repetían.

317

Durante unos segundos, la madre de Estrella no se atrevió a hablar. El silencio intensificaba la tensión entre ambas, hasta que se decidió a contestar:

—No sé, lo normal es que dibuje perros con sombreros de policía y de bombero.

—¿Alguno que lleve una gorra como las de los soldados de la base americana? —insistió, sorprendida por el nuevo matiz.

—Déjeme pensar... Creo que no. Diría que son los protagonistas de la *Patrulla canina*.

De nuevo el silencio se interpuso entre ambas. Después de pensar que podían estar ante una nueva pista, Lucía no sabía si reírse o gritar. Ante la duda, eligió la vía a la que estaba menos acostumbrada: la diplomacia.

—Encarnación, siento haberla inquietado. Creo que su hija no responde a los patrones de este caso. Si quiere quedarse más tranquila, mañana podemos hacerle pruebas a Estrella con el resto de los niños.

—Sí que me quedaría más tranquila, sí.

—Pues en un rato le envío un SMS con los datos. No obstante, por lo que me cuenta estoy casi segura de que su hija no ha sido víctima de abusos.

—Dios la oiga...

Tras una emocionada despedida, Encarni recuperó el color y volvió a la cocina. Allí estaban Estrella y su marido compartiendo una torrija. Solo habían pasado unos diez minutos, pero le pareció una eternidad. Contempló a su familia como si fuera la primera vez y le dio un enorme abrazo a Estrella.

—¡Mamá, que me haces daño!

—A partir del lunes, te llevo yo al colegio.

—¿Y mis amigos del autobús?

—Los verás en clase.

—Vale. ¿Me vas a dejar poner el CD de la *Patrulla canina*?

—Claro. Lo que tú quieras, cariño.

Tras darle un beso en la frente, Encarni observó la oscuridad por la ventana y se dio cuenta de que algo había cambiado. No percibía los olivos ni la luna llena ni las montañas de la sierra de la misma manera. Ahí fuera estaba la desgracia acechándoles. Rondándoles. Olisqueándoles. Con disimulo, echó la cortina, queriendo disuadir a la mala fortuna y, solo cuando se creyó a salvo, se comió una torrija con su familia.

* * *

—Hemos terminado —dijo Lucía después de colgar el teléfono.

—¿Y bien?

—Además de Álex y Javi, otros dos niños podrían haber sido víctimas de abusos. Cuatro de quince, a la espera de que mañana Gonzalo Uriarte acceda a hacerles las pruebas en secreto.

En el plano de Morón que Lucía Gutiérrez había colgado en la pared de su dormitorio podían verse cuatro chinchetas. Cada una de ellas señalaba una pedanía diferente y un posible caso de abusos. Las diminutas setas metálicas se erguían sobre la cartografía como cuatro cruces sombrías, proclamando tragedias familiares de norte a sur y de este a oeste.

—Creo que esto nos supera, mi sargento —concluyó María con evidente preocupación.

—Yo también lo creo.

Ninguna de las dos se atrevió a añadir una palabra más y se quedaron calladas, sin poder dejar de mirar el mapa y sus terribles consecuencias. Hasta que Lucía se dejó llevar por un presentimiento.

—¿Tienes a mano la ficha de Andrew Taylor?

—Sí —dijo María, sacando de su bolsillo el perfil del teniente.

—¿Cuántas veces me dijiste que lo habían trasladado?

—Tres veces en los últimos cinco años. Hace un año fue trasladado de la base aérea de Aviano a la de Morón, y antes de la base alemana de Ramstein.

—¿Se especifican los motivos? —preguntó Lucía con interés.

—No, lo cual es bastante extraño. En la ficha de Taylor apenas hay información. Me llamó tanto la atención que decidí compararla con las de otros soldados de la base y, efectivamente, es algo inusual. Los demás perfiles eran bastante detallados. Diría que están tratando de ocultar algo.

—Ven. Acompáñame al ordenador de Claudia. ¿Podrías comprobar si durante el tiempo que el teniente norteamericano estuvo en esas bases se produjeron casos de abusos en la zona?

—Deme un momento —contestó María, consultando el perfil del marine y Google al mismo tiempo—. Según esta biografía, el teniente Andrew Taylor estuvo destinado en la base aérea de Aviano desde el 5 de junio de 2013 al 12 de marzo de 2015.

—¿Aviano? ¿Dónde está eso? Me suena a pueblo italiano.

—Efectivamente, es una localidad en el noreste de Italia, en la región de Friuli-Venecia Julia. Un municipio de apenas nueve mil personas situado al pie de los Alpes Cárnicos.

—Un entorno rural como el de Morón... ¿Y bien? ¿Ocurrió algo en esos años?

María introdujo los datos de la búsqueda: abusos sexuales + menores + Aviano. En la pantalla aparecieron ciento veinte resultados bajo el epígrafe «quizás quiso decir "abuso sessuale minori"». La agente descartó con rapidez todos aquellos enlaces que parecían simples reportajes de detección de síntomas y se centró en las noticias. De entre ellas, le llamó la atención una: «*Nuovo caso di abusi su una bimba di sette anni nel persone degli orrori*». La información estaba fechada el 10 de marzo de 2015 y la recogía un diario de la zona llamado *Messaggero Veneto*.

—¿«*Nel persone degli orrori*»? ¿Qué significa eso exactamente? —preguntó Lucía.

—Según el traductor de Google, algo así como «en el pueblo de los horrores». Si he entendido bien, a los abusos de esta niña de siete años en Aviano habría que sumar otros cinco casos más de menores ese mismo año que se cerraron sin resolverse.

—La noticia se publicó un 10 de marzo y dos días más tarde Taylor fue trasladado a Morón, ¿cierto?

—Correcto, mi sargento.

—Tengo la ligera impresión de que en Aviano ocurrió lo mismo que en nuestra base: alguien entorpeció la investigación antes de que la policía lo descubriera y el escándalo saltara a la prensa. Prueba ahora con Ramstein.

—Ramstein es una pequeña localidad alemana de apenas seis mil habitantes. Se encuentra veinte kilómetros al oeste de Kaiserslautern, en el borde de la reserva biológica de Pfälzerwald.

—De nuevo, un municipio pequeño relativamente aislado por un entorno rural. No debe de ser una casualidad. Lo mantienen siempre alejado de las grandes ciudades.

—Taylor estuvo destinado aquí del 18 abril de 2011 al 4 de junio de 2013.

—¿Puedes comprobar si hubo abusos en Ramstein en ese período de tiempo?

—Eso va a ser más complicado, si hay noticias, estarán en alemán. Puedo intentar traducir las palabras claves y comprobar qué resultados aparecen, aunque no prometo nada.

—Hazlo.

María tradujo con la ayuda de Google las palabras «abusos menores» + Ramstein al alemán: «*Kindesmisshandlung in Ramstein*».

—¿Encuentras algo?

—Hay más de mil resultados, pero no sabría decir si alguna de estas referencias tiene que ver con lo que andamos buscando. Deme algo más de tiempo.

Sin dejarse arrastrar por las urgencias de Lucía, la joven ordenó su rastreo en internet y dejó tan solo visibles las noticias. En cuestión de centésimas de segundo, el motor de búsqueda le permitió reducir el número de resultados a cuarenta y cinco. Después de pasar por el traductor los primeros veintisiete titulares sin descubrir en ellos algo que remitiera al tipo de abusos que parecía llevar a cabo Taylor, se topó con algo que llamó su atención: «*Verdacht auf Missbrauch von Minderjährigen in Ramstein*».

—Creo que aquí tenemos algo, mi sargento.

—¿Qué dice?

—«Sospechas de abusos a menores en Ramstein». La fuente es el diario *Bild* y está publicada el 27 de mayo de 2013, días antes de que Taylor fuera trasladado a Aviano. En el interior de la noticia hablan de que al menos siete pequeños de Ramstein y localidades cercanas podrían haber sido violados por un desconocido.

—¿No te parece mucha casualidad?

—Desde luego, hay un patrón: por donde pasa Taylor, surgen casos de abusos.

—Sí, y en cuanto son detectados, el teniente es trasladado. Diría que el ejército de los Estados Unidos está haciendo con Taylor lo mismo que la Iglesia católica con los sacerdotes pederastas: trasladarlo de un lugar a otro para proteger la institución de un escándalo. El hijo de puta se siente tan protegido que se puede permitir el lujo de provocarme. Por eso rajó a mi perra y nos dio su nombre: estaba seguro de que no le iba a pasar nada.

—¿Y qué vamos a hacer? Solo contamos con unos dibujos de perros y un patrón circunstancial. Nada de eso supone una evidencia contundente. No podemos ir solo con esto a la base.

—Lo sé. Lo único que podemos hacer ahora es descansar. Mañana va a ser un día duro y largo.

* * *

Sin el entusiasmo del resto de la semana, el capataz del paso del Santo Sepulcro dio las últimas indicaciones para devolver el cadáver de Jesús a la iglesia. El badajo de la campana chocaba rotundamente contra el bronce mientras un grupo de monjas, pertenecientes a las Misioneras de la Inmaculada Concepción, recitaba de manera uniforme un padrenuestro a pie de calle.

Una vez que finalizaron la oración, el capataz golpeó tres veces el martillo y encerraron con discreción el paso. Sin más fasto que el tañido de un tambor, el cuerpo malogrado del Mesías se despidió del pueblo de Morón, dejando atrás una tremenda impresión de orfandad. Las puertas de la parroquia de San Juan se cerraron definitivamente y la esperanza se perdió con su adiós.

* * *

—Víctor, necesito que me des cobertura media hora más —dijo Lucía con la lengua de trapo a través del teléfono.

—Eso me dijo hace dos horas, mi sargento. Nos van a descubrir. En cualquier momento Urbizu hará la revista de inspección y no sé lo que le voy a...

El cabo no pudo acabar la frase. La sargento no tenía el cuerpo para escuchar sermones y colgó. Sentada en una de las sillas de La Molienda, Lucía inclinó la cabeza sobre la mesa y agarró de nuevo el vaso. Frente a ella, el dueño del bar dormía solo vestido de cintura para arriba. El temor de que lo mismo que había ocurrido en aquellas bases militares extranjeras pudiera haberse repetido en Morón la mantenía en vela, y no se le ocurrió mejor idea que combatir el insomnio allí. Por si tuviera pocas preocupaciones, aquella mañana Urbizu había puesto boca arriba todas las mentiras que se había construido en los últimos años. Definitivamente, no era un buen momento para estar en casa.

Lucía alzó la vista y contempló la desnudez de Ramón. La verdad se mostraba igual de cruda ante ella después de diez años. No echaba de menos a Luis. Ni su enjambre capilar, ni su forma de mirarla, ni el somier de aquel dormitorio de Madrid, cuya fantasía se había empeñado en convertir en el escenario de noches de lujuria infinita. Nada de eso era real. Había tomado sus recuerdos y construido un decorado de cartón con el que edulcorar una realidad incómoda: que su muerte fue un tremendo alivio. El miedo a parecer un ser frío y despiadado le impidió aceptar que, como tantas otras parejas, su relación había derivado en una bonita amistad, en una comodidad extraordinaria, en un eterno domingo por la mañana en Leroy Merlin. Lo que ocurrió luego con el brigada Reyes no se podía catalogar, por tanto, de infidelidad, sino más bien de respuesta a un interrogante: ¿puede uno estar satisfecho solo con cariño? En el coche patrulla que ambos compartían averiguó que no, que se pueden conquistar otras torres más altas que el afecto. Lo que tendría que haber sido un rutinario proceso de separación se complicó aquella tarde noche en el polígono de Cobo Calleja. Inseguro por naturaleza, el hecho de que no hubiera guardia civil en Madrid que no conociera lo que había ocurrido dentro de aquel coche patrulla no ayudó a que Luis pudiera digerir la ruptura. Sintiéndose culpable, Lucía prefirió seguir a su lado y esperar un mejor momento. Sin embargo, ese momento nunca llegaría. La depresión y las inseguridades de Luis lo llevaron a pensar que tal vez Claudia no era hija suya. Cada vez que la miraba no podía soportar la idea de que simbolizara el engaño y la mentira de su mujer. Una traición de apenas cincuenta centímetros a la que se negaba a acercarse para cambiarle los pañales, bañar o tan siquiera dormir en sus brazos. Ni los antidepresivos, ni las terapias, ni la paciencia de Lucía sirvieron para hacerlo cambiar de opinión. Pasaba los días atrincherado en la cama, torturándose con cada uno de los rasgos físicos de Claudia que no encajaban con los suyos. Y no pudo aguantarlo más. Eligió escapar de esa habitación, de ese matrimonio, de esa paternidad, de esa mentira, sin más equipaje que una sobredosis de ansiolíticos. En silencio. Tranquilo. Y, aunque a Lucía le costara confesarlo abiertamente, ella lo estaba deseando con todas sus fuerzas. Ansiaba romper esa cadena que la hundía en lo más profundo de un mar insustancial, empezar de nuevo, darse una oportunidad para reinventarse y escapar de la asfixiante cotidianidad que habían construido los dos sin proponérselo. Pero ¿en qué clase de persona le convertían estos pensamientos? ¿Cómo expresar que, aunque le dolía lo ocurrido, no se arrepentía de nada con un marido que se había quitado la vida y dos compañeros que casi la pierden por un error suyo?

El día que le hicieron entrega de las cenizas de Luis, entendió que sus sentimientos debían arder y quedar rotundamente calcinados, tanto como los de su marido. No cabía otra posibilidad, Lucía tenía que reposar eternamente en esa urna para que de ese tanatorio saliera una persona a la que los demás pudieran respetar. Una mujer rota, destrozada, doliente. Un cliché de viuda atormentada incapaz de volver a disfrutar con nada ni con nadie y con el que todos quedaran satisfechos, incluso ella misma. Desafortunadamente, el monstruo que surgió de aquella sala daba más miedo que la Lucía que consideraba que la muerte de Luis era tan solo un punto y aparte en su vida.

El dueño de La Molienda despertó y Lucía abandonó su copa.

—¿Por qué acabaste tú en un sitio como este? —preguntó la sargento apesadumbrada, como si en lugar de en un bar estuvieran en una prisión de Estambul y la única posibilidad de acabar allí fuera cometiendo un terrible delito.

Él la miró con los ojos muy abiertos, pensando en una respuesta que no acababa de encontrar. Y antes de que lo pudiera lograr, se volvió a desplomar impotente. El espíritu se desvaneció de sus ojos como si fuera un electrodoméstico que se acaba de apagar.

Lucía observó perpleja cómo Ramón roncaba y se dio cuenta de que, por mucho que se esforzara, él jamás podría darle una respuesta válida a ninguno de sus interrogantes. Debajo de sus fuertes brazos, había todavía más incertidumbre que dentro de su cabeza. Le dio un beso en la frente y asumió que había llegado el momento de irse de allí. Para siempre. La Molienda, comprendió, no era una catarsis que necesitara para hacer más soportable su dolorosa existencia, sino un purgatorio que tenía que abandonar cuanto antes si no quería acabar tan desconectada del mundo real como él.

Abandonó el local esperando albergar las fuerzas suficientes para no tener que volver nunca más. Necesitaba una roca a la que agarrarse para que la corriente de la tristeza no la arrastrara hasta allí de nuevo, y no se le ocurrió ninguna más contundente que su hija.

Cuando llegó a casa de madrugada, se deslizó a oscuras en la cama de Claudia y se abrazó a ella como si fuera la proa de un barco señalando un nuevo horizonte. Se aferró a su cintura deseando que se invirtieran los roles y fuera su hija quien la tuviera que proteger.

—¿Estás borracha? —preguntó la niña al sentir la presión excesiva de los dedos de Lucía en su cuerpo.

Hubiera querido decirle que no, que estaba más sobria que nunca, que al fin veía las cosas con claridad y precisión, que la quería más que nada en este mundo y que, a partir de ese momento, prometía estar a la altura de las circunstancias. Darle más espacio, permitirle crecer en libertad y no reducirla a un mero apósito con el que tapar su herida. Quería expresarle que iba a ser su punto de apoyo. Su sostén. Su cota de malla. Sin embargo, todavía estaba poco entrenada en esas lides y no tenía ni la más remota idea de cómo expresar que necesitaba ayuda.

—Sí, estoy borracha, joder. Y me duele la cabeza. Así que vamos a dormir.

Y así de torpe lanzó su mensaje de auxilio, confiando en que Claudia fuera más inteligente que ella para saber interpretarlo. El camino hacia la redención prometía ser largo, difícil y lleno de tacos.

CAPÍTULO 8

SÁBADO DE GLORIA

«Dichosos los que trabajan por la paz,
porque serán llamados hijos de Dios».

MATEO, 5: 9

*«Oh Danny boy, the pipes, the pipes are calling from glen to glen,
and down the mountain side the summer's gone, and the roses fa-
lling...»*, cantó socarronamente un grupo de unos veinte marines mientras el teniente Andrew Taylor colocaba las últimas
prendas que quedaban en el armario sobre su petate.

La cuadrilla de hombres se abrazó con camaradería por
los hombros y se balanceó de izquierda a derecha. De sus
gargantas vigorosas surgían las estrofas de la canción irlan-
desa más famosa del mundo. Si bien solía ser usada en funerales de soldados o policías con orígenes irlandeses, los marines habían decidido cantarla para mofarse del teniente como
broche de oro a una noche de juerga interminable. Cuando
estaban a punto de dejarse llevar por un ataque de testosterona y chocar sus cuerpos, un marine de unos treinta y cinco
años, alto, fuerte y con los brazos totalmente tatuados, se
acercó hasta él y lo abrazó con tal honestidad que paralizó al
resto de sus compañeros.

—Lo echaremos de menos, mi teniente —dijo con absoluta sinceridad.

—Me vas a hacer llorar, hijo de puta —respondió Taylor,
emocionado. Antes de que el atracón de ternura fuera a más,
se obligó a recomponerse—. Además, ¿a qué coño viene todo
esto? Todavía me vais a tener que aguantar un día más, panda de maricas.

En cuanto el teniente terminó de hablar, el grupo de militares rodeó a Taylor, en un gesto que reivindicaba la camara-

dería de uno de los cuerpos de élite más importantes del ejército de Estados Unidos. Daba igual lo que aquel hombre hubiera hecho o no en el pasado, para los marines era una leyenda.

—Señor, una última vez —solicitó con los ojos vidriosos uno de los más jóvenes.

—Está bien. Una última y os marcháis de aquí.

Al igual que hiciese el sargento de instrucción del cuerpo de Marines Lee Ermey en *La chaqueta metálica*, Taylor comenzó a entonar cánticos de entrenamiento.

—¡Ho Chi Min, eres un hijoputa!

—¡Ho Chi Min, eres un hijoputa! —repitieron todos los hombres al unísono.

—La tienes con ladillas y diminuta —siguió Taylor mientras disfrutaba de la despedida.

—¡La tienes con ladillas y diminuta! —volvió a desgañitarse la cuadrilla de soldados en torno a Taylor.

—Un, dos, tres, cuatro, marines americanos.

—¡Un, dos, tres, cuatro, marines americanos!

—Adelante, adelante, los marines en combate.

—¡Adelante, adelante, los marines en combate!

Casi sin aliento, la compañía dio por finalizado el aquelarre hormonal con un último abrazo. A continuación, emocionados, fueron saliendo uno a uno de la habitación de Taylor y dejaron allí al teniente doblando un pantalón vaquero. En cuanto el último soldado cerró la puerta, la excitación desapareció de la cara del oficial y fue sustituida por una expresión cercana a la rabia. Displicente, arrojó el pantalón sobre el petate y se volvió hacia el armario. De una caja cerrada con candado, extrajo lo que parecía un álbum de fotografías. Impulsado por un inequívoco sentimiento de añoranza, admiró la última imagen añadida. Sus dedos rozaron el papel fotográfico como si quisiera que sus huellas dactilares actuaran como un masaje cardíaco que hiciera brotar la vida donde solo había una silueta. Pronto acabó frustrado y cambió de plan. En apenas unos segundos, Taylor se quedó completamente desnudo frente al álbum fotográfico con la cristalina intención de desahogarse, y su bíceps de titanio dejó ver un tatuaje con forma de cabeza de chacal.

* * *

—Te has portado muy bien, Rocío. Toma, una torrija.

—Yo quiero *risketos*.

—¿*Risketos*? ¿Qué guarrería es esa? Pero si estamos en Semana Santa. ¿Es que ya nadie respeta las tradi...

Antes de que la indignación le hiciera cometer una torpeza, la mirada ausente de la pequeña obligó a rectificar al forense, que prefirió saltarse la ortodoxia en lugar de incomodar a Rocío.

—Está bien. Que sean *Risketos* —dijo Uriarte, devolviendo la torrija a la bandeja.

Del bolsillo de su pantalón, sacó una moneda de un euro y se la entregó a la pequeña.

—Con esto deberías tener también para un chupa-chups.

—Gracias —contestó ella, dibujando una leve sonrisa.

En un gesto de humanidad, el médico frotó sus nudillos contra la cabeza de Rocío, intentando transmitirle algo de cariño, queriendo hacer físico lo verbal, aspirando a convertir la frase «ánimo, pequeña, pronto te olvidarás de todo esto» en una delicada caricia. Sin embargo, consiguió exactamente lo opuesto. Al advertir el roce de los dedos de Uriarte, una inyección de hielo recorrió las arterias de la niña. Un frío extremo que pareció teletransportarla a un pasado al que no quería volver. Sin la capacidad de distinguir entre un desconocido que deseaba calmarla y otro que deseaba someterla, Rocío se desembarazó de mala gana de la mano del forense y escapó a toda prisa de la consulta. Cuando salió por la puerta, pálida y asustada, María se apresuró a entrar en la habitación y dejó que la niña se reuniera con sus padres.

—¿Qué ha ocurrido? —preguntó nerviosa la agente.

—Ha ocurrido que nunca debería haberle hecho este favor a la sargento Gutiérrez. Esto... esto es horrible, joder —contestó Uriarte con la voz algo quebrada.

—¿También presenta síntomas de...?

—También. Los tres niños que he examinado hoy han sufrido abusos. Presentan daños físicos en los genitales, así como en la zona perianal. Además, se muestran temerosos, los tres han tenido pesadillas en los últimos meses y no se atreven a hablar de lo sucedido. Es difícil concretar si son abusos recientes o no, pero no me cabe duda de que alguien los ha forzado.

—Si no son recientes, ¿cómo es posible que sus padres no se dieran cuenta antes? ¿No advirtieron nada raro en el comportamiento de sus hijos? Eso... eso se tiene que notar —dijo la agente, desconcertada.

—No es fácil detectarlo. Los menores que han sufrido abusos optan en la mayoría de los casos por callarse, ya sea por miedo o desconocimiento. Por supuesto, existen una serie de señales, como la falta de apetito, la frecuencia de las pesadillas o no mirar a los ojos. Detalles que pueden pasar perfectamente desapercibidos por los padres si nadie los pone en alerta. Verá, le tengo aprecio a Lucía, de otra manera, nunca me hubiera saltado al juez ni a Urbizu para hacer esto en mi consulta. No hace falta que le diga lo que me estoy jugando, pero, llegados a este punto, tengo que ser franco —aclaró Uriarte, bastante afectado—. Esto es demasiado grave. Ahí fuera hay un hijo de puta sin ningún tipo de escrúpulos. Y, con todos los respetos, no creo que usted ni mucho menos la sargento arrestada en su casa puedan dar con él. Lo siento, pero me veo en la obligación de notificar lo ocurrido.

—Si no hubiera sido por nosotras, hoy no sabríamos lo que estaba pasando en aquel autobús.

—El teniente me gusta tan poco como a usted. Pero creo que es evidente que necesitan ayuda. Hay que llevar a cabo un operativo especial y hay que hacerlo cuanto antes, pero ninguna de las dos tiene autoridad para ejecutarlo. No es momento de ser egoístas, sino de pensar en el bien de todos.

—Si la sargento Gutiérrez hubiera pensado en sí misma, no estaría bajo arresto domiciliario. Entiendo lo que dice y puede que de no estar tan involucrada en esto, actuaría de la misma manera que usted. —María hizo una pausa y prosiguió con su argumentación—. Sé que notificarle al teniente lo que han sufrido estos niños es lo correcto, pero siempre que hemos actuado de esa manera, ha hecho todo lo que está en su mano para que nos olvidemos de lo ocurrido.

—Insisto, no me siento cómodo con Urbizu, pero de ahí a pensar que tenga algún tipo de implicación en todo esto...

—No he querido decir eso —lo interrumpió María—. Solo creo que... —Se frenó repentinamente, para ordenar sus pensamientos y resultar convincente—. Creo que sabe más que nosotros. Creo que pretende por todos los medios alejarnos de la base, cuando es evidente que todas las pistas nos llevan allí. Creo que... Creo que no lo enviaron aquí para resolver nada, sino para que no molestemos a los americanos.

—Y yo creo que ve demasiadas películas —alegó el forense, en total desacuerdo.

—Solo le pido veinticuatro horas más. Si no lo encontramos, yo misma avisaré al teniente.

—¿Y si en ese tiempo actúa de nuevo? No sé usted, pero yo no podría cargar con esa responsabilidad.

—Si lo hace, tenemos una pequeña ventaja sobre él: sabemos que si decide volver a hacerlo, será con uno de los niños del autobús de Antonio Jiménez, a los que tenemos localizados y vigilados.

—Perdóneme que lo dude, pero ¿cómo es posible que dos agentes sancionadas tengan a quince niños vigilados?

—Les hemos pedido a sus padres que permanezcan en casa con ellos al menos hasta el lunes.

El forense se quedó un instante pensativo, valorando mentalmente todas las opciones antes de contestar.

—Veinticuatro horas, ni una más.

* * *

Asomada a la ventana, Lucía dio una larga calada a un cigarro y expulsó el humo a través del patio de vecinos. Las volutas dibujaban alegres espirales en el hueco del edificio, y la luz del sol les otorgaba un aspecto de imposible niebla victoriana. Nunca la nicotina tuvo mejor semblante. La sargento solo soltaba el cigarrillo para dar pequeños sorbos a un café bien cargado que descansaba en el poyete de la ventana junto a un cenicero de cristal con el logotipo serigrafiado del bar La Molienda. Lo conservaba de la noche anterior como recordatorio de una promesa: «No vuelvas allí. Nunca».

Lucía Gutiérrez no se acordaba de la última vez que había desayunado relajadamente. Su único sustento eran letales descargas de cafeína y nicotina, que provocaban que cada mañana sus intestinos tiritaran de inanición. Sin llegar a terminarse el café, apagó el cigarrillo en la taza y cerró la ventana. Al igual que si llevase grilletes en los pies, caminó pesadamente sobre el suelo de barro cocido. Incómoda, se sentó en un rincón del sofá. Sus piernas se movían sin cesar. Consciente de ello, resolvió cruzarlas para imponer algún tipo de control sobre su cuerpo. Pero no lo logró. A los pocos segundos, su tren inferior se volvió a agitar. Harta de la anarquía de sus articulaciones, acabó por levantarse y se dirigió una vez más a la ventana. Allí repitió el ceremonial de los poetas tristes: empalmar un cigarrillo con otro. Aunque tenía motivos de sobra para estar irritada, su ataque de nervios nada tenía que ver con los macabros hallazgos del día anterior. Aquella mañana había recibido una llamada de Claudia desde el hospital que se podía sintetizar en una sola frase: Carmen había sufrido un nuevo derrame cerebral. Cada minuto que pasaba, su suegra tenía más probabilidades de dejar este mundo en el hospital Virgen del Rocío. Puede que ella fuera una de las personas más interesadas en que eso ocurriera; sin embargo, le aterraba que su hija contemplara las últimas horas de su abuela en soledad o, al menos, sin el consuelo de un abrazo maternal. Apurando el cigarrillo, le daba vueltas a cómo convencer de nuevo al cabo para eludir el arresto domiciliario sin que se enterara Urbizu. Finalmente, eligió jugar otra vez la carta del sentimiento de culpabilidad de su compañero. Dejó el pitillo a medias y se encaminó a la entrada.

—Víctor, tengo que salir de aquí —dijo Lucía al abrir la puerta.

Para su estupor, al otro lado se encontraba un agente desconocido, con cara de niño, que se cuadró ante ella inmediatamente.

—Mi sargento, el cabo ha sido relegado. Me han enviado desde Sevilla para vigilar su puerta.

—¡Cabrón! —murmuró Lucía, pensando en Urbizu y en su incapacidad para no fiarse de nadie.

—Solo cumplo órdenes, mi sargento.

—Tranquilo, no lo decía por ti —trató de calmar al chico después de comprobar que le temblaban las manos—. Tengo una urgencia familiar y necesito salir al menos una hora.

—Lo siento, mi sargento. Me han insistido mucho en que no la deje traspasar esta puerta bajo ningún concepto. No es nada personal, solo cumplo órdenes —insistió el disciplinado agente, tragando saliva.

—Mi suegra está a punto de fallecer en compañía de su nieta de trece años, ¿te han dado órdenes de arruinarle también la vida a mi hija? —soltó bruscamente la sargento, abandonando definitivamente los intentos de parecer cordial.

—El reglamento es claro, mi sargento. Solo podría dejarla salir si fallece un familiar.

—¡Cojonudo! Estaré entonces dentro, rezando para que se muera mi suegra y pueda salir a darle un abrazo a mi hija —concluyó Lucía, dando un portazo y cayendo en la cuenta de que su ironía se parecía mucho a lo que de verdad sentía.

Tal y como se presentaba la mañana, solo podía recurrir a una persona.

* * *

Después de aliviar su lujuria, Taylor dejó el álbum sobre la cama. Lo hizo sin excesivo cuidado, ufano, tarareando una canción de los Beach Boys como si no temiera en exceso que alguien pudiera descubrir sus secretos más íntimos o no considerara que su contenido fuese perverso. Todavía desnudo y con una rotunda sonrisa de oreja a oreja, se acercó hasta la ducha. El día había vuelto a amanecer soleado y el cielo estaba despejado. La temperatura exterior debía de ser de unos treinta grados y el teniente prefirió asearse con agua fría. No tardó más de cinco minutos en ducharse y acicalarse. En cuanto hubo terminado, se vistió con un chándal gris y preparó una bolsa de deporte. En ella guardó una cámara Polaroid, un par de jeringuillas precintadas, un frasco de morfina de veinticinco mililitros, otro con cloroformo, un pañuelo, una mochila más pequeña que llenó de papeles y, por último, el álbum fotográfico que estaba sobre la cama. Una vez que tuvo todo lo que necesitaba, salió de la habitación como si fuese el reciente ganador del título de Míster Simpatía: atractivo, atlético a pesar de tener ya cuarenta y cinco años, y con una media sonrisa cautivadora. Su pelo rubio y sus ojos verdes dejaban a su paso un amable y manso aroma californiano. Cualquiera que se cruzara en su camino diría de él que acababa de salir del paseo marítimo de Malibú o Venice Beach, y no de excitarse con fotografías de menores.

* * *

—No pienso ayudarla, mi sargento. Es un disparate —dijo María, dejando caer al suelo cuatro juegos de sábanas.

—Son solo un par de pisos. No te preocupes, resistirán —contestó Lucía al tiempo que recogía las sábanas sin pararse un solo segundo a reflexionar sobre lo que estaba a punto de hacer—. Nos han entrenado para cosas como estas.

—¿De verdad lo cree? No quiero insultarla, pero mírese...

La sargento de la Guardia Civil no tenía tiempo para la introspección y la autocrítica; estaba demasiado ocupada anudando una sábana con otra. La voz de María rebotaba en su cerebro como un salvapantallas, iba de un sitio a otro, errante. Ni las advertencias de la agente sobre lo peligroso de la maniobra ni la confirmación de que, además de Álex, tres niños más habían sido violados la hicieron cambiar de planes. Con dos tobilleras y una faja Vulkan comprimiendo su cintura y parte del chándal de algodón azul que llevaba puesto, Lucía Gutiérrez daba más la impresión de disponerse a abandonar una clínica de rehabilitación que de emprender una fuga cuartelaria a través de la ventana. Como en tantas otras ocasiones, el espíritu de la obsesión se había apoderado de su cuerpo sin concesiones y hablaba por su boca como una pitonisa enloquecida, sin medir apenas las consecuencias de sus actos.

—Entiendo tus precauciones, pero ni tú ni Urbizu ni el pelele de la puerta podéis impedir que vaya a ver a mi hija.

—¿Y qué hago yo mientras tanto?

—Acompañarme al hospital. Según me contó Suárez, ayer Silvano Montes intentó suicidarse y está también ingresado en el Virgen del Rocío. Con un poco de suerte, podremos hablar con su mujer y saber qué relación mantenía con Taylor. Dos pájaros de un tiro, ¿no te parece?

Sospechando que nada de lo que dijera la haría cambiar de opinión, María se rindió y la ayudó a anudar con fuerza las sábanas. En poco tiempo consiguieron hilvanar alrededor de cinco metros de lo que se asemejaba a una soga. Después de amarrarla a la tubería del váter, Lucía la soltó a través del patio de vecinos.

—Te veo en el coche en cinco minutos —se despidió Lucía de la agente mientras se subía al poyete de la ventana.

—Tenga cuidado, mi sargento —le rogó María una última vez.

Lucía miró con preocupación el pequeño abismo de dos plantas que la separaba de su libertad. Casi sin tiempo para fantasear con la muerte y el dolor, se persignó, en un ejercicio que tenía más de superstición que de fe, y se colocó de cuclillas. Estaba a punto de precipitarse con prodigiosa épica por la hiedra de algodón y de franela, cuando sonó su teléfono móvil.

—¿Sí? —preguntó la suboficial sin dejar de mirar el suelo.

—Mamá, tienes que venir. —Claudia sollozó al otro lado del teléfono—. La abuela se ha mue... Se ha ido —rectificó su hija antes de que las palabras sepultaran a Carmen definitivamente.

* * *

335

Taylor buscó en uno de los bolsillos la llave del coche. Cuando la tuvo en la mano, avanzó con paso firme, seguro de sí mismo. Decidido. Osado. Con aquella sonrisa cincelada en el Hollywood de los años cincuenta que le hacía parecer un héroe crepuscular. Finalmente, llegó al aparcamiento del recinto y desbloqueó el cierre centralizado de un Renault Clio de color blanco propiedad de una empresa de alquiler. Tras asegurarse de que el espejo retrovisor estuviera a la altura de sus ojos, introdujo en el GPS la dirección deseada: «Hospital Virgen del Rocío, Sevilla», dijo una voz robótica.

Manteniendo la sonrisa, Taylor maniobró marcha atrás. Sin embargo, la imagen que devolvía ahora el espejo retrovisor era algo más indescifrable. Oscura. La penumbra acababa de apoderarse de su rostro de galán. Gary Grant había saltado del vehículo y, en su lugar, emergió el chacal. La caza había comenzado.

* * *

Las banderas de Andalucía, España y la Unión Europea ondeaban en la explanada frente al hospital Virgen del Rocío. Justo debajo, en un banco público, Lucía y María encontraron a Valentina y a Claudia abrazadas.

—Voy a preguntar por la habitación de Silvano Montes —dijo María, queriendo darle privacidad a la familia.

—Gracias —respondió lacónicamente la sargento, agradeciendo el gesto.

María todavía permanecía a su lado cuando Lucía contempló a su hija en la distancia. Estaba deshecha, como nunca antes la había visto. Desde el suicidio de Luis, se había aferrado a su abuela como si fuera su último recuerdo. De la misma manera que hay hijos que heredan de sus padres una navaja suiza, una cazadora o una casa de campo, Claudia sentía que su abuela, aunque ida, era su legado, algo que le tocaba conservar hasta el fin de los días. Sin embargo, había fracasado.

—¿Podrías encargarte del interrogatorio de la mujer de Montes? —preguntó la sargento a María antes de que esta entrara en el hospital, al darse cuenta de que su hija necesitaba algo más que un abrazo.

—Por supuesto.

—No me falles, confío en ti.

Lucía se despidió de la agente y se acercó hasta donde estaba su hija.

—Ha sido horrible, mamá. Se quedó rígida en un segundo.

—Siento que hayas tenido que pasar por esto sola. De verdad que lo siento, cariño —dijo, abrazándola con fuerza y besándola.

—¿Qué va a pasar ahora?

—Después de arreglar el papeleo en el hospital, vendrán los del servicio funerario a por ella, la velaremos en el tanatorio y... la incinerarán. —Procuró ser lo más aséptica posible para tranquilizarla.

—¿Es lo mismo que hicisteis con papá?

—Sí, cielo —admitió Lucía, afligida.

—No sé si quiero ver a la abuela rígida otra vez. No parece ella.

—¿Y qué quieres hacer?

—Creo que quiero irme a casa y ver fotos de ella cuando estaba bien.

—Me parece una gran idea. Valentina y yo nos ocuparemos de todo. Si en algún momento cambias de idea y quieres venir a despedirte de ella, solo tienes que avisar.

—Eso haré. Mamá, gracias por haber cuidado de ella hasta el final.

Lucía no tuvo tiempo de responder. Cuando se quiso dar cuenta, Claudia la estaba abrazando con una fuerza estremecedora. Después de lo mucho que había odiado a Carmen, aquella mujer le había hecho un gran favor. Su muerte le había devuelto a su hija.

Mientras ellas se abrazaban, el teniente Andrew Taylor las observaba, aguardando pacientemente su momento.

* * *

El pronóstico de Silvano Montes era reservado. Estaba estable desde el punto de vista clínico y asistido por respiración mecánica, bajo los efectos de un coma farmacológico, motivo por el que todavía no se había podido evaluar ni su estado neurológico ni el de consciencia. Según le contó la doctora a Noelia, en las pruebas que se le habían realizado no se veían signos de lesión, aunque era muy pronto para descartar nada. En el momento en que se le retiraran los sedantes, Silvano sería evaluado nuevamente por el servicio de traumatología para descartar que no hubiera daños en la columna cervical como consecuencia del intento de ahorcamiento. Desde el día anterior, cada vez que Noelia alzaba la cabeza y veía aquel siniestro tubo dentro de la boca de su marido, se preguntaba qué sería de él cuando abriera los ojos. Las opciones eran tan diversas como extensa la enciclopedia médica de diez tomos que tenían en casa y que compraron por fascículos cuando nació su primer hijo. Desde lo puramente físico, como una parálisis cerebral o una minusvalía, hasta secuelas psicológicas, como una depresión o un síndrome postraumático, en aquellas primeras cuarenta y ocho horas nada se podía descartar. El panorama era tan desalentador que necesitó escapar de aquella habitación durante un rato.

No es que el hospital ofreciera muchas distracciones. De hecho, solo tenía dos: pasar un rato en la cafetería o fumar en la calle. Pero Noelia tuvo la habilidad de encontrar una tercera: comprar una revista y una Coca-Cola, y volver a la planta donde estaba su marido. Fuera de la habitación, lejos del futuro incierto que les esperaba, Noelia leía distraída un reportaje sobre los locales más chic de París mientras apuraba el refresco. Si lo pensaba bien, ser chic y estar en el Virgen del Rocío leyendo una revista que llevaba por nombre *Qué me dices* suponía una gigantesca contradicción. Pero prefería ser ridícula a estar pensando en cómo había llegado Silvano a estar en coma inducido en apenas una semana. Dos monjas ancianas rondaban los pasillos de la UCI, sin dejar muy claro si estaban allí para ser ingresadas o para consolar a víctimas y familiares. Cuando se acercaron a ella, supo que se trataba de lo segundo.

—¿Se encuentra bien, hija? ¿Necesita algo? —dijo la mayor, con la cara arrugada como una pasa.

—¿Quiere rezar o que recemos por su familiar? —añadió su pareja.

Noelia las miró algo resentida. Desde luego, ellas no tenían la culpa de que su marido estuviera ingresado en la UCI. Ni siquiera se atrevía a culpar a Dios de ello. Sin embargo, sentía que había algo deshonesto en su manera de actuar, que de algún modo se aprovechaban de la situación de vulnerabilidad de todos los que estaban en los pasillos de la UCI deseando agarrarse a un clavo ardiendo y, aunque sus intenciones fueran buenas, su actitud tenía más de ave de rapiña o saqueo emocional que de consolación. Todas estas ideas revoloteaban en su cabeza cuando María Sánchez salió del ascensor y se acercó a ella.

—¿Noelia García? Soy agente de la Guardia Civil. ¿Puedo hacerle algunas preguntas?

La mujer de Silvano la miró agradecida. Había llegado justo a tiempo para evitar que la Iglesia católica renegara de ella después de lo que pensaba decirle a aquel par de monjas.

—De acuerdo, pero vayamos a otro sitio más íntimo.

Las religiosas se dieron por aludidas y prosiguieron con su labor, deslizándose por aquel pasillo lleno de fragilidad.

* * *

Nadie tiene la certeza de cómo es la muerte, pero debe de parecerse bastante al tanatorio Ocaso de Morón de la Frontera: desapacible, solitaria y amarga, tal y como se mostraba en la avenida del Olivar la fachada de aquella nave prefabricada de color gris donde se celebraban los servicios funerarios del pequeño municipio sevillano.

Incrustada entre descampados sin urbanizar, resistía en la explanada de setecientos metros cuadrados como una suerte de fortaleza abatida. Ninguna de las historias que terminaban allí era tan triste como la que proyectaba aquel edificio indefectiblemente melancólico.

Lucía Gutiérrez parecía asfixiarse allí. Hacía tiempo que no estaba en un sitio como aquel, pero le bastaron un par de horas para recordar que en un velatorio había dos cosas que invariablemente se repetían. Una: que siempre había un muerto. La otra: el olor a clorofila. Ya se celebrara en un pueblo de Sevilla o en la M-30 de Madrid, el olor a desinfectante siempre estaba presente. Un aroma que penetraba en los pulmones con tal vigor que te acompañaba hasta el fin de los días. Un efluvio intenso e irreal que ni siquiera el aroma a flores cortadas o el del café añejo, tan característicos de los tanatorios, podían neutralizar. Por mucho que el fallecido se hubiera empeñado durante años en rociarse cada día con unas gotas de Chanel N° 5 o de colonia Brummel, la fragancia final con la que se les asociaba y recordaba era aquel hedor antiséptico, aquel tufillo a KH7 inmortal.

En una de las tres salas del tanatorio, Lucía y Valentina velaban el cadáver de Carmen. La sargento se encontraba mentalmente tan lejos de allí como su propia suegra. Más afectada, sin embargo, se mostraba su cuidadora colombiana, que con una mano pegada al cristal donde se hallaba el féretro mantenía una desquiciada conversación con la difunta.

—¡Te quiero, Carmen! ¡Te quiero mucho! Se te ve al fin tan tranquilita que me dan ganas de entrar ahí y darte un abrazo. —Como si acabara de alumbrar la mejor de las ideas, Valentina decidió ponerla en marcha—. ¿Quiere venir conmigo? —le preguntó a Lucía, que estaba más pendiente del teléfono que de lo que estaba ocurriendo en la sala.

—No creo que sea necesario. Ya sabes que no nos llevábamos demasiado bien —respondió la sargento sin dejar de mirar la pantalla del *smartphone*, esperando alguna noticia de María o de su hija.

—Pero ya no está con nosotras, mi reina. Es tiempo de perdonarse, ¿no cree? No sea tan orgullosa y venga conmigo a despedirse de ella.

—¿Puedes dejarme en paz, Valentina? —dijo finalmente Lucía, levantando la cabeza y dedicándole una breve mirada de resentimiento.

—¡Qué mal humor tiene siempre! —la recriminó con cariño—. No pague conmigo sus frustraciones. Yo solo quiero lo mejor para esta familia.

—Lo sé, Valentina. Lo sé. —Lucía trató de dulcificar sus palabras—. Ya sabes que ando nerviosa estos días. Si quieres despedirte de Carmen, adelante, pero respeta mi decisión.

—Está bien, mi doñita. Si cambia de opinión, ya sabe dónde estoy.

Antes de marcharse, Valentina se acercó a ella y le dio un afectuoso beso en la frente, que Lucía recibió con moderada satisfacción. Aquello descolocó a la candorosa colombiana, que probablemente esperaba de ella un aspaviento o un gesto de desprecio. Sorprendida, se quedó paralizada, y sintió que el vello de la piel se le erizaba cuando la agente apretó su mano contra la suya, en lo que se podría interpretar como una demostración de cariño y afecto.

—Gracias. Muchas gracias por todos estos años —acertó a decir la sargento sin dejar de agarrar con fuerza la mano de Valentina, haciendo evidente que, por mucho que se esforzara en aparentar lo contrario, necesitaba que alguien le demostrara algún tipo de afecto en aquel momento.

Valentina sintió que un tapón de incertidumbre del tamaño de una pelota de tenis le bloqueaba la laringe, y entendió que aquello era lo que la gente llamaba un nudo en la garganta. Nunca antes lo había experimentado. Ni siquiera ella, la más intuitiva de las criaturas, sabía qué hacer en aquella coyuntura. Avergonzada por no encontrar ni un solo diminutivo fraternal con el que alentarla, Valentina optó por soltar la mano de la sargento. Mientras huía de la sala de velatorio, se maldijo por haber malgastado todo su vocabulario afable y mimoso en naderías cotidianas. Cuántos «mi reina», «mi niña», «mi cielo»... tirados por la borda del día a día, dilapidados de manera excesiva en escenarios que no lo requerían. Toda una vida cimentada en la seguridad de que había sido diseñada genéticamente para animar a los demás, se derrumbaba ahora entre aquellas cuatro paredes descoloridas.

Un crujido en el cristal que separaba la sala de velatorio del ataúd obligó a Lucía a levantar la cabeza. Ni la enorme cruz de plata que escoltaba el cuerpo de Carmen ni la sobriedad del féretro ni los párpados cerrados de su suegra consiguieron transmitirle pena. Como mucho, sentía un inmenso vacío. Después de años construyendo el mundo por oposición a ella, no tenía claro cómo afrontar el día de mañana. En cierto modo, la vida era más sencilla cuando tenías un enemigo sobre el que edificarla. Lo que hacía grande a los héroes no era su valentía, sino tener adversarios a la altura. Sin Carmen en el mundo, ¿qué clase de vida le esperaba? ¿Cómo se hacía para soportarse a uno mismo cuando no tenías a nadie sobre quien volcar tu odio? El último lastre de Lucía acababa de caer, y a partir de ahora tendría que moldear un nuevo universo donde su mayor contrincante sería ella misma.

* * *

Claudia miraba, una a una, todas las fotos de su abuela que tenía en el móvil. Lo hacía con una mezcla de añoranza y alivio. Hasta donde le alcanzaba la memoria, siempre la había conocido enferma. Según su madre, le habían diagnosticado el alzhéimer dos años después del fallecimiento de su padre. Desde entonces, había ido empeorando progresivamente hasta que ya no pudo valerse por sí misma. Fue entonces cuando tuvieron que recurrir a la ayuda de Valentina. Hacía cosa de tres años que la colombiana vivía con ellas, más o menos el mismo tiempo que tenía su teléfono móvil. En aquel corto período, las imágenes de su *smartphone* dejaban constancia de que, cada año que pasaba, el deterioro de su abuela era inexorable y avanzaba a pasos agigantados. A Claudia aquellas fotografías le recordaban a una bombilla que se iba apagando poco a poco.

—Hemos llegado —dijo el taxista al parar en la entrada de la casa cuartel.

A la hija de Lucía la pilló por sorpresa el anuncio. Se había pasado todo el trayecto desde el hospital contemplando la pantalla de su teléfono, y tenía la extraña sensación de que apenas había pasado el tiempo entre un lugar y otro. Aunque no era habitual que su madre le diera dinero para un taxi, y menos aún si lo cogía en Sevilla, aquel no era un día normal. Su abuela acababa de fallecer y su madre se sentía culpable por no haber estado a su lado y, como siempre que se sentía culpable, trataba de paliarlo con recompensas de ese tipo.

—Quédese con el cambio —dijo Claudia, dándole un billete de cincuenta euros.

—Gracias, rubia —agradeció el detalle el taxista—. ¡Que tengas un buen día!

La joven salió del taxi y se puso los auriculares. Necesitaba desconectar de la realidad y no se le ocurrió mejor idea que recurrir a Spotify. Concentrada en la música, se adentró en el sendero hacia la casa cuartel.

A unos doscientos metros de ella estacionó su coche Andrew Taylor. El teniente torció el gesto al comprobar que el destino final de la chica era la jefatura de la Guardia Civil. Desde luego, no era lo que tenía previsto. Todo habría sido más fácil en el hospital, pensó. Tenía que idear un plan B y tenía que hacerlo rápido.

* * *

—¿Quiere beber algo? ¿Un refresco? —preguntó María a Noelia al entrar en la cafetería del Virgen del Rocío.

—No, gracias. Llevo toda la mañana bebiendo Coca-Cola y ahora estoy como una moto. Prefiero no tomar nada —respondió amablemente la mujer de Silvano Montes.

—Está bien, sentémonos entonces.

Las dos mujeres buscaron una mesa que estuviera aseada y no atiborrada de vasos y platos, lo cual no era fácil en aquel tipo de establecimientos donde la clientela estaba asegurada y se podían permitir cierta dejadez. En una esquina, frente a la ventana, encontraron finalmente una mesa tranquila.

—En primer lugar, siento mucho lo ocurrido. Espero que su marido mejore lo antes posible.

—Gracias, de momento sigue estable y en un par de días le retirarán los sedantes. Lo que pase después es una incógnita —explicó Noelia, mostrando una gran entereza.

—No quiero ponerla en un compromiso, pero ¿se esperaba algo así? No sé si lo recordará, pero hace unos días la llamé para intentar localizar a su marido y la noté rara, como si no se atreviera a contarme algo.

—¿Puedo saber por qué lo estaban buscando? —preguntó Noelia, a la que le faltaban casi tantas piezas en el puzle como a la agente.

—El pasado lunes, Silvano estaba en el cementerio de Morón visitando la tumba de Antonio Jiménez. Ya sabe, el chico que se suicidó el Domingo de Ramos, en compañía de un sospechoso al que estamos investigando. Este es —dijo María poniendo sobre la mesa la captura que hizo la sargento de las cámaras de seguridad—. ¿Le suena su cara?

—No lo había visto nunca.

—Su nombre es Andrew Taylor. ¿Seguro que no le suena de nada?

—Lo siento, es la primera vez que oigo hablar de él. ¿De qué es sospechoso?

—Es un asunto delicado. No puedo revelarle todavía esa información.

—Y, sea lo que sea, ¿creen que Silvano podría estar implicado? —preguntó preocupada la mujer del banquero.

—Eso parece. Verá, este hombre es un teniente de los marines de Estados Unidos. No es el tipo de persona que te encuentras por casualidad en un cementerio, ¿no cree?

Noelia suspiró profundamente y supo que no podía callar por más tiempo.

—La verdad es que, desde el pasado sábado, nada de lo que ha hecho Silvano ha tenido sentido. Recibió una llamada cuando estábamos en la casa de la playa, y nos hizo volver a los niños y a mí a Morón por un asunto de trabajo, lo cual me pareció raro porque los bancos no abren en fines de semana ni festivos, como ya imagino que sabe.

—¿Nunca había trabajado un fin de semana con anterioridad?

—No. De todos modos, no es lo más raro que ocurrió. Cuando llegamos a Morón, nos dejó en casa y se fue a la sucursal... Y no volvió hasta la madrugada del día siguiente, con una ropa que no era la suya. Un chándal del ejército, creo recordar.

—¿Del ejército? ¿Le dijo qué había sucedido?

—Estaba muy nervioso. Bueno, los dos estábamos muy nerviosos... La verdad es que no lo dejé hablar. En aquel momento creí que me estaba engañando con otra, y en cuanto apareció por la casa, le tiré la ropa por el balcón y le dije que se marchara.

—Entiendo. ¿Cuándo dejó de pensar que se trataba de una infidelidad?

—El miércoles. Estaba haciendo la compra en el supermercado cuando apareció de la nada. Yo estaba dispuesta a perdonarle y a que volviera a casa, pero él se comportaba de forma muy rara. Me dijo que había venido a despedirse y que no podía decirme lo que estaba ocurriendo para protegernos.

—¿Protegerlos? ¿De qué o de quién?

—No lo sé, pero diría que de la persona que lo llamaba todo el tiempo por teléfono. En cualquier caso... —se frenó Noelia, asustada.

—¿Sí? Siga, por favor.

—Me dio esto. —Noelia sacó de su bolsillo el *pendrive*—. Antes de irse, me pidió que, si algo le pasaba, se lo entregara a la policía.

—¿Sabe lo que es?

—No he podido verlo. Bastantes equilibrios estoy haciendo para tener distraídos a los niños y que no se enteren de lo que le ha pasado a su padre.

—¿Le importa que me lo quede?

—Adelante, es para usted. Mire, no sé lo que ha pasado ni en qué está metido Silvano, pero tiene que creerme: nada de lo que hacía parecía hacerlo por su propia voluntad.

* * *

Incómoda con la presencia de Valentina al otro lado del cristal, que entre lágrimas besaba el rostro sin vida de Carmen, la sargento prefirió salir a dar una vuelta.

En el corredor central, descubrió conmovida a Pollito saliendo de una de las salas. No le hizo falta leer el cartel que anunciaba el nombre del fallecido para saber que, desafortunadamente, su madre no había logrado superar el cáncer. Al verla, el chico instintivamente se lanzó a abrazarla entre sollozos.

—Tranquilo, Manuel, tranquilo —susurró Lucía, eligiendo llamarle por su nombre en un momento tan duro—. Ya no va a sufrir más.

—Lo sé —dijo el chico secándose las lágrimas—. No lloro por eso.

—Sea por lo que sea, desahógate. Déjalo todo aquí. Te lo digo por experiencia.

Cuando el chico logró tranquilizarse, se soltó de los brazos de Lucía y la miró profundamente, como si tratara de comprobar si era capaz de confiarle el secreto más grande y oscuro de su vida. Buceando en sus ojos, encontró algo que le hizo dar el paso.

—En verdad, me siento mal por otra cosa. Sé que debería estar tan triste como mi padre o mi hermana, pero... Pero... Pero, en el fondo, me alegro... Porque ahora ya no tengo que seguir ayudando a mi familia, ¿sabe? Soy libre de irme a Málaga cuando quiera. Pero, claro, eso me hace sentir como una mierda. No sé si me explico. Como si quisiera menos a mi madre por verle la parte buena...

—Te entiendo mejor de lo que crees. Yo llevo años sintiéndome mal por lo mismo. Y si quieres que te sea sincera, no suena tan horrible como cuando te lo quedas dentro.

—Es que es una sensación muy rara. No me atrevo a contárselo a nadie... No quiero que mi familia piense que soy un... desalmado o algo así. ¿Se viene conmigo fuera a...? —preguntó elPollito a Lucía haciendo un gesto que se sobreentendía como el de fumar un porro—. Necesito despejarme. Me queda lo justo para dos... y se habrá acabado.

—Vamos. Creo que yo también necesito airearme —contestó ella echándole la mano por encima del hombro, con tantas ganas de reconfortarle como de que su confesión sirviera para que el muchacho no tuviera que vivir el resto de sus días atormentado como ella. Sin lugar a dudas, le resultaba extraño identificarse en un dolor tan complejo con alguien tan sencillo.

* * *

Las calles de Morón se mostraban por primera vez esa semana completamente vacías. El sábado era el único día en que ninguna cofradía hacía su recorrido procesional por el municipio. De ahí que hubiera cierto rumor de domingo en las placitas y comercios. Cierta sensación de sobremesa de verano, de letargo y somnolencia, una variedad de pereza que en aquella zona se denominaba «ardiles» o «galbana», y que cada cual combatía como podía. Algunos se quedaron en casa cocinando torrijas para desayunar el domingo, como mandaba la tradición; otros prefirieron pasar el día en Sevilla con el objetivo de seguir viendo procesiones. Con las calles desiertas, nadie se dio cuenta de que en la avenida Montellano, en un edificio situado aproximadamente enfrente de la casa cuartel de la Guardia Civil, había una mochila negra abandonada. Estaba colocada justo en la entrada de la vivienda, tan insólitamente bien depositada que costaba creer que hubiera llegado hasta allí fruto de un descuido. En torno a ella había un cordón de seguridad y, detrás de la cinta, todos los agentes de la Benemérita disponibles en el puesto de mando, que miraban con preocupación el objeto y disimulaban el miedo a duras penas.

—¿Qué hacemos, mi teniente? —preguntó Víctor a Urbizu, que miraba la bolsa deportiva con arrobo, casi deseando que no fuera una simple mochila, sino una caja de Pandora que contuviera en su interior todos los males del mundo y acabara con aquel insidioso pueblo de una vez por todas.

—Esperar a los TEDAX.

—¿Y si explota antes, mi teniente?

—Tranquilícese, cabo. Todavía no sabemos qué contiene. Es más, ni siquiera sabemos si alguien la ha dejado intencionadamente o solo se le he caído de manera involuntaria.

—¿De manera involuntaria? ¿Justo aquí? ¿No le parece sospechoso, mi teniente?

—¿Sabe cuántas veces ocurre algo así en Madrid? —dijo con absoluta aquiescencia Urbizu—. Todos los días recibimos alrededor de diez avisos, y nunca hay explosivos en el interior. Sea un poco profesional y mantenga la calma, y si se ve incapaz, márchese al tanatorio y hágale compañía a la sargento —señaló el oficial, queriendo dejar meridianamente claro que por el simple hecho de vivir en la capital ya era mucho mejor que todos ellos. Un desprecio al que ya se habían acostumbrado en aquellos días.

Desde que media hora antes una llamada anónima los avisara de la aparición de un objeto extraño en las inmediaciones de la casa cuartel, los agentes, preocupados por el contenido de la mochila, habían ido desalojando de las viviendas uno a uno a sus residentes y reubicándolos en un pequeño descampado donde pastaban burros y caballos, a unos doscientos metros de distancia, a salvo de una posible deflagración. Al igual que si se tratase de unas jornadas de convivencia, parejas, hijos y suegros deambulaban por el improvisado campamento, a medio camino entre la excitación y la curiosidad. Ni siquiera la proximidad de una catástrofe podía arrebatarle a un sevillano las ganas de celebrar la vida y hacer algún que otro chiste con la situación.

—¿Y cuántos de aquellos falsos avisos ocurrieron en las inmediaciones de las dependencias de la Guardia Civil? —replicó Víctor.

En aquel momento, Urbizu estaba más preocupado de que el cortejo de familiares y sus ocurrencias pueblerinas permaneciera alejado de él que de escuchar los razonamientos del cabo.

—Mire, no lo sé. Pero si no es capaz de mantener a raya los nervios, al menos mantenga alejada a toda esta gente. —Urbizu se sacudió la incómoda pregunta.

Nerviosos, risueños, furiosos, excitados y curiosos, ningún miembro del heterogéneo tumulto se percató de que, aprovechando la confusión, un atlético y escurridizo rubio había logrado acceder hasta la zona de viviendas de la casa cuartel. Lo hizo tras comprobar que Claudia, por algún motivo que desconocía, no había salido con el resto de los familiares. No era así como lo había planeado. Esperaba haber dado con ella entre el bullicio de parientes de policías, y luego convencerla de que se acercara a su coche con cualquier tipo de excusa. Era consciente del riesgo que suponía entrar en aquel cuartel, pero tenía poco tiempo y no iba a encontrar mejor ocasión que la que se le había presentado para acceder a las viviendas.

El chacal acechaba a su víctima.

* * *

—La acompaño en el sentimiento, mi sargento —dijo María cuando entró en la sala del velatorio. Ante la nula reacción de su compañera, que permanecía con los ojos clavados en el crucifijo de plata que custodiaba el cadáver de su suegra, añadió—: ¿Se encuentra bien?

—¿Por qué has tardado tanto? —reaccionó finalmente la suboficial—. ¿Has conseguido hablar con la mujer de Silvano?

Menos inquieta e impaciente que en otras ocasiones, Lucía parecía calmada. O tal vez devastada. O puede, sencillamente, que el *cannabis* le hubiera hecho efecto hasta sedarla.

—Sí, y me ha dado esto. —La agente le mostró el *pendrive*.

—¿Qué es?

—Aún no lo sé. En cuanto he terminado de interrogarla, he venido en seguida a verla. Al parecer, se lo dio su marido por si algo le pasaba.

—Vamos a buscar un ordenador —dijo Lucía, poniéndose en pie.

Apenas cuatrocientos metros y dos plantas separaban la sala de velatorio de Carmen de las oficinas del tanatorio, lo que en tiempo suponían tres minutos y veinticinco segundos, más que suficiente para que María le resumiera a la sargento la declaración de Noelia García.

—Por lo que dices, la mujer de Silvano piensa que estaban chantajeando a su marido para que hiciera algo que no quería.

—Eso es, pero no es más que una suposición. Hasta que no veamos el contenido de la memoria USB, yo no haría muchas conjeturas.

Un rótulo con la palabra «Administración» en una puerta de madera de haya marcaba la frontera entre los muertos y los empleados del tanatorio. Sin tan siquiera pedir permiso, Lucía Gutiérrez atravesó la línea divisoria.

—En nombre de la Guardia Civil, les requiero un ordenador.

Atónitos, los tres empleados de la administración que se encontraban en la oficina la miraron sin comprender qué estaba ocurriendo. Al darse cuenta de ello, la sargento procuró ser más explícita.

—Se trata de una urgencia policial, necesitamos que nos cedan un ordenador. Será solo un momento.

Uno de ellos, el de más edad, se levantó de la silla y les cedió su escritorio.

—Tarden lo que quieran, los muertos no se van a enfadar por hacerles esperar.

Lucía y María le agradecieron el gesto y, tan pronto como pudieron, insertaron el *pendrive* en el puerto USB. Un archivo, sin nombre, en formato PDF apareció en la pantalla.

—¡Ábrelo ya! —le espetó la sargento.

La agente ejecutó las órdenes de Lucía y en un abrir y cerrar de ojos el gran secreto de Silvano Montes se desveló ante ellas.

—¿Qué coño es esto?

—Parecen movimientos bancarios, mi sargento.

—Eso ya lo sé, María. Lo que quiero decir es: ¿por qué Silvano Montes los conservaba? ¿Qué valor tienen? ¿En qué podían ayudar a su mujer si...?

—¡Joder! ¡Son los movimientos bancarios de Douglas Hoopen! —exclamó María, impresionada.

El hallazgo las dejó descolocadas y prácticamente mudas. Aquel caso era como una hiedra, y cada minuto que pasaba se enredaba más y más.

—Imprímelas. No vamos a salir de aquí hasta que no sepamos qué cojones ocultan estos extractos y por qué Montes los consideraba tan valiosos.

* * *

Diamonds, de Rihanna, retumbaba en los oídos de Claudia. Nada más llegar a casa, la hija de Lucía se había encerrado en su habitación a llorar y a escuchar música. Tirada en la cama y con los auriculares puestos a todo volumen, ambicionaba apartar el mundo real de su dormitorio a golpe de éxitos comerciales. Su desconexión de la vida había sido tan profunda que ni siquiera escuchó los golpes en la puerta de los agentes de la Guardia Civil cuando procedieron a evacuar el edificio.

Tampoco reparó en que en aquel preciso momento alguien se movía a hurtadillas por el pasillo de su casa.

Claudia cantaba ajena a todo, aferrada al ingenuo pensamiento que cada una de las estrofas hablaba de ella.

Proyectando los brazos al techo, repitió el estribillo una vez más y luego se dejó caer en la cama, fulminada por la emoción. Cuando sintió que las lágrimas volvían a brotar, se cubrió la cara con el edredón y chilló de rabia. La embriaguez del desconsuelo le duró el tiempo que Spotify establece para cambiar de canción. A los pocos segundos, comenzó a sonar *Halo*, de Beyoncé, y Claudia volvió a destaparse la cara para entonar otra de sus canciones favoritas. Desafortunadamente, en el mismo momento en que liberó su rostro y abrió la boca para corear el estribillo, advirtió que no estaba sola en la habitación. Sin tiempo para reaccionar, vio como una sombra se abalanzaba sobre ella y le acercaba un pañuelo a la boca. Incapaz de oponer resistencia, su consciencia se desvaneció por completo.

La música siguió sonando a través de los auriculares, aunque Claudia ya no estaba presente para escucharla.

* * *

Hora y media más tarde, Lucía y María se habían apoderado totalmente de la oficina, después de expulsar a los trabajadores, y analizaban los extractos de los movimientos bancarios de Hoopen esparcidos por las tres mesas. En apenas noventa minutos lograron transformar el aburrido departamento de administración del tanatorio en una secuencia de *JFK*.

—¿Qué piensa, mi sargento? ¿Ve algo que le llame la atención?

—No estoy segura de lo que es, pero esto me parece raro —respondió, y señaló una cifra.

—¿El qué?

María se acercó para comprobar de qué se trataba.

—Verás, todos los meses hay un movimiento en la cuenta del capitán que se repite. Se trata de un ingreso periódico en concepto de «Asesoría». Ocurre todos los días 10 de cada mes y siempre la misma cantidad: tres mil euros. Al menos ha sido así durante los últimos cinco años.

—¿Y?

—Pues que esas transferencias se las hace él mismo.

—No la sigo, mi sargento —confesó la agente, completamente perdida.

—¡Joder, María, que esto canta a dinero negro! Ni siquiera se ha molestado en crear una empresa que facture en su nombre esas presuntas asesorías. Lo ha hecho sin ningún disimulo. En cinco años ha ingresado ciento ochenta mil euros en ese concepto. Es demasiado dinero. No creo que haya tanta gente en el pueblo que necesite de sus amplios conocimientos sobre estrategia militar.

—Vale, ahora la sigo. A lo mejor es una estupidez, pero ¿y si Hoopen no solo tolerara el consumo de drogas en la base? ¿Y si además cobrara por permitir que se traficara con ellas? Imagine que esos tres mil euros eran la tarifa que cobraba por mirar hacia otro lado y que los soldados pudieran hacer sus chanchullos.

—Es lo que estaba pensando. Creo que ha llegado el momento de hacerle una visita para que sea él quien nos saque de dudas.

—No sé si es buena idea, mi sargento. ¿No deberíamos consultarlo antes con la UDEF? Tal vez nos estemos precipitando en las conclusiones.

—No tenemos tiempo para eso, María. Estemos o no en lo cierto, al menos tendrá que explicarnos por qué Silvano Montes guardaba sus movimientos de cuenta como seguro de vida.

—¿Y qué pasa con su suegra?

—Bastará con que estemos de vuelta a las nueve de la noche para recoger las cenizas.

* * *

Envuelto en un traje de desactivador de explosivos de treinta y siete kilos de peso, un agente perteneciente a los TEDAX de la Guardia Civil se aproximó hasta la mochila abandonada en la calzada. Caminaba de manera plúmbea, fatigado, como si la fuerza de la gravedad de las calles de Morón fuera la misma que la de la Júpiter o Neptuno. A su lado avanzaba un robot MIURA de seiscientos veinte kilos. Cuando se encontraba a unos cincuenta metros del objeto sospechoso, el agente se detuvo y manejó el robot con la ayuda de un *joystick*. Con un simple movimiento, la pinza del robot se desplazó hasta la mochila. El artefacto ofrecía desde la distancia imágenes a través de las cinco cámaras que tenía incorporadas y que el agente de los TEDAX podía ver con la ayuda de un portátil. Gracias a una pequeña abertura, el visor de infrarrojos del robot se pudo colar en la bolsa de deporte. Los vecinos, en lugar de refugiarse en sus casas, se agolparon en el perímetro de seguridad y observaban intranquilos el resultado de la maniobra. Al cabo de un par de minutos, el agente tuvo claro que se trataba de una falsa alarma. La mochila no contenía explosivos, sino solo un montón de papeles arrugados. En el instante en que advirtió a sus compañeros de que no había peligro, los presentes rompieron a aplaudir con el mismo entusiasmo que habían demostrado toda la semana a las cuadrillas de costaleros. Era tal su hambre de aclamación que los hubo que incluso se arrancaron con un folclórico «olé».

Ajeno al alboroto que estaba teniendo lugar en la zona de entrada de la casa cuartel, Taylor se encontraba en el área de viviendas, bajando por la escalera una vieja maleta de Lucía. Dentro de ella estaba Claudia, anestesiada por el cloroformo. Acostumbrado a cargar con portes mayores, la desplazaba sin muchos apuros, como si realmente se fuera a pasar unos días de vacaciones. Con todos los agentes de la Benemérita concentrados en aquel remedo de desactivación de explosivos, la puerta que daba salida a la zona trasera se hallaba sin ningún tipo de vigilancia después de que hubiera desconectado las cámaras de seguridad. Su coche estaba aparcado allí, frente a la plaza de toros del municipio, en lo que parecía una síntesis de la España de leyenda: fiesta nacional y Guardia Civil, separados por apenas cien metros. Tranquilo y despreocupado, el teniente de los marines salió del cuartel y colocó la maleta en la parte de atrás del Renault Clio. Encendió el motor y se marchó de allí con total impunidad.

* * *

María esperó a que saliera un vehículo de color blanco que estaba maniobrando y así ocupar la plaza que dejaba libre en el aparcamiento de la base de Morón. A bordo, un atractivo soldado le sonreía desde el retrovisor, lo que provocó que la joven se sonrojara y se mordiera los labios.

—¿Estás ligando? —preguntó la sargento.

—¿Qué? Por supuesto que no —respondió la agente, avergonzada.

Pero lo cierto es que sí lo estaba haciendo. María tenía las hormonas revolucionadas. Hacía más de seis meses que no mantenía relaciones sexuales, y pensaba que estaba cerca de que la volvieran a declarar oficialmente virgen.

Mientras María se lamentaba de su poca actividad sexual, Lucía Gutiérrez se topó en la distancia con una de las vallas publicitarias del recinto, donde se podía leer: «*Peace is our profession*. Nuestra profesión es la paz». La sargento recordaba que la primera vez que vio aquel cartel no le produjo rechazo; como mucho, sorpresa. Ahora, a poco que se esforzara, podría vomitar sobre cada una de esas cínicas palabras. Paz era un estado que estaba muy lejos de sentir si pensaba en Taylor, Hoopen o cualquiera de los militares americanos que había conocido durante la última semana. Tratando de no hacerse mala sangre, salió del vehículo y se concentró en el asunto que las había llevado hasta allí.

Cuando las agentes abrieron las puertas de las oficinas, se encontraron con el recepcionista que les había hecho la vida imposible en su anterior visita. El suelo y el mostrador del edificio presentaban el mismo aspecto descuidado que días atrás, o incluso más, porque la suciedad se empezaba a acumular. Una imagen impropia del ejército más poderoso del mundo.

—Buenos días, ¿en qué puedo ayudarlas? —preguntó el militar, protocolariamente.

—Queríamos hablar con el capitán Douglas J. Hoopen. Y no, no tenemos cita —dijo Lucía, adelantándose al desdén del americano.

—En ese caso, tomen asiento. Pero no se hagan ilusiones: han elegido un mal día para visitarlo.

Resignadas, las agentes obedecieron y se dirigieron a la bancada de sillas, donde, para sorpresa de Lucía, se encontraron con un viejo conocido: Hipólito Núñez. Los evidentes deseos de que las agentes no le dirigieran la palabra chocaron pronto con la habilidad de la sargento para perturbar el ambiente.

—Vaya, si es el hombre del momento...

—Sí, ya ve —respondió el presidente de la Agrupación de Cofradías, visiblemente incómodo.

—¿Le puedo preguntar qué hace aquí y cómo ha conseguido cita? —quiso saber la sargento, más extrañada que recelosa.

—No creo que sea asunto suyo —respondió de malos modos Núñez.

—Solo era una pregunta, no es necesario que se ofenda.

—Perdone, pero no ha sido una semana sencilla para la agrupación —dijo el cofrade a modo de disculpa.

—Ni para la agrupación ni para nadie de este pueblo.

Como si se hubieran quedado sin aliento, ambos prefirieron concentrarse en el recepcionista y guardaron silencio. Para rebajar la tensión, Lucía tomó asiento lo más lejos posible de él. Por alguna razón, ninguno de los dos se sentía cómodo con aquel encuentro.

—Capitán, Hipólito Núñez está aquí. ¿Lo hago pasar? —preguntó el recepcionista. Tras escuchar la respuesta del oficial, colgó el teléfono—. Señor Núñez, el capitán quiere venir expresamente a saludarlo. —Y añadió—: Siéntase afortunado.

—Y tanto —contestó él con modestia.

No sabría explicar por qué, pero a la sargento le dio mala espina tanta amabilidad. Puede que solo hubiera estado dos veces en aquel lugar, pero jamás le habían puesto las cosas tan sencillas como al presidente de la Agrupación de Cofradías.

En menos de cinco minutos apareció en la recepción el capitán.

—Al fin ha llegado el gran día, amigo Núñez. Ya es hora de limpiar todo esto, ¿no le parece? —dijo radiante Hoopen al verlo.

Sin embargo, cuando vio que también estaban allí las agentes de la Guardia Civil, mostró su desagrado inmediatamente, dejando claro que lo último que esperaba era verlas.

—¿Puede acompañarme un segundo? —le pidió inquieto el oficial americano a Lucía.

Hoopen salió de la recepción y aguardó a que llegara la sargento.

—¿Qué hacen ustedes aquí?

—¿Conoce a Silvano Montes? —preguntó sin preámbulos Lucía.

—Vagamente. Está al frente de la sucursal de Unicaja donde tengo mis ahorros. Tenía —rectificó.

—Pues él sí parecía conocerlo bien a usted. Guardó todos sus movimientos bancarios de los últimos cinco años y se los dio a su mujer antes de intentar suicidarse. Entenderá que es lo suficientemente llamativo como para que averigüemos el motivo.

La intención de Lucía no era otra que comprobar la reacción del oficial. Durante unos segundos pareció desubicado, y luego mostró su cara más amable.

—Está bien... Será mejor que hablemos. Hagamos una cosa. Espéreme aquí, tengo que despachar un tema con el señor Núñez. Volveré a por usted en un rato y podremos tratar el asunto.

Lucía aceptó el ofrecimiento y observó cómo ambos se dirigían a la jefatura de la base.

En cuanto se sentó de nuevo junto a María, algunas sombras de sospecha le nublaron el pensamiento. No dejaba de darle vueltas a la extraordinaria coincidencia que suponía que Hipólito Núñez estuviera en la base de Morón... para firmar el acuerdo de renovación en virtud del cual se haría cargo de los servicios de limpieza de la instalación militar..., un sábado, justo un día después de que el caso de los costaleros se hubiera cerrado. De hecho, resultaba bastante oportuno que todo aquel asunto de los castigos coincidiera con la desaparición de Álex. Toda la extravagante puesta en escena de Juan Mesa, convertido en un *illuminati* de andar por casa, parecía haber funcionado de la misma manera que unos fuegos artificiales, pensó Lucía. Una distracción que los había apartado de lo realmente grave: los abusos a menores; y tan pertinentemente bien emplazado en el tiempo y en el espacio de la investigación que parecía fabricado de manera consciente.

Las dudas crecieron en la mente de Lucía Gutiérrez, y lo que era solo una sombra de sospecha se transformó en una ciclogénesis explosiva.

—¿En qué piensa, mi sargento? —preguntó María al verla abstraída.

—En que creo que nos la han jugado.

—¿A qué se refiere?

El teléfono de la recepción sonó e interrumpió la respuesta de Lucía.

—El capitán ya está disponible —dijo el americano.

Las dos agentes se pusieron en pie y se prepararon para enfrentarse a lo que prometía ser una dura batalla.

—Perdón, no me he expresado con claridad. Está disponible solo para la sargento —puntualizó el recepcionista.

María volvió a sentarse y la sargento se dirigió al pabellón Eisenhower. Conocía el camino de memoria. Aquella tarde no había soldados jugando al baloncesto, de modo que las instalaciones del exterior permanecían vacías, como en la calma que precede a la tormenta.

—Puede pasar —dijo la secretaria de Hoopen en cuanto la vio aparecer.

La sargento se tomó unos segundos para respirar. Aquel interrogatorio iba a ser uno de los más importantes de su vida, una última oportunidad para redimirse profesionalmente de sus pecados de juventud. Consciente de ello, entró en el despacho del capitán con la mezcla exacta de euforia y miedo. El oficial americano la esperaba vapeando un cigarrillo electrónico, y mucho más nervioso de lo que lo había visto en otras ocasiones.

—No es lo mismo que fumar, pero al menos no es cancerígeno —comentó el americano, sintiéndose en la necesidad de justificarse—. Y bien, ¿qué es lo que quiere?

—Ya se lo he dicho: que me explique qué significa esto —dijo Lucía, mostrándole los extractos bancarios— y por qué lo guardaba Montes.

—¿Y si me niego a contarle nada? —El capitán tanteó sus opciones.

—Entonces tendré que hacer las cosas por las malas.

—Jurídicamente, estoy protegido. Lo que ocurre dentro de esta base no es competencia de las autoridades españolas.

—Estoy de acuerdo: jurídicamente, está protegido. Otra cosa es su prestigio. Quiero respuestas y si no me las da, sus movimientos bancarios acabarán en manos de la prensa. No creo que tarden mucho en unir todas las pistas, publicar la noticia y acabar con su carrera.

—Entiendo —dijo, expulsando el vapor del cigarrillo y asumiendo que estaba a merced de una tercera persona, una vez más—. Bien, con respecto a la primera pregunta, doy por hecho que ya sabe la respuesta, así que iré directamente a la segunda: ¿cómo llegaron mis movimientos de cuenta a Montes? Fácil, alguien los quería para chantajearme, igual que está haciendo usted ahora.

—¿El teniente Andrew Taylor? —vaticinó Lucía.

—¿Quién si no?

—¿Por eso lo ha protegido? ¿Por eso ha permitido que abusara de cuatro niños, para que nadie supiese que usted se lucraba con el tráfico de drogas en la base de Morón?

Hoopen palideció, como si de verdad le avergonzara profundamente lo ocurrido. Bajó la mirada y el peso de la responsabilidad pareció hundirle los hombros. Lucía habría jurado que aquel hombre se sentía miserable y ruin, un tipo de desprecio por uno mismo por el que Lucía había transitado más de una vez.

—¿Cuatro? Pensé que solo había ocurrido con Álex —dijo sorprendido el militar.

—Supongo que es difícil controlar a un pederasta.

—Las... cosas no son tan sencillas —balbuceó Hoopen—. Si de mí dependiera, el teniente Taylor estaría pudriéndose en un calabozo. Pero, aunque le cueste creerlo, solo cumplo órdenes. Es el alto mando el que ha decidido protegerlo. Por raro que le resulte, el mismo hombre que ha abusado de esos niños es un héroe de guerra en mi país. ¿Se imagina si se llegara a saber? No es la clase de publicidad que anda buscando la Administración americana. Ante la mínima sospecha de que Taylor haya podido actuar, estoy obligado a informar a mis superiores. Y así ocurrió.

—¿Qué ocurrió? ¿Qué le hizo sospechar?

—Mire, estoy rondando mi jubilación. Me quedan dos años más en Morón de la Frontera antes de regresar a mi casa. Apenas setecientos días para dejar atrás a toda esta panda de críos maleducados e impertinentes. Me trae sin cuidado lo que piense de mí, pero se trata de un retiro más que merecido, puede creerme. He tenido que mirar en demasiadas ocasiones para otro lado por el bien de nuestra nación. Tantas que consideré que merecía una bonificación que el ejército nunca me iba a conceder.

—Una historia conmovedora, pero le agradecería que fuera al grano.

—Créame, el contexto es necesario. Hace unos años pensé que ya que esos chicos iban a drogarse aquí de todas formas, tal vez podrían ayudarme a que mi jubilación fuera algo más holgada, ya me entiende. Los camellos de la base lo llamaron «la tasa Hoopen». En los últimos cinco años he llegado a ingresar más de cien mil euros, una cantidad más que suficiente para tener una jubilación digna y dedicarme a mis maquetas.

—Le agradezco el contexto, pero sigue sin responder a mi pregunta: ¿qué le hizo sospechar de Taylor?

—Como bien sabe, se acerca la fecha de hacer la renta, así que en cuanto consideré que la cifra podría alertar a Hacienda, decidí cerrar mi cuenta y recuperar ese dinero para ingresarlo en un fondo de pensiones en Estados Unidos. Fácil y simple. Pero entonces entró en escena el teniente Taylor. No sé cómo se enteró, pero mi dinero terminó en sus manos y me temí lo peor; si quería tener poder sobre mí, solo podía haber una razón. Aquello me puso en guardia, pero necesitaba alguna prueba que no me comprometiera para poder informar al alto mando. La muerte del conductor de autobús del colegio y la desaparición de Álex fueron motivos más que suficientes para sospechar e iniciar el protocolo de emergencia: impedir que saliera del recinto y ordenar el traslado del teniente a otra base en cuanto fuese posible.

—Como en Aviano y Ramstein —señaló Lucía.

—Veo que está bien informada... —confesó sorprendido Hoopen, que no imaginaba que la sargento pudiera haber llegado tan lejos en sus investigaciones—. Perdone, ¿qué es lo que sabe exactamente?

—Lo suficiente para confirmar que es usted un cínico de mierda. Corríjame si me equivoco. Fue entonces cuando aprovechó un simple accidente por consumir drogas en mal estado para construir una historia alternativa que nos mantuviera ocupados y alejados de la base de Morón. Presionó a Hipólito Núñez para que castigara a los costaleros o que alguien lo hiciera por él, ¿verdad? O lo hacía o se quedaba sin la subcontrata de limpieza, un contrato demasiado suculento como para decir que no.

—Siga. Va por buen camino —admitió el oficial, atónito ante la perspicacia de la que hasta entonces había considerado una vulgar pueblerina.

—De alguna manera —prosiguió la sargento—, Núñez buscó a un cabeza de turco, alguien que confundiera formar parte de una procesión con ser un elegido de Dios, un iluminado. Encontró a Juan Mesa y lo convenció para asustar a esos chicos. Nada serio, un pequeño incendio y luego rehabilitarían esas mismas viviendas con la ayuda de los ahorros de la Agrupación de Cofradías, para dar ejemplo al pueblo. Cada vez que las pistas nos llevaban a la base, se producía un nuevo incendio.

—Más o menos fue así. Pero los problemas empezaron cuando Taylor me chantajeó para entrar y salir a su antojo de la base a pesar de la prohibición, poniendo en peligro todo el operativo. Sabía que se había quedado con mi dinero, pero no que también tuviera mis extractos bancarios. Me tenía agarrado por las pelotas. Créame, usted no se habría acercado tanto si el muy hijo de puta se hubiera ceñido al plan previsto.

—¿Por qué se puso en peligro?

—Lo desconozco.

—¿Y cómo llegó a Silvano? ¿Por qué está ahora en un hospital en coma después de haber intentado ahorcarse?

—Tampoco conozco esa respuesta. Como le he dicho, Taylor entraba y salía de la base a su antojo y, si le digo la verdad, prefería no saber qué hacía mientras se ausentaba.

—No parece una buena idea, conociendo su historial.

A Hoopen le molestaba el tono de la sargento Gutiérrez, pero sabía que tenía que darle algo a cambio de su silencio. En lugar de dejarse llevar por la ira, vapeó nuevamente el cigarrillo electrónico y meditó su respuesta.

—Hay algo que sí sé. Taylor es un superviviente nato. Al igual que una rata o una cucaracha, no hay forma de acabar con él. Siempre consigue ir por delante de sus adversarios. Lo hizo conmigo, probablemente también con Silvano y es posible que lo haya hecho con usted. No sé cómo lo hace, pero tiene una gran habilidad para encontrar las debilidades ajenas.

—Conmigo lo más lejos que ha llegado es a obligarme a sacrificar a mi perra. Imagino que solo puede sacar ventaja de aquellos que tienen algo que esconder.

—Lo está subestimando, y no debería —le aconsejó el militar.

—¿Puedo saber cuándo y dónde será su traslado?

—El próximo lunes, a la base aérea de Incirlik, en Turquía.

—¡Joder! ¿Y usted no puede hacer nada para impedirlo? ¿No hay alguna forma de juzgarlo aquí?

—Mientras esté en suelo americano, tengo la obligación de mantener las apariencias y protegerlo. Otra cosa es lo que suceda fuera de este recinto. En apenas una semana he perdido mis ahorros para la jubilación y me estoy jugando mi prestigio. Si logra cazar a ese hijo de puta fuera de la base antes del lunes, yo no me interpondré. Luego es posible que se solicite la transferencia del caso, pero hasta entonces puede hacer con él lo que le dé la gana.

—¿Antes del lunes? Pero ¿cómo? Necesitaría una orden judicial y cobertura diplomática, algo que no se consigue de un día para otro. —Por no hablar de que estaba en mitad de un funeral y con una orden de arresto domiciliario, pensó la sargento—. Además, ¿por qué querría Taylor salir de aquí y ponerse en peligro, cuando está a punto de irse de Morón?

—Es todo lo que puedo hacer por usted. Eso y sugerirle que si intenta atraparlo, se ande con ojo. No sé con qué tipo de criminales está acostumbrada a tratar, pero le aseguro que no ha conocido a nadie como Taylor.

—¿Y cómo es? Cuéntemelo.

—Se lo voy a intentar resumir —dijo Hoopen, y exhaló el vapor del cigarrillo—, pero créame que no es fácil. No tengo claro si los años de guerra en Afganistán fueron los que lo convirtieron en el ser inmundo en el que se ha convertido o si todo esto ya estaba en él y la guerra solo lo sacó a relucir. Verá, Taylor estaba al frente de la compañía Bravo, una unidad de reconocimiento de la Primera División de Marines cuyos miembros se hacían llamar a sí mismos «Bloody Jackals», los Chacales Sangrientos.

Un pequeño escalofrío recorrió la columna vertebral de la agente de la Guardia Civil. En el mismo momento en que Hoopen mencionó el nombre de aquella compañía se dio cuenta de que los niños del pueblo no estaban dibujando un perro, sino un chacal.

—Dirigía un grupo de críos de no más de veinte años. Ya sabe, chicos negros y latinos que, como ya le comenté, nunca antes habían salido de su barrio y para los que la guerra era algo así como jugar una partida de Call of Duty; adolescentes que se suben por primera vez a un avión para ir a la guerra y, cuando aterrizan allí, descubren que aquello es más peligroso que un simple videojuego; muchachos que se cagan literalmente en los pantalones cuando caen en una emboscada de los muyahidines en mitad de alguna montaña del macizo del Hindu Kush; niños que a las pocas semanas de estar allí recurren a las drogas para poder soportarlo. Al frente de este tipo de críos asustados se encontraba Taylor, un militar con experiencia que ya había estado en otros conflictos, como el de Yugoslavia, y que de alguna manera ejercía de padre para ellos.

Lucía escuchaba asombrada cómo Hoopen humanizaba a Taylor, y achacó aquella sorprendente capacidad de ponerse en el lugar de los demás —incluso cuando se trataba de un pedófilo sin escrúpulos— a diferencias culturales.

—Como bien sabe, la invasión de Afganistán fue un auténtico desastre. Con la misma improvisación con que se ordenó la ocupación del país, el alto mando confundía una y otra vez las coordenadas de combate, y enviaba a esos chicos a una muerte segura en zonas de difícil acceso donde los talibanes practicaban la guerra de guerrillas y nuestras tropas eran más vulnerables. Harto de ver morir a sus hombres en aquellos riscos, el teniente Taylor empezó a tomarse la justicia por su mano y convenció a los Chacales Sangrientos para dejar de obedecer a los generales. A partir de entonces, actuaron a su libre albedrío.

—¿A su libre albedrío? —Lucía se temió lo peor.

—Ya le he dicho que eran chicos asustados y drogados en mitad de un conflicto armado. En esas circunstancias, se tarda poco tiempo en borrar la frontera entre el bien y el mal. Desafortunadamente, sé de lo que hablo. El caso es que, desde ese momento, Taylor hizo lo que consideró necesario para salvaguardar a su compañía: insubordinaciones, torturas, vejaciones... Nada era éticamente reprobable si contribuía al bienestar de sus hombres. La marca de los Chacales Sangrientos empezó a ser conocida y temida en Afganistán. Para entonces la lupa de la Secretaría de Defensa estaba puesta sobre la compañía, pero, antes de que pudieran detenerlos, y bajo las órdenes anárquicas y temerarias de Taylor, los Chacales tomaron por sorpresa un pequeño municipio cercano a Kabul, un lugar donde los talibanes guardaban un gran arsenal militar. Muy a su pesar, el Gobierno y el cuerpo de Marines tuvieron que reconocer la proeza militar de Taylor y le concedieron la medalla al mérito. Después de aquello, a los pocos meses, al país llegó algo parecido a la paz. Pero ya era demasiado tarde. Taylor y su compañía de perros sanguinarios habían desarrollado un gran apetito y no querían parar. Deseaban con todas sus fuerzas que los destinaran a Irak. Sin embargo, como era de esperar, nadie se quería volver a arriesgar con el teniente, y mientras «sus muchachos» eran enviados a Bagdad, a Taylor le ordenaron permanecer en Afganistán y adiestrar a la policía. A partir de ahí, desconozco qué hay de cierto o de rumor —señaló Hoopen—. Esto no aparece en los expedientes y no podrá demostrarlo en ningún tribunal, pero algunos de los hombres que compartieron aquellos días de adiestramiento con Taylor cuentan que el teniente se ahogaba en el sosiego. Alejado de las zonas de conflicto y sin chicos a los que proteger, se entretenía con peleas tabernarias. Pero para alguien que ha desatado el apocalipsis con sus manos, repartir puñetazos a borrachos era una recompensa pírrica. No es la primera vez que ocurre. Ningún ejército está libre de casos así: soldados que han convivido con tanta violencia que no saben cómo vivir alejados de ella cuando finalmente cesa... Y en aquel momento y en aquel país no había nada más salvaj... —Hoopen cambió de idea y no terminó la frase. El capitán se tomó unos segundos para decidir cómo contar algo que obviamente lo incomodaba. Al cabo, retomó su relato—. ¿Conoce el término afgano *Bacha bazi*?

—Es la primera vez que lo oigo.

—En castellano significaría algo así como «jugar con chicos», un eufemismo para disfrazar el abuso a menores. Se trata de una práctica presente en Afganistán desde hace siglos. Por extraño que le parezca, con el régimen talibán fue prohibida, ya que se considera contraria a la *sharía*. Cuando fueron derrocados, esta costumbre volvió a establecerse, incluso entre las fuerzas de seguridad afgana. Ya ve lo difícil que es acertar a la hora de elegir el bando «bueno». El caso es que uno de sus días de adiestramiento a los policías oyó gritar a un par de niños desde la zona de los calabozos. No le importaba, y aunque le hubiera importado, no estaba autorizado a hacer nada al respecto. Después de aquella desastrosa invasión, había órdenes precisas de no intervenir en ninguna de sus prácticas o tradiciones. Había que dejar que ellos mismos reconstruyeran el país a su manera. Ya sabe, ese tipo de ideas geniales de los políticos. Los gritos se repetían cada día y, poco a poco, la curiosidad lo llevó a bajar a las celdas y... sin saber muy bien cómo, acabó participando con los policías afganos en aquellos «juegos con chicos». Insisto en que nada de esto está reflejado en un expediente y solo responde a los testimonios de sus compañeros. Parece ser que, para asombro del propio Taylor, la experiencia le gustó. Tanto que no fue la última. No tengo capacidad suficiente para entender qué es lo que lo hacía disfrutar, pero pronto se le fue de las manos. No solo se limitaba a abusar de ellos, sino que se regocijaba causándoles dolor y, como ya pasara con los Chacales, la crueldad de sus agresiones corrió de boca en boca por la capital, más de lo que el alto mando hubiera deseado, así que, antes de que la noticia saltase a la prensa, el ejército decidió trasladarlo. Y así fue rebotando de una base a otra hasta llegar a Morón.

Durante toda aquella larga explicación, Lucía apenas había sido capaz de parpadear. Sobrecogida por los antecedentes de Taylor, su máxima preocupación en ese instante era controlar las ganas de arrearle un puñetazo a Hoopen por no haberle contado nada de aquello antes.

—Sinceramente, aunque estuviera cumpliendo órdenes, me cuesta creer que, sabiendo todo esto, no tuviera la humanidad de avisar a las autoridades locales para impedir esta desgracia. No me explico cómo ha tenido la sangre fría de esperar pacientemente en su sillón a que cometiera abusos para trasladarlo a otra base. Ha tenido muchas oportunidades a lo largo de este año para hacer algo y, lo admita o no, usted es tan responsable como Taylor. Les ha jodido la vida a esos niños y ya no podemos hacer nada —denunció Lucía, muy afectada por lo que había escuchado.

—Creo que ya no puedo serle de más ayuda. Le he contado todo lo que sé. De usted depende ahora atraparlo. Espero que lo tenga en cuenta y se olvide de mis movimientos bancarios. —El capitán quiso cambiar de tema antes de que la culpa lo destrozara por dentro.

—¿Eso es todo lo que le preocupa? Quédese tranquilo. Como bien ha dicho antes, no puedo hacer nada. Tan solo lo utilicé para forzarlo a que me entregara a Taylor, y parece que eso tampoco puede hacerlo —dijo Lucía, levantándose de la silla—. Buenas tardes, capitán. Descanse, si es que su conciencia se lo permite —sentenció la sargento antes de abandonar el despacho.

Apesadumbrada, en cuanto salió del pabellón Eisenhower, la sargento Gutiérrez tuvo claro lo que tenía que hacer. Rebuscó en sus bolsillos hasta que dio con la tarjeta que andaba buscando. Luego cogió el teléfono y marcó el número que aparecía en la cartulina.

—¿Elena Ruiz?

—Sí, soy yo. ¿Quién es? —preguntó la periodista.

—Soy la sargento Lucía Gutiérrez.

—¡Qué sorpresa! No esperaba su llamada, la verdad.

—Tengo información que le puede resultar interesante.

—¿Puede avanzarme algo?

—Tiene que ver con el capitán de la base —dijo Lucía, antes de encenderse un cigarro.

A la sargento Gutiérrez se le daba tan mal perdonar a los demás como perdonarse a sí misma.

* * *

Un bache en la carretera provocó que la cabeza de Claudia impactara en dos tiempos contra ambos lados de la maleta. Fue el segundo golpe el que le hizo abrir los ojos y preguntarse dónde estaba. No recordaba nada de lo ocurrido, y lo único que sabía es que todo a su alrededor era estrecho y terriblemente oscuro. «¿Es una pesadilla? ¿Se han equivocado y en lugar de enterrar a la abuela me habrán enterrado a mí?», se preguntó Claudia, en estado de shock y dejándose llevar por la paranoia. Angustiada, trató de incorporarse, pero no pasó mucho tiempo hasta que descubrió que estaba atrapada en una especie de caja angosta. Sus ojos se movían desesperados en la penumbra, ansiando localizar algún punto de luz. Al no encontrarlo, el ritmo cardíaco de su corazón se aceleró y comenzó a respirar de manera nerviosa, agotando en poco tiempo el aire del receptáculo. Consciente de que en cuestión de segundos podía morir asfixiada, gritó casi de manera instintiva. Al principio, tímidamente, y más tarde hasta quebrársele la voz. Mientras chillaba, utilizó las manos y los pies para descubrir cuáles eran los límites físicos que le habían impuesto. Reconocido el terreno, sumó a los gruñidos patadas y puñetazos. En pleno ataque de histeria, la caja en la que se encontraba atrapada se cimbreó de un lado a otro y chocó contra lo que calculó que era una superficie sólida. El impacto la estremeció de tal manera que se quedó sin fuerzas para seguir berreando. En silencio, escuchó el sonido de una cremallera abrirse y, posteriormente, una luz cenital la deslumbró.

—Si vuelves a gritar, te mato aquí mismo.

Por más que lo intentó, a Claudia le fue imposible ver quién era el hombre que la amenazaba y le iluminaba la cara con una linterna, aunque era más que evidente que tenía acento extranjero. A pesar de ello, cuando recuperó la visión, pudo identificar que estaba dentro del maletero de un coche.

—No puedo respirar —dijo asustada.

—Ya queda poco —contestó Taylor antes de bajar la puerta del maletero.

—¡Espere, espere! ¿Dónde vamos? ¿Qué hago aquí? —preguntó Claudia fuera de sí, procurando evitar que aquel desconocido la volviera a dejar allí dentro.

—Vamos a darle una sorpresa a tu madre.

* * *

—¿Y por qué Juan Mesa no delató a Núñez en el interrogatorio? —preguntó María a Lucía mientras esta conducía.

Había transcurrido más de una hora desde que la sargento abandonara el despacho de Hoopen. Sesenta minutos que empleó casi de manera íntegra en tratar de contarle a María todo lo que había ocurrido dentro del pabellón Eisenhower. Sin embargo, todavía restaban miles de dudas y preguntas por resolver. En el trayecto de vuelta al tanatorio para recoger las cenizas de Carmen, María seguía dándole vueltas al tema.

—Probablemente le ofreciera dinero —explicó Lucía—. Según dijo el cabo, era un albañil en paro. Y no descartaría que también le prometiera un puesto importante en la Agrupación de Cofradías. Ya sabes las locuras que hace la gente para figurar en Semana Santa. Ramón, el dueño de La Molienda, pagó el año pasado tres mil euros a una hermandad para que lo dejaran cargar con un paso. Aparte de la política, es la institución con mayor poder en el pueblo. Dinero y una pequeña cuota de poder, una combinación demasiado tentadora para un albañil parado, ¿no te parece? Además, nadie salía perdiendo. Se trataba de una ficción rentable para casi todos.

—Menos para los niños.

—Sí, pero estoy segura de que eso no lo sabían ni Juan Mesa ni Núñez ni Víctor, y es posible que tampoco Urbizu. Me atrevería a decir que nadie en este pueblo, a excepción de Antonio Jiménez, lo sabía. Todos ellos han ayudado a encubrir algo de lo que no tenían conocimiento. Incluso nosotros hemos sido actores de la pequeña representación de Hoopen para ocultar a Taylor. Nos la han jugado, María, y ya no hay tiempo para reaccionar.

—Entiendo que no es sencillo, pero creí que tenía las mismas ganas que yo de atrapar a ese cabrón, mi sargento.

—Ya te lo he dicho: nos hemos quedado sin tiempo. El lunes lo trasladarán a Turquía y serán otros los que tengan que tratar con él. Lo único que podemos hacer es poner sobre aviso a las autoridades turcas.

—Estamos a sábado... —insistió María, intentando contagiarle su optimismo.

—Sábado por la tarde —especificó Lucía—. Y no podemos entrar en la base y arrestarlo. Ni siquiera podemos pedir una citación para hablar con él. Por no poder, no puedo ni salir de mi casa. En cuanto recoja las cenizas de mi suegra, volverán a imponerme el arresto domiciliario.

—Con todo lo que sabemos ahora, ¿no cree que Urbizu reconsideraría su postura?

—¿Qué te hace pensar que quiera mancharse las manos? No sé si sabía lo que estaba ayudando a ocultar, pero creo que ha demostrado sobradamente que no quiere tener problemas con los americanos.

—¿Y si lo atrapamos fuera de la base, como le dijo Hoopen?

—¿De verdad crees que se va a arriesgar a salir de allí? Le queda un día en Morón y sabe que vamos tras él. Se va a esconder como una rata. Lo hemos perdido para siempre, asúmelo. Si Hoopen ha dicho eso, es solo para intentar lavar su imagen.

María se quedó finalmente sin argumentos y comenzó a asumir que, efectivamente, todo estaba perdido.

El edificio del tanatorio presentaba por la noche un aspecto todavía más siniestro que por la mañana. Huérfano de gente y de cadáveres, el lánguido inmueble había mutado de triste a deprimente. Después de aparcar el coche, Lucía se despidió momentáneamente de la agente.

—Ahora vuelvo, dame un segundo.

En la sala del velatorio, Valentina esperaba pacientemente sentada junto a la enorme cruz de plata el regreso de Lucía. En sus manos sostenía una urna con los restos de Carmen.

—Ha llegado tarde —la amonestó la colombiana en cuanto la vio.

—Lo siento, se me ha echado el tiempo encima.

—No importa —dijo resignada—. Ya da igual. Tome, haga con ellas lo que crea que tenga que hacer. —Valentina le entregó la urna—. Doña, no me encuentro bien. Llevo todo el día aquí, me duele la tripa y poco más puedo hacer ya. ¿Le importa que me vaya a casa a descansar?

—Tranquila, márchate y haz compañía a Claudia. Ya me ocupo yo de las cenizas.

Después de un afectuoso beso en la mejilla, Valentina salió de allí sin poder evitar que se le escapasen las lágrimas. Tenía la sensación de que, junto a aquella enorme cruz de plata, no solo dejaba a Lucía con las cenizas de Carmen, sino también los últimos tres años de su vida. De alguna manera, en el tanatorio Ocaso también se le iba a dar sepultura a las miles de horas de paseos, de baños, de comidas, de abrazos y de sentimientos de culpabilidad por extraviar a Carmen en la calle. A partir del día siguiente no tendría a nadie a quien cuidar, y debería afrontar el delicado momento de poner fin a su contrato. Empezar de nuevo, asumió, era también una forma de defunción.

* * *

—Espere, mi sargento, ¿no piensa dedicarle unas palabras? —preguntó María antes de que Lucía arrojara las cenizas de Carmen a la tierra.

—No tengo ningún recuerdo bonito que compartir con ella.

Más emocionada de lo que quería admitir, Lucía no podía remediar el establecer paralelismos entre las cenizas de su suegra y las de su marido diez años atrás. «¿Qué extraña maldición me persigue para que todos los que me rodean terminen en una urna de cerámica?», se preguntó, y sintió el mismo frío en las manos que en aquel tanatorio de la M-30 de Madrid.

—¿Tampoco tiene buenos recuerdos de ella con su nieta? —insistió María.

—Sí, de esos sí —admitió Lucía con sinceridad.

—Pues dígaselo, mi sargento.

—¿Y a ti qué más te da?

—No sé, todos nos merecemos una palabra de cariño en un momento así, ¿no cree? Quiero decir que ya es bastante triste que esparza sus cenizas en este descampado.

—Yo no tengo la culpa de que mi suegra lo odiara todo. No le gustaba el campo ni el mar ni la ciudad. Solo disfrutaba jugando al bingo. ¿Prefieres que eche sus cenizas sobre un cartón de bingo?

—¿Sabe? No tiene que estar todo el tiempo a la defensiva. Creo que le he demostrado de sobra que estoy de su parte.

—Perdona... Tienes razón. Estoy furiosa. Esta urna me trae demasiados recuerdos.

—¿Quiere que la deje un rato a solas?

—Te lo agradecería.

—Está bien. La espero en el coche.

En la más absoluta oscuridad y completamente sola, Lucía recuperó algo de intimidad para despedirse de su suegra.

Con meticulosidad, desenroscó la tapa de la urna y, antes de vaciarla, se tomó un momento para reflexionar.

—Gracias por cuidar de Claudia. Espero que encuentres la paz que no tuviste estos últimos años —susurró casi con vergüenza.

Emocionada, pero sin llegar al llanto, Lucía alzó la vasija y la impulsó hacia la noche estrellada de Morón. Durante un mísero y pequeño instante sintió que estaba haciendo algo hermoso por su suegra. Sin embargo, las condiciones atmosféricas, las leyes de la física o el insolente destino hicieron que, de repente, las cenizas de Carmen cambiasen de dirección y acabaran esparcidas en su cara y en su ropa.

—No podías irte de otra manera, ¿verdad? —dijo Lucía con una media sonrisa irónica.

Aún con los restos de su suegra cubriéndole ojos, labios y orejas, recibió una llamada de teléfono.

—¿Sí? —preguntó sin poder ver quién llamaba.

—¡Mi reina, venga a casa rápido! ¡Venga, por favor! —gritó angustiada la cuidadora de Carmen.

—Valentina, respira y habla despacio. No te entiendo. De hecho, ¿te importaría llamarme un poco más tarde? Acaba de ocurrir algo...

—¡Mi niña, alguien ha entrado en la casa y se ha llevado a Claudia!

CAPÍTULO 9

Domingo de Resurrección

> «¿Por qué buscáis entre los muertos al que vive?
> No está aquí, ha resucitado».
> San Lucas, 24: 5

La mañana comenzó como comienza cualquier domingo: con una resistencia numantina a salir de la cama. Del mismo modo que si las sábanas estuvieran tejidas con plomo, la tela blanca de algodón mantenía sepultado a Andrew Taylor en el somier, que se arrullaba sobre el colchón con el firme propósito de permanecer allí un rato más. Sin embargo, cuando la claridad del amanecer logró penetrar a través de la sutil cortina del dormitorio, su obstinación de atrincherarse en el catre cesó por completo. La luz le achicharraba los ojos y lo sometía a la cruel dictadura de desperezarse.

Tras estirar brazos y piernas y emitir un largo bostezo, Taylor escapó de los escombros de algodón y se levantó. A cámara lenta, se desplazó hasta el baño y allí se lavó la cara hasta que sus ojos fueron capaces de enfocar con nitidez. Algo más despejado, salió del dormitorio y se dirigió a la cocina. Sobre un antiguo aparador de estilo rústico había un radiocasete Sanyo de color negro del año 1985. A pesar de tener tantos años y estar cubierto por una gruesa capa de polvo, comprobó que todavía funcionaba.

—¡Buenos días, Andalucía, y feliz Domingo de Resurrección! Se acaba el puente, pero no queremos que os pongáis tristes. Por eso hoy hemos seleccionado para vosotros una lista de canciones cargadas de optimismo. Empezamos con un clasicazo del año 1969, *Make Your Own Kind of Music*, una canción interpretada por Mama Cass Elliot, a la que la mayoría de vosotros conoceréis por ser una de las integrantes de

373

The Mamas & The Papas. ¡Andaluces, decid adiós a la *bajona*! Aquí llegan los refuerzos.

Mientras el locutor reforzaba aquel tipo de energía positiva tan habitual en los programas matutinos de radio, Taylor cascó dos huevos y los echó a una sartén con aceite de oliva hirviendo. Sin tiempo para que se hubieran frito, añadió a la sartén dos salchichas y un trozo de beicon, en lo que parecía un homenaje al desayuno texano, de donde era originario el marine.

La voz de Mama Cass Elliot se alzaba a través del altavoz quebrado del radiocasete e inundó de jovialidad las estancias de la casa, abandonadas durante años. Como si la soledad se pudiera sacudir igual que el polvo o la ceniza, aquella melodía pop ventilaba el aire viciado de las habitaciones.

En lugar de sentarse a comer en el salón, Taylor salió al exterior por la puerta principal. Antes, con cuidado, depositó la radio y el plato en el suelo, y cogió unas llaves de la cómoda del recibidor, que guardó en un bolsillo, además de una máscara infantil con forma de cabeza de zorro, que se puso sobre la cara. Descalzo, vestido únicamente con un pantalón de chándal, entró en contacto con la gravilla y miró al horizonte. Sus ojos enmascarados se deleitaron con el paisaje: una hilera de olivos infinitos a su derecha, un embalse de agua cristalina a su izquierda y un cielo terriblemente azul encima de su cabeza. Andalucía, destilada y condensada en una perfecta panorámica. Tras una larga bocanada de aire fresco, giró a la derecha y encaminó sus pasos en dirección al cobertizo colindante.

—Si después de escuchar este temazo todavía estáis tristones, es que estáis hechos de hielo —aseguró enardecido el locutor—. No obstante, tenemos muchas más canciones para acabar este puente por todo lo alto. Año 1971, el reverendo Al Green nos sorprende a todos con este *hit: Let's Stay Together*. ¡¡Despierta, Andalucía!!

En cuanto abrió la puerta, se topó con una estantería de metal repleta de herramientas cubiertas por serrín, polvo y carcoma. El delicado *soul* de Al Green se colaba en el cobertizo con la misma fuerza que la luz de una linterna en una cuenca minera, despertando de un largo sueño a todos los viejos instrumentos de labranza inanimados y también a Claudia, que estaba echada en un viejo y mugriento colchón. Cuando trató de incorporarse, se dio cuenta de que su mano izquierda estaba atada a una rueda de tractor y que no podía erguirse y escapar. Asustada, se puso a chillar sin dejar de moverse.

Al Green cantaba de manera seductora, sin saber que su música estaba generando pánico en lugar de ganas de hacer el amor.

Sin posibilidad de ver quién se acercaba a ella, los aullidos de terror de Claudia se sucedieron mientras notaba la voz del reverendo cada vez más próxima. A pesar de que escabullirse parecía imposible, sacudía su cuerpo espasmódicamente, en un intento por desembarazarse de la cuerda que la mantenía atada a la rueda.

En pleno ataque de histeria, la joven no pudo contener la orina por más tiempo y relajó la presión de su vejiga. El líquido amarillo se escurrió a través de su ropa interior hasta empapar el pantalón que llevaba puesto. Entonces lloró avergonzada, esperando el peor de los desenlaces.

—No me haga daño. Por favor, por favor, por favor... —suplicó la hija de Lucía Gutiérrez, que, despojada de su dignidad, no encontró otra opción para lograr la salvación.

Sin embargo, el estribillo de Al Green era la única respuesta que obtenía a sus ruegos.

La melodía avanzaba y avanzaba, y Claudia la oía, aterrorizada, cada vez más cerca...

—Por favor, por favor, por favor... —repitió ella, una y otra vez, atemorizada e intentando sacudir su cuerpo una última vez.

Cuando los restos de orina llegaron a sus pies, el sendero que habían abierto a través de la piel se enfrió y comenzó a causarle pequeños escalofríos. Deseando entrar en calor, se encogió sobre sí misma, hasta que un estallido de luz la pilló por sorpresa. De forma transitoria, la chica quedó deslumbrada y pestañeó para acostumbrar sus ojos lo más rápido posible a aquel nuevo escenario iluminado. En poco tiempo restableció la visión y comprobó que, tal y como había presentido, un radiocasete antiguo estaba colocado a escasos centímetros de ella. Sin embargo, no había nadie detrás de él.

—¡Buenos días! Hora de levantarse, ¿no te parece? —dijo Taylor, que se había situado detrás de ella, justo al lado del interruptor de la luz.

Sobresaltada, Claudia se volvió en busca del origen de la voz, y descubrió a un hombre semidesnudo con la cara cubierta por un antifaz infantil.

—No, por favor, no, por favor... —imploró temiéndose lo peor.

Taylor susurró suavemente el estribillo, acompañando a Al Green y avanzando poco a poco hacia Claudia con el plato del desayuno en la mano.

—No, por favor, no, por favor...

Sin escuchar los ruegos de Claudia, el teniente se sentó a su lado y le ofreció amistosamente la comida. Con la mano que tenía libre, la joven agarró el plato y lo lanzó con desprecio lo más lejos que pudo.

—Mmm, gran error, pequeña —dijo tranquilo Taylor, y se levantó del colchón.

Meneando los hombros al compás de la música y disfrutando de lo que parecía una rutina, se acercó a la estantería de las herramientas y cogió una jeringuilla cargada de morfina. Al verlo acercarse de nuevo a su rincón, Claudia gritó una vez más, pero ahora con mayor desesperación, al darse cuenta de que se había quedado afónica y apenas se oían sus lamentos.

Tomándose su tiempo, dejando que el terror recorriera cada una de las células del cuerpo de Claudia, el teniente se aproximó a ella sin dejar de bailar. Los lamentos ahogados de la hija de Lucía se fundieron con los de la radio.

—¡*Wow*! ¿Se puede ser más elegante que el señor Al Green? —se preguntó el locutor—. Es un superclase y nadie puede negarlo. Para aquellos que no lo sepáis, es el cantante favorito de Obama. ¿Queda alguien en Andalucía que se sienta hoy triste? —consultó a su audiencia el presentador mientras Taylor inyectaba la morfina en el cuello de Claudia.

* *.*

—¿A nadie se le ha ocurrido rastrear la señal del teléfono móvil de Claudia? —preguntó con suficiencia Urbizu, cansado de escuchar las conjeturas de los agentes en la reunión previa a la batida—. Si localizamos la antena donde se produjo la última conexión, podríamos limitar la búsqueda en un perímetro de quince kilómetros alrededor.

—Si mostrara algún tipo de interés por este o cualquiera de los sucesos ocurridos en este pueblo durante los últimos días, mi teniente, ya habría leído en el informe que el móvil de Claudia está en casa — le espetó Lucía, a quien el deseo de encontrar a su hija sana y salva era lo único que la mantenía alejada del desaliento.

—Son las ocho de la mañana de un domingo, no he tenido tiempo de leerlo todo —se justificó—. Pero sabe que en cuanto me he enterado le he levantado el arresto y la he vuelto a colocar al frente. ¿Podría ahora ponerme al día? —El oficial de la Guardia Civil rebajó el tono, consciente del crítico momento que atravesaba la sargento.

—Ayer, entre las tres y media del mediodía (hora en que Claudia llegó a casa) y las nueve de la noche (momento en que nuestra asistenta encontró la puerta forzada), mi hija desapareció. Trabajamos con la hipótesis de que ha sido secuestrada por la misma persona que ha abusado de los niños de la ruta escolar del colegio de la Asunción. El principal sospechoso es este hombre. —Lucía mostró la fotografía de un militar uniformado—. Se trata del teniente de la base americana Andrew Taylor. La mochila abandonada ayer en las inmediaciones de la casa cuartel fue comprada en el establecimiento Deportes Giraldillo el pasado viernes. Su propietario ha reconocido que fue el soldado quien la adquirió. Además, contamos con la confesión de Hoopen, quien, por otro lado, acaba de confirmarme por teléfono, de manera extraoficial, que desde ayer por la mañana no tienen noticias del teniente en la base.

—¿Qué sabemos de ese tal Taylor? —Urbizu se interesó como si verdaderamente no supiese nada de aquel asunto.

—Que ha sido trasladado en los últimos años hasta dos veces de aquellas ciudades donde estallaban casos de abusos a menores. En Ramstein hay al menos siete casos documentados, y en Aviano otros cinco. El *modus operandi* es siempre el mismo. Llega a un nuevo destino y en poco tiempo consigue intimar con menores hasta forzarlos. Cuando oponen resistencia o quiere retenerlos, se ayuda probablemente de las drogas, morfina casi siempre, como hemos comprobado hace poco aquí con Álex. Además, conviene no desdeñar que Taylor parece poseer un gran carisma, que lo ayudaría a simpatizar rápidamente con los chicos. Una vez que la policía o la prensa sospechan de la relación entre los abusos y las instalaciones militares, el marine es trasladado por las autoridades estadounidenses a otra base europea, a fin de silenciar el caso.

—Espero que no crea que he estado protegiendo este tipo de actos miserables, sargento. —Urbizu se sintió en la obligación de defenderse, incómodo con los pormenores del caso—. Fui enviado aquí con el único propósito de respetar los tratados y repatriar un cadáver. Nada más. Todo esto me ha pillado por sorpresa igual que a usted —señaló el oficial con tanta honestidad que le hizo replantearse a Lucía si Urbizu no habría sido un peón más en el tablero de ajedrez de Hoopen y del ejército de los Estados Unidos.

—No voy a juzgarlo, mi teniente. Al menos, no ahora que la vida de mi hija depende de su colaboración. Esa conversación la dejo pendiente para cuando la encontremos, porque tengan claro que la vamos a encontrar —aseguró Lucía, alzando la voz para animar a sus compañeros y enmascarar mínimamente su miedo.

—¿Y por dónde piensa comenzar el rastreo?

—Por las inmediaciones de las paradas de la ruta escolar. Si todos los niños que han sido forzados iban en el mismo autobús, es muy posible que los retuviera en algún tipo de vivienda rústica de las inmediaciones. En total, el recorrido del autobús cubría siete paradas a través de las pedanías de Morón —expuso Lucía, señalando en un mapa colocado en la pizarra de la sala de reuniones—. Creo que lo más sensato es dividir a los voluntarios en siete grupos e inspeccionar los alrededores acompañados de efectivos de la Guardia Civil.

—Me parece bien —contestó el teniente, interesado en participar activamente en la reunión—. Si lo desea, puedo solicitar un helicóptero que ayude en el reconocimiento de la zona.

—Por supuesto que lo deseo. De hecho, tendríamos que haberlo exigido desde el mismo día que desapareció Álex —respondió, lamentándose de las pocas facilidades que le había brindado el enviado de Madrid hasta entonces. Pese a ello, procuró no orientar la reunión a un mero cruce de acusaciones estériles y recondujo su discurso—. Por otro lado, María, que ha tenido la oportunidad de hablar con los niños y ha desarrollado cierta empatía con ellos, procederá a interrogarlos para que nos ayuden a localizar de una manera genérica el lugar donde puede estar retenida Claudia. Yo iré con ella.

—No me fiaría mucho de sus testimonios, sargento. Al menos el de Álex no tenía ni pies ni cabeza —argumentó Urbizu.

—Puede que usted no sea capaz de conectar con ellos, mi teniente, pero María, sí. Gracias a ella, la investigación ha avanzado, a pesar de todos los contratiempos con los que nos hemos topado. No obstante, no se me escapa la dificultad de la tarea. Por eso, el agente Suárez se encargará de acompañar en el hospital a Silvano Montes. Hasta donde sabemos, es posible que Taylor contara con su ayuda. Si Montes despierta, el agente Suárez se encargará de interrogarlo, a fin de conocer dónde abusaba de los niños. ¿Alguna duda?

A Urbizu, el plan B de Lucía Gutiérrez le resultó tan inconsistente como el plan A. Pese a todo, no se encontraba en la mejor situación para volver a exponer su escepticismo. Mostrándose colaborador, alzó el pulgar en señal de que estaba de acuerdo con el operativo.

—Y ahora, quiero que todos nos pongamos a trabajar. Sabéis que siempre os pido el máximo, pero en esta ocasión se trata de mi hija y os pido eso y mucho más. Víctor, quiero que te encargues de organizar los grupos de voluntarios y que te coordines con Urbizu para que el helicóptero reconozca aquellas áreas a las que no se pueda acceder a pie.

—A la orden, mi sargento —respondió el cabo Martín, apesadumbrado al pensar que su ego les hubiera podido llevar a aquella situación.

—¿Y yo? ¿Qué quiere que haga? —preguntó algo dolido en su orgullo el teniente.

—Usted haga lo mismo que todos; ayúdeme a encontrarla —sentenció Lucía, visiblemente emocionada—. Tiene todavía mucho que vivir. Por favor, no me falléis.

Ante tan lapidaria petición, el escuálido oficial no tuvo otra opción que encogerse de hombros y agachar la cabeza. Afligido, saboreó con regusto amargo su primera derrota en mucho tiempo.

* * *

A veces la vida depende de detalles tan simples como redactar una carta. Al menos, así lo sentía Claudia desde que apareció ante sus ojos un folio en blanco. Como un escalofriante espectro rectangular, una hoja Din A4 permanecía frente a ella. Hierática y solemne, él le exigía llenarla de contenido con la promesa de liberarla en cuanto terminase. Tal vez fueran los nervios, o la oscuridad, o el propio miedo, pero a pesar de que rastreaba angustiosamente en su cerebro verbos y sustantivos, no encontraba ninguno. En apenas veinticuatro horas había olvidado por completo su idioma. Incluso cuando quiso gritar de rabia, los fonemas escaparon de sus cuerdas vocales y se perdieron en el desierto de la inconsciencia. Ni rastro de las palabras mientras el folio en blanco crecía y crecía delante de su rostro. Sudaba, palpitaba, sufría y se revolvía. La existencia no valía más que un vocablo y, en aquel preciso momento, todos se habían evaporado. A pesar de ello, cuando todo parecía perdido, una frase iluminó la materia gris de la joven y se expandió silenciosa a través de sus neuronas. Una vez escrita la oración sobre el folio, este fue doblado en tres partes e introducido en un sobre, que fue sellado y extraído del cuarto de aperos. Antes de que pudiera suspirar de alivio, una nueva página apareció ante ella. Incapaz de recordar la frase que le había salvado la vida tan solo veinte segundos antes, la impaciencia volvió a tomar su cuerpo por la fuerza. Los signos lingüísticos iban danzando uno a uno ante ella sin que fuera capaz de distinguir ni tan siquiera uno. Más sudor, más palpitaciones, más sufrimiento. Poco a poco, Claudia se consumió, igual que un helado en los meses de verano. Temiendo por su vida, garabateó la hoja con símbolos que no tenían ningún sentido. Podría parecer sánscrito o un verso satánico, pero no era más que el dialecto de alguien que estaba a punto de perder la cabeza. Como ocurriera la primera vez, de la nada surgió en su pensamiento un nuevo enunciado. Después de tachar las anteriores digresiones, la chica escribió la frase y la historia se repitió: el papel fue doblado en tres partes e introducido en un sobre, que fue sellado y extraído del cuarto de aperos. Tiritando, descubrió que otra página en blanco había reemplazado a la anterior. Consciente de que estaba atrapada en un bucle infinito, sopesó seriamente la posibilidad de rendirse y entregarse a la muerte. Sin tiempo para tomar ninguna decisión, el exceso de tensión la superó y cayó desmayada sobre el colchón, aún húmedo por los restos de orina.

—¡Despierta! No te he traído aquí para que te pases el día durmiendo —la amonestó el teniente Andrew Taylor.

Claudia abrió los ojos y descubrió aliviada que acababa de tener una pesadilla, probablemente causada por el consumo de morfina. Aturdida, intentó levantarse. Por desgracia, cuando logró incorporarse, comprendió que la pesadilla no había hecho más que comenzar. Ante ella, el mismo desconocido con careta de zorro la observaba en la distancia con una cámara fotográfica. En aquella ocasión, ya no llevaba pantalón y, completamente desnudo, se acercó a ella. El estallido del flash la deslumbró y, para cuando recuperó la visión, se percató de que solo les separaban unos cinco metros. Todavía afónica, lloró discretamente, en lo que se podía interpretar como una rendición.

—Sonríe, son para tu madre —dijo Taylor, recogiendo la instantánea de la boca de la Polaroid.

Pero Claudia se negaba a levantar la cabeza. No quería ver lo que sucedía, con la necia creencia de que de aquella manera lo que tuviera que ocurrir sería menos duro o doloroso.

—Tienes razón, también debería hacer alguna para nosotros con la que recordar los días tan bonitos que estamos pasando juntos. Ven aquí —indicó con regocijo el oficial norteamericano—. Vamos a hacernos un selfi.

Colocándose detrás de ella, le sujetó la cara con una mano mientras hacía la foto con la otra. La luz del flash los dejó a ambos atontados momentáneamente. En menos de sesenta segundos, la imagen se positivó y salió ya revelada por una de las aberturas de la cámara. El espeluznante retrato mostraba a la joven con un sujetador y unas braguitas con la gata Hello Kitty sujetando unos globos de colores. El color rosa de su ropa interior contrastaba con la palidez nívea de Claudia, cuyos ojos extraviados eran incapaces de mirar a cámara. Detrás de ella, agarrándole la mandíbula con fuerza, se encontraba Andrew Taylor, que si bien era capaz de ocultar su rostro detrás de una máscara, no pudo disfrazar la espléndida sonrisa en su boca colosal. Disfrutando del momento, arrojó la imagen al suelo y le susurró algo al oído.

—¿Qué opinas? ¿La repetimos? Sí, estoy de acuerdo contigo —dijo sin tan siquiera escucharla—. Deberíamos quedarnos aquí hasta que tengamos una con los dos sonriendo.

El fuerte brazo del teniente se alzó de nuevo y el flash iluminó sórdidamente la penumbra del cuarto de aperos. La sesión fotográfica iba para largo.

* * *

El ruido de las aspas del Eurocopter EC135 del servicio aéreo de la Guardia Civil perturbó la tranquilidad de la mañana en la campiña sevillana: los conejos corrían desconcertados entre la maleza, un grupo de zorzales volaba desorientado de un árbol a otro buscando un lugar seguro en el que refugiarse, y más de un agricultor miraba con ojo inquieto al cielo desde su tractor. Acostumbrados animales y humanos a los motores de los cazas norteamericanos, el atronador gruñido de las hélices suponía un desafío a su memoria acústica, más aún en un lugar donde lo más significativo que ocurría era el cambio de una estación a otra. El pequeño helicóptero, que servía de apoyo para las unidades de rastreo, llevaba una hora aproximadamente atravesando kilómetros y kilómetros de campos de olivos de la denominada «Ruta del Aceite».

—Mi teniente, hemos completado la vuelta de reconocimiento de la zona asignada —informó el piloto a Urbizu—. ¿Qué hacemos?

—Empezar de nuevo —contestó escuetamente el oficial—. Hasta que no demos con una pista, olvídese de volver a tierra.

—A sus órdenes, mi teniente —informó sumiso el piloto, que no terminaba de entender el operativo.

La aeronave dio la vuelta mientras el cuerpo liviano de Urbizu se aplastaba contra el cristal de la ventanilla. Desde donde se encontraba, podía contemplar en un espectacular contrapicado una hermosa hilera de troncos retorcidos. Sabedor de que había cometido un gran error y de que Hoopen había jugado con él ocultándole lo que de verdad estaba ocurriendo en el pueblo, arrinconó sus problemas de vértigo por un momento y se agarró a la esperanza de expiar sus pecados desde las alturas. Cuando el aparato recuperó la estabilidad, se concentró en examinar cada palmo de terreno con un celo poco habitual en él.

—Sin novedades desde el Eurocopter. ¿Cuál es la situación en tierra, cabo? Cambio —preguntó Urbizu a Víctor a través de la radio.

—Ningún resultado hasta el momento, mi teniente. Cambio —anunció alicaído el agente de la Guardia Civil desde una pequeña finca situada en Las Caleras de la Sierra.

—¿Hay mejores noticias en el resto de las ubicaciones?

—Nada. Es como si se la hubiera tragado la tierra, mi teniente.

—No pierdan el ánimo. La vamos a encontrar. Se lo prometo. Cambio y corto. —Urbizu desconcertó a Víctor con su exultante e insólito mensaje de optimismo.

—Dios lo oiga —arguyó menos entusiasta el agente, que meditaba seriamente si era mejor poner el caso en manos de un ser supremo y omnipotente que en las suyas.

En cuanto cerró la comunicación, el policía dio un par de largas zancadas para reengancharse al grupo de voluntarios que rastreaban la zona junto a él. El fresco de la mañana se retiró y, en torno a las once y media, el calor hizo acto de presencia en la finca. Lamentándose por no haber elegido el uniforme de manga corta, las primeras manchas de sudor aparecieron alrededor de sus axilas. Pero no era su estilismo lo que más le preocupaba ahora. Al igual que a Urbizu, le mortificaba la sensación de que todo aquello se podría haber evitado si hubiera actuado de otra manera.

—Vamos, un último esfuerzo, señores. —El agente camufló sus malas vibraciones para liderar las labores de reconocimiento, y avanzó decidido entre las filas de olivos.

La tierra cuarteada engullía a los hombres al mismo ritmo que la ilusión de encontrar a Claudia. El sol dominaba ya el cielo. Resplandecía y centelleaba con la fuerza propia del sur. Sin embargo, en días como aquel, hasta la luz más poderosa del continente era incapaz de alumbrar el ánimo de los vecinos de Morón.

* * *

—Y también había agua. Y...

—Espera, espera... —María interrumpió la descripción de Álex al advertir que su relato era contradictorio—. Hace un momento me acabas de decir que estabas en una habitación oscura. ¿Cómo puede ser que hubiera también agua? —preguntó la agente bajo la atenta mirada de Lucía, que estaba situada justo detrás de ella.

Para evitar que los críos se sintieran intimidados en la casa cuartel, la sargento convocó a todos los menores que utilizaban la ruta escolar del colegio de la Asunción —hubieran o no sufrido abusos— en un ambiente más lúdico: las instalaciones del campo de fútbol municipal Alameda de Morón. No deseaba estigmatizarlos, por eso prefirió que estuvieran todos los niños presentes. Mientras sus padres aguardaban sentados en las gradas de la tribuna principal, los niños jugaban en el césped artificial y se iban turnando para responder a las preguntas de María y Lucía en el banquillo. Confiando en que el contexto divertido y relajado que los rodeaba ayudara a los chicos a soltarse y estar menos cohibidos, las agentes pretendían concretar el lugar donde Taylor los había retenido.

—También había árboles —fue la respuesta del niño.

—¿Dentro de la habitación?

—Sí, dentro.

—¿Te refieres a plantas? Tal vez estabas dentro de un invernadero. —María le mostró una foto de aquel tipo de cobertizos con ayuda del teléfono—. ¿Se parecía a esto?

—No, no, eran árboles como los que hay en casa.

—¿Olivos? ¿Había olivos dentro de la habitación en la que estabas?

—Sí. ¿Puedo irme ya a jugar al fútbol? —preguntó Álex, frenético al ver a los otros niños disfrutar con el balón a pocos metros de él.

—Claro, creo que tu equipo te necesita. Vais perdiendo dos a cero —respondió Lucía—. Si mientras estás jugando recuerdas algo, no dudes en hacernos otra visita, ¿vale?

Como si la suboficial fuese invisible, el niño la ignoró por completo y salió disparado al terreno de juego en busca del esférico.

—¡Aquí, aquí! —gritó a sus compañeros—. ¡Que estoy solo para chutar!

—¿Qué opina, mi sargento? —preguntó María, observando a los chicos corretear por el césped.

—Que nada de lo que han dicho nos vale. Cada descripción que dan es más absurda que la anterior. Árboles que crecen dentro de una habitación, ríos que fluyen por una ventana... No están describiendo un lugar real, están retratando Narnia.

—Ya... Imagino que el miedo ha terminado por distorsionarles la realidad. Pero ¿y si no fuera todo un disparate?

—¿Qué estás insinuando?

—Fue usted la que me dijo que no pensara como una adulta, sino como un niño. Tal vez nos hayan dado una descripción más precisa de lo que cree.

—¡Gooooooooooooooool! —gritó Álex celebrando el tanto.

María y Lucía interrumpieron su conversación y contemplaron a los niños en la distancia correr y saltar felices. La sargento Gutiérrez alucinaba con la precisión con que imitaban a sus jugadores favoritos incluso en la celebración de los goles. No podía dejar de sorprenderse con sus contradicciones. Pequeños mitómanos que eran capaces de retener hasta el más mínimo detalle del comportamiento de las estrellas del Barça y el Real Madrid, pero a los que se les hacía cuesta arriba recordar algún pasaje de aquellos terribles días.

—¿De verdad crees que algo de lo que han dicho puede tener sentido? —retomó el diálogo Lucía sin dejar de aplaudir la jugada de Álex.

—Han visto agua y han visto olivos, en eso coinciden todos. Imagine una casa rural en un entorno parecido: la Reserva Natural de la Laguna del Gosque o los embalses de Cordobilla y Malpasillo en Badolatosa.

—Es una descripción demasiado vaga, María. También podrían referirse al entorno del río Guadaira o al río de la Peña, incluso a los arroyos del Sillero y del Cuerno. A lo largo de la Sierra Sur hay muchos lugares que pueden ajustarse a ese relato —concluyó Lucía, desanimada.

Con la sensación de estar perdiendo el tiempo, la sargento de la Guardia Civil tomó asiento y encendió un cigarrillo.

Pronto se le unió María. Mientras los chicos seguían corriendo divertidos con el balón en los pies, ellas fumaban con ansiedad, mitigando con nicotina las ganas de romper de un puñetazo el cristal que cubría el banquillo.

—¿Y si el helicóptero diera una vuelta de reconocimiento por la laguna y los embalses? —sugirió la joven, expulsando una bocanada de humo—. En una o dos horas podrían hacerlo.

—Estaríamos dividiendo en exceso nuestros pocos recursos. Agradezco tu esfuerzo, pero esta vez no podemos cometer errores.

—Es que tengo un pálpito. En mi cabeza está como superclaro, mi sargento.

—María, la vida de mi hija corre demasiado peligro para apostarlo todo a tu intuición. Ahora solo nos valen hechos concretos.

—¿Y qué hacemos? No vamos a sacar nada más de los niños.

—Vamos a repasar todos los detalles desde el principio —dijo Lucía, categórica. Arrojó la colilla al cemento del área técnica y cogió de una de las sillas del banquillo una carpeta con toda la información del caso—. Sígueme.

María apuró todo lo que pudo su cigarrillo y luego lo aplastó con el zapato. Estaba molesta por que sus sugerencias no hubieran recibido la consideración que ella creía que merecían. Cabizbaja, siguió a Lucía por el túnel de vestuarios.

* * *

Desde primera hora de la mañana, los médicos habían reducido la sedación a Silvano Montes, el paso previo para despertarlo y poner fin al coma inducido. No obstante, tal y como había informado el consejo médico a Noelia, no había que lanzar las campanas al vuelo. Se trataba de un proceso lento que podría durar horas, días, semanas e incluso meses. La recuperación iba a depender de lo afectado que estuviera el cerebro del paciente.

Más de una hora contemplando fijamente el cuerpo inerte de su marido fue suficiente para que Noelia perdiera los estribos. Le costaba asimilar que Silvano no se despertara de manera inmediata. Cada minuto que pasaba sin que él abriera los ojos aumentaba exponencialmente en Noelia el temor de que las lesiones cerebrales fueran irreversibles. Asustada, concluyó que necesitaba salir de aquella habitación y despejarse.

Mientras la puerta del ascensor se cerraba, Noelia le daba vueltas a cómo habían llegado a aquella situación. Aunque la Guardia Civil le había explicado la presunta relación que mantenía Silvano con Taylor y todo lo ocurrido con los niños del pueblo, le costaba aceptar que aquello fuera verdad. Ese tipo de cosas siempre les ocurrían a los *otros*. Eran los *demás* los que debían asumir que su marido, o su hijo, o su padre era un violador, un asesino o un traficante de drogas. Todas esas personas, con sus rostros de culpabilidad, que, de una manera u otra, habían permitido que aquellas desgracias ocurrieran, y de las que nunca crees del todo que no pudieran saber nada. ¿En qué momento ella había dejado de ser una espectadora de las infamias de los demás para convertirse en la mujer de un pederasta? ¿Qué es lo que hacía Silvano realmente con aquel soldado? ¿Qué les habían hecho a esos niños? ¿Tenía ella la misma cara de culpable que los familiares de un asesino que salen por televisión? La puerta del ascensor se abrió en el mismo momento en que Noelia se echó a llorar. Secándose las lágrimas, fue hasta una máquina de refrescos y compró una Coca-Cola. Con la lata en la mano, salió a la calle. Superada por el sentimiento de culpabilidad y juzgándose cómplice de los abusos, deambulaba. No podía estarse quieta.

Ya fuera del recinto del hospital, se topó con un semáforo colmado de flores y peluches, una de tantas lápidas funerarias urbanas que avisaban de que en aquel punto trágico había perdido la vida alguien muy joven en un accidente de tráfico. Hipnotizada por el efecto lúgubre de los peluches, no dejaba de imaginarlos depositados sobre la futura lápida de la hija de Lucía Gutiérrez. Noelia tragó un sorbo de refresco, pero el regusto amargo ya se había instalado en su paladar.

Silvano tenía que despertar y ella iba a hacer todo lo posible por conseguirlo.

* * *

El sonido agudo de la corneta marcó el compás a la banda, que se dispuso a interpretar la marcha procesional «Presentado a Sevilla». Los palillos repiqueteaban sobre los tambores y la cuadrilla de costaleros ajustaba sus pasos a la música.

—¡Eso es, valientes, que parezca que camina! —arengó el capataz a sus hombres.

Un Jesús pletórico, exuberante, casi gigante, mostraba a los habitantes de Morón la lección más importante del cristianismo: resiste y vencerás. Ni el dolor ni el sufrimiento ni el rechazo de la sociedad habían podido con Él. Al igual que cuando caminó sobre las aguas, el ciudadano más ilustre de Nazaret andaba ahora con la misma ligereza, con la sutilidad de las personas etéreas que han logrado sobrevivir a todo tipo de desgracias. Era tal su envergadura moral que, a diferencia del resto de pasos de Semana Santa, el canasto en el que se encontraba incrustado el sagrado titular era completamente sobrio. Ni baños de oro ni de plata, solo la áspera madera sin ornamentar. Jesús y el milagro de la resurrección eran los únicos embellecimientos. La escena que podía verse sobre la peana barroca recogía el momento preciso en el que el Mesías se levantó de nuevo con vida del catafalco, con su cuerpo semidesnudo después de que la mortaja que lo cubría resbalase hasta su cintura en el impulso por erguirse.

—Pasito lento, mi *arma*, pasito lento —indicó el capataz, regodeándose en la elegante sencillez de su estación de penitencia—. ¡Eso es, eso es! ¡Que la gente tenga tiempo de ver lo guapo que es!

Los costaleros, descalzos en su mayoría en señal de penitencia, daban pequeños pasos al compás de la música. Por momentos pareciera que, más que andar, el redentor bailaba. Pero hasta eso le perdonaban aquel día los ortodoxos cofrades, demasiado henchidos de orgullo y fe como para prestar atención al protocolo. Concentrados en mantener el ritmo y resistir un minuto más el tremendo peso de las trabajaderas sobre sus cuellos, ninguno advirtió que había un trozo de cristal sobre el asfalto. Cuando el primero de los costaleros de la delantera pisó los restos de vidrio, los aproximadamente cuarenta y cinco kilos de peso que soportaba con su cuerpo se desplomaron sobre la planta del pie. El trozo de botella penetró como un meteorito en la dermis plantar, rompiendo tendones y tejidos en su fulminante paso. La conmoción fue tal que el muchacho no pudo soportar el dolor y cayó redondo al suelo. Los costaleros que iban detrás de él, a pesar de escuchar sus gritos de dolor, no percibieron con claridad lo que estaba ocurriendo, de manera que siguieron avanzando al compás que marcaba la marcha y, como no podía ser de otra manera, terminaron por tropezar con el compañero herido. Uno tras otro fueron perdiendo la estabilidad hasta desplomarse también, desestabilizando de aquella manera el paso de misterio. En apenas segundos, los costaleros que quedaban en pie habían pasado de cargar cuarenta y cinco kilos con el cuello a soportar más de ochenta.

—¡Estamos perdiendo el paso, mi *arma*! ¡Vamos a meter más riñones, señores, que no me tenga que avergonzar mañana de ustedes! —ordenó el capataz, molesto con los bamboleos anárquicos del Santísimo Cristo Resucitado.

No había terminado de hablar, cuando el paso se volcó sobre el flanco izquierdo, que era precisamente el lado en el que habían tropezado los costaleros. El público asistente chilló asustado y el capataz tocó el martillo con desesperación al comprobar que Jesús estaba a punto de caer. Agotados por el esfuerzo, aquellos que permanecían de pie se rindieron finalmente, al no poder soportar por más tiempo la titánica sobrecarga.

—¡Señores! ¿Qué está pasando aquí? —exclamó inquieto el capataz por debajo del cajón.

De inmediato, comprobó que la mitad de la cuadrilla estaba derrumbada sobre el asfalto y que era demasiado tarde para impedir la tragedia. Sin que pudiera hacer nada, el paso se desplomó definitivamente y la imagen de Jesús resucitado chocó contra el enrejado de una ventana, rompiéndose en dos mitades. La cabeza del Mesías se desprendió del resto del cuerpo y colisionó contra la acera. Más suerte tuvo el resto del tronco, que se quedó encajado entre las rejas y las macetas de geranios de la ventana. Una de las cornetas desafinó hasta quedarse muda. Al instante, las demás trompetas y tambores dejaron de sonar, y lo único que se escuchaba en la calle eran los lamentos de los vecinos, que observaban impresionados cómo, después de dos mil años de historia, el hijo de Dios no había sido capaz de sobrevivir a la muerte. Absolutamente paralizadas, las personas que poblaban la calle Doctor Ramón Cruz Auñón —nazarenos, cofrades y público— sintieron que acababan de ser maldecidas y que iban a pagar de una manera u otra el sacrilegio. Tal vez por ello, el hermano mayor de la cofradía se quitó el capirote de color blanco y dejó su rostro por primera vez al descubierto. Acto seguido, se persignó entre lágrimas, un gesto que fueron repitiendo, uno a uno, el resto de miembros de la hermandad, buscando reconciliarse con un Dios que parecía haberles dado de lado en los últimos días.

* * *

Una mancha rosa enorme ensució circunstancialmente el cielo azul de la sierra y subyugó por completo la atención de Andrew Taylor. La salpicadura correspondía a una bandada de flamencos que volaban con el cuello y las patas espléndidamente estiradas, uno de esos pequeños espectáculos que ofrecía de invierno a primavera la fauna de la Sierra Sur de Sevilla. Con un cigarrillo encendido en el filo de los labios, manteniendo la misma incertidumbre que un funambulista suspendido sobre un cable de acero, el oficial americano contempló cómo las aves aterrizaban en el agua cristalina. Sumisos y sin ningún deseo de emancipación, los flamencos permanecían todos juntos, como soldados del ejército rojo o norcoreano, tan uniformemente yuxtapuestos que era imposible averiguar dónde terminaba uno y empezaba el otro. Extasiado ante el orden y la disciplina de los animales, solo el repentino desprendimiento de la ceniza del cigarrillo sobre su piel desnuda consiguió desconcentrarlo.

—*Fuck up!*

El sol, que estaba cerca de culminar su cénit, se reflejó en el agua y se fundió con los colores rosas y anaranjados de los flamencos, dejando sobre la laguna una estela de verano anticipado. Sin embargo, el soldado ya no estaba atento a lo que sucedía en el estanque. Súbitamente recordó que había salido a hacer algo concreto, y se puso a buscar en su teléfono el registro de últimas llamadas. Cuando encontró el nombre de «Anne», presionó la pantalla.

—¿Andrew? Creí que te habías olvidado de nosotros.

—¿Olvidarme de vosotros? ¿Cómo? La mitad de mi nómina vuela todos los días cinco a Kingsland. Os tengo siempre presentes, querida.

—¡Idiota!

—Es broma, es broma. Por supuesto que me acuerdo de ti y de los niños. Pero he estado muy ocupado esta semana. El lunes me trasladan a Turquía.

—¿Y eso? Pensábamos ir a verte a España en verano —dijo la mujer, contrariada.

—Pues tendréis que venir a Estambul. Tranquila, se parece mucho a España. La comida también se repite.

—Jaja, ¿no te cansas de ser tan capullo?

—¿Y tú de ser tan maravillosa? —Taylor sonrió y apagó el cigarrillo.

—Tengo muchas ganas de verte. Y los niños. ¿Sabes que Charlie lidera las estadísticas de triples de la liga?

—Pásamelo.

—Espera, lo llamo. ¡Charlie! ¡Charlie!

Esperando a que el pequeño se pusiera al aparato, el oficial volvió a concentrarse en la laguna. Allí a lo lejos la vida parecía abrumadoramente sencilla. Los flamencos caminaban en fila a través del agua con la cabeza agachada y el pico abierto, hurgando en el lodo para encontrar algo que echarse al estómago. La búsqueda de la supervivencia le transmitía paz y le remitía a los días de acción en Oriente Medio.

—Rápido, es papá. Quiere hablar contigo —dijo Anne, y le ofreció el teléfono móvil a su hijo de doce años.

—¿Papá?

—¿Qué es eso de que vas primero en triples? ¿Y los tiros de dos? No quiero que te conviertas en un vulgar especialista.

—Pero soy el mejor de mi edad en Kingsland tirando triples —se justificó el niño.

—¿Es eso lo que quieres? ¿Tirar siempre de tres? Si eres un tirador previsible, serás más fácil de defender.

—Creí que estarías orgulloso de mí.

—Y lo estoy, hijo. Pero cuando eres previsible, eres más vulnerable. Todo el mundo sabe lo que vas a hacer. No hagas siempre lo mismo. Sorprende a tus rivales. Amaga el tiro de tres y penetra a canasta. O tira desde cuatro metros. Así será muy difícil defenderte.

—Entiendo. Lo intentaré en el próximo partido —respondió su hijo, atento a la explicación.

—Eso es lo que quería oír. Hay que buscar nuevos retos, hijo. Pásame con mamá, Charlie.

—Te quiero, papi.

—Y yo a ti.

—¿No crees que eres un poco duro con él? —preguntó la mujer de Taylor.

—Mi padre también lo fue conmigo y no me ha ido mal.

—¿Tu padre también estuvo fuera de casa durante doce años?

—Ya hemos hablado de eso muchas veces. Estoy pendiente de que me concedan el traslado a Georgia. En menos de un año seremos una familia convencional y pasaremos los fines de semana en el centro comercial.

—Ahórrate el sarcasmo, Andrew. ¿Es tan difícil de entender que te echamos de menos? Charlie te ha visto más, pero con April solo estuviste durante su primer mes de vida.

—¿Crees que estoy cómodo con esta situación? ¿Que disfruto teniéndome que mudar cada dos años? Me gustaría teneros aquí, pero no quiero esta vida para vosotros.

—Necesito despertarme y que estés a mi lado. No es tanto lo que pido.

—En menos de un año será así. Te lo prometo.

—Maldigo el día en que te dieron esa estúpida medalla.

—No digas eso. He visto a muchos amigos morir. Gracias a ella, yo estoy en Europa a salvo de todo.

—¿Y por qué no puedes estar en Georgia? —insistió Anne.

—No voy a tener esta conversación contigo otra vez. Lo sabes de sobra. Me tienen aquí como una mascota para inspirar a los chicos antes de ir a zonas de combate. En un año, todo habrá terminado, ¿vale? —dijo Taylor, notablemente alterado y con unas ganas feroces de poner punto y final a la charla.

—Está bien, está bien. Yo tampoco pienso discutir siempre contigo. Pero quiero que sepas que no vamos a esperarte toda la vida.

—¿Es una amenaza?

—Puede... Tendrás que averiguarlo tú mismo, que para eso eres un héroe nacional. Buenas noches. O buenos días, o lo que coño sea en ese puto sitio —soltó Anne antes de colgar enfadada.

—*Fucking bitch!* —exclamó Taylor en mitad del pequeño edén, y arrojó el móvil contra el suelo.

Después de comer, los flamencos emprendieron de nuevo el vuelo y dejaron atrás la laguna con su soberbio batir de alas. Sin las exóticas criaturas presentes en los alrededores del pantano, nadie fue testigo de cómo el oficial volvía a ponerse la careta y abría la puerta del cobertizo. Un chillido de Claudia al verlo terminó por expulsar a las pocas aves que seguían en el agua.

* * *

—¿Cómo cojones se conocieron Antonio y Taylor? —preguntó Lucía después de escribir sus nombres en la pizarra del vestuario de la Unión Deportiva Morón—. ¿En qué momento se hacen íntimos un marine americano y un conductor de autobús del 15-M?

—¿Íntimos? ¿En qué se basa para decir que eran amigos, mi sargento? —replicó María, tumbada en el banco de los jugadores.

—Creo que la respuesta es obvia: has de tener mucha confianza con alguien para ofrecerte a llevarle niños que violar.

—¿Y si no lo hacía por amistad? ¿Y si Taylor le estaba chantajeando, como hizo con Hoopen?

—¿Con qué? —Lucía se sentía sobrepasada por la situación y apenas podía pensar con claridad.

—Sabemos que Antonio era adicto a la morfina, lo cual lo convierte en alguien fácil de extorsionar —dijo María, poniéndose en pie y arrebatándole el indeleble a su jefa—. También sabemos que Taylor es un militar experimentado, acostumbrado a buscar las debilidades de su enemigo, o al menos así lo definió Hoopen. —Mientras hablaba, la agente iba añadiendo los datos debajo de los nombres de cada uno.

—Creo que te sigo. Antonio tiene algo que Taylor desea: niños alejados del centro del pueblo. De alguna manera, descubre que este es adicto a una droga y que quien la suministra es un compañero suyo de la base —argumentó la sargento, sentándose en el banco.

—¡Exacto! Aquí es donde aparece en nuestra historia Johnson, el camello de la base —dijo María—. Eso sí, se trata de una aparición breve. Taylor necesitaba quitárselo rápido de encima para que la morfina no llegase a manos de Rober y Antonio quedase a merced del síndrome de abstinencia.

—¿Estás sugiriendo que Taylor asesinó al soldado Johnson?

—Creo que sí. De entre todos los sospechosos, él sí tenía un móvil para hacerlo y...

—¿Y?

—Y... piénselo... ¿Qué supone para alguien así acabar con otra vida? ¿Qué representa Johnson en su largo historial? Nada. Sé que estoy divagando, pero intuyo que en cuanto dispuso de una oportunidad, le rebanó con un cuchillo la arteria carótida derecha y lo enterró en el bancal más alejado de la carretera que encontró.

—No sé, lo estás describiendo como si fuese un asesino de pueblo, alguien temperamental que pierde la cabeza un día por un problema de lindes con un vecino, y no como un teniente de los marines americanos. Todo lo que sé de ellos lo he visto en las películas, pero diría que son más sofisticados a la hora de cometer un homicidio. —Dicho esto, se quedó callada y pensativa hasta que dio con un nuevo hallazgo—. ¿Y si lo hubiera matado en el mismo lugar donde abusa de los niños? Un rincón apartado en la Sierra Sur en el que nadie puede oír gritos... No sé, en un cobertizo o en una de esas casas de aperos que tienen los agricultores próximas a la huerta.

—¿Por qué entonces no utilizó ninguna de las herramientas? ¿Por qué un cuchillo? En un cobertizo, mi sargento, hay hasta sierras mecánicas. Podría haber descuartizado el cuerpo y hundirlo en el agua del estanque. Nunca lo hubiéramos descubierto —sugirió María.

—¿Estanque? ¿Todavía sigues con eso? —preguntó irritada Lucía—. Estás hipotecando tu teoría con testimonios surrealistas de niños de ocho años.

—Puede ser, mi sargento... Pero creo que el asesinato de Johnson no fue tan premeditado. Ni el arma utilizada ni la forma de deshacerse del cadáver apuntan a un plan elaborado.

—Hace menos de una semana te costaba salir del coche patrulla y ahora pareces salida de una novela de detectives. No te agarres a una intuición. Argumenta con indicios policiales si quieres que te tome en serio.

—De acuerdo, mi sargento —dijo la joven, que abandonó la pizarra y se sentó al lado de Lucía—. Vamos allá. Creo que nunca quiso matarlo. Su intención era convencerlo de que no les vendiera drogas a los jóvenes de Morón, un consejo amistoso, un comentario de barra de bar, como muchos de los que se hacen en La Noche, el pub donde, según Rober, quedaban los soldados en Morón para beber y trapichear.

—Odio ese puto bar —dijo Lucía, irascible—. Antes de descubrir La Molienda iba por allí. Nunca he soportado los locales que pretenden resultar sofisticados colocando un póster de Audrey Hepburn. El problema de esa mujer era la anorexia, no tener que convertir un bar de mierda en un polígono en una coctelería de Nueva York.

—Olvídese de eso ahora, mi sargento. Imagine esa conversación. Suponga que después de un par de copas, Taylor le suelta a Johnson que está feo vender droga a los chavales del pueblo. Seguramente Johnson se lo tomara mal y le contestara que él no era la persona más indicada para dar lecciones, que había escuchado rumores sobre él en la base y su afición por los niños.

—No sé, María, no sé, tengo la sensación de que estamos mareando la perdiz. Mi hija se merece algo más que suposiciones de este tipo —se lamentó, presa de los nervios.

—Déjeme acabar, mi sargento. Digamos que Taylor se echa a reír y finge que no sabe de lo que habla. Pero en su cabeza ya ha empezado a diseñar algo parecido a un plan: emborrachar a Johnson y acabar con él cuando no pueda defenderse. El soldado consume una copa tras otra mientras el teniente americano bebe tranquilamente un botellín de agua y le ríe todas las gracias. Cuando Johnson no puede ni tan siquiera mantenerse en pie, Taylor se lo lleva de allí sujetándolo por el hombro. Esforzándose para no ahogarse con su propia saliva, el soldado le pide perdón por sus palabras y le da las gracias por llevarlo de vuelta a la base. Y, seguidamente, se queda dormido. ¿Le encaja, mi sargento?

—Lo que me encajaría ahora es poder beber tantas copas como Johnson —respondió con amargura la sargento, que, dándose cuenta de que la joven solo pretendía ayudar, le dio una nueva oportunidad—. Sigue, por favor. Cuando termines te doy mi opinión.

—Desorientado, Taylor consigue salir del centro urbano de Morón y acceder a una carretera secundaria. Pronto el coche se halla en mitad de la nada, rodeado de olivos y con la luz de los faros como única referencia. A través de un sendero, logra adentrarse en un huerto y, cuando siente que está lo suficientemente alejado de la vía principal, estaciona el vehículo.

Antes de que Johnson pueda despertar, el teniente lo saca del coche, agarra su cuchillo de marine y le rebana el cuello... ¿Y bien? ¿Qué le parece?

—Me parece que, como poco, es verosímil. Habría que solicitar al laboratorio de Criminalística un análisis de sangre y ADN para el coche de Taylor y comprobar si, además de verosímil, es realista. Bien —dijo Lucía, poniéndose en pie y acercándose a la pizarra—. Supongamos que ocurrió así... Todavía nos queda por resolver la cuestión más importante: ¿cómo se conocieron Taylor y Antonio?

—¿Alguna suposición? —preguntó María, algo fatigada, cediéndole la responsabilidad de desarrollar una teoría a su jefa.

—No tengo tanta imaginación como tú, pero voy a tirar de sentido común. Con Johnson desaparecido, Rober no tiene morfina que ofrecerle a Antonio, así que, a medida que pasan los días, la ansiedad y el síndrome de abstinencia van haciendo mella en él. Procura ir tirando con ansiolíticos, pero hace mucho tiempo que dejaron de hacerle efecto. Por las noches es incapaz de dormir. Tiene frío. Sus pupilas están dilatadas y ve borroso. Empalma diarreas con cólicos y, cuando se encuentra mejor del estómago, tiene náuseas y vómitos. Sus madrugadas son horribles, pero no más que sus mañanas. Luchando por disimular sus taquicardias, acude a trabajar con el rostro lo más oculto que puede. Tal vez conducía con la cabeza cubierta por la capucha de una sudadera. Dado que la mayoría de los padres han asimilado que es una persona tímida sin ningún tipo de maldad, justifican su extraño comportamiento en que es capaz de sacrificarse por llevar a los niños al colegio incluso estando con gripe. Más de una madre coincide en haber visto a Antonio enfermo, pero lo entendían como una virtud y no como un síntoma.

—Puede colar —aseguró la agente—. Pero no por mucho tiempo...

—Obvio. Con visibilidad reducida y taquicardias que le impiden acelerar y frenar con precisión, Antonio Jiménez es consciente de que está poniendo en peligro su trabajo y la vida de los niños. Es un hombre desesperado y ampliamente superado por las circunstancias. Un hombre capaz de cualquier cosa.

—Alguien que recorre todos los locales de trapicheo del pueblo en busca de una solución, como, por ejemplo, La Noche —añadió María a la hipótesis de la sargento.

—Es posible. Supongamos que es así y que Antonio Jiménez termina en La Noche. Después de preguntar a los habituales del garito, alguien le dice que el americano de la barra podría ayudarlo. Que los americanos siempre tienen de todo. Y así termina conociendo a Taylor, suplicándole al teniente que le venda una dosis de lo que sea.

—Justo el tipo de situación que Taylor buscaba desde un principio: tener a su merced al responsable de la ruta escolar.

—Incluso mejor de lo que había imaginado. No solo consiguió sacarlo de su zona de confort, sino que con Johnson fuera de juego, pudo apropiarse de la morfina de este y jugar a placer con la voluntad de Antonio. —La sargento abrió una botella de agua e hizo una breve pausa para beber. Cuando tomó algo de aire, continuó con su exposición—: Durante las primeras semanas, la transacción era la habitual: morfina a cambio de dinero. Poco a poco, Antonio logró rebajar su ansiedad y entablaron cierta amistad, no en vano, según lo describió el propio Hoopen, Taylor posee habilidades sociales. Es un hombre viajado, simpático y con un nivel cultural más que aceptable. Un combinado que escasea en el pueblo.

—¿Le importa que me encienda un pitillo, mi sargento?

—Joder, ¿eso es todo lo que te preocupa? —regañó a su compañera. El tiempo pasaba y aquello jugaba en contra de su hija—. Lo siento —rectificó—. Creo que te voy a acompañar. —Después de encenderlo, se sentó al lado de la agente y prosiguió con su argumentación—: Como decía, tenemos a Taylor, que es algo así como un maestro de las relaciones sociales. Y, por otro lado, a Antonio Jiménez, que se comporta como un sociópata y que encuentra en el teniente a una persona cercana. Empiezan a quedar con frecuencia, a hacerse pequeñas confesiones, y un día, entre bromas, Taylor le dice que le gustaría fotografiar a algunos de los niños del autobús.

—¿Así de directo? —dudó María, expulsando humo por la nariz.

—Puede que fuera más suave, que le pidiera organizar un partido de fútbol con los niños... No lo tengo claro.

—Eso me encaja más.

—Recuerda que no tiene motivos para andarse con rodeos. Tiene la sartén por el mango. Solo está esperando el momento más oportuno para decirle a Antonio Jiménez que, si quiere morfina, tendrá que ayudarlo.

—¿Y Antonio acepta sin más? —preguntó María, poniendo a prueba la tesis de su jefa.

—Probablemente no. Es posible que se enfadara con él y que intentara sobrevivir a los efectos del síndrome de abstinencia. Fuiste tú la que me dijo que en su momento rechazó un contrato literario por principios morales. Puede que estuviera un par de días, o incluso una semana, luchando contra sus propios principios... Hasta que se dio cuenta de que tenía todas las de perder.

—Y entonces accedió...

—Sí. Seguro que fue una decisión muy dura y de la que se sentía profundamente avergonzado. Pero, finalmente, accedió. Al principio se convencía a sí mismo de que se trataba de sesiones fotográficas y nada más. Alguna clase de sórdida perversión con la que nadie sufría realmente. De hecho, es probable que los primeros días fuera así. Aunque pronto la cosa cambió. Los niños empezaron a gritar, y él, a hacerse preguntas incómodas en los trayectos de regreso en el autobús.

—¿Está segura de que los llevaba y traía el mismo día? ¿Que no pasaron ninguna noche con Taylor?

—Estoy convencida. De otra manera, los padres hubieran denunciado su desaparición. Aunque suene raro, creo que tenían algo parecido a un código y solo dejaban que se ausentaran una hora o dos, coincidiendo con las actividades extraescolares de los chicos, que Antonio Jiménez conocía a la perfección. Si se retrasaba, les decía a los padres que se le había pinchado una rueda o algo así. ¿No fue lo que nos dijo la madre de Javi?

—Sí, justo fue la excusa que nos dio.

—Y desde el colegio tampoco les parecía raro que un día o dos al mes algunos de esos chicos se ausentaran de las actividades extraescolares.

—¿Y Álex? ¿Por qué desapareció Álex más de un día? —preguntó María.

—Creo que eso es lo que lo cambió todo. Algo ocurrió con ese niño. Puede que viera o escuchara algo que no debía. No sabría decir, pero Taylor no quería dejarlo marchar.

—Y discutieron...

—Sí, y como todas las disputas que mantenían, acabó en chantaje: o me ayudas o te quedas sin morfina. Sin embargo, para sorpresa de Taylor, Antonio Jiménez elige una tercera vía: el suicidio. Dándose cuenta de que es incapaz de vivir sin consumir morfina, no quiere seguir siendo cómplice de las salvajadas del teniente y prefiere morir con honor —continuó razonando Lucía.

—Es... es... también verosímil. Siente tanta vergüenza por lo que ha hecho que decide morir con la misma dignidad con que lo hacían los samuráis: desmembrándose para purgar sus pecados —añadió María a la reflexión de su superior—. Creo que la vergüenza es la clave de todo este asunto. Aunque no dejara una nota de suicidio, la forma de matarse era en sí misma un mensaje: no voy a ser prisionero de un soldado americano.

—Yo también lo creo. El resto de la historia es más fácil de imaginar —concluyó Lucía, apurando lo que le quedaba de pitillo—. La noticia del suicidio de un conductor de autobús escolar viene a certificar las sospechas de Hoopen, que ya había encendido las alarmas cuando el teniente se quedó con su dinero. Temiendo que Taylor haya podido cometer abusos, avisa al alto mando, que activa el protocolo de emergencia y gestiona el traslado del teniente a otra base. Como consecuencia, Taylor libera a Álex. Pero, por algún motivo, probablemente para despedirse de este pueblo por todo lo alto, extorsiona a Hoopen para que le permita saltarse el protocolo y salir y entrar de la base a su antojo, y secuestra a la hija de una guardia civil.

—Lo cual nos lleva a otra pregunta, ¿cómo conoció a Silvano Montes? —preguntó María, con la impresión de que quedaban algunos cabos sueltos.

—Honestamente, creo que fue algo fortuito. Quizás a través de Johnson se enteró de los chanchullos de Hoopen y siguió el rastro del dinero. En cuanto localizó la sucursal de Unicaja y a Montes, lo utilizó de la misma manera que a Antonio Jiménez. Primero para conseguir los movimientos de la cuenta del capitán de la base y, luego, para que lo ayudara a tener controlado a Álex. Algo horrible tuvo que ver ese hombre para que se avergonzara tanto de sí mismo y siguiera el mismo camino que Jiménez hacia el suicidio.

—De momento, todo parece encajar. Pero ¿y su perra? ¿Cómo encaja en esta historia? ¿Por qué dar tantas pistas?

—Supongo que simplemente podía permitírselo. Quiero decir que se sentía tan absolutamente intocable y protegido que nos retó a descubrirlo. Todo esto ha sido un divertimento para él.

—Puede ser..., pero seguimos en el mismo punto de partida. ¿Dónde tiene a Claudia? ¿Dónde abusaba de los menores?

Cansada de estar sentada, María se puso en pie y se acercó a la pizarra. Tras echarle un vistazo a los esquemas que habían ido dibujando durante sus deducciones, se volvió hacia Lucía.

—¿Y si la relación con Antonio no se limitaba a llevar a los niños hasta Taylor? ¿Y si además ponía la casa?

—Eso es una idiotez. La casa de la calle Lobato está precintada desde el pasado domingo. Y es demasiado céntrica para que ningún vecino no haya oído o visto algo.

—Pero puede que haya otra. Se trata de una vivienda familiar heredada de sus padres. Antes era frecuente tener un domicilio en el pueblo y una casa de aperos en el campo para trabajar la tierra.

Lucía se quedó pensativa. Puede que la joven tuviera razón o puede que no; no obstante, era el único clavo al que agarrarse en aquel instante. Tras pensarlo un par de veces, finalmente reaccionó.

—Le acabas de joder el día festivo a alguien del Registro de la Propiedad.

* * *

El hermano mayor de la cofradía del Resucitado ordenó levantar los restos mortales de Cristo como una suerte de juez de guardia. Epifanía, una mujer de sesenta y ocho años y devota de aquella imagen, fue la única capaz de vencer la superstición dominante y tuvo los arrojos suficientes para recoger del suelo la divina cabeza y cobijarla en su regazo. El regreso de entre los muertos del Mesías no había podido ser más breve y desgraciado. Tanto fue así que lo que tenía que ser un desfile lleno de júbilo y alegría se tornó en un amargo funeral. En medio de un escrupuloso silencio, la comitiva de nazarenos, ya a cara descubierta y con los capirotes prendidos del brazo en muestra de respeto, reanudó su andar, y la procesión continuó a duras penas su estación de penitencia sin santo al que venerar.

El costalero herido, fuera ya de las trabajaderas, contempló desolado lo que su torpeza había ocasionado mientras el resto de sus compañeros, en una descorazonadora *chicotá*, levantaba el paso del redentor decapitado y avanzaba a través de la calle. Sin las genuinas palabras de ánimo del capataz «A esta es» y «Ahí *queó*», los hombres caminaban con una rara sensación de vergüenza, como si lo que estuvieran portando fuera poco menos que una escultura de Satanás. Detrás de ellos, la banda municipal de Morón de la Frontera cargaba con los instrumentos sin hacer uso de ellos. Flautas, oboes, clarinetes, saxofones, trompas, trompetas, trombones, bombardinos, tubas, bombos y platillos mudos. Afónicos. Tan sediciosamente perturbadores como podría serlo sacar a pasear a un perro de escayola. Entre la riada de cofrades conmocionados, avanzaba Epifanía, enérgica, con la cabeza de Cristo, convertida en una especie de Salomé de la tercera edad. Tras unos primeros momentos en los que los ojos del Señor la abrumaban, acabó por acostumbrarse a su hipnótica mirada. Y lo que resultaba más improbable: había concluido que lo que acababa de ocurrir formaba también parte de los planes de Dios. Cualquier cristiano que se preciara de serlo, pensó, ha tenido que poner a prueba su fe, y Epifanía entendió que no había mayor reto para los fieles que asumir con naturalidad la decapitación de su líder. Con la misma determinación que Abraham, Moisés o Jacob, la anciana dejó atrás la interminable hilera de nazarenos y se colocó por delante de la Cruz Guía. Rozando el éxtasis y la transverberación de los santos y mártires a los que admiraba y rezaba, alzó al cielo el busto de Jesucristo y cerró los ojos invocando secretamente un milagro que pusiera en el mapa del catolicismo a Morón. En su mente, un rayo de luz guiado por el Espíritu Santo iluminaba el cráneo de Jesús de Nazaret hasta convertirlo en una reliquia del mismo valor que el Santo Sudario. Sin embargo, lo que vieron sus vecinos y hermanos cofrades fue a una vieja que había perdido la cabeza ridiculizando el desgraciado accidente con la exhibición de la cabeza del hijo de Dios en una bochornosa parodia de la escena de *El Rey León*, esa en la que Rafiki presentaba a Simba al resto de los animales. Cariacontecido, el hermano mayor condujo sus pasos hasta ella y, con enorme pudor, le arrebató el busto. Incómodo, al igual que si la escayola le quemara las manos, pidió a los presentes una bolsa donde preservar los restos del Resucitado con discreción. De manera apresurada, alguien le ofreció una y, en cuestión de segundos, el que debiera estar sentado a la diestra de Dios Padre quedó confinado en una bolsa de los supermercados Covirán en un auge y caída vertiginosos. Recuperando el juicio perdido, el hermano mayor pareció al fin controlar la situación y, del mismo modo que si llevara en sus manos la compra, regresó hasta el paso de misterio y pidió al capataz que utilizara el plástico destinado a proteger las imágenes en los días de lluvia para tapar los restos de Cristo. Al igual que si se tratara de la escena de un crimen, los costaleros depositaron en el suelo el grupo escultórico y cubrieron el cuerpo decapitado. Oculto el difunto y la mortalidad de los dioses, hermanos y paisanos lograron encajar el golpe y recuperaron al fin la normalidad. Sin la presencia inquietante del cuerpo desmembrado, ahora sabían que debían actuar de la misma manera que en un velatorio. La banda municipal, desorientada hasta aquel momento, reconoció en el improvisado entierro que la música que había de sonar era la misma que la del Viernes Santo, y con idéntica sobriedad interpretaron un contenido réquiem. La procesión volvió a ser una procesión y todos respiraron aliviados por haber encontrado una respuesta a una situación a la que jamás se habían enfrentado. Todos menos Epifanía, que asimilaba con amargura el rechazo de los demás y la pérdida de la gloria de Dios, que había rozado con la punta de los dedos.

* * *

La tarde se hizo notar en los alrededores del pantano. El cielo se tornó rosa y una suave brisa agitó delicadamente las espadañas y juncos de la orilla mientras el sol empezaba a descender. A pesar de lo apacible de la estampa, aquellas tierras ocultaban en sus entrañas un pasado lleno de violencia. El territorio donde se escondía Taylor era un lugar tradicionalmente consignado al saqueo. Doscientos años atrás, aquellos campos habían cobijado a los exóticos bandoleros andaluces. El romanticismo de la época los había deformado hasta convertirlos en héroes del pueblo, en paladines sencillos que lucharon por acabar con el latifundismo. Pero lo cierto es que, detrás de aquel disfraz de gigantes libertadores que les cosieron los escritores franceses e ingleses, no había más que hombres de condición muy humilde que decidieron vivir al margen de la ley para subsistir. Uno de los bandoleros más célebres que había habitado entre las espadañas y juncos que ahora mecía el viento era José María *el Tempranillo*, que daba nombre a una ruta de senderismo que cruzaba aquel paraje. De hecho, a escasos cien metros de la casa de aperos donde estaba recluida Claudia, un excursionista extraviado merodeaba buscando a alguien que lo ayudara a encontrar el camino que había de llevarlo de vuelta a Morón.

—Si se te ocurre gritar, te corto el cuello —le susurró Taylor, aún enmascarado, a la joven, a la que amenazaba con un cuchillo de sierra apoyado en la garganta, después de escuchar que había un desconocido deambulando cerca de la caseta.

Fatigado, el montañero se quitó la mochila North Face de color negro que llevaba a la espalda y sacó de ella una cantimplora. Tras refrescarse, giró sobre sí mismo, reconociendo una vez más el terreno, y decidió echarle un vistazo a la edificación rústica que tenía enfrente en busca de ayuda. Sus pesadas botas de *trekking* pisaban con fuerza la genista que lo rodeaba. El ruido de la planta delató que se aproximaba hasta la puerta de la vivienda principal.

Deshaciéndose del cuello de Claudia, no sin antes lanzarle otra advertencia de muerte, el marine se deslizó sigilosamente en busca del extraño.

—¿Hay alguien ahí? —preguntó el excursionista después de aporrear la puerta.

Taylor, colocado ya debajo del dintel con el cuchillo en la mano, lanzó una mirada furibunda a la hija de Lucía y se deslizó el filo del arma por el cuello sin apartar la vista de Claudia.

—Me he perdido. Necesito ayuda. —El intruso golpeó la puerta con insistencia.

Al comprobar que nadie respondía, probó suerte en el cobertizo colindante.

—¿Hola? ¿Hay alguien ahí?

Un fuerte dolor de barriga recorrió el estómago de Claudia después de escuchar con claridad la voz del desconocido. Millones de punzadas parpadeaban en su abdomen al tiempo que su cabeza se planteaba un difícil dilema: gritar o no gritar. Jugarse la vida ahora o arriesgarse a perderla después.

—¿Hola? —preguntó ya sin mucha fe el desconocido.

Antes de abandonar el lugar, se dio cuenta de que, al contrario que la vivienda principal, el cobertizo no estaba cerrado. Movido por la curiosidad, el hombre posó su mano sobre el tirador de la puerta. Desde el interior, Taylor se preparó para asestarle un machetazo. Poco a poco, la luz del exterior se fue colando en el cuarto de aperos e hizo visible el estado de abandono en el que se encontraba el pequeño edificio. El sonido grave de la puerta de madera al abrirse crispó definitivamente los nervios de Claudia. El dolor de barriga se transformó en un cólico y no supo de qué manera colocarse para frenar las ganas de hacer de vientre. Sin poder ofrecer más resistencia, prefirió dejarse ir. Sin embargo, observó asustada que en realidad estaba sangrando. Ni siquiera se dio cuenta de que la puerta había dejado de moverse. Su atención estaba exclusivamente centrada en descubrir el origen de toda aquella sangre.

Repentinamente, el excursionista extraviado lo pensó mejor y se dio media vuelta después de cerrar la puerta. Con energías renovadas, recuperó su mochila sin ser consciente de que había estado a dos segundos de perder la vida.

—Tranquilízate —le dijo Taylor a Claudia. Tras comprobar que el peligro había pasado, se acercó a ella con su sombría careta infantil y le musitó algo al oído—: Es tu día de suerte: te acaba de bajar la regla.

* * *

Los ojos de Silvano Montes permanecían cerrados y su consciencia, desvanecida. Ninguno de los síntomas invitaba a ser optimista. Si el empleado de banca tenía que despertar, no iba a ser aquel día. Pese a ello, Noelia no se rendía y le hablaba, confiando en que su recuperación fuera inminente.

—... Y a mi padre le bajó la tensión. Ya sabes lo mal que le sienta el alcohol. Con dos cervezas, está como si se hubiera bebido un barril. Estábamos bailando en la terraza, ¿te acuerdas? Y entonces nos dijeron que mi padre se había desmayado y que le estaba sangrando la cabeza. Terminamos la noche de bodas en urgencias, yo con el vestido blanco manchado de sangre, intentando limpiarlo en el baño, y tú abanicando a mi madre para que no le diera un síncope. ¿Y sabes qué? No cambiaría nada. Cualquiera en tu lugar se habría pasado la noche refunfuñando. Lamentándose de su mala suerte. Pensando que tendría que estar en una habitación de hotel pasándolo en grande y no allí. Pero tú no, tú estuviste en todo momento pendiente de mí, sin quejarte, como si aquello fuera lo más normal del mundo. Animándome. Dándome la mano. Besándome la frente. Te puede parecer una chorrada o que exagero porque, total, tienes la cabeza *más pallá que pacá*, pero te juro que fue una noche perfecta. La clase de noche en la que todo sale mal, pero sabes que estás con la persona adecuada, no sé si me entiendes... —dijo Noelia, tomándole la mano mortecina y más tarde echándose sobre su costado para abrazarlo—. Te conozco, cariño, te conozco. Tú eres incapaz de una cosa así. Yo no estaría con un hombre que le hiciera eso a un niño. Lo habría sabido. Tú no, Silvano. Tú no.

Las lágrimas de Noelia cayeron sobre la mano de Montes y rozaron con sutilidad su piel. Emocionada, prefirió dejar de hablar y permanecer abrazada a él.

—¿No... Noelia? —preguntó Silvano.

* * *

A las siete de la tarde, después de localizar por medio del teléfono al responsable del Registro de la Propiedad de Morón de la Frontera en la montería de un pequeño coto privado de Estepa, Lucía y María esperaban su llegada en el número 8 de la calle Carrera. Uno de los nazarenos de la cofradía del Resucitado, que había acabado su estación de penitencia, pasó delante de ellas. Fuera del contexto de la procesión, verlo pasear por las estrechas callejuelas con la luz del atardecer resultaba hasta cierto punto turbador. El anonimato del antifaz, unido al blanco inmaculado de la túnica, así como el extraño cono puntiagudo que daba forma a su cabeza le daban un aire sectario o masónico al nazareno, sobre todo a los ojos de los turistas que decidían pasar aquellas fechas en Morón, que, confusos, tenían que comprobar en sus guías que se trataba de la celebración de una fiesta religiosa y no de una concentración de supremacistas blancos del Ku Klux Klan.

—¿Alguna vez se ha preguntado qué pensarán los extranjeros de la Semana Santa? —preguntó María al percibir las miradas de extrañeza de los turistas al toparse con el nazareno.

—Diría que sienten miedo. Eso, siendo benevolente. Imagina cruzarte con alguien vestido así sin haber visto en tu vida una procesión.

—Y las luces de las velas, y los tambores, y la gente llorando y rezando...

—Tiene que acojonarlos. Pero qué sé yo, a mí me daría más miedo pagar por montarme en el trenecito turístico que da vueltas por el pueblo, y ellos parecen encantados.

La sargento no pudo seguir desarrollando su punto de vista. Frente a ellas estacionó un viejo Land Rover cubierto de barro hasta las ventanillas. De la puerta del piloto salió apurado un hombre de unos cincuenta y cinco años y generosas caderas, ataviado con ropa de cazador. Su chaleco verde contenía restos de sangre de codorniz y en su cintura llevaba aún amarrada la munición de la escopeta.

—He venido lo más rápido que he podido —justificó así su aspecto asilvestrado el administrador—. Espero que no les moleste que lo deje en segunda fila, señoritas —añadió, señalando el vehículo.

—No, hoy haremos una excepción —respondió María, torciendo el gesto ante su rancia y condescendiente manera de expresarse—. Pero al menos saque a los perros del coche —dijo de mala gana la agente, al ver que los animales ladraban nerviosos en el interior del todoterreno, soliviantados por la presencia de una veintena de codornices muertas.

—¿Seguro, señorita? Mire que son muy pesados.

—¡Sáquelos de ahí de una puta vez! —elevó la voz Lucía entre los estruendosos ladridos—. Y procure referirse a ella como agente, ¿entendido?

—Entendido, señor agente —contestó con cierto tono burlón, sin terminar de comprender el sexismo que ocultaban sus palabras ni la corrección lingüística que triunfaba entre las nuevas generaciones.

—¿No puede diferenciar unos galones? Pensaba que la gente como usted sabía distinguir entre un agente y un sargento de la Guardia Civil.

—¿La gente como yo? ¿A qué se refiere, sargento? —preguntó resentido el cazador, que abrió la puerta trasera del Land Rover y agarró las correas a dos hermosos bretones.

—No se haga el ofendido. Sabe perfectamente qué clase de hombre es usted. Del tipo que necesita matar animales para reafirmar su masculinidad y que piensa que todas las mujeres somos unas guarras menos su madre —le espetó encendida Lucía, más alterada por ser incapaz de encontrar a su hija que por ser testigo de una nueva exhibición de machismo trasnochado.

—Mire, he recorrido más de setenta kilómetros en media hora para echarle una mano, sargento, no para que me insulte —alegó en su defensa el hombre, interponiendo entre ambos a los perros, que, aunque fuera del coche ya no ladraban, seguían excitados.

—Vamos a calmarnos —intervino María, más serena que su jefa—. Todos estamos un poco nerviosos. ¿Qué tal si empezamos de nuevo y nos limitamos a buscar las propiedades de Antonio Jiménez?

—Lo siento —se disculpó sin mucho entusiasmo Lucía.

—Yo también le pido perdón por si he dicho algo que la ha molestado.

«Si he dicho algo que la ha molestado». Lucía Gutiérrez odiaba aquella expresión. Era el recurso bandera de aquellos que quieren señalar que sus palabras son inocentes y son los demás los que las malinterpretan. Con pocas ganas de seguir predicando en el desierto, la sargento se mordió la lengua para no contestarle y eligió concentrarse en los perros, a los que acariciaba con intención de tranquilizarlos, cuando en realidad la que se apaciguaba era ella con cada mimo. En sus gestos de placer reconocía los de Lola, y repentinamente le vino a la memoria el pecho abierto del animal. Mientras

410

pasaba su mano por el cráneo de uno de los bretones, deseó con todas sus fuerzas encontrar a Claudia antes de que Andrew Taylor hiciera con su hija algo parecido.

—Si lo desean, podemos entrar. —El cazador tiró de los bretones e impidió que la sargento intimara más con sus animales.

Al registro de la propiedad se accedía a través de un patio típicamente andaluz, con suelos de mármol, columnas de piedra, una fuente en el centro y un sinfín de plantas y árboles distribuidos con abundancia. Macetas de hierbabuena, tomillo, romero y espliego competían con las buganvillas, naranjos, jazmines y enredaderas por controlar el espacio solariego. Los hocicos de los perros enloquecieron con los olores y se dedicaron a husmear de una maceta a otra, esclavos de su pituitaria, después de que su dueño los soltara para que no molestaran.

—Mi despacho está en la segunda planta —dijo el hombre, sin que ninguna de las agentes le contestase.

A través de una amplia escalinata de granito decorada con cuadros de antiguos hidalgos del municipio, llegaron al segundo piso de la villa. Del pantalón de pana marrón sacó el registrador un enorme juego de llaves prendidas de un robusto llavero con la forma del toro de Osborne. Con la precisión de un sereno, acertó a encontrarla a la primera y la encajó en la cerradura.

—Perdonen el desorden. Con las prisas del puente no me dio tiempo a recoger —se justificó.

—No se preocupe ahora por eso. Ya le he dicho que es cuestión de vida o muerte —apremió Lucía al funcionario cuando lo vio esforzándose por clasificar las hojas sueltas en carpetas.

El hombre soltó los folios y encendió el ordenador, pero no atinó con la contraseña, lo que evidenciaba que no solía conectarlo.

—¿Qué ocurre ahora? —preguntó María, impaciente.

—He... he olvidado la contraseña de acceso —contestó el hombre, avergonzado.

—¡Joder! —se lamentó Lucía, que no disimulaba el asco que sentía por aquel individuo.

—Es que no me habitúo a la informática. Soy de la vieja escuela.

—No hace falta que lo jure —apostilló la sargento.

—Veamos. Deje que lo ayude. —María puso paz de nuevo con la intención de que la situación no se descontrolara—. ¿Tiene que ver con su fecha de nacimiento?

—No, no recuerdo haberla puesto nunca.

—¿Y la de su mujer? ¿La de sus hijos?

—Diría que no. No me aclaro con los números, prefiero nombres.

—¿El nombre de alguno de sus perros? ¿O de otra mascota? —insistió María, apartándolo del escritorio y tomando los mandos del ordenador.

—Mmm, no.

—¿El de alguna película? ¿Un libro? ¿El título de una canción? —María empezaba a desesperarse.

—Lo siento, estoy bloqueado. No recuerdo nada... —musitó, secándose el sudor de las manos.

—¿Puede ser un deportista? ¿Un plato de comida? ¿Una bebida? ¿Una expresión que utilice a menudo?

De repente, el hombre recordó algo y palideció. Abochornado, se acercó a María para arrebatarle el teclado y, con enorme pudor, escribió: «Gordita cachondona». La agente, al verlo, soltó una carcajada.

—Es... es la forma en la que llamo a mi mujer... cuando... —argumentó, metiéndose en un charco del que trató de sacarlo Lucía.

—Ahórrese las explicaciones. ¿Recuerda cómo acceder al sistema o también necesita ayuda?

—Puedo hacerlo solo, gracias —respondió malhumorado—. ¿Me pueden recordar el nombre del titular?

—Antonio Jiménez Moreno —dijo Lucía a punto de perder los estribos.

Después de acceder al sistema, el funcionario introdujo los datos y esperó el resultado. En apenas décimas de segundo, encontró dos referencias.

—Antonio Jiménez Moreno, propietario de dos fincas que heredó de sus padres, Manuel Jiménez Ruiz y Dolores Moreno Benítez. Una de ellas está situada en el número 4 de la calle Lobato.

—Eso ya lo sabemos —intervino Lucía, ansiosa.

—La otra es una finca rústica que se encuentra en Camino del Arroyo, 12, en el entorno del embalse de Malpasillo.

—¡Lo sabía! ¡La tiene en el embalse! ¡Lo sabía! —se regocijó María al comprobar que su teoría tenía todo el sentido del mundo.

Sin tiempo para saborear su pequeña victoria, la agente se vio obligada a seguir a su jefa al ver que salía corriendo del despacho del registrador.

* * *

—Vamos para allá —dijo entusiasmado Urbizu después de que Lucía le hubiera dado la ubicación de la segunda vivienda de Antonio Jiménez—. Cambio de planes, por fin tenemos coordenadas concretas: 37°13′44″N 4°57′35″O —indicó el oficial al piloto con una extraña voluntad de ser útil.

—¿Al embalse de Malpasillo, mi teniente? —preguntó el agente tras comprobar la ubicación.

—Correcto. Camino del Arroyo, 12. No debe de haber muchas casas en la zona, así que confío en que no nos cueste mucho encontrarla.

—El problema es que está anocheciendo...

Urbizu miró a través del cristal y comprobó que el sol estaba a punto de desaparecer en la lejanía, inundando la sierra de ocres, rojos y amarillos. Un espectáculo de color realmente hermoso para la vista si no fuera porque el motivo que lo mantenía suspendido en el aire era la desaparición de una menor. Dándole un sorbo de agua a una botella de plástico, ansió tragar la inquietud que le había contagiado su compañero.

—Cabo, aquí Urbizu. Cambio.

—Lo recibo, mi teniente. Cambio —respondió Víctor, apoyado en un olivo e iluminando al resto de grupos de voluntarios con una linterna.

413

—Cancele la batida. Necesito que todas las unidades disponibles se dirijan inmediatamente al embalse de Malpasillo.

—¡¿La han encontrado, mi teniente?! —exclamó Víctor mientras los voluntarios se daban la vuelta ilusionados.

—Todavía no. La sargento Gutiérrez ha dado con una segunda vivienda de Antonio Jiménez que se ajusta con la descripción de los niños. Cambio.

—Vamos para allá, mi teniente. Pero estamos a más de una hora. Cambio.

—¿Una hora? Joder, cabo. Los necesito allí en mucho menos. Las agentes ya están de camino. No podemos dejarlas solas con ese hijo de la gran puta. Necesitan cobertura.

—Lo siento, mi teniente. A mí me ha pillado en medio de una finca en Las Caleras, y los otros grupos se encuentran también de rastreo a unos cuarenta minutos de aquí. Cambio.

—Me importa tres cojones dónde estén. Los quiero en ese puto embalse en media hora o me va a conocer cabreado. Cambio y corto.

* * *

Metódico y cuidadoso, Taylor abrió el álbum de fotografías sobre la cama del edificio principal y añadió con precisión las últimas polaroids que había realizado en una página encabezada con un epígrafe escrito con rotulador negro: «Claudia».

Satisfecho, contempló una a una toda su obra y se detuvo en la que venía marcada como «Álex». Deleitándose en las instantáneas, acarició el papel fotográfico con una mezcla de lascivia y nostalgia, como si la fricción de la yema de su dedo pudiera abrir una puerta del tiempo y trasladarlo al momento exacto en que hizo la foto. Al comprobar que seguía en el presente, se repuso y volvió a ponerse de pie. Del armario de madera, recuperó la mochila y en ella fue colocando sus herramientas de trabajo: cámara fotográfica, jeringuillas, restos de morfina, cuerdas, ropa y, por último, el álbum, que contempló afectuoso por última vez, tal y como miraría un enamorado a su pareja segundos antes de marchar en el tren sin ella. Después de revisar la habitación y comprobar que no se dejaba nada, se colocó la mochila sobre los hombros y salió de la casa. Guiándose con la luz de una linterna, llegó hasta una de las orillas del embalse. Allí abrió de nuevo la bolsa de deporte y la llenó de piedras. Como ya había hecho otras veces en Afganistán, Italia y Alemania, Taylor tenía la firme intención de desprenderse de todos sus recuerdos y de su equipo de trabajo antes de empezar una nueva vida en Turquía. Estimando que había colocado bastantes piedras como para que la bolsa se hundiera en el fondo del pantano, el teniente tomó el impulso suficiente y arrojó la mochila lo más lejos que pudo. Tras comprobar que se había sumergido, se dio media vuelta y alumbró el camino. Estaba aproximadamente a unos quinientos metros del coche de alquiler que debía llevarlo de regreso a la base de Morón cuando el ruido de las aspas de un helicóptero lo sorprendió. Extrañado, miró al cielo y vio que una luz cenital le apuntaba a la cara.

—No se mueva y no resultará herido —gritó Urbizu a través de un megáfono.

Acostumbrado a tomar decisiones bajo presión, el marine apagó la linterna y se tiró al suelo. Agazapado y reptando sobre la tierra, consiguió esconderse detrás del tronco de un olivo. Desde allí, el oficial estudió con detenimiento la situación.

—¿Dónde cojones se ha metido? —preguntó desesperado Urbizu al piloto.

—No lo sé, mi teniente. Es un puto marine, sabe cómo desenvolverse en estas situaciones.

—Más le vale encontrarlo si no quiere que lo degrade a guardia urbano. Urbizu a todas las unidades. —El teniente usó de nuevo la radio—. Tenemos localizado al sospechoso. Está en los alrededores del pantano de Malpasillo. Necesito refuerzos urgentemente. Cambio.

Taylor, escondido entre las enormes raíces del olivo, echó un vistazo al cielo y analizó sus posibilidades. Tenía encima de él un helicóptero de la policía, pero parecía que este no contaba con más apoyos en tierra. Según sus cálculos, los agentes habían tenido un golpe de suerte realizando un rastreo para encontrar a la chica y se habían topado con él. Dado que solo le separaba medio kilómetro del coche y que el camino estaba despejado, sopesó la posibilidad de correr hasta el vehículo y darse a la fuga antes de que llegasen a la zona más policías. Se trataba de una carretera montañosa donde era fácil pasar inadvertido y, si jugaba bien sus cartas, era más que factible que pudiera llegar hasta suelo americano.

—¿Hay alguien ahí? ¿Por qué cojones nadie me contesta? —preguntó a sus hombres Urbizu a través de la radio, irritado por haber perdido a la presa que debía restituirlo moralmente.

—Estamos a trescientos metros de la zona —contestó Lucía desde el coche patrulla.

La sargento no tenía tiempo para protocolos. Conducía de manera más que temeraria mientras María rezaba por llegar viva al embalse.

Sin que Urbizu tuviera tiempo de alegrarse o añadir palabra alguna, el marine se incorporó y dio inicio a una galopada a campo través. Mientras desde el helicóptero se afanaban en localizarlo, el marine ya había conseguido completar más de la mitad del recorrido.

—¿Qué coño es eso? —exclamó Urbizu, sorprendido.

—¿El qué, mi teniente?

—¡Joder, allí, alumbra el coche! ¡Ese hijo de puta todavía se quiere escapar!

Al fin, la luz del Eurocopter logró localizarlo y lo enfocó desde las alturas.

—¡Deténgase! ¡No nos obligue a usar la fuerza! —gritó de nuevo Urbizu a través del megáfono.

Haciendo caso omiso de las indicaciones, Taylor no detuvo su carrera y, ya iluminado, esprintó al darse cuenta de que tan solo cien metros lo separaban del vehículo. Se metió la mano en el bolsillo, asió la llave del Renault Clio y desbloqueó el cierre centralizado a distancia. Sintiéndose a salvo y a punto de alcanzar el tirador de la puerta, un coche patrulla de la Guardia Civil se interpuso en su camino. Al teniente americano se le heló la sangre al ver los ojos iracundos de Lucía a través de la ventanilla.

—¡Yo me ocupo de él! ¡Tú entra en la casa y encuentra a Claudia! —gritó la sargento a María, que observaba la escena casi en estado de shock—. ¡VAMOS! —vociferó de nuevo la suboficial para sacarla de su ensimismamiento.

Taylor tardó poco en asumir que la huida por carretera era imposible. Con unos reflejos felinos, consiguió dar media vuelta y corrió bordeando el pantano en dirección a la presa. En sus apuradas previsiones, determinó que si conseguía llegar hasta las compuertas, podría cruzar el embalse y tomar el camino de salida en el otro sentido. Lucía lo seguía de cerca, pero la diferencia de fondo físico entre uno y otro era notable, algo en lo que también reparó Urbizu desde el helicóptero.

—Cabo, necesito que en diez minutos bloquee la salida norte de la presa de Malpasillo. Cambio.

—Estamos de camino, mi teniente. Vamos a hacer todo lo posible.

—¡Todo lo posible no es suficiente! Escúcheme, si no están allí en diez minutos, ese cabrón va a escapar y será usted quien se lo explique a la sargento. Cambio.

—¡Entendido! Corto.

En cuanto Víctor puso fin a la comunicación, ordenó al agente que conducía a su lado que aumentara la velocidad. Media docena de coches de la Guardia Civil tomaron por completo el carril derecho de la SE-765, una vía secundaria con poco tráfico a aquellas horas y por la que se recomendaba no exceder los 70 km/h.

—A todas las unidades: nos dirigimos a la salida norte del embalse de Malpasillo. Tenemos diez minutos para llegar antes de que el sospechoso escape.

* * *

Ajena a la presión de sus compañeros, María salió del automóvil e iluminó la linde con una pequeña linterna. La luz del Eu-

417

rocopter se había desplazado tras los pasos de Taylor, dejando prácticamente a oscuras los alrededores de la vivienda. Con la caída de la noche, el idílico paraje de la mañana convergió en una especie de casa encantada de pueblo. Temiendo encontrarse con un cadáver dentro, la agente abrió la puerta de la fachada principal invadida por un miedo atroz.

—¿Claudia? ¿Estás ahí? —preguntó sin confiar demasiado en que la joven respondiera.

Los muebles de madera de la casa se expandieron y contrajeron con la caída de la temperatura, componiendo una melodía repleta de ruidos y crujidos que se esparcieron en el silencio de la noche. María, desatendiendo los dictámenes de la razón, se dejó llevar por los relatos esotéricos de su adolescencia y sufrió un pequeño ataque de pánico. La linterna temblaba en su mano y la luz que proyectaba se desplazaba por la vivienda oscilando de arriba abajo. Con un millón de precauciones, inspeccionó la cocina.

—¿Claudia? ¿Puedes oírme? ¿Claudia?

Después de cerciorarse de que no había nadie, avanzó a través del pasillo. En el camino hacia el dormitorio principal, se encontró con un aparador lleno de fotos de Antonio Jiménez posando junto a sus padres. Las imágenes debían de tener más de quince años y en ellas se podía ver a un adolescente radiante de felicidad, muy distinto al adicto a la morfina de sus últimos días. Con el corazón tan pequeño como el de un ratón, la agente intentó bombear sangre a todas las arterias de su cuerpo sin mucho éxito. Como resultado, recorrió la casa con la punta de la nariz y los dedos helados. Sin demasiado desparpajo, entró en el dormitorio apuntando a la cama con la linterna.

—¿Hay alguien ahí? —volvió a preguntar, aterrorizada.

Pero no había nadie. Una casa sin personas provocaba el mismo desasosiego que un zapato sin un pie o un vestido sin un cuerpo al que cubrir. Deambulando por aquella cripta prematura, María llegó finalmente al salón.

—¿Claudia?

El resultado fue el mismo que en el resto de las estancias: no había rastro de la hija de Lucía por ningún lado. Recuperado ya el pulso, salió de la vivienda principal y se aproximó al pequeño cobertizo colindante, que abrió de una patada.

—¿Hay alguien ahí? —preguntó, iluminando con la linterna la estantería de herramientas.

Al comenzar el registro de la caseta, encontró primero en el suelo una careta infantil con la forma de la cabeza de un zorro. La cogió con cuidado para examinarla y se dio cuenta de inmediato de que era aquello lo que dibujaban los niños, y no el tatuaje del chacal que el teniente de los marines llevaba en el brazo. Pero no fue lo único que halló. Debajo de la careta había un sobre blanco con un texto manuscrito: «PARA LUCÍA». Aunque no estaba a su nombre, la joven consideró que podía tratarse de una pista y lo abrió. Dentro encontró al menos una docena de fotografías de Claudia y Taylor, desnudos en todo tipo de posturas comprometidas. La hija de la sargento posaba ida o atemorizada en absolutamente todas las instantáneas. Espantada, decidió dejar de verlas y las volvió a meter en el sobre. Pasara lo que pasase en adelante, encontrara lo que encontrase en aquella caseta de aperos, María decidió que no debía hablarle de aquel sobre y su sórdido contenido a Lucía. Nunca. Jamás.

En cuanto se guardó el sobre en el bolsillo de la cazadora, prosiguió con el registro, sin mucha fe en que lo que encontrara allí fuera de su agrado.

—¿Claudia, estás ahí? ¿Claudia?

El brazo de la agente temblaba y, con cada estremecimiento, la luz titilaba de arriba abajo sobre la tosca pared de ladrillos. En una de las sacudidas se topó con un neumático de tractor y, atada a él, una mano.

—¡¿Claudia?!

María recorrió con la linterna el brazo de la hija de Lucía Gutiérrez. Siguiendo con la luz su anatomía, vio que se hallaba semidesnuda, tumbada en un colchón lleno de manchas de sangre. Por puro instinto, tiró la linterna al suelo y se apresuró a comprobar si seguía con vida.

—¿Claudia? ¿Claudia?

Pero solo se oía el silencio.

* * *

Con cada nuevo paso, un músculo o un tendón del maltrecho cuerpo de Lucía quedaba resentido. Una especie de relámpago de dolor impactó en su pierna derecha desde la cintura hasta prácticamente la uña del dedo gordo del pie. La falta de entrenamiento, el tabaquismo, la edad y el hecho de haber emprendido de repente una trepidante carrera dejaron completamente lastrada a la sargento, que, pese a todo, no se rendía y continuaba bregando detrás del marine con una ostensible cojera. La distancia entre ambos era lo suficientemente pequeña como para no darse por vencida y lo suficientemente grande como para no intentar disuadirlo con el arma. A su ya complicado cuadro muscular se sumó un repentino dolor en el costado que la obligó a reducir la velocidad. Echándose la mano al vientre, se lamentó por ser tan ridícula como para que un ataque de flato la dejara fuera de juego.

—¡No tienes salida, cabrón! ¿Me escuchas? ¡No tienes salida! —gritó la sargento, que echó mano a la pistola y disparó al aire.

El estruendo sorprendió a Taylor, que volteó la cabeza y advirtió que su perseguidora había dejado de correr. Aunque insistiera en ir detrás de él, lo hacía cojeando y cada vez estaba más lejos. Decidió forzar un poco más el ritmo y quebrar definitivamente la voluntad de la agente. Al llegar a las compuertas de la presa, el único que continuaba acosándole era el helicóptero, que, situado sobre el pantano, agitaba unas aguas acostumbradas a la mansedumbre.

—¡Último aviso! Si no se entrega ahora mismo, vamos a disparar.

Urbizu le pidió al piloto que lo apuntara con el foco de luz, pero Taylor, ajeno a las advertencias, enfiló el estrecho sendero de cemento con soltura y destreza, como si estuviera en medio de unas prácticas y no huyendo de las fuerzas de seguridad del Estado español. Casi sin esfuerzo, consiguió completar la mitad del recorrido y se colocó en la parte más alta de la presa. Sonrió al descubrir que, tal y como había previsto, no se veía un solo agente al otro lado del embalse. Ese exceso de confianza le jugó una mala pasada, pues no reparó en que el suelo estaba húmedo y resbaló. Como parte de un acto reflejo, echó una breve mirada al abismo, y decidió aminorar la marcha para asegurar cada uno de sus pasos. Una vez que el cemento volvió a estar practicable, recuperó el trote sobre el desfiladero y encaró con suficiencia la última parte del estrecho pasillo.

—¡Cabo, me cago en mi puta madre! ¿Dónde cojones están? —gritó exasperado Urbizu.

Pero, de nuevo, sus hombres fueron más eficaces que él mismo, y lograron bloquear la salida de la presa en el último momento. Desde donde estaba, Taylor pudo ver la llegada de seis coches patrulla de la Guardia Civil, que le cerraron el paso.

—Hemos llegado, mi teniente. Cambio.

—Buen trabajo, cabo. He perdido a Lucía, necesito que al menos la mitad de sus hombres llegue al otro extremo. Cambio.

—A la orden. Corto.

Acorralado, el soldado americano se quedó paralizado y sin saber muy bien qué hacer. Para ganar tiempo, retrocedió sobre sus pasos hasta alcanzar de nuevo la mitad de la presa. Allí volvió a estudiar sus posibilidades, que cada vez eran más reducidas.

—¡Entrégate, no tienes otra alternativa! —le advirtió la sargento apuntándole con el arma, después de haber logrado llegar hasta allí rozando la extenuación—. Mira a tu alrededor —insistió la suboficial al darse cuenta de que Taylor comenzaba a titubear.

El marine miró a un lado y a otro, apurado, sin que ninguna de las opciones le acabase de convencer. Podría enfrentarse cuerpo a cuerpo con Lucía e intentar alcanzar el otro extremo, pero para cuando lograra llegar hasta allí, ya le estarían esperando los coches que acababan de partir en esa dirección.

Taylor sopesó seriamente una tercera vía: saltar, aunque ello implicara acabar con su vida.

—¡No lo hagas! —gritó la sargento cuando vio que observaba el despeñadero como única alternativa.

—¿Por qué no? Deme un buen motivo para no hacerlo —la desafió Taylor desde la calma del que ya no tiene absolutamente nada que perder.

—¡Está bien, tírate! ¡No tengo un buen motivo que darte! —contestó con sinceridad la sargento después de bajar el arma.

—¿Me está animando a suicidarme? ¿Seguro que es usted policía? —El soldado sonrió.

—¿Sabes? La vida es una puta ironía. Hace unos años, hubiera dado lo que fuera por tener la oportunidad de darle buenos motivos a mi marido para que no se suicidara. Y ahora el hijo de puta más grande que he conocido me pide que lo convenza para no saltar.

—Le daré yo un buen motivo para no hacerlo. Si me entrego, el Gobierno de Estados Unidos pedirá mi extradición y no podrán juzgarme aquí. Considerando que soy un héroe de guerra y que sé cosas que pueden comprometer al ejército de mi país, todo acabará en una simple sanción administrativa. ¿Quién sabe? En un par de meses o en un año podría volver a Morón y hacerle otra visita a tu hija.

Lucía observó con desagrado la sonrisa petulante de Taylor y reaccionó subiendo el arma nuevamente.

—¡¿Qué le has hecho, hijo de puta?!

—¿Cómo? ¿No querrá que le arruine la sorpresa? Tenga paciencia, seguro que le gusta.

—¡Cabrón! Como la hayas tocado, yo misma me encargaré de empujarte —gritó Lucía cargando el arma.

—¡No dispare, sargento! ¡No dispare! ¡Tenemos la situación bajo control! —exclamó Urbizu a través del megáfono, al ver cómo Lucía alzaba el arma.

Al otro lado de la presa habían llegado finalmente la mitad de los efectivos de la Guardia Civil, con lo que Taylor estaba atrapado y sin salida.

—Ya ha oído a su jefe, cálmese. Póngame las esposas y acabemos cuanto antes con esto —dijo Taylor, extendiendo las manos.

—Espera, también hay motivos por los que deberías considerar que lo mejor que puedes hacer es saltar.

—¿Ah, sí? ¿Y cuáles son?

Sin mediar palabra, Lucía disparó a bocajarro en dirección a los genitales y la bala impactó en su escroto a una velocidad de trescientos metros por segundo. De inmediato, el marine cayó de rodillas y se llevó las manos a los testículos. El humo del proyectil contrastó con el rojo de la sangre, que en cuestión de segundos había encharcado el cemento de la estrecha pasarela.

—¡Apaga las luces! —ordenó Urbizu al piloto.

—¿Qué?

—¡Que apagues las luces, joder! —repitió el teniente de malas maneras, al comprender que era mejor no ser testigos de lo que pudiera suceder a partir de ese momento.

Ya a oscuras, Lucía se acercó al soldado, que se retorcía de dolor.

—Motivos para saltar: tu vida es una mierda. Puede que salgas indemne de todo esto, pero voy a encargarme personalmente de hacer llegar tus datos a todas y cada una de las comisarías de policía europeas. En el hipotético caso de que te saltases los controles y pudieras acercarte a un niño, tendrás que conformarte con mirarlo, porque esa bala que tienes alojada en los cojones va a impedir que te empalmes el resto de tus miserables días.

Agarrándolo del pelo, lo obligó a fijar la mirada en la profundidad de las compuertas del embalse.

—¿Y bien? ¿Cómo lo ves ahora? ¿Te he ayudado a tomar una decisión?

Con medio cuerpo en el borde del precipicio, el soldado observó la vertiginosa ladera de cemento y luego entornó los ojos hacia la agente.

—No voy a saltar, puta... —dijo casi sin aliento después de escupir los restos de un coágulo—. Me has apartado de algo que me gusta y pienso joderte la vida.

—¿Algo que te gusta? ¿De qué estás hablando, pervertido de mierda? —dijo Lucía, aplastándole la cabeza con la bota.

—Tenía algo bonito con esos niños y lo he perdido por tu culpa —insistió el militar después de que la sargento levantara el pie de su cara.

—¿Por eso te llevaste a Claudia? ¿Para vengarte?

—Y para despedirme de ti. He fotografiado todo el proceso con tu hija. Estoy seguro de que lo encontrarás bastante... ¿artístico? ¿Se dice artíst...?

Lucía no le permitió acabar la frase y lo encañonó.

—¡Salta!

—¡No!

—¡Salta o te reviento a patadas las pelotas hasta que no te quede un gramo de testosterona ahí dentro!

—¡Ayuda! —gritó arrastrándose por el suelo—. ¡Quiero entregarme! ¡Ayuda!

Los ocupantes del helicóptero estaban siendo testigos de los excesos de Lucía, pero, lejos de frenarla, la sargento encontró un inesperado aliado en quien le había hecho la vida imposible hasta entonces.

—Aterriza junto a la casa —ordenó Urbizu al piloto.

—¿Está seguro, mi teniente?

—Nunca he estado tan seguro de algo.

En cuanto el ruido de las hélices comenzó a apagarse, fue Lucía quien sonrió con condescendencia.

—Ya puedes gritar todo lo que quieras, hijo de puta. Nadie te escucha... ¿Te suena? Seguro que has utilizado una frase parecida en las últimas horas —dijo, y le propinó una patada en el abdomen.

—¡Ayuda!

—Seguiré golpeándote hasta que decidas saltar por propia voluntad. De ti depende que este momento sea breve o largo —le advirtió, y volvió a patearlo.

—¡Ayuda! —repitió el marine, ya sin fe ni esperanza, reconociendo en la sed de violencia de su verdugo la suya propia.

Ni los dolores musculares ni la cojera ni tan siquiera el flato lograron reducir el ímpetu de Lucía. Lo que empezó siendo un mero ejercicio de supervivencia y autodefensa se había transformado repentinamente en un exorcismo, en un desesperado acto de redención que buscaba exonerar los pecados de los últimos diez años con cada brecha y cardenal que surgía en el magullado rostro de Taylor. Del abdomen pasó a la mandíbula y de allí a las cuencas oculares. Golpeó con saña y sin piedad lo que quedaba del soldado, que no contaba ya con energías ni para quejarse. Casi abatido, miró por última vez a los ojos de Lucía y susurró:

—¿Lo ves? No es tan difícil convertirse en un monstruo.

Al verlo arrastrarse, con el rostro desfigurado y los genitales destrozados, la agente se asustó de sí misma. ¿Cómo había ocurrido? ¿En qué momento se había dejado llevar? ¿Es posible que incluso hubiera disfrutado con ello? ¿Acaso tenía algo en común con aquel ser inmundo y despreciable? Consciente de las dudas que la atormentaban, el marine hizo un último esfuerzo para intervenir.

—Te contaré un secreto: los monstruos no existen. Los monstruos somos nosotros cuando nadie nos ve.

Incómoda ante la posibilidad de que una idea tan perversa pudiera ser cierta, Lucía quiso volver a golpearlo, pero el marine se zafó y logró asestarle una última estocada.

—Suerte... A partir de ahora tendrás que aceptar lo que eres. A mí me ha causado mucho sufrimiento...

A continuación, se arrojó al precipicio.

Desde lo alto de la presa, Lucía Gutiérrez contempló el tercer suicidio de su vida.

* * *

Noelia ayudó a su marido a incorporarse. Después de un par de días sedado en la cama, el cuerpo de Silvano Montes estaba oxidado y apenas podía moverse. En cuanto pudo apoyar la cabeza en el respaldo de la cama, su mujer le hizo la pregunta que la llevaba atormentando desde hacía horas.

—¿Le has... le has hecho algo a ese niño?

—No, tienes que creerme. Jamás le haría daño a un niño, ¿por qué crees que he terminado aquí?

—No lo sé, Silvano, dímelo. Necesito que me lo cuentes. Hace unos días éramos una familia normal y corriente, y de un día para otro, me dicen que mi marido podría estar ayudando a un pederasta. Y yo me siento como una mierda porque, claro, ¿en qué me convierte eso a mí? ¿Cómo no he podido darme cuenta antes? ¿Cómo...?

—Tranquila, mi amor. Tranquila. —Silvano tomó la mano de su mujer—. No tienes que avergonzarte de mí. De lo único que me arrepiento fue de ayudarlo a matar a un perro. No quería que os pasara nada y se aprovechó de eso. Siempre que intentaba volver a ti, me amenazaba con mataros. También me obligó a liberar a Álex, pero en cuanto supe de sus intenciones con la hija de la sargento de la Guardia Civil, preferí ahorcarme que vivir con esa culpa. Tienes que creerme.

Noelia lloraba desconsoladamente. Quería creerlo, pero el daño ya estaba hecho. De aquí al fin de sus días, la mujer de Silvano Montes no pasaría ni una sola noche sin preguntarse quién era su marido realmente y qué había hecho aquellos días.

* * *

—¿Claudia? ¡Claudia! —María la abofeteó después de comprobar que tenía el pulso firme y que era la morfina la que la mantenía adormilada—. ¡Abre los ojos, Claudia!

Como si despertara de una siesta de cinco horas, la joven abrió los ojos con pesadez. Desubicada, luchó por descifrar dónde se encontraba. En el mismo momento en que reconoció la caseta de aperos, dio un salto hacia atrás, asustada.

—¡No me hagas daño, por favor!

—Tranquila, tranquila, ya estás a salvo —susurró María, abrazándola.

—¿Quién eres? ¿Qué vas a hacerme?

Claudia se zafó de los brazos de la agente.

426

—Soy María, trabajo con tu madre en la Guardia Civil, ¿no te acuerdas de mí?

—¿María? —De repente, Claudia la reconoció y se echó a llorar. No sin reservas, la agarró de la mano, temblando—. Tenemos que salir de aquí antes de que vuelva.

—Ya no tienes que preocuparte por él.

La agente la tranquilizó y luego la ayudó a liberar su mano de la rueda de tractor.

—¡Seguro que vuelve! ¡Siempre vuelve!

—Esta vez no, cariño. Ven, vamos al coche patrulla a buscar una manta.

Apenas cubierta con unas braguitas de Hello Kitty manchadas de sangre, la frágil muchacha se puso en pie no sin dejar de mirar a un lado y a otro por temor a que Taylor surgiera de cualquier rincón con el rostro oculto tras una máscara de zorro. Cuando logró escapar del cobertizo sin ser asaltada por su secuestrador, respiró aliviada.

En el exterior, los agentes de la Guardia Civil habían acordonado la zona. Cuando vieron salir a la niña, alguien la cubrió con una manta térmica y empezaron a aplaudir emocionados. Entre ellos, apareció una cansada Lucía, que había regresado del embalse en un vehículo policial. Como si no existiese nadie más allí, madre e hija se fundieron en un cálido abrazo, ajenas al bullicio.

—¿Estás bien, mi amor? —preguntó la sargento, preocupada al ver las manchas de sangre en su ropa interior, que la manta dejaba entrever.

—Sí. Algo mareada, pero estoy bien.

—Y... y esas manchas? No tienes que contármelo ahora si no quieres... —Lucía no estaba segura de querer saber lo que había ocurrido dentro del cobertizo.

—Me ha bajado la regla, mamá —confesó Claudia, avergonzada.

—Siento no haber estado contigo en un momento tan importante. —La sargento abrazó aún más fuerte a su hija.

—No dejaba de hacerme fotos y de pedirme cosas raras... Pero cuando me bajó la regla, no volvió a entrar. —«¡Hijo de puta!», dijo para sí Lucía, al ser consciente de que el paso de niña a mujer había evitado que su hija resultara atractiva para Taylor—. Por favor, ¿podemos irnos a casa?

—Claro. ¿Qué te apetece cenar?

—Mmm, hamburguesa. Y helado de chocolate. Y un litro de Coca-Cola...

—Creo que mañana vas a necesitar el Almax más que yo.

Lucía sonrió, cogió de la mano a su hija y la condujo hasta uno de los coches patrulla.

—Espera un momento. Vuelvo en seguida. —Lucía se volvió hacia donde estaba María—. Tengo que hacer una última cosa.

—Lo ha conseguido, mi sargento —la felicitó emocionada la joven agente al verla acercarse.

—No, María. Lo has conseguido tú. Si mi hija está ahora mismo en ese coche, es gracias a tu esfuerzo y perseverancia..., a pesar de que no te lo he puesto nada fácil. Debería disculparme por haberte hecho la vida imposible, pero se me ha ocurrido algo mejor: vas a ser la nueva comandante del puesto de mando.

—¿Qué broma es esta, mi sargento? —preguntó María con la voz quebrada—. ¿Siempre se tiene que reír de mí?

—No se trata de algo inmediato, por supuesto. He hablado con Urbizu y, antes de eso, vas a pasar un par de años en Madrid. Ya es hora de que conozcas otra cosa que no sean olivos. Pero cuando vuelvas y tengas la formación necesaria, vas a dirigir a todos estos hombres. Lo creas o no, eres la única de todos nosotros que todavía no está jodida por dentro.

—¿Y usted, mi sargento? ¿Qué va a hacer usted? —preguntó María con los ojos llorosos, tirando al suelo la piel de serpiente que aún conservaba en el bolsillo.

Los ojos de María se inundaron de lágrimas.

—¿Yo? Descansar y pasar más tiempo con mi hija. Y luego ocuparme de todos los que han provocado que Claudia haya pasado por esto. Por cierto —dijo incómoda—, ¿has encontrado... has encontrado en la casa unas fotos de mi hija?

428

—¿Fotos? Las únicas que he visto son unas de Antonio con sus padres —mintió.

Lucía respiró aliviada y, tras pensárselo un par de veces, se arrimó a la agente y la abrazó, abandonando al fin su carácter arisco.

—Suficiente. Las dos sabemos que no soy un puto oso amoroso —dijo Lucía a los pocos segundos, fiel a su estilo.

Mientras la veía alejarse, María no podía dejar de pensar en el sobre que tenía guardado en el bolsillo de la cazadora. Por un lado, sentía que no estaba obrando correctamente, en un sentido estrictamente policial. Por otro, se daba cuenta de que apreciaba demasiado a aquella mujer como para arruinarle la vida para siempre. Bastante se la jodía ya ella sola. Todo el esfuerzo que había hecho aquella interminable semana merecía una recompensa, y a María Sánchez no se le ocurrió nada mejor que regalarle a la sargento la sensación de que todo había salido bien y que su hija estaba sana y salva.

* * *

Acurrucada entre sus brazos, Claudia se durmió a los pocos segundos de que el vehículo se pusiera en marcha. Mirando a través de la ventanilla, Lucía Gutiérrez era incapaz de ver el paisaje de la Sierra Sur. En lugar de montañas y desfiladeros, en el cristal se proyectaba el rostro ensangrentado del teniente de los marines: «Los monstruos somos nosotros cuando nadie nos ve».

La sargento acarició la cabeza de su hija, la atrajo hacia su pecho y la abrazó con fuerza, como si fuera un escudo. Como si a partir de ahora tuviera que protegerla de ella misma. Como si tuviera miedo de que, algún día, Claudia viera lo mismo que aquella noche había visto Taylor.

El futuro se perfilaba complicado, pero al menos no estaba sola.

Un apunte sobre la Semana Santa

Esta novela nunca ha pretendido ser un tratado sobre el funcionamiento de las cofradías y las procesiones de Semana Santa en Andalucía, sino un retrato sentimental de algunas escenas y momentos de mi niñez y adolescencia en Málaga. Como todos los recuerdos, probablemente mi memoria esté alterada o secuestrada por la nostalgia, de ahí que no sea una recreación exacta, pero sí respetuosa con lo que viví. Siempre tuve claro que, si quería provocar alguna emoción en el lector más ajeno a este tipo de celebraciones, debía recurrir a aquellos días en los que realmente me sentía arrebatado por los olores, los sonidos y la visión imponente de las tallas de Cristos y Vírgenes. Imágenes populares de las que se presumía en los barrios con el mismo orgullo que cuando la hija de alguien entraba en la universidad o un primo segundo se desenganchaba de la heroína. De alguna forma he querido transmitir esa idea, esos tiempos en los que el hijo de Dios, a pesar de pertenecer a la aristocracia más selecta, era sentido como uno de los nuestros. Alguien del que todo el mundo se alegraba que le fuera bien.

En el barrio de la Trinidad, donde me crié, aunque había otras cofradías, todo el mundo reconocía en el Cautivo (Nuestro Padre Jesús Cautivo) al verdadero Rey de Reyes. Había imágenes suyas por todas partes, especialmente en los comercios, donde su imagen era como una especie de sello de aprobación, la última licencia administrativa necesaria antes de poder abrir un negocio. Nadie te consideraba realmente pescadero, o carnicero, o ferretero si no tenías un almanaque con su foto en el Mercado de Bailén. En mi calle, en la fachada de la tienda de Evaristo, un póster del Cautivo convivía con total naturalidad al lado de uno de Madonna y otro de Bruce Springsteen. A nadie le resultaba raro. Era un ídolo pop más y como tal lo asumí desde muy pequeño.

Mi primer recuerdo claro de Semana Santa es de un Domingo de Ramos, cuando tenía cinco años. Mi abuela Teresa nos obligó a mi primo y a mí a ponernos una camisa nueva con el pretexto de que «quien no estrena en Domingo de Ramos, se le caen los pies y las manos». Enfundados en aquellas camisas recién estrenadas y con el temor de que el engaño no funcionara y sufriéramos en cualquier momento una salvaje mutilación, mi abuela nos llevó a ver la procesión de la Pollinica.

Era una de esas mañanas con sol radiante y cielo azul típicamente malagueños. La gente llevaba hojas de palma y ramas de olivo, y las agitaban al ver en la distancia a Jesús avanzando a lomos de una burra. El ambiente era muy festivo y solo se interrumpió cuando el gigantesco trono de Cristo pasó a nuestro lado y mi abuela se persignó con disciplina castrense. En solo un segundo pasó de la risa al paroxismo religioso. Con la misma urgencia, mi primo y yo la imitamos, temiendo que no hacerlo pudiera reabrir el maleficio de la pérdida espontánea de los pies y las manos. Cuando todavía tratábamos de entender aquella misteriosa liturgia, mi abuela la dio por finalizada y nos compró un helado, un Mikolápiz. Desde entonces, aquello se convirtió en una tradición. El primer helado del año siempre era el del Domingo de Ramos. ¿Cómo no sentirse fascinado por la Semana Santa, donde se mezclaban de forma tan acertada y precisa la fe, el consumismo y el Mikolápiz?

Como era de esperar, desde aquella mañana mi primo y yo nos convertimos en entusiastas de la Semana Santa y recreábamos modestamente en el pasillo de la casa de mi abuela aquella procesión que nos había deslumbrado. Desfilábamos con una cruz guía imaginaria, imitábamos el paso de los hombres de trono e incluso nos persignábamos como nuestra abuela... Hasta que no salí de Málaga no supe que los niños preferían jugar al Scalextric.

Cuando tenía nueve años, cansado de que solo fuera un juego, mis padres me hicieron hermano de una cofradía: la Soledad de San Pablo. No era tan popular como la del Cautivo, pero compartían iglesia. En cierto modo, era como ser fan de los Sex Pistols y compartir *backstage* con ellos en el Roxy. El mito estaba lo suficientemente cerca como para sentir descontrolada la adrenalina. Sin embargo, casi nada salió según lo esperado. Para empezar, tuve que aguardar hasta el Viernes Santo para mi debut cofrade. O lo que es lo mismo, cinco días sin querer quitarme el capirote de la cabeza ni para dormir. Por si esa fuera poca decepción, me eligieron para la sección de la Virgen, que a mi modo de ver era una secundaria, la telonera de la verdadera estrella de la procesión, el Cristo del Santo Traslado. Y, por último, en lugar de un cirio, me dieron un estandarte con la letra «V» bordada. Para que aquella consonante aislada cobrara sentido, tenía que integrarme en una fila con otros siete nazarenos y formar las palabras «AVE MARÍA». A pesar de que había recreado un millón de veces una procesión, el centro de Málaga resultó ser mucho más grande que el pasillo de la casa de mi abuela, y apenas dos horas más tarde, exhausto y con las manos entumecidas por el peso, renuncié y les pedí a mis padres que me sacaran de allí. Nadie fue consciente de que llevábamos el estandarte con la «V» y que el resto de mis hermanos estaban procesionando por el recorrido oficial la palabra «AE MARÍA». Fue una señal clara y evidente; aquello no era lo mío, aquello exigía compromiso. Para formar parte de una procesión, primero tenía que entender lo que sentía la gente que me rodeaba y que parecía aceptar aquel «sacrificio» de cargar con una letra durante ocho horas sin ningún tipo de problema.

En los años siguientes, todos los Lunes Santos, mi madre y mi tía me llevaban al traslado del Cautivo desde la iglesia a la Casa Hermandad. Lejos de la pomposidad de la noche y del recorrido oficial, a aquel evento solo acudían los trinitarios con un clavel en la mano; viudos, enfermas, hipotecados, adictas…, gente tan modesta como el propio barrio. Lo veían pasar, le tiraban el clavel y, como si aquella imagen fuera el cargador de un iPhone, se iban de allí llenos de energía. Algunos entre lágrimas, otras farfullando para sí una oración íntima y la mayoría gritándole un «¡guapo!» de despedida a la imagen del Cautivo. Lejos de mi primera impresión, en torno a la Semana Santa había mucho más que un simple Mikolápiz de premio.

Hasta la adolescencia traté de averiguar el qué. Veía todas las procesiones desde la cruz guía hasta el aguador, obligaba a mis padres a llevarme a «salidas y encierros» y, cuando llegaba a casa, veía las retransmisiones de las televisiones locales. Me convertí en un *capillita* precoz. Me aprendí de memoria los escultores de las tallas, la antigüedad de las cofradías e incluso las novedades que presentaban cada año; nuevos arbotantes, nuevo manto para la Virgen, nueva corona de espinas… Era lo que los *trekkies* a *Star Trek,* pero con las imágenes de Semana Santa. Sin embargo, a pesar del empeño y del aprecio que sentía por todo aquello, nunca tuve la misma fe que los que me rodeaban y poco a poco me fui desvinculando de aquella pasión por La Pasión.

Cuando cumplí dieciocho años, mi abuela Teresa ya tenía alzhéimer y yo no veía procesiones. Lo último que me regaló antes de apagarse del todo fue una imagen del Cautivo para que la llevara en el coche y me protegiera. Me acababa de sacar el carné para poder ir a la universidad en coche y, a decir verdad, me daba vergüenza que los demás (entiéndase «chicas») me vieran con aquella estampita. Así que la escondí en la guantera debajo de los papeles del seguro. Dos años más tarde, el día que cumplí veinte años, mientras volvía a casa en aquel Fiat Uno, un conductor suicida chocó contra mí frontalmente en la autovía. A cámara lenta pude observar cómo toda la estructura metálica se hacía añicos y se estrechaba en torno a mí como el vientre de un acordeón. Lo primero que pensé fue que había muerto, aunque tampoco lo tenía muy claro. Mi idea de la muerte por aquel entonces tenía que ver con Patrick Swayze en *Ghost*. Pensaba que, como en la película, una especie de espíritu translúcido había abandonado mi cuerpo y que ya nadie me veía. Durante cinco minutos estuve convencido de que me había convertido en un fantasma, pero más feo que Patrick Swayze. Para salir de dudas, salí del coche como pude y paré el tráfico. A la primera persona que se acercó para auxiliarme le pregunté: «¿Puedes verme?». En cuanto me dijo que sí, respiré aliviado. El Fiat Uno fue declarado siniestro total y lo único que quedó intacto fue la estampita del Cautivo en la guantera. Tres coches y otros veinte años después sigo conservando aquella estampita, solo que ahora no me avergüenza que alguien la descubra.

A pesar de esta experiencia, con cuarenta años sigo sin sentir lo mismo que los que continúan acudiendo masivamente al traslado del Cautivo en la Trinidad, pero lo respeto profundamente. Siempre ha sido así y siempre lo será. Esta misma consideración ha sido la que ha marcado la pauta de la novela en todas las escenas de la Semana Santa, donde he priorizado las emociones al rigor o estricto funcionamiento de una procesión. De ahí que las hermandades e imágenes de Morón que aparecen en la novela no sean reales, para no ofender los sentimientos de nadie. Espero que los cofrades sepan disculparme por estas licencias.

EL AUTOR

ÍNDICE

booket

www.booket.com

www.planetadelibros.com